以宏志班的名义

熊广平◎著

江西人民出版社
Jiangxi People's Publishing House
全国百佳出版社

图书在版编目(CIP)数据

以宏志班的名义 / 熊广平著. —南昌:江西人民出版社, 2021.9
ISBN 978-7-210-13550-0

Ⅰ. ①以… Ⅱ. ①熊… Ⅲ. ①长篇小说-中国-当代
Ⅳ. ①I247.5

中国版本图书馆 CIP 数据核字(2021)第 218358 号

以宏志班的名义 **YI HONGZHI BAN DE MINGYI**

熊广平 著
责任编辑:徐 旻
封面设计:上尚装帧设计
经　　销:各地新华书店
出版发行:江西人民出版社
地　　址:江西省南昌市三经路 47 号附 1 号(邮编:330006)
编辑部电话:0791-88629871
发行部电话:0791-86898815
网　　址:www.jxpph.com
E-mail:jxpph@tom.com　web@jxpph.com
2021 年 9 月第 1 版　2021 年 9 月第 1 次印刷
开　　本:720 毫米×1000 毫米　1/16
印　　张:21.75
字　　数:310 千字
ISBN 978-7-210-13550-0
定　　价:72.00 元
赣版权登字—01—2021—636

承 印 厂:南昌市红星印刷有限公司

赣人版图书凡属印刷、装订错误,请随时向江西人民出版社调换
服务电话:0791-86898820

致敬南山（代序）

从暗夜中醒来，习惯站在香域加州的窗前。楼上有四扇窗：一扇伸向新城十字路口，一扇伸向广袤的乡村田野，一扇正对着楼下城乡交替的建设工地，最后一扇通向自己。而我当初选中这里居住的理由，也是那种恍然身在故园的感觉。事实上，人的心魂总有一角栖在原乡，不停出发，不停追寻，路上的一切充满不确定与不可控性，原乡给予的安宁才是永恒的。

不管你走得多远，故乡是游子永远的牵挂。教育兴则家国兴，2006 年，武汉“欧亚达控股集团”董事长徐良喜先生捐资三千多万元兴建晓春学校的初心，正缘于此。风雨十年，像所有乡村学校一样，随着城市化进程的提速，农村学校生源萎缩，发展艰难。更何况晓春学校地处偏僻，每天只有一辆公交车进来；村庄里剩下的，也大多是留守老人和留守孩子。生于斯养于斯，但人们总是尽可能选择逃离，又对自己身后留下的世界忧心忡忡。

2014 年 9 月，丰城市委、市政府、市教育局采取城乡联动办学措施，开始委派支教老师。像春风吹皱一池春水，晓春学校成为最大的支教点。先于我去的有刘蓓蓓、朱加平、熊春景等孺子学校老师。2016 年 8 月，带完孺子毕业班，我来到南山脚下的晓春学校支教。其时，那届毕业生成绩特别优异，明智地说，留在城区应该是最好的选择。但曾金荣校长不断反复动员我接受新的挑战，作为专业成长的引路人，我无比感谢。回过身来想想徐良喜先生，如此不计回报地为家乡修桥铺路兴建学校，他为的是什么？人是应该有社会责任感的，平凡如我等，能做的只有将感动化作行动。就这样，我开始了长达五年的支教生活。

晓春学校距城区二十三公里，位于桥东镇更新上南山村旁。一跨过母亲桥，你就能感觉到异样的气息：这里的空气更新鲜，这里的天更蓝、水更碧，蓝天下白云朵朵，哈佛红的校园充满着梦幻的力量，极远又极近，极古老又极现代。我想起前面不远处沉淀五千年历史的寨上筑卫城遗址，想起秀水河上的荼蘼桥，想起记忆里所有古老的传说……眼前赤着脚、流着鼻涕上学的孩子，与田间弯腰劳作的老人，与这片土地的自然风景融为一体，与校园的建筑风格却显得有些违和。

带班的日子很忙碌，时间愈久，愈觉得事情纷繁复杂，要做的东西很多。白天我拿起粉笔，夜里我打开电脑敲打文字，书写《支教日记》。我试着向山外传递我的观察，在教育精准扶贫的过程中，我感受到家长的迫切愿望，感受到家长的善良朴实，感受到孩子们的信赖与崇敬，也试图拂去他们身上原生家庭的阴影，努力去发挥他们的主观能动性。但更多时候，会有和扶贫干部一样无奈而心疼的感觉，有的孩子牵扯的绝不是自身问题，而是来自家庭的难以言状的辛酸故事。追溯下去，叫人无法评判好坏对错，只能用一颗悲悯之心扛起肩上的担子，以宏志的名义扬起孩子们通往理想彼岸的希望之帆。

支教过程中，困难自然是免不了的：交通不便又不会开车，没有网络，没有热水，上楼梯踩到蛇……整整一年，我在失重的世界里努力调整自己，"山中桃源"的虚幻一点一点被现实碾碎。白天我带着孩子们在操场一圈圈跑，夜里在操场上一圈圈走。人在山村，远离朋友亲人，孤独如影随形，无数次走在山道上看天看云看风景，看河水流向远方。一年又一年，一直坚持到现在，我应该感谢所有身后支持的朋友们，是他们给予我不断前行的动力。

很多次潸然泪落，严重的职业病折磨，加上城乡种种差别。教育远不是靠单纯的一己之努力而改变，必须当作信念一般，调动一切可能，沉下去探索发挥合力作用。越是艰难处，越是修心时。除了给孩子们讲丰城历史名人故事，我还邀请市电视台、市公安局、市红十字会、市文联等单位来学校开展活动。不光请进来，我还定期带孩子们走出去——走入山野，小桥流水中体味田园之美；走向城市，博物馆、非遗馆等历史人文胜地，为他们打开一扇扇窗，不断拓宽他们的视界。他们愈来愈阳光积极，变得"特别能吃苦，特别讲礼仪；特别爱阅读，特别会学习"，带动学风校风，因之焕然一新，乡亲们刮目相看。到了假日，又去做家访，足迹覆盖二十三个乡镇，行程几千里，了解他们在家的状况，以此寻求他们的成长契机……

山路弯弯,寒来暑往,孩子们用行动证明爱从不辜负:他们走向市春晚舞台,奔跑在武汉马拉松跑道上,登上江西省“三友”自强少年颁奖台,得到省教工委书记叶仁荪、省督学汤赛南等领导鼓励点赞。三年宏志班,三年励志史。在 2020 年中考中,首届宏志班向全市人民递交了一份“高颜值”答卷。毕业典礼那天,很多家长从四面八方自发来到学校,感谢党和政府,感谢晓春学校,感谢支教老师。宏志班,让孩子们燃起梦想,懂得拼搏,让他们的家庭看到了希望;宏志班,见证南山有爱,见证爱之教育奇迹。昔日偏远的晓春学校已经成为这座城市最有爱的地标之一。

教育是一种智慧,爱是一种能力。支教不是诗意的代名词,而是任重道远的教育纾困措施。选择支教便意味着责任与艰辛,必须放弃很多属于正常人的生活空间。所幸的是我们的曾校长一直支持我帮助我,并且最后一道来到这里主持工作,学校的面貌蒸蒸日上。很多优秀的年轻教师也主动加入支教者的行列,为乡村教育增添了新血液新力量。期待越来越多的人行走在这条道上,以微光点燃乡村教育的希望,以师者匠心助力乡村振兴快速发展。

陈小庆

2021 年 5 月

目录 contents

引　子

丰城市桥东镇南山脚下，有一所民助公办制学校，这就是由武汉欧亚达控股集团董事长徐良喜先生斥资三千多万元兴建的晓春学校。2016 年 8 月 28 日，孺子学校“金牌班主任”陈小庆在这里开始了支教生涯。她以慈母般的胸怀，殚精竭虑帮助贫困家庭孩子，鼓励他们自立自强，托举他们的梦想，被孩子们亲切地称为“宏志妈妈”！

2020 年 9 月 10 日，一群来自晓春学校首届“宏志班”的孩子登上丰城市庆祝第 36 个教师节的舞台，他们结合自身的经历，用纯朴的语言，叙述从苦难童年到进入晓春变为阳光少年的成长故事，讲述宏志妈妈陈小庆用心用情培养孩子、扎根大山励志教育脱贫的传奇经历，令在场观众无比动容。

其中一位名叫郭慧中的孩子说——

老师，您记得吗？那一年刚开学，我穿着一双露着脚趾的鞋子和同学们一起跑操，被您发现。您拥着我问：“爸爸呢？”“妈妈呢？”“爷爷奶奶呢？”我……我不知道该怎么回答，泪眼蒙眬中我仰望着天空，多么渴望他们能够从天堂里出现，来到我身边，紧紧拥抱我，用心呵护我。妈妈，爷爷，奶奶，你们好狠心，为什么要抛弃我？那一刻，我多想扑进您的怀里，叫您一声“妈妈”！

一位叫陈湘云的孩子说——

老师，您一定还记得，我刚到晓春时，衣衫褴褛，脸色菜黄，连续咳嗽半个多月，吃药打吊针都没有用，是您，赶紧把我送到市人民医院住院。中秋节时，学生去看您，您却带着学生来医院陪我，鼓励我。不知情的护士阿姨还劈头盖脸地骂您是不负责任的家长……老师，您知道吗？自从到了晓春，我真不想再回那个家。那儿冬天四处漏风，夏天蚊叮虫咬，老是缺吃少穿，没有亲人没有爱。饿了病了，没有人照顾。我无数次问老天为什么是这样？

那一晚，我多想靠在您的身上，叫您一声“妈妈”！

…………

首届宏志班的孩子来自全市 23 个乡镇。他们当中大多数来自不幸家庭，幼小的心灵承受了太多生活的艰辛，车祸、离异、吸毒、病痛、智障……在爱心人士的帮助下，他们来到了晓春，来到了宏志班。陈小庆老师含辛茹苦，教会他们自信，教会他们读书，教会他们感恩，教会他们快乐，让他们重新找回了家的感觉，恢复了少年的天性。

“苔花如米小，也学牡丹开。”2020 年中考，晓春学校首届宏志班 50 名学生全部上了 500 分，其中 5 人考了 7A，21 人考到 600 分以上，有 23 人被丰中、九中录取，23 人被定向师范录取……

表演完毕，掌声雷动。全场观众自动起立，用长时间的鼓掌表达对孩子们的鼓励。一位市领导走到陈小庆面前，紧握着她的手，激动地说：“宏志班是我市教育精准扶贫的成功典范。谢谢您，小庆老师！”

作为故事的主人公、首届宏志班班主任的陈小庆，此刻亦泪流满面。

01 遇见七夕

所有的故事都不是想象的开头：来送的有姑奶奶，因为没有爸爸也没有妈妈，没有爷爷也没有奶奶。“我是姑奶奶。”孩子瘦瘦高高，泪在打转。

“你很幸运，姑奶奶带你长大；你更幸运，遇到了无私奉献的徐总，赶上这个好机会……”

“老师，我希望孩子一个月回来一次，在你这里我也放心。”还有说你这人他们一看心里就踏实的，估计俺的大妈级别起作用了。

“我希望一周回来一次，可以看到他。”舍不得孩子套不到“狼”，心理断乳期不经过磨炼怎么独立？

有些绝对不似亲戚的心理距离，可能还在审视我们，孩子是否值得托付，其实我的肩膀还在条件反射般隐隐作痛……

“你可能想不到，几乎就是这个孩子撑着个‘家’的。这孩子和母亲住在山上，有时一个星期吃不上饭，一个月洗不了澡……我们去看他们，母亲说儿子将来是总统我们去巴结，我们的车子都被搞烂了。有时她会把孩子反锁，有时她什么也不管，最后我们强制性把她送第四人民医院，她的头发像野人样束结起来……”这是个真实辛酸的扶贫故事，母亲年轻时被拐走，生下四个孩子，返回老家，送走一个，后再婚又离异，离异后带着小孩离开村庄，到山上人家废弃的茅屋里居住，精神出现障碍，还好孩子们被安全接下了山……

幸好第一书记下乡扶贫，镇党委熊委员多次上山，“幸好有这个宏志班……”面前的他平静地叙说，竟是你不忍想象的场景。

为伟大的扶贫工程点赞！

——陈小庆《支教日记》

2017 年 8 月 28 日，丰城市晓春学校首届宏志班新生报到的日子。

一大早，年轻的范校长就领着老师们一起布置：报到组、接待组、宣传组、后勤组，分工明确，定人定责。高年级学生则被安排在大门两边，准备随时欢迎他们的学弟学妹。敬业的保安徐叔着装整齐，神态肃穆而威严。万事开头难，今天他们将迎接首届宏志班的学生，不能有一丝马虎，不能出一点纰漏。

陈小庆没有心情闲扯，把目光投向了学校前面的南山。眼前青山升起雾岚，弥弥漫漫浸润开来，心沉在了久远的洪荒中。山风中透着燥热，知了不知疲倦地聒噪着，鸡鸣犬吠声似乎无时不在。她心里甚至有一种忐忑，快三十年教龄了，接下来将面对什么样的挑战呢？

之前在城里的孺子学校，只要是她带的班级，总是有人想方设法要挤进来，最多时班级坐了 96 名学生。饶是如此，各项工作仍是有条不紊地进行着，班风班貌积极向上，充满活力，班级考评优秀，所以陈小庆赢得“金牌班主任”之称。但宏志班不同于普通班，都是贫困家庭的孩子，由各乡镇小学及扶贫部门推荐。此一时彼一时，一切都还是个未知数啊。

“宏志班是在这里报到吧？”一个苍老的声音打断了陈小庆的沉思。“是这里是这里。”她定了定神，抬头一看，是一位七十多岁的老妇人，身边站着一个清瘦怯弱的男孩。

“我是从铁路来的，镇里的干部告诉我带着孩子到这里来，转了好几趟车才找到。”妇人操着浓重的山里口音，从衣袋里翻出户口本，“我是他姑婆。少雄，你快叫老师好。”她推了一下身边的男孩。

“老师好。”男孩怯怯地说，害羞地站在姑奶奶身边。

陈小庆翻看着户口本，递上一张报名表：“来，熊少雄，填一下报名表。”

“好的，老师。”

趁着熊少雄低头填写的空隙，老妇人不安地说道：“这孩子可怜啊！四年级时父亲车祸，接着母亲改嫁，奶奶经受不了一连串的打击，病死了。上半年与他相依为命的爷爷又在一个夜里忽然脑梗去世，家里就剩下他一个人，孤儿啊。我是他姑婆，自己这个家一摊子事，又不能不管他，就把他接到家里，可是他又住不惯，经常跑出去，一个人跑到老房子里。唉，也不晓得上辈子造的什么孽……老师啊，你莫嫌弃他！”

“怎么会呢?”陈小庆摸了摸熊少雄的头,“奶奶放心吧,既然交到学校,我们会照顾好他的。少雄,你跟着他们到寝室去放下行李,等会儿送一下姑婆。”她叫来两个高年级同学,让他们带熊少雄进去。

“老师一看你就是个好人啊,孩子放在你这里,是他的造化,我今天送过来,看看心里也踏实了。”妇人一边抹眼泪一边絮叨着,“老师,我希望少雄一个月回去一次,也好让我放心。再说狗不嫌家贫,出来了总得回去看看自己的窝,屋要人养,否则时间长了就会忘本,那个家将来还要他自己撑啊,你说是不?”

“要得要得!我们宏志班每两周放一次假,让他们回家看看。”

“那就好,那就好!”妇人连声谢谢,如释重负般转身。

两位学长带着熊少雄和姑婆进了学校公寓楼。陈小庆一抬头发现旁边的老师都在看着她,目光里有说不出的意蕴。陈小庆叹道:“看到了吧,这是个孤儿。如果不是宏志班,这个孩子……唉!”

又有一位中年妇人带着一个男孩站在了陈小庆面前。“是在这里报到吧?”她扯着嗓门说道。

妇人年纪也不算太大,四十来岁,估计是孩子的母亲。可看她的样貌,穿着非常随意,一件宽松的汗衫,下面是一条不知是白还是黄的衬裤。总不至于是孩子的奶奶吧?她好奇地想。“您是?”她忙起身问。

“我送我崽来报到的。我大清早就起来了,转了两趟车,还差点坐到秀市去了。你们这里真难找,难怪我们那里的老师说最差分数的学生才分到这里来。早晓得这么难找,我就不来了。你赶快给我崽报个到,我还要赶回去做事哩。”

妇人像机关枪似的“突突突”地自说自话,陈小庆插不上嘴,含笑听着。她明白“我们那里的老师说最差分数的学生才会分到这里来”的意思,在乡镇招生时,扶贫办的同志都是第一次听说“宏志班”,连中心小学的校长和老师们也不知怎么回事,虽然表面上说支持,但推荐的都是家里条件、学习成绩以及在校表现都较差的学生,按他们的理解,无非就是让贫困家庭的孩子不花钱完成九年义务教育而已。

陈小庆苦笑一下,转眼看着旁边那个孩子。“你叫什么?”

“我叫曾华明。”孩子满不在乎地看着别处。

“想读书吗?”

“……”孩子斜眼看了一眼妇人,见妇人拿眼睛瞪着他,又把眼睛移向别处。

妇人抢着说:“想读想读!我们那里的老师说到这里读书不用花钱,每个月还有360块钱生活费,还有60块钱零花钱,是不是真的啊?”

“是真的,不是不要钱,是徐总捐资赞助的。”陈小庆纠正道。

“哪里的徐总啊,这么好?”妇人有点意外,但马上就回到了现实中。“只要不花钱就行。我平时也没空管他,他那个死爹病瘫在床,上面还有两个老的,都要靠我一个人去照顾。你们帮我好好看着,叫他千万不要出去闯祸。”

陈小庆微笑着,又问那个孩子:“曾华明,你自己想读书吗?”

曾华明把目光收回,看着地上一言不发。妇人揪着他的耳朵:“你是聋了还是哑了?在家里我是怎么教你的?要说想读书!是不是还在想着家里那条花花?我告诉你,要是你再不说话,我回去就把花花卖掉,还可以卖到几百块钱……”

“不准卖我的花花!”曾华明终于开口了,他挣脱妇人的手,与她怒目相向。

陈小庆心想,“花花”一定是他们家里的一条狗,也许还是曾华明很好的玩伴。她抽出一张报名表,递到曾华明面前:“来,填一下这张表。”

曾华明极不情愿地拿起笔,在报名表上歪歪扭扭地写下了自己的名字。妇人看着陈小庆,脸上有了些笑容:“看你这个人脾气真好,老师叫什么名字?是不是他的班主任?”

“我叫陈小庆,是这个宏志班的班主任。”

“你就是陈小庆啊?阿弥陀佛阿弥陀佛!我听我们那里的老师说,你教书好厉害。要是我崽能够读出来,我给你烧高香。”

“读得出读不出,除了老师,主要看学生自己努不努力,还有家庭的配合。”

“他会攒劲的。实在读不出也没关系,早点回家帮我,在这里只要不出事就行。”

正说着,一位衣着整洁的中年男人拉着一个孩子走到陈小庆面前,打断妇人的话:“陈老师您好,我带孩子来报到。”他身后的男孩大大咧咧走过来,用力拨开曾华明,挤到报到台前。曾华明猝不及防,差点摔倒,站稳之后,也用肩膀顶着男孩。二人四目针锋相对。

妇人尖叫道:“怎么这么蛮横啊?还有没有个先来后到,你干什么这样子?”

男人忙赔笑道:“对不起对不起,是我们不小心。我们也是来报到的,今后他们就是同学了,不会打架的。”

妇人不肯服软,破口骂道:“谁跟你崽同学啊?看样子就调皮了,估计原来读小学就那样!”

男人呵呵笑道:“你这位同志,说话把着点嘴,孩子面前要做个好样子。”

妇人还要顶撞,陈小庆劝道:“莫吵了。你们都是家长,按顺序报名。”妇人瞟了男人一眼,对陈小庆说:“老师,我崽蛮听话的,你可千万不要让他跟这个小孩子坐一起啊……”

“知道了知道了。”陈小庆招呼人把曾华明带进学校,回头一看,那妇人站在大门外边,使劲朝孩子叫道:“华明,你要听老师的话,莫再惹祸了啊!妈妈回去了,以后自己小心点!”话音有点哽咽,居然偷偷抹开了眼泪。陈小庆心里感慨,这么厉害的妇人居然还有些依依不舍呢。她问男人旁边的孩子:“你叫什么名字?”

“吴天罡。”孩子回答得很干脆。

“来,填下报名表吧。”陈小庆递过报名表,问男人:“你是家长?”

“算是吧。”男人又是呵呵一笑,看样子很有涵养,又悄悄地靠前几步,附耳说道:“这是我领养的孩子,今天专门带他来报到。”

陈小庆对眼前这位充满爱心的男士颇有好感。

吴天罡把表格伸到陈小庆面前,陈小庆看了看,几个很简单的字被他写得张牙舞爪,几乎都突破了格子,穿透了纸背。“好了,你可以跟他们进去了。”

男人朝吴天罡挥挥手,吴天罡则头也不回地往里走。男人摇头笑了笑,说:“陈老师,这孩子有点个性,请你们多点耐心,好好教育他。”

陈小庆拿起吴天罡的表格看了看:“就请放心吧。孩子到了学校就是我们的责任。”

男人点了点头,又道了谢,便转身离去。

时间在忙碌而烦琐的报到工作中一分一秒地流逝。眼前一个个神态各异、家庭背景各异的孩子，像一幕幕人间话剧，你方唱罢我登场。有大吵大闹的，有八棒子打不出一个屁来的，有赶大人走的，有拉着大人哭的……不管什么样的角色，都有同样的家庭背景：都是来自贫困家庭的孩子，一群穷得失去了或即将失去教育权利的孩子。

下午继续报到，其间陈小庆还赶到宿舍去处理了一件斗殴事件。不用说，斗殴的两位主角，就是前文提到的曾华明和吴天罡。事情的起因其实很简单，吴天罡被分在上铺，而他的下铺则是曾华明，吴天罡二话不说，把曾华明的行李往上铺一扔，把自己的行李放在下铺。曾华明不服气，要去抢回自己的“地盘”，争抢之中，都把对方的行李丢到了地上。两人不曾开口，就已经扭打在一起。

陈小庆赶到宿舍的时候，值班的徐老师正把两人强行隔开，命令他们各自靠墙站立，然后狠狠盯着他们。陈小庆问清事情原委，冷静地说道：“你们已经是同学了，怎么能打架斗殴？”

两人倔强地昂着头，怒目相向，各不相让。

陈小庆走到曾华明面前：“为什么打架？”

“你问他！”曾华明余怒未消。

“老师问你，为什么打架你先说吧。”

“他想占我的下铺，我不同意，他就把我的行李丢掉！”

“为什么不跟老师报告？”

曾华明不再说话。陈小庆又走到吴天罡面前：“为什么不听值日老师安排？这些都是暂时的，以后还会统一调整。”

“同学相处第一点是互相帮助、互相体贴，五世修得同窗读，在一起不是‘拳头’讲话、打字当先的。”

“睡上铺和下铺目前是临时安排的，你有特别要求，要多跟同学沟通。”

吴天罡不再说话。

陈小庆看看地上的行李，沉着脸说：“谁丢的东西谁捡起来，放到原来的床铺上去。”

二人一动不动。

“听见没有？”陈小庆来回看着两人，转而又笑着说：“难道自己长腿吗？

我得好好瞧瞧,腿在哪里?”

曾华明挪动脚步,很不情愿地把吴天罡的东西捡起来放到上铺。吴天罡如法炮制。陈小庆又说:“如果再发生这样的事,知道怎么处理吗?”两人点点头。

徐老师见陈小庆大事化小,生气地问道:“刚开学就这样,就算了?”

陈小庆摆摆头,示意徐老师出去。她用缓和的口气对两人说:“你们知道这是哪里吗?这是学校,是读书的地方,不是打架的地方。你们好好想想,家里把你们送来,为的是什么?难道是让你们在这里打架的吗?你们想过没有?”见两人不再怒目相向,又说,“今天这是第一次,我希望也是最后一次。你们先把床铺铺好,有什么问题可以去找徐老师反映,也可以找我说。你们也是不打不相识,到此为止,要学会解决问题采取最好的方法。知道吗?”见两人点头,便转身离开寝室。

徐老师叫住陈小庆:“陈老师,真的这样算了?”

陈小庆反问道:“他们都是新生,刚来,还能怎样,还要怎样?”

“他们也太不像话了,刚到学校就打架,要是不给他们点颜色,以后还不闹翻天?”

“慢慢来吧。这些孩子比较特殊,咱们还是要有点耐心。”

“我看你啊,就是心太善。”徐老师不快地说,“要是我,第一把火就非惩罚他们不可。”

“怎么惩罚?”陈小庆笑道,“已经批评过了,他们也已经改正过来了,总不能打他们一顿吧?好了徐老师,你去忙吧,不会有事的。”

徐老师叹息地摇摇头:“以后你呀怕有好日子过了。”转身到别的寝室去了。

再次回到教室的时候,看到里面站着两位三十来岁的年轻人,中间站着一个面黄肌瘦的小女孩。看情形,女孩似乎并不是这两个年轻人中任何一人的孩子。陈小庆正要问时,一位年轻人主动伸出手,一边握手一边问道:“您是陈小庆老师吧?”

“我是陈小庆。”

“你好!我叫熊力群,是同田乡的扶贫干部。”熊力群指着身边的女孩,“她叫陈湘云,是我们的建档立卡贫困户,也是重点帮扶对象,我们是带她来报名的。”

“你好,欢迎欢迎!”陈小庆热情地说道。她打量了一下陈湘云,目光怯怯,神情紧张,偶尔又好奇地看着四周的一切。

“陈湘云,不要怕,来填一下报名表。”见陈湘云低头填写报名表,陈小庆便用征询的目光看着熊力群两人。熊力群从包里拿出一个蓝皮本子,是一本扶贫日志。陈小庆伸手去接扶贫日志,熊力群看了看陈湘云:“陈老师,我们还有些情况跟您反映一下。”他对身旁另一位年轻人说,“小江,你先送陈湘云进去。”

陈小庆会意,等小江和陈湘云走远了才问道:“这个小女孩子家是什么情况?”熊力群递过扶贫日志,并讲述了一个惊心动魄的故事。

原来,陈湘云出身于一个非常不幸的家庭。她的母亲十八九岁的时候,和其他满怀梦想的年轻人一样,前往广东打工。由于涉世未深,被人拐骗到湖南的一座大山里,卖给了当地一个三十多岁的“王老五”,沦为生育工具,十几年间先后生下四个孩子。其间曾多次试图跑出大山回到家乡,但因当地人看管得很严,一直没有逃脱。

十多年后,“王老五”和他家里人逐渐放松警惕,陈母找到一个机会,终于带着四个孩子逃离魔窟。因为没有盘缠,无奈之下,陈母在路上卖掉了一个孩子,带着另外三个孩子辗转周折,终于逃回老家。

逃回老家的陈母并没有过上幸福生活。她的父亲早逝,母亲改嫁后,陈母一直跟着继父生活,继父本来就对她不闻不问,加上这十几年间音讯全无,突然间带了三个孩子回来,非常郁闷,待她自然不同家人。陈母带着三个孩子无依无靠,不得已嫁给一个老实巴交的当地人,婚后没多久,因陈母害怕再生育,被丈夫赶出家门。后又嫁给一个比她年纪大许多的男人,这个男人脾气暴躁,嗜酒成性,动辄以拳脚相加。陈母受不了接二连三的打击,患上了精神分裂症,带着三个孩子离家出走,住进山上一座废弃的煤矿工棚里,尽管有好心人偶尔接济一些东西,但生活状态极端恶劣。

“你可能想象不到,几乎就是陈湘云在支撑着他们这个家。”熊力群摇着头,尽量忍住内心的痛苦,“她和她母亲住在山上,有一餐没一餐的,一个星期菜里见不到肉,一个月洗不了澡。她的母亲发起病来,对孩子又打又骂,下起手来没有轻重,真是好危险。”

听起来真是匪夷所思！尽管陈小庆有多年乡村学校教书的经历，对农村贫困家庭的情况比较熟悉，但若不是听到熊力群的讲述，她很难相信居然还会有这样的家庭。其他同事在旁边听了，个个都是心惊肉跳。

熊力群苦笑道："你们可能会以为这是我瞎编的吧？这是真的，一点也没有编。我们去看他们时，她母亲说儿子将来是总统，我们是去巴结他儿子，还冲出去把我们的车子砸烂了。有时她会把孩子反锁在屋内，一个人跑到外面去疯，孩子在屋里又哭又闹，她也不管不问。我们没办法，出于对孩子安全的考虑，强制性把她送第四人民医院。在医院里，她还是疯疯癫癫的，经常把头发束结起来，像个野人一样……这几年，乡里把她家列为建档立卡贫困户，用扶贫资金给她家盖了瓦房，把孩子接下山来，要不然真不知道会发生什么事。听说你们宏志班招生，所以我们决定把陈湘云送到宏志班来，改变一下生活环境，让她的学习也有保障，将来不再过她母亲一样的生活。也希望通过在这里的学习，让她更懂事，照顾好家里一切，从她做起，通过努力拔掉穷根。"

这是一个真实而又辛酸的故事，也是一个真实而又辛酸的家庭，陈小庆怦然心痛。"放心吧，交给我。"她心疼地说。

入夜，天边弯月如钩，对面的南山村里还有灯火闪烁，犬吠声声，夜风里有荷的清香，有新掘的泥土气息。白天的招生工作总算告一段落，但陈小庆的手机仍然"哔哔哔"响个不停，到八九点钟还有人把孩子送到学校来。尽管两脚酸痛，陈小庆都一一耐心接待，安排好床位，安顿好他们洗洗漱漱，上床休息，自己才拖着沉重的步子返回宿舍。

这天，正好是农历七月初七，也是传统的"七夕"节，牛郎织女鹊桥相会的日子。经过操场，抬头仰望天空，银汉迢迢，繁星点点，辨不清哪一颗是牛郎星，哪一颗是织女星。房间里闷热无比，山里蚊子厉害，像轰炸机一样直侵肌肤。难道蚊子也要寻找"七夕"原动力，吸饱了好去约会么？陈小庆辗转反侧，虽然身心俱疲，却毫无睡意。

02 许我田园

觅一处农家小院，远离所有尘嚣，用鸟声流水洗我心头疲乏
当你铿锵步伐踩痛我神经，我记得那是天使的翅膀
透过你的小脸，寻求被遮蔽的光明
或许很多时候
我们一样不够坚强悄然泪落
但你看到的就是这样……
在田园巨大的怀抱里
有个角落可以安静地
聆听一朵花含苞待放
或许某一天破茧成蝶
别提我夕阳下曾经的
无助与彷徨，我相信
狗尾巴也期待春天……

——陈小庆《支教日记》

仲夏夜的上南山，月亮躲在山背，迟迟不肯露出真容。饶是如此，黑漆漆的田野里依旧热闹非凡。蛙声，虫声，和着不知名的鸟儿的叫声，此起彼伏，让山里的黑夜不再平静。

拥挤的会议室里，十几位老师正争吵得不可开交，大家正在为宏志班的名额问题争论不休。

按照计划，宏志班只招收50名学生，而且前提是“品学兼优”的贫困生，但招生结果却令所有人大失所望。各地送来的学生总数多达67名，涵盖全

市23个乡镇,而且这些学生哪里是什么“品学兼优”?完全是一群“乌合之众”:有辍学多日的,有六年级还没有读完的,有自己的名字也写错的,还有哭着闹着要回去的……为此,很多老师特别是宏志班的任课老师深感忧虑,纷纷提出了自己的意见和看法。

尽管曾金荣校长已经敲过多次桌子,手指敲得生疼,但还是没能制止大家的争论。原则性和灵活性,白天与黑夜,在这里已经没有了明确的界限。

“既然定下了50人,就应该按定下的名额来。我的意思是也不要搞什么偏见,用成绩说话,取前50名,剩下的各回各地各找各妈。”

说话的是年近五旬的严运城老师,他被安排到宏志班担任数学老师。严运城性格耿直,说话直来直去毫无遮拦,加上年龄较大,大家都尊称他为“老严”。

一位年纪较长的老师忧心忡忡地说:“我也赞同老严的观点。既然我们办的是宏志班,总应该办出成效来,不能什么学生都收。否则鱼龙混杂,良莠不齐,不但辜负了徐总的爱心,也影响我们晓春今后的发展。”

“我不同意。”说话的是绰号“彪哥”的胡彪老师,“我们是第一次办宏志班,虽然造了些声势引起了大家的关注,但并没有规定非要考出好成绩。再说,学生们又没犯什么错误,凭什么把他们送回去?如果把他们送回去,让这些孩子去哪里?”

“也是。不能因为人家条件差,就把人家送回去嘛。”年轻漂亮的英语老师刘雪芬声援彪哥,“将心比心,要是我们自己的孩子送到学校,因为基础差,就不让他过来,我们会做何感想?不要忘了,这些孩子都来自贫困家庭,是我们教育扶贫的对象。不是说‘脱贫路上一个都不能少’吗?既然来了,我们就要接受他们,让他们享受受教育的权利。”

“说起来轻松。”老严不以为然地说道,“你们好好想想,这都是些什么孩子?有被父母强行送来的,有报到当晚就想逃跑的,还有一来就打架斗殴的。没有规矩不成方圆,要是没有一个标准,今后还怎么教?怎么保证教学质量?”

“标准和规矩都是人订出来的嘛。”刘雪芬反驳道,“纪律差,成绩差,都可以慢慢调教慢慢提升,否则要我们老师干什么?只要我们有决心,有陈姐这个金牌班主任在,我相信教学质量还是会有保证的。”

“问题是，小庆老师也在犹豫。”老严看着沉默不语的陈小庆，“何况她只有一年的时间。”讲到这里，大家便都沉默下来，一齐望着陈小庆。

陈小庆沉吟不语。会上会下，同事们都跟她说了很多，各抒己见都有道理。从理性上说，要保证教学质量，必须采取择优录取的方法，选择或淘汰学生，这样才能形成威慑力或是竞争力，形成良好的教学环境。她原来的教学班，往往都是尖优生，学生一点就灵，接受能力很强，在管理上比较顺手，只要在专业上多花时间引领。眼下情况是两头难，似乎处处都不通。但若是从感情上来说，这些孩子来自全市各乡镇的贫困家庭，本来就面临辍学，如果现在放弃他们，那无异于雪上加霜，给孩子的身心带来更大的创伤，甚至给孩子的家庭带来毁灭性的打击，让他们永远不得翻身，永远停滞于社会的最底层。世人都爱锦上添花，雪中送炭多么不易。

当初，董事长徐良喜提出创办宏志班的时候，她异常兴奋，冲动之下，答应留下来再支教一年，出任首届宏志班的班主任，却没想到会出现这样的情况。67 还是 50，一个简单的数学命题，令她左右为难。

“小庆，你的意见呢?”偏偏这时候，曾金荣把这个烫手的山芋交到了她手上。

“我……还是先听大家的意见吧。”她还没有想好，只好把山芋交还曾金荣，“徐总是什么意见?”

“徐总没有意见，让我们商量着拿主意，我们怎么定都行。你是宏志班的班主任，我想最终还是以你的意见为准。”曾金荣再次把山芋送回到陈小庆手中。

过去的一年，陈小庆与徐良喜有过交道，她非常清楚徐良喜创办晓春学校的初衷。徐良喜斥资三千多万元兴建这所学校，并不是一时的意气用事，而是为了让家乡的孩子都能够上学，通过教育改变自己和家庭的命运。宏志班由徐良喜自掏腰包，绝不是为了沽名钓誉，而是实实在在帮助贫困家庭，实现“教育扶贫”的目的。

陈小庆心想，要是徐良喜碰到这样的情况，又会怎样处理呢? 会纠结于 67 还是 50 这么简单的问题，把成绩差品行差的孩子送回去吗? 不会，这不符合徐总的性格! 想到这里，陈小庆觉得有了点底气，她看了看大家，一字一句地说:“全部都留下!”

“什么?”“我没听错吧?”有些老师瞪大眼睛,神情错愕。

“都留下。”陈小庆重复了一句,“既然来都来了,就没有理由把他们拒之门外。”

曾金荣提醒道:“这些学生很特殊,你是宏志班的班主任,要有充分的思想准备。如果你决定全都留下,我没意见,就按你说的向徐总汇报。”

陈小庆平静地说:“你是名誉校长,当然是你去汇报。我是宏志班的班主任,学生的事交给我就行。”

老严大声叫道:“小庆,你不要意气用事！我当了这么多年老师,什么样的学生都见过,我太了解他们了,要是把他们全都留下,比带三个普通的班级还要辛苦。我只是个数学老师,真要全部留下的话,吃苦的可是你这个班主任,别人帮不了你,你要想清楚!”

陈小庆笑道:“谢谢你老严,你只要把数学教好就行。至于辛苦,做什么不辛苦呢?”

“你啊你!”老严气得直摆手,一屁股坐下。

陈小庆又道:“也谢谢各位老师！咱们一个班就是一艘船,这艘船怎样乘风破浪就靠大家一起用力划。教育的本质就是引领,就是服务,这两件事做好了,其他一切都好办。接下来我们要达成共识,如何为这些孩子服务,如何引领他们走向未来？也就是说,现在他们这样走进南山,三年之后我们让他们以怎样的面貌走出南山？这是我们要着力思考的课题。我希望大家齐心协力,劲往一处使,心往一处想,路是人走出来的,一起来摸索吧。”

大家先是沉默了一会儿,接着频频点头,向陈小庆送去热烈的掌声。

曾金荣高兴地说:“好！讨论了这么长时间,总算明确了方向。现在学生们已经到齐,各位都是校领导和宏志班的任课老师,相关的管理和教学工作要跟上,要各自尽责,一起和小庆老师把宏志班带好。散会吧。”

陈小庆正要和同事们一起离去,被曾金荣叫住:“小庆,你等一下。”

“还有事吗?”陈小庆停下脚步,看着曾金荣。

“小庆,我们都是从孺子过来的,让你留下来担任首届宏志班的班主任也是我的建议。虽然我很欣赏你的敬业精神和教学能力,但是我还是要提醒你,老严说得很有道理,这个班不比普通的班,会非常难带,非常辛苦。在给徐总报告之前,我们还有回旋余地,如果你提出只留 50 人,我还是会尊重你的意见。你认真考虑考虑。”

“刚才已经说了,就全都留下,不要送回去。”

“我知道啊!我是说,这里条件没有城里好,你在这支教一年吃的苦我都看在眼里。我是真心希望你能够轻松一点,要是因为留下来带宏志班累坏了身体,我良心上过不去,也没法向你家里人交代啊!”

“好了,曾校。”陈小庆诚恳地说,“你说的这些我也思考过,再累也累不死人,对不对?何况徐总费这么大精力投这么多钱,为的是什么?不就是为了把这些孩子教好,让他们多学点文化知识?有可能的话,今后考上大学找份工作,他们的家庭不就彻底摆脱贫穷了吗?能帮上一个是一个,如果这67个孩子争气,全都考上大学找到稳定的工作,你想想,这对于他们的家庭来说,将是一件多么幸福的事!我们作为老师,能够为这么多家庭摆脱贫困拔掉穷根做点事,不是更有意义吗?”

“我知道。可是要知道这不是一件容易的事。”

“没事的。慢慢来,人总得做点有意义的事情!”

“你啊你,不要怪我哈。”曾金荣笑着摇摇头,“日后宏志班有什么困难,一定要及时告诉我,我一定当好你的后勤部长!”

“谢谢曾校长!”陈小庆带着自信的微笑,轻快离去。

夜已深,万籁俱寂。一弯新月不知什么时候躲到了山的那一边,寂静的校园里除了鸣虫啁啾,什么声音也没有。

陈小庆的宿舍里仍然亮着灯。回想着上周白天招生和晚上争吵时的情形,陈小庆的内心颇不宁静。她的面前摆放着报名资料,一遍遍看着学生的名字,一遍遍回想着这些孩子报名时的情形,努力回想着每一个孩子的样子,心里竟然有了一丝莫名的伤感。从教三十一年,尽管大部分时间是在乡村学校度过,但类似宏志班这样的生源成分还是第一次。她对这67个孩子做了个简单的统计:来自特殊家庭的有27人,其中孤儿8人,父母离异的6人,父亲或母亲病故的13人……这是一群怎样苦难的孩子啊!要把这样一群孩子捏合起来,成形成器,要花多少气力?身体还能不能吃得消?她的心里有点隐隐作痛,又习惯性地咳嗽起来。

几个蚊子顽强地在她的耳旁嗡嗡地飞来飞去,不停地扑到她的脸上、颈上、手臂和小腿上叮咬，等陈小庆发觉伸手去扑打时，又机灵地飞开。她有点烦躁，索性起身四处查找蚊子下落，一巴掌拍死去，岂知那东西精灵得很，哪里找得到？

点燃一盘蚊香，把门窗紧闭，希望浓烈的烟雾能够杀灭这些令人生厌的蚊子。但是烟雾太浓，把自己呛得直咳嗽，本想开门出去走走，又担心楼道里或外面的空地上有蛇蛰伏，便放弃了开门出去的想法，伸手打开窗户，让蚊香的烟雾消散一些。

洗完澡上床，虽然觉得很困倦，却怎么也睡不着。她把风扇开到最大，但这丝毫没有减轻内心的燥热。我这是怎么了？想起昔日的同事，想起朋友们的劝说，好好的不回孺子学校却要过这种苦行僧的生活？为什么冲动之下就接受了宏志班班主任的担子？我真的变傻了吗？她懊恼地想。

一个月前，晓春学校校长办公室，灯光如炬。校长办公室共有三个人：双眉紧锁的陈小庆，慷慨激昂的名誉校长曾金荣，以及专程从武汉赶回来的徐良喜。陈小庆坐在椅子上一动不动，曾金荣和徐良喜不停地来回走动，看上去十分兴奋。

徐良喜是桥东镇更新村委会上南山人，因自幼家境贫寒，高中毕业后跟人学徒做木匠，当起了“木博士”，自此翻开人生新篇章，努力打拼，成为武汉欧亚达控股集团掌门人。2006 年，徐良喜在家乡创办晓春学校，正式投入爱心助学行列。徐良喜此行的目的，是实施一项宏大的计划：响应上级脱贫攻坚号召，在晓春学校创办扶贫班。为此，他已筹划很久。

“陈老师，我想听听你的意见。”徐良喜看着陈小庆，目光锐利，神情凝重。

“这当然很好！”陈小庆站起来，不时挥动着两只手，情绪十分高涨。“特色教学很有必要。去年带的‘孺子班’，就是借鉴我在孺子学校时的一些班级理念，借此调动学生学习积极性和主动性，发挥他们潜在的优势，激发内驱力，提高学习兴趣，从而提高学习成绩。不过，眼下生源质量比孺子学校差太多。由于城市化发展，学生家长都想方设法把孩子往城区送，乡村中学受到很大冲击，更何况我们不在镇上，没有区位优势，所以办特色教学不失为一种方法。再说很多家境贫困的孩子根本没有办法享受优质教育资源，您的这一举措确实惠民感人，扶贫先扶教，真正的拔去穷根啊！”

曾金荣插话道：“这是肯定的，徐总这份赤子之心足以感动中国。特色教学班是一种很有效果的办学模式。我从事教学工作三十多年，一辈子心血都倾注在教育事业上，现在五十多岁了，我也从来没有放弃过尝试。我甚至想，等到自己从校长的位置退下来之后，我自己去办一所学校，把自己毕生的教学理念放到我自己的学校里，屏蔽掉各种干扰因素，让教育回归安静，让学生真正学会独立思考，拥有自由的灵魂。”

曾金荣是孺子学校的校长，也是晓春学校的名誉校长。学校开办十年之后，晓春学校生源日渐萎缩。徐总每每归乡，看到自己无偿捐资兴建的学校不见起色，他的心都在隐隐作痛。他走过很多地方，既访问过顶尖的世界名校，也走访过最落后贫困的山区，一方面是高端的精英教育，一方面是无力上学的悲哀，他多么希望那些失学的孩子也能走进美丽的校园，享受教育的公平，改变人生的轨迹，但事实总是难以顾全。随着农村乡亲们大量出外务工，留守孩子的问题日益凸显，作为有社会责任感的企业家，他责无旁贷，必须为家乡做些什么了。譬如从学校做起，继续添砖加瓦，久久为功。徐良喜经人介绍，找到“江西省优秀校长”、时任孺子学校校长的曾金荣问计。曾金荣阐述了自己的办学理念之后，提出要选派全市最好的班主任来晓春支教，重振晓春声誉。这一举措得到了市委、市政府、市教体局的大力支持，正逢城乡联动办学举措推动，在曾金荣的极力说服下，孺子学校“金牌班主任”陈小庆被选派到晓春支教。陈小庆带着另外两个支教老师在晓春学校成立“孺子班”，与孺子学校联动，资源共享，仅仅一年的时间就在当地取得了非常好的效果。因此，徐良喜非常看重陈小庆，在重大问题上都会征询曾金荣和陈小庆的意见。

“我也是这个意思。”陈小庆沉静说来，“我觉得可以参照‘孺子班’的方法，在全市农村招收一批家庭条件较差，但又品学兼优的优秀生源，办一个属于晓春的‘实验班’或‘宏志班’。”她捋了捋思路，继续陈词，“这些年，我自费到南京，到上海，到深圳，到过很多地方去，听课、观摩、学习，也一直在思考这个问题，怎么才能让农村孩子受到和城里同等的教育机会。我们一直说教育资源均等化，但很难做到，好的师资全部集中到城里去了，农村孩子只能受到二流甚至三流的教育，很多家庭尤其是贫困家庭的孩子看不到希望，便选择辍学。这是一个很严峻也很现实的问题，我们必须改变。所以，我觉得办特色班级很重要，可以让更多的农村孩子留在学校，拿起书本，通过读书来改变命运。”

徐良喜脸上渐露喜色，高兴地说：“就是这个意思。”又踱到曾金荣面前，微笑道，“现在才聊得有点意思了。”

曾金荣也朝陈小庆频频点头。陈小庆此前曾与徐良喜沟通过这个想法，但之后一直忙于教学未深入探讨。今天旧话重提，又让她想象辽远起来，因此她有点兴奋，目不转睛地看着徐良喜。

徐良喜看上去不急不缓。他沉吟道：“2020 年要实现全面脱贫，这是一项伟大的工程，我觉得我们晓春也应该做点什么。今天上午我去找市委书记，书记拉着我的手，专门叮嘱我，要想办法为家乡脱贫攻坚做点事。回来的路上，我一直都在想这个问题，小庆老师的话可谓醍醐灌顶，一语惊醒梦中人。不过，”他看着陈小庆，问道，“你们是办教育的，教育怎么才能跟脱贫攻坚挂上钩？”

曾金荣脱口道：“小康路上一个都不能少，这也包括贫困户以及他们的孩子。只要把孩子培养出来，今后考上了大学，参加了工作，一个家庭就可以实现彻底脱贫。”

徐良喜点点头，又把目光移向陈小庆。

陈小庆似乎揣摩到了徐良喜的意思。长期以来，她所教过的孩子，有很多是因为家庭贫困，不得不选择辍学。这些学生因为没有文化，找不到好的工作，一直挣扎在社会底层，过着四处漂泊的打工生活。从短期看，学生辍学外出打工可以缓解家庭困难的燃眉之急，而从长远看，不过是一种杀鸡取卵、釜底抽薪的做法，家庭的贫困状况难以得到根本性解决。为此，她曾经无数次上门，希望那些因贫困辍学的孩子的家长把眼光放长远点，让孩子回到课堂上。可是，把孩子送回课堂，不只是单纯的学杂费问题，一家人的生计如何维系？教育质量又如何保障？

她知道，徐良喜一直热衷于助力家乡发展。他之所以投入巨资创办晓春学校，除了实现先贤遗愿，还有一个宏大的愿景：那就是希望周边乡村的孩子返回课堂重新拿起书本，多学习文化知识，通过知识改变命运。如果办学跟脱贫攻坚结合起来，让那些挣扎在贫困线上读不起书的孩子坐在美丽的教室里,将会比现有的办学模式更有意义。所以征询她的想法时,她就把这个意向摆出来了。对,就是宏志班。

“宏志班?”徐良喜和曾金荣相互对视一眼,一齐看着陈小庆。

宏志班,是指在党和政府的支持下,依托学校,专门招收品学兼优的特困学生,免收学费、书费甚至还补助生活费的一种特殊教育形式。其寓意为“宏图寄党恩,志远为国强”。从1995年9月1日,北京广渠门中学创办全国第一个“宏志班”开始,至今在全国已有几百个这样的宏志班。但是,从严格意义上讲,晓春学校是一所公办民助学校,能不能享受到政府的扶助资金还是个未知数。陈小庆早就有这个想法,不过考虑到学校的性质,为了不使徐良喜为难,没有提出来而已。

徐良喜快速思索着,突然直视着陈小庆:“那你说,宏志班要怎么办?招收多少学生比较合适?大概需要哪些费用?一年要多少钱?”

陈小庆被问住了。她只是有这样的想法,并未考虑得这么细,一时不知怎样回答。曾金荣接过话题说道:“宏志班我也听说过,因为丰城的学校还没有办宏志班的先例。如果我们要办的话,第一,招生不宜过多,应以一个班40—50人为宜,我们就算50人吧,这也符合小班的办班理念;第二,我们尽量向上级争取或从其他费用中挤出一部分资金,解决学生的学费、书本费、生活费和住宿费等费用。粗略估算一下,一年在20万元左右,如果徐总能解决一些当然更好了。”

徐良喜沉吟着,继续看着陈小庆:“小庆,我想听听你的想法。”

陈小庆笑道:“办宏志班和办特色班其实差不多。不过,宏志班一般是由政府资助的,需要多少钱我还真没算过。”

徐良喜笑道:“没关系。如果我们办宏志班的话,你打算怎么做?”

“真让我说?”

“当然。”

“那好,我就把心里的想法照实说了。因为我们面对的是贫困家庭的孩子,他们本来就没钱读书,能够坚持读下来的,都是因为家长对学校、对教育、对我们这些教育工作者抱有希望。如果我们能够办宏志班,挑选一些品学兼优又确实想读书的孩子到宏志班来,我们来资助他们的所有费用,并给他们提供必要的生活条件。加上城乡联动办学的政策,与孺子结对资源共享，支教老师下来，一切按照特色教学的方式来做，这个不会有什么问题。这不仅可以鼓起这些孩子读下去的勇气，更主要的是可以让孩子的家庭看到希望，走出一条光明的路。我认为，这才是教育扶贫的关键。”

徐良喜又问：“那我们先尝试招收一个班，人数就初步定为 50 个，怎么样？”

陈小庆反问：“您是说，答应办宏志班了？”

徐良喜笑道：“当然。今天请你和曾校长过来，就是专门讨论这件事的。”

“太好了！”陈小庆兴奋起来，双目炯炯有神，“如果宏志班办起来，我们就可以创建一个属于我们晓春学校的品牌，这个品牌不仅是教育扶贫的，还有教学质量上的。我可以肯定地说，有徐总的关心支持，有曾校长的办学经验，宏志班一定能够办成全市最优秀的特色班！”

徐良喜问道：“具体教学管理事情，就看带班老师团队了，有信心吗？”

“信心是做出来的！”

“好！你这么说，那我也不能没有信心。这样，宏志班就招收 50 个贫困家庭的学生，所有费用按国家标准，不用给政府增加麻烦，全部由我们欧亚达控股集团赞助。另外，除了每个月 360 元的生活费，我另外给每人每月 60 元的生活补贴。怎么样？”

“太好了！”陈小庆几乎激动得跳起来，“徐总，您真是太伟大了！”

“不过——”徐良喜话音一转，郑重地看着陈小庆，“我还有一个条件。”

“什么条件？”陈小庆不假思索地问道。

“我的条件就是，你得留下来继续在晓春学校支教，你带班，做班主任。”

“……”

陈小庆一下子愣住了。看徐良喜和曾金荣的表情，似乎他们早就商量好了，并且挖好了一个坑，等着她往里跳。而自己居然傻乎乎地配合着他们挖坑，并心甘情愿地跳了进来。既然已经跳进坑里，再想爬出去就难了。

她已经在晓春学校支教一年。一年来，为了晓春学校，为了这些来自山村里的孩子，陈小庆不知吃了多少苦，可她到底坚持下来了。为了教育，为了这些来自乡下的孩子……

为了教育，为了这些来自乡下的孩子。即便前面是一个无法预知的深坑,她也愿意往下跳。

“好吧。”她沉吟了一下,答应下来。

徐良喜站起身来,走到陈小庆面前,紧握着陈小庆粗糙的右手,欣慰地说:“谢谢你!为了孩子,为了脱贫攻坚,我一定会尽我的绵薄之力,全力支持你把宏志班办好!我的爱人黄金桂做名誉班主任,在远方支持你。”

为了孩子,为了脱贫攻坚。陈小庆喃喃地念着这几个字,觉得浑身的血液都在往头上涌,分不清是燥热还是紧张,挑战无时不在,生活从来就是这样。

宏志班与普通班不一样,宏志班的学生成分更复杂,起点也不一样。想要办出成效,需要时间磨合,需要勠力同心。她忽然想起了自己说过的话:我们只有选择当老师的权利,没有选择教什么学生的权利。就算贫穷,就算冥顽不化,不照样是学生吗?只要是学生,就没有教不好的。

她噌地从床上爬起来,重又站在窗前,把窗户完全打开。窗外到桌前,山里的空气虽然带着土腥味,但那是她喜欢的味道。明天还是个未知数,但她始终相信努力的意义。她坐到桌前,把凌乱的报名资料码整齐,又一页一页地翻看了一遍。为了孩子,为了教育,她必须走下去。

“宏志班,我期待着!”

03 爱的供养

6:20 起床

6:30—6:50 跑步

7:20—7:50 早读

孩子,你不跑,没人替你坚强!

谁说幸福要一点一点来,悲伤要快快地走?

看着视频里的黄黑样,听着沙哑的嗓音,以及愈来愈糟糕的脾气,一遍遍怀疑自己!

目语无济于事,手语莫可奈何,终于用小棍子在一个小掌心轻抽一下:“是我讲得不清楚吗?”“老师说清楚了。”更多的声音安慰我,只是胸口一紧,眼前的眸子分明还盛着莫名其妙的委屈……

疲惫地坐在餐桌旁,没有一点胃口。

“老师您怎么不吃饭?”竟是小棍抽了的孩子。

“我不想吃也吃不下。”

“为什么不想吃,为什么吃不下?”

“你老师难过呢。”刷卡的女子插嘴。

“你为什么难受呢?”小脸端着碗凑过来,早已忘记了我的惩戒。这是一个失去父爱的孩子,“我爸得了病,好了一下子又病了,我也说不清,最后还是死了。我回去,爷爷奶奶他们也不会来接我的,我觉得这里挺好的,我习惯。”估计走了很久,他平静地向我叙说,仿佛漠不相关。

之前老爱插话接茬,我强调等人说完再发言是一份涵养,他努力克制,好几次叫出来捂住嘴,黑眸如星狡黠地看着你。即使把小手伸出来时,亦宛如接受一份特别的“恩宠”,因为这一份“关注”。

暗黑里另一个我看着“我”:“瞧瞧,脸上都写着什么,沉沦于琐务中的一只母老虎吗?你不学会调整,那就陷入泥潭去吧。”

——陈小庆《支教日记》

宏志班的生活,是在军训中开始的。而初中阶段开启军训,则是陈小庆首开先河。

且不管高矮胖瘦,也不管从哪个乡镇来,先把这67个孩子熔炼成一个整体,一个团队。这很重要。

“一二一,一二一,一二三四!”

在教官的口令声中,孩子们最初跑得很整齐,可是几圈下来后,队伍就变得稀稀拉拉,口号声有气无力,中间还不时有嬉闹声和叫苦声。

“跑起来,队列中不许说话!”教官的声音洪亮而严厉。

“一二一,一二一,一二三四!”

队列从凌乱变得整齐,声音从稀松变得嘹亮。眼前的孩子开始有了点学生的样子,有了班级的模样。

孟子曰:“天将降大任于斯人也,必先苦其心志,劳其筋骨,饿其体肤,空乏其身,行拂乱其所为,所以动心忍性,曾益其所不能。”不经风霜洗礼,何以长成参天大树?陈小庆坐在草地上,面带微笑看着他们。

烈日下穿上军装的孩子们稚嫩的脸庞似乎多了许多英气。衣服湿了又干干了又湿,真是“宝宝心里苦,但宝宝不说”啊!

“立正!稍息,碎步动起来!”教官站在队列前,威风凛凛,大声吆喝。孩子们虽然开头动作凌乱毫无章法,但在教官的训练下已经像那么一回事了。

“抬头,收腹,挺胸,目视前方!”教官不厌其烦地纠正着每一个细微动作。“叫你收腹,不是弯腰。你肚子痛啊?胸部挺起来!”“你,你看着哪儿呢?正前方!”

动作简单,又不简单。两位教官都是退伍军人,说话从不拖泥带水,走路时身后带风,目光炯炯有神,让人油然而生安全感。陈小庆看着这两位比孩子们大不了几岁的教官,不禁想:要是学生们也能做到和教官一样,纪律严明,令行禁止,该是一件多骄傲的事!但这种想法不过是灵光一现,马上就消失了,因为一个学生站立不稳晕倒了,饶是教官眼明手快,还是没来得及扶住。好不容易纠正过来的队列，一下子就乱成一锅粥。

“范启明，怎么了？”陈小庆冲上去，想把文静瘦弱的范启明扶起来，被教官制止。“动作小点，把他平移到阴凉处。”两位教官推开陈小庆，小心翼翼地将范启明抬到树荫底下，迅速解开他的衣扣，然后扇风、掐人中、用湿毛巾擦身，救护动作娴熟而专业。范启明慢慢苏醒，有气无力地看着大家。“对不起老师，我是不是很丢人？”

惊魂未定的陈小庆没想到范启明第一句话会这样说，忙宽慰道：“不丢人不丢人。范启明，你是好样的。”她征询地看着两位教官。其中一位教官说：“没事的陈老师，他可能是身体太虚弱，要么联系一下医院，去检查一下病因。”

报到那天，陈小庆带孩子们到图书馆，每个人挑一本书，整理好内务安静看书。“我看过好多书。”范启明得意地叫道。据他妈妈说，小启明来学校报到之前，特地剪了个头，并叮嘱妈妈不要经常来学校“骚扰”他，以保持他的独立空间。陈小庆对这个孩子印象深刻。她扶起范启明，将他的头枕在自己的臂弯里，问道：“有没有什么不舒服的？”

范启明指着下心脏位置说：“老师，我这里原来做过手术。”陈小庆吓了一跳，一位教官说：“那事不宜迟，我们现在就送他到医院去。”陈小庆说：“现在送市人民医院可能会晚，先到桥东卫生院看看吧，我有一个学生在那里当医生。”

众人七手八脚，把范启明搬上一位教官的车，正要离去，旁边一位戴着近视眼镜的孩子突然小声蹦出一句话：“老师，开学以前我被狗咬过，但妈妈没有带我去打针。”陈小庆一看，是丁志浩。真是一波未平一波又起，她用不容置疑的口吻说：“你也上车去检查一下！”丁志浩听话地挤上车。

教官的车开得迅捷而平稳。陈小庆紧张地看着范启明，见他脸色从白转红，稍觉宽慰。她打通范启明父亲的电话，询问病情，原来是小时候得过“先心病”，也就是先天性心脏及大血管发育异常，好在手术及时，没有造成后遗症。这次晕倒，也许与这个病症有关。

她怔忡地望着虚弱的范启明，一旁的丁志浩小声说：“我被狗咬过之后，跟妈妈说过，但她没有带我去打针。”陈小庆便又打通丁志浩母亲的电话，电话那头，丁志浩母亲满不在乎地说：“被狗咬一口打什么紧啊？不是一样的会吃会睡啊?”“如果狂犬病发作,情况就很危险,会死人的!”陈小庆生气地吼了一句,对方这才紧张起来,“啊? 真有这么严重?”随即又补充了一句,“可是我身上没有一分钱啊。”陈小庆无言以对。

好在检查之后,范启明身体无大碍,只要注意休息就行。丁志浩补打了一针狂犬疫苗,应该也无大碍。陈小庆长吁了一口气,心情又有些沉重,这些来自社会底层的孩子,真是太不容易了!

军训之后,陈小庆带着孩子们回教室上课,突然闯进一位大嗓门老汉,探着头在教室里东张西望。陈小庆示意他到门口等,继续上课。

好不容易挨到下课,老汉马上又冲进教室,一边张望一边嚷道:“徐小珍你躲在哪里? 我是你爷爷,千里迢迢从广西跑回来看你。这么多年没见,你竟然躲着不见我,真是岂有此理!”

孩子们哄地大笑起来,留在教室里看热闹。陈小庆示意孩子们不要围观,走到老汉身边,歉声说道:“爷爷不好意思,刚才我们在上课,让您久等了。我把徐小珍叫出来,我们到外面说好吗? ——徐小珍,出来一下,爷爷来看你了。”

老汉随陈小庆走出教室,上下打量着,问道:“你是老师?”

“对,我是她的班主任,我叫陈小庆。”

“老师,你好你好!”老汉用力握住陈小庆的手抖了几下,握得陈小庆直生疼。“老师,你是不晓得啊。我听说她来了这里,从老家赶到东桥,然后又从东桥一路跑来一路问。你看,我两只脚走得都起泡了,又没有车……”

老人说得语无伦次,居然把“桥东”说成了“东桥”,陈小庆强忍着没笑出来。身材矮小的徐小珍慢腾腾出来了,站在陈小庆身后,低着头不吭声。陈小庆问:“他是你爷爷?”徐小珍点了点头,仍然躲在身后,看样子想哭。

“别哭,别怕,快叫爷爷。”陈小庆鼓励道,但徐小珍还是躲在身后不敢叫。可怜聚散爷爷心,这世间悲欢离合总在揪痛人。

老人又说道:“老师你不晓得,我一直在广西,去了好多年了。我也是听说我女儿这孩子到了这个什么孤儿班,好像是收留孤儿的。我还没死,他爹也没死,怎么能到孤儿班来呢? 我放心不下,所以特地赶回来看看。”

陈小庆解释道:“爷爷,我们这里不是收留孤儿的,也不叫孤儿班,叫宏志班! 全都是各个乡镇贫困家庭的孩子,不用交学费,每个月还有生活补贴。”

“既然是这样,那我就放心了。”老人松一口气,摸了摸徐小珍的头,“这妮子确实命苦,从小没了娘,我那个儿子吧,又有点傻,我呢又在外面照顾不上,所以只好把她托付给我女儿。既然你们学校这么好,那我就放心交给你们了。”

他从带来的袋子里拿出一些食物交到徐小珍手上,徐小珍不肯接。老人抓耳挠腮却也不好硬塞,求助地看着陈小庆。陈小庆想了想,说:“我是跟她姑姑联系的,你打打她姑姑电话试试。”老人一拍脑袋,马上拨通女儿电话,说了几句后把手机交给徐小珍。“姑姑……”她一开口,就忍不住哭出声来。老人又接过电话说了几句,徐小珍这才接过食品,站在老人面前。爷孙俩在一旁说了一些话,徐小珍的情绪开始由阴转晴,终于破涕为笑。陈小庆见状,连忙掏出手机,拍下了这个温暖的瞬间。

眼看天色不早,老人也不时抬头看天。陈小庆知道他担心乘不上车,又舍不得孙女儿,她记得热心的黄毛好像来了学校办事,便打通他的电话,请他把老人捎到集镇去乘车。“爷爷,记住这里是桥东镇,不是东桥。”她笑着提醒道。老人呵呵一笑,露出不好意思的神色,“现在晓得了。老人家上年纪不记事,老师莫见怪!”

上车之前,老人三步一回头,依依不舍地向徐小珍挥手,令陈小庆心酸不止。

列夫·托尔斯泰说:幸福的家庭都是相似的,不幸的家庭各有各的不幸。这些孩子来自社会最底层,饶是天性乐观,也无法改变贫困的事实。她记起一段话:“你拥有一种了不起的自由的力量,让你的思想来去自由,存在或者消失。你决定这些思想是否给你致命一击而溃不成军。或者,你会创造另一个状态:你不需要和乌云作战,你只要做一件事情:成为阳光!”这似乎是《肖申克的救赎》里的台词。她希望这束阳光可以照亮孩子们未来的前行之路。

经受住军训的考验,就迈出了成功的第一步。因为,军训是对每个孩子意志的磨炼,也是对每个孩子习惯的养成训练,人只有在经历磨砺之后才会变得坚韧,在困难面前才会更加坚强。短短的数天军训,让孩子们褪去了娇嫩，收起了野性，变得跟以前颇有点不一样了。

迎着初升的朝阳，在教官洪亮的口号声中，孩子们的动作虽然略显疲态，但步伐比军训之前铿锵多了，就连口号声也变得整齐有力，像冲向敌阵的勇士，精神抖擞，气势如虹。

陈小庆随着队伍跑了几圈，觉得有些气喘，便跑出队列，站在一旁满意地检阅着她的队伍。不管明天如何，且看眼前这群孩子，足以让她欣慰不已。

一双露着脚趾的小脚出现在她的视线中。目光上移，穿着这双露着脚趾的鞋子的，是一位叫郭慧中的瘦弱女孩。郭慧中平时性格忧郁，很少说道。“郭慧中，你出来一下。”她心疼地把孩子叫住。

郭慧中跑出队列，站在陈小庆面前。见老师看着她的鞋，便使劲缩着脚，脚趾头羞涩不安地藏在破烂的鞋子里。

“还有别的鞋子吗？”陈小庆指了指她的鞋子。

“就这一双运动鞋，寝室里还有一双拖鞋。”郭慧中低着头轻声说。

陈小庆忍不住问：“爸爸妈妈在哪里？”

郭慧中摇摇头，眼泪瞬间涌了上来。

陈小庆伸手搂着她的肩膀。这是她最常用的关心学生的方法，希望通过这种接触，让孩子感知到来自老师的温暖和爱抚。她柔声说：“老师最不喜欢的就是哭，眼泪解决不了问题，好好说。”

“妈妈在我四岁时就病死了。”郭慧中哭着说。虽说拥抱可以使人安静，但现实总是令你不堪想象。

陈小庆心里一凛：“那爸爸呢？”

“因为吸毒，坐牢去了……”

“爷爷奶奶呢？”

“也没有了。只有太奶奶带我……”

陈小庆低头弯腰，努力不让孩子看到她的泪眼。陪着伤心了一会儿，她擦干眼泪，仔细看着郭慧中脚下的鞋。这哪里是鞋子呵，两只鞋子的鞋跟都脱了胶，鞋帮上面早就破了，露出白森森的脚趾。鞋带好像是拼凑而成的，一根白色，另一根似乎是黄色，或者是灰色。可以想见，像她这样年纪的妙龄少女，穿着这样一双鞋走在同学们面前，需要多大勇气。她甚至不知道穿着这样一双鞋,郭慧中是如何完成这几天高强度军训的。陈小庆鼻子发酸,不敢抬头。她用手机拍下这双鞋子,然后慢慢站起来,看着别处。

“脚痛不痛?”她心疼地问。

“不痛。”郭慧中小声说,见老师用嗔怪的眼神看着她,又小声说,“有点痛。”

陈小庆不知如何安慰这个坚强的女孩,摸了摸她的头,说:“好了,你不要再跑,先回寝室洗漱吧。”

“可是,教官……”

“没事,老师去跟教官说。”望着郭慧中慢慢走回寝室的背影,陈小庆心里五味杂陈。

早操过后,拖着疲惫的身体坐在餐桌旁,陈小庆没有一点胃口。

“老师您怎么不吃饭?”一个学生路过身边,体贴地问。

“我不想吃,也吃不下。”陈小庆头也没抬,还在想着郭慧中脚下那双鞋,想着许多和郭慧中一样衣衫褴褛的孩子。

“为什么不想吃,为什么吃不下?”学生的语气中充满好奇。

陈小庆回头看看,是昨晚那个洗完澡打着赤脚的孩子,叫陈文仲。陈文仲手里正端着菜盘,她勉强挤出一点笑容,说道:“你去吃吧。”

陈文仲走过去打饭,刷卡的阿姨轻声说:“你老师难过呢。”陈文仲打了饭,又端着菜盘过来了:“你为什么难受呢?”小脸端着碗凑过来,坐在陈小庆面前,似乎早已忘记了昨天的训斥。陈文仲是一个失去父爱的孩子,也是一个早熟的孩子,见老师不开心,便坐在她对面,突然说起他的父亲。“我爸爸得了病,好了一下子又发了,我也说不清,反正最后还是死了。我回去,爷爷奶奶他们也不会来接我的,我觉得这里挺好的,我习惯。所以,老师你也莫难过了。”

陈小庆本来心情沉重,突然有孩子主动来劝慰,觉得情绪好了很多。陈文仲很喜欢说话,别人说话的时候老爱插话接茬,上课的时候也这样。有时陈小庆告诉他,等人说完再发言是一份涵养,他似乎听进去了,努力克制爱说话的毛病。好几次叫出来捂住嘴,黑眸如星狡黠地看着对方。即使把小手伸出来接受惩罚时,亦宛如接受一份特别的“恩宠”,因为这一份“关注”。

“老师没事了。快吃饭吧,等下还要训练。”陈小庆不想跟他讲得太深。

所有的孩子都来自残缺不全的家庭，她努力让自己平静下来，不想陷入泥潭无法自拔。

胡乱扒了几口饭，陈小庆走出食堂，站在偌大的操场上，把校园、把军训、把孩子的军训和生活，以及郭慧中的鞋子编成一条微信，发到了朋友圈。她要告诉这个世界，在南山，在晓春，有这样一群孩子，不甘于生活的苦难，用自己稚嫩的身体去和生命抗争。

当她走回办公室，拿出手机时，她的朋友圈已经被刷爆，留言近百条。

“这是真实的吗？”

“你们在哪里？我要去看看！”

“有钱出钱，有力出力，去帮一帮这些孩子！”

“我会发动朋友捐钱捐物。陈老师请你留个电话。”

“孩子身高多少？穿几码的鞋子？”

“我这里有一些中学生课外书，你们要吗？”

…………

之后，陆续有人在朋友圈留言，表达其关心和怜悯之情。到中午时，留言数量已达数百条。陈小庆非常感动，这些爱心人士的留言就像一双双有力的大手，托起她孤独的支教生活，支撑起孩子们理想的风帆。

我们自豪，无论多苦大家一起走过！

苏轼有句话：“古之立大事者，不唯有超世之才，亦必有坚忍不拔之志。”军训不但可以培养人吃苦耐劳的精神，而且能磨炼人的坚强意志。看着绝大多数孩子的顽强乐观神情，陈小庆心中颇感欣慰。

“魔鬼周”终于接近尾声，孩子们像打了鸡血一样，使出浑身解数，终于在全校师生的瞩目中，顺利结束军训。不仅如此，这帮来自特殊家庭的孩子，还以其特殊的表现，夺得了“军训优胜班级”殊荣。当校长曾金荣宣读完成绩时，孩子们相互拥抱，爆发出阵阵尖叫声，把小小的迷彩帽抛向天空。

“我们胜利了！”“终于走出‘魔鬼周’了！”“万岁！”……

各班带回之后，宏志班的孩子却原地不动，喜悦、激动的小脸上充满期待。他们看到陈小庆从人群中向队列走来，便一个个昂头挺胸，像等待将军检阅的士兵。

“同学们,你们辛苦了!”“不辛苦!”

“同学们,你们非常棒!”“超级棒!”

“老师谢谢你们,为宏志班争了光!”

“谢谢老师! 谢谢老师!”

不管是戏谑还是发自内心,陈小庆都为眼前这帮孩子感到骄傲。她激动地说:“同学们,一周的军训结束了,我相信你们都有非常大的收获。你们吃了很多苦,流了很多汗,有的同学训练当中晕倒,有的同学跑步的时候脚都磨破了皮,但你们没有一个人叫苦叫累,也没有一个人退出训练。你们是我的骄傲,我为你们感到自豪,为宏志班感到自豪!”

同学们用热烈的掌声回应着老师的表扬。

“军训结束了。马上要回归到正常的上课。我现在告诉你们一个坏消息:下周五我要对你们进行摸底考试。赶快抓紧时间,去恶补你们的功课吧。解散!”

刚才还斗志昂扬的孩子们,此刻却像霜打的茄子,变得垂头丧气。陈小庆笑笑,不再搭理他们,掏出手机,打开微信一看,高兴地叫道:“同学们等等,城里的叔叔阿姨大哥大姐看你们来了。”

同学们呼啦一下子拥着陈小庆,一起向校门口走去。

来到晓春学校看望宏志班的,是丰城志愿者协会的爱心志愿者。他们看到陈小庆发的朋友圈以后,积极行动,在协会微信公众号上发布爱心捐赠消息。仅仅不到一天的时间,就征集到大量衣裤鞋子、书包书籍、文体用品,有的甚至还买来牛奶面包巧克力饮料等。为了不给学校增加麻烦,协会挑选了部分志愿者代表,开车将这些捐赠物品送来。饶是如此,捐赠物品仍然装满了两辆轿车的后备厢和一辆面包车的车厢。

“陈老师,我们来看宏志班的孩子们了!”

带头的是志愿者协会的朱会长。她老远就看到陈小庆带着孩子们走来,热情地向陈小庆打招呼。

“欢迎欢迎!”陈小庆与朱会长早就熟悉,对她组织这次爱心捐赠活动非常感激。这些捐赠物品对于宏志班的贫困学生来说,无异于雪中送炭,可以解决很大的问题。

朱会长下了车，招呼志愿者把捐赠物品拿下来。“陈老师，我昨天看到你的朋友圈之后，十分揪心，就联络协会的一些志愿者，提出开展爱心捐赠的想法。好多志愿者也看到了你的朋友圈，早就有同感，所以我们在协会组织这场捐赠活动，大家捐赠非常踊跃。”她指着刚刚拿下来的捐赠物品，“你看，有衣服、裤子、鞋子、书包文具，还有些吃的。有些是家里的孩子穿小了的，有不少还是志愿者今天才买来的。希望能够帮上孩子们。”

“太好了太好了！”陈小庆感激不迭，“你们简直是宏志班的天使，我都不知道该怎样表达感激之情。”

孩子们开心地看着堆成小山的捐赠物品，蠢蠢欲动，纷纷寻找着各自心仪或需要的物品。

朱会长把陈小庆拉到一边，悄声说：“那个没鞋子穿的孩子是哪个？”

陈小庆想起微信朋友圈发布的照片，回头一眼就看到站在人群中不动声色的郭慧中。她把郭慧中叫过来，摸着郭慧中的头，对朱会长说：“她叫郭慧中。”又对郭慧中说，“快谢谢阿姨。”郭慧中小声说：“谢谢阿姨！”

朱会长从捐赠物品中找出一双鞋，递给郭慧中：“孩子，这是阿姨昨天特地到超市给你挑选的，不知你喜欢不？”

郭慧中接过鞋子，紧紧抱在怀里，咬着嘴唇，使劲点头。陈小庆一只手搭在郭慧中背上，能感觉到她的身体在颤抖。

朱会长说：“陈老师，这些捐赠物品等下麻烦你分发一下，孩子们今后有什么困难用得上我们的尽管说。时间也不早了，我们不耽误你们上课，这就回去。”

陈小庆拉着朱会长的手：“再次感谢你们这些爱心人士。我们这里也没什么接待条件，就不多留你们了。你放心，我一定会把这些捐赠物品分发给最需要的孩子，同时教育他们要好好珍惜。这样吧，你们来和孩子们一起照个相做个纪念吧。”

“好！”朱会长痛快地答应着。

合影之后，朱会长和志愿者代表开车回去，陈小庆将捐赠物品一一分发给学生。得到爱心捐赠的孩子们各自抱着自己喜爱的物品，兴高采烈地朝宿舍走去。

04 中元节碎碎语

今天中元节，自己很自己，不设公堂打官司。

先对付食欲，丫头（指陈小庆的侄女韩煜——作者注）说，拼的是手速，小泥鳅下锅，噼里啪啦辣椒推下去，感觉妙变厨神；豆腐煎得外酥里嫩，卖相不好，入肚为仙，就是熏了隔壁姑娘。“生活不能苟且，还有诗与远方。”呵呵，放逐自己，诗去远方吧。

美中不足，盘子竟然坏了一个角，所幸找到一个碗，贴在上面的“陈小庆”标签找不到。秋风凉，不是旧年心，克服“密集恐惧症”的最好方法，是说“一切都妙极啦，妙极啦，妙极啦”！

谁似我山道穿梭，举目云下青埂，白鹭惊飞，后座搭着想哭的小孩。剧情很简单：疼痛减轻的，掉头不见医生；折腾得难以下咽的，也没啥了不起，挂点滴可以看电视，苦难享受同在。

我有多久没看电视了，关山路远无缘。

有个婆婆给了我一颗葡萄，就一颗，她只有两颗了，“吃吧妹崽，嘎没有哩”。

葡萄我所爱，举目不见，那个说好如果下乡卖水果到了这里，一定打我电话的女人，你是不是忘掉了我这“葡萄先生”呢？亏我一见如故。

等闲变却故人心，正是秋风悲画扇！

但蚊子对我痴心不改，夜里一点两点三点地醒，双脚又毒气攻心，所幸双人床，半铺书，爬过去做书虫，翻一本丢一本，四壁清，啃几页又眯眯瞌瞌。“啪”，偶尔大快人心，蚊子，俺是不允许你轻易爱的，爱是得以生命为代价的。

——陈小庆《支教日记》

开学后的日子烦琐而紧张，辛苦疲累不必说。

利用军训的空隙，陈小庆进了一趟城，不是回家，不是开会，是为孩子们集中采买鞋子袜子洗发水面包牛奶诸如此类，还替孩子们讨价还价，自己想想都蛮有趣！抽空给好友打了个电话，与其说表达问候，莫如说寻求安慰。发现这个潜意识时，陈小庆如同照见另一面脆弱的镜子，摇摇头叹息一声，挂掉了电话。

匆匆从超市赶往汽车总站，等车的人很多，登上公交车时，车里已经坐满了人。陈小庆看了看，几乎都是桥东附近的乡亲，都是老面孔。“陈老师你来了?”“陈老师今天不是周末吗，怎么不多睡会儿?”“陈老师坐到我这里来吧。”乡亲们热情地跟陈小庆打招呼。陈小庆一一回应，善良的乡亲，熟悉的乡音，让她觉得很亲切，旅途跋涉不寂寞。

到桥东集镇后，车上的乡亲全都下了车，公交车上空荡荡的，只剩下陈小庆和刘师傅两人。刘师傅扶着方向盘，转过头来朝陈小庆笑道：“看，这辆十几万的车又成了你一个人的专车了!”

“麻烦您了，刘师傅。”陈小庆发自内心地感谢道。自从开通了汽车总站到上南山的班车，从桥东集镇到上南山经常只有她一人，要是遇到修路、起雾或其他恶劣天气，别的司机便会找各种理由推脱，把她丢在集镇上。但刘师傅总是坚持把车开到终点，这既是职责，也是一份爱心。所以，每次刘师傅当班，陈小庆都会感到很踏实。

刘师傅性格宽容、乐观，偶尔还来点小幽默，仿佛就是寂静中的光束，驱散着乘客心里的阴霾。有时碰到双休日去补课，他会说：“十几万的车子就载你一个人去上课啊!”又或是心疼地说：“怎么又要补课啊?”若是一周中间某个下午得空回城一趟，他会说：“从城里教到山里，你也不容易啊!”

每每听到这样的话，陈小庆就会感到一丝安慰。生活对于每个人，从来都是甘苦自知，但若这种熨帖的话从别人的嘴里说出来，会让人感到格外温馨。轻松幽默的谈笑，将隐秘的忧伤无形冲走，天地一派明净。

“两眼一睁，忙到熄灯。”这话用在陈小庆身上再合适不过。即便是熄了灯，她还是放心不下，宏志班的孩子，任何时候都必须“青眼有加”。看了一会儿书，她信步走向学生宿舍。

孩子们似乎有用不完的精力。白天还折腾得死去活来，都这个点了，还不肯休息，仍然在寝室里嬉闹。有的穿着志愿者刚送来的衣服鞋子，有的拿着乒乓球拍羽毛球拍在那里疯。

“还不睡?”陈小庆突然推开 204 寝室的门，仿佛从天而降，把孩子们吓了一跳。但他们很快恢复常态，以进为退，七嘴八舌地诉起苦来，令陈小庆应接不暇。

“老师，水管炸了。”

“老师，什么时候装灯?”

“老师，我的鞋子有点挤脚。”

“老师，什么时候可以回家?”

“老师，我们有重大发现。”

“老师，他昨天晚上好晚都说了话。”

陈小庆双拳难敌众手，在问号的前后左右包围突袭中，只想变身休止符。她瞪着大家，耐着性子说道：“都给我早点休息，从明天开始，好好复习功课。范启明，你这个寝室长要履行好职责!”

范启明居然提出辞呈：“老师，当寝室长好累，我不想当了。”

陈小庆又好气又好笑：“才当几天就说累，有这么累吗?”其他学生居然背后使绊子：“范启明，你有什么好累的?”“是啊，不能背后告黑状，还讲不讲江湖规矩啊?”

原来所有出色的背后都藏着不可承受之负荷。陈小庆在昏暗的灯光下寻找那个“告黑状”的学生，他却躲到更黑暗的角落里去了，只好回过头来看着范启明：“当个寝室长都累? 谁调皮你给我整他，不行就缠着他让他也睡不成觉。——你们大家都听着，寝室长大家轮流当，好好休息才能好好学习，要是瞎折腾，被生活老师反映到我那里，我就罚寝室长背最长的课文。”

众人咋舌。范启明委屈中带头戏谑：“你们都听到了，要是谁让我罚背了最长的课文，等他下次轮值当寝室长的时候，我也要弄得他罚背最长的课文，而且是两篇!”

众人不敢作声。宁愿收敛自己的疯劲，也不愿背文章，这帮孩子也真够“识时务”的了。在威胁面前，大家都老实了。

隔壁寝室的孩子早就派出“间谍”到 204 门外偷听，见室内没有动静，忙潜回寝室，做个手势，大家迅速关灯上床，不敢声张。陈小庆走出 204，往两边看了看,见没了动静,便又上了三楼。

在三楼卫生间,她似乎听到有女生嘤嘤的啼哭声。走进去一看,是王露独自站在浴洗池边,一边抹眼泪一边啼哭。“怎么了?”她走过去问道。

“老师,”王露见是陈小庆,哭得更凶,“我不想跟她们睡在一个房间,你叫她们走吧,不要跟我住在一起。”

这个要求很过分,也很意外,到底是什么原因呢?“能说说理由吗?”陈小庆小声问。

“就是不喜欢跟她们在一起。她们……”王露的啼哭声中似乎想掩饰什么。

陈小庆见王露的情绪不对,不便再追问下去,安慰道:“你先去睡吧,不要多想。如果是她们的问题,我会批评她们的。”见王露磨磨蹭蹭走进寝室,她不动声色叫出305的寝室长袁敏,到了楼梯口边,她问:“你们是不是欺负王露了?”

袁敏叫屈道:“老师,你莫信她的话。我们大家都不喜欢她,都讨厌她,寝室已经丢了好几次钱了。不信你去问其他同学!”

陈小庆头几天也听到有学生反映类似的问题,旁敲侧击过几回,但没有人主动站出来承认,王露也是一副水波不兴的样子。这种事儿谁会承认呢?

“一定是她,十有八九!我们都猜想是她。除了她还会有谁?”袁敏说得很肯定。

正所谓无风不起浪。但是,解决这个问题的突破口在哪里?陈小庆回到寝室,见大家各自安寝,便转身下楼去了。

犯错的孩子用哭泣表达不满,想住单间,以逃避群体,逍遥自在。没犯错的孩子用沉默来集体还击。悦纳,独立,宽容,多么遥远的语词。

回到宿舍,陈小庆翻来覆去思考着王露的问题。时钟上的秒针有节奏地跳动着,在安静的夜晚,如响鼓在耳。零点,一点,两点,此刻黑夜比白天长,蚊子纠缠后遗症,密集恐惧症,感觉已经远远游离了自身。三点,四点,五点,迷迷糊糊中,窗帘上映出了晨曦……

次日上午,陈小庆依然惦记着王露的事,拨通了王露父亲的电话。

“王大哥,你好!我是王露的班主任陈小庆,有个事情想向你了解一下。”

“是陈老师啊？你好你好！有什么话请说吧。”电话的那一头很热情很客气。

陈小庆小心选择着措辞说：“王大哥，我想问一下，开学的时候你给了王露多少钱，你还记得吗？”

“我哪里有钱给她？”王父在电话里诉苦道，“我也赚不到什么钱，还有一家人要吃饭，平时身上根本就没什么钱，开学的时候，我把身上所有的钱都给她了，好像只有一二十块钱吧。怎么问这个了？你们学校不是不收钱，还有生活补贴的吗？要是还要交钱的话，我实在拿不出了。”

“不用交钱。”陈小庆尽量小心地说，“是这样，王露在家是不是……是不是有时候会拿别人的东西啊？”

王父沉默片刻，这才说道：“说起来真是难为情。陈老师啊，也不怕你笑话，我家里真的是穷，我都穷怕了。也怪我这个当爹的没本事，孩子们想买什么想玩什么，我根本就没钱买。露露这孩子从小就聪明，什么都好，就是不晓得什么时候养成了要面子爱虚荣的毛病，我说过她好多回她也不改。我明白你的意思，你是想问露露以前是不是偷过人家的东西，是吧？我也老实地告诉你，她的确偷过人家的东西，而且不止一回，不过每次别人家找过来，我都替她还掉了。她是不是在学校里也偷人家的东西了？”

陈小庆委婉地说：“是有这么一回事，不过可能是个误会，你也不要太担心，我会妥善解决的。”

王父在电话里叹了一口气：“陈老师，真是不好意思。有什么事情你先帮我担着，等我抽空过来走一下，不管是偷了人家的钱还是别的什么东西，你都告诉我，我会如数奉还的。露露那里你就担待一些，帮我好好管教管教。拜托了！”

挂掉电话，陈小庆心情很沉重。她很同情这位父亲，对王露也是既同情又可怜。她决定把王露叫出来，找她好好谈一谈。

“王露，你来学校的时候，从家里带了多少钱来？”她开门见山地问，然后不动声色地看着王露。

王露有点意外，想也不想地说：“我爸给了我一百块钱。怎么了？”

陈小庆“哦”了一声，若有所思：“我刚才给你爸打电话了。”又继续不动声色地看着王露。

王露愣了一下:“你和我爸说什么了?”

“我问了一下,你来学校的时候,他给了你多少钱,他说……”

“老师,我……”王露没有了底气,脸上一阵红一阵白,“我错了,我……不该拿同学的钱。”

陈小庆没想到王露这么快就承认了自己的错误,有点心软:“拿了多少?”

“就一百。”

“这一百块钱花掉了没有？怎样花的?”

“唔……我买了点吃的,花了二三十块钱,剩下的都在这里。”王露从口袋里掏出折叠整齐的钱,有七八十块,双手捧着伸到陈小庆面前。

陈小庆让她把钱收起来,努力克制着内心的不快,尽量用平缓的语气说:“老师知道你跟寝室里的同学相处得不好。知道为什么吗?同学没在的时候,去拿人家的东西,这个事情是很严重的。同学们没有当着面说破,说明她们顾及同学情分,把你当作同学、朋友。可是,你这样做,对得起这份友情吗?”

“我……”王露流出了恐惧的眼泪,“老师,我错了。我想买文具、买零食,可是我没有钱,所以就……”

陈小庆拍拍她的肩膀,从包里掏出一张百元钞票放到她手上:“这个钱老师帮你还上,拿了谁的钱就还给谁去。但只能有一次,下次不要再做这样的事了。”

王露忙把钱交还到陈小庆手里:“老师,我不能要您的钱。我……”

陈小庆微笑着说道:“拿着吧。你就说是你父亲来看你给你的,不要说是我给的。记住,你还小,今后的路还很长,每个人小时候都会犯错,重要的是以后怎么做。你自己要争气,不能让人看不起,要用行动来表示自己的改变。懂了吗?”见王露点头,又说,“不要有思想负担,改变你能改变的,适应你不能改变的。你要相信,你会变成一个好孩子、好学生!”

望着王露迟疑的脚步,陈小庆的心有些生痛。如果用这些钱能够改变一个孩子的前途和命运,那也值了。她相信教育的力量,相信友爱的能量,她愿意用时间金钱押一次宝,与贫穷和陋习赌上一把!

处理完王露的问题，陈小庆稍觉放心。这天正好是中元节，不设公堂打官司，她想了想，宏志班的孩子都是来自农村，应该对传统的民俗和文化有些了解，便跟学生们讲了一些关于中元节的来历和民俗。

中元节，俗称亡人节，也就是民间所谓的“七月半”，是中国古代传统节日，与清明节、寒衣节并称为“三大鬼节”。它起于北魏时期，迄今已千年有余。民间，在这一天，放灯让鬼魂得以转世的习俗世代承袭，并在发展过程中融入了时代特色。而在佛家的说法里，七月半这天要感恩报答父母的生长养育之恩。因此在中元节这天，一死一生，既可以寄托对逝去之人的哀思，又让人谨记父母的恩德。

中元节时，道教宫观为了祈祷“风调雨顺、国泰民安”，每年都会举办“祈福吉祥道场”，也就是祭祀活动，目的是驱鬼。佛教传入后，其“盂兰盆会”与中元节相互融合，要举行“超度法会”，布施食物给孤魂野鬼，目的也是免受厉鬼的侵扰。

而在丰城民间，则有这天不能光脚、不能躲在门后、不能独自夜行的习俗，大人们在清晨和傍晚时，要到村旁的池塘、田垄、路边等烧纸化钱，祈佑家人平安。

“所以，中元节的时候，不能勾肩搭背，寝室里鞋子要摆放整齐。有一句话说，‘有书在手，大鬼小鬼不敢近身’，你们没事多看书多读书，自然什么邪气都近不了身。”陈小庆讲得自己心惊肉跳，孩子们虽然听得入神，却一副满不在乎的样子。

“老师，我觉得你们大人是为了让我们养成好习惯才编出这些话来吓人的，怎么我听得都跟往常大人要求的一样。”范启明举手站起来，貌似洞悉陈小庆的用心。

坐在身旁的罗盼盼白了范启明一眼：“老师才不会这么无聊呢。”其他孩子有赞成老师说法的，有赞成范启明想法的，有紧张害怕的，一时议论纷纷。陈小庆拿出一本《剑乡遗韵》，上面收录着丰城市非物质文化遗产项目，“中元节”习俗赫然在目。“香港的中元节在2010年就列入了国家级非物质文化遗产保护项目，难道这也是假的？”她拿出这些例证，尽量说服孩子，让他们对天地神明产生敬畏之心。

范启明若有所思地听着陈小庆的介绍，看着讲台上摆放的例证，不再辩驳。陈小庆缓和了口气："任何事物都有因果关系，种下什么因就会结下什么果。比如你认真学习，成绩就会上去；帮助别人，就会赢得别人的尊重；爱大家，大家才会爱你。我希望同学们理解这种因果关系，在今后的学习生活中，好好学习，好好生活，好好珍惜……"她不经意瞄了王露一眼，她低着头似乎在想心思。其他同学瞪着眼睛，表情肃然。

夜色阑珊。虽然暑气未退，但山风吹来，还是有了阵阵凉爽。在宏志班教室，一场别开生面的主题班会隆重开启。

黑板上写着"主题班会""学会感恩"两行大字。

陈小庆走上讲台："同学们，今天我们主题班会的内容是'学会感恩'。在班会开始之前，我想问一句，大家会唱《感恩的心》这首歌吗？"

"会！"声音洪亮而整齐。

"那好，我们一起来唱。范启明，你起个头。"

范启明起了个头，煞有介事地挥着双手指挥。

我来自偶然，像一颗尘土/有谁看出我的脆弱/我来自何方，我情归何处/谁在下一刻，呼唤我/天地虽宽，这条路却难走/我看遍这人间，坎坷辛苦/我还有多少爱，我还有多少泪/要苍天知道，我不认输/感恩的心，感谢有你/伴我一生，让我有勇气做我自己/感恩的心，感谢命运/花开花落，我一样会珍惜……

歌声虽然嘹亮，但平淡无味，像和尚念经有口无心，有的孩子甚至一边唱着一边做鬼脸。

陈小庆敲着桌子："我知道你们都背得出歌词，也能够完整地唱出来，但是唱得没有激情，没有灵魂。为什么会这样？因为你们心里没有感激，没有感恩，就像一些同学的作文，无病呻吟，空洞无物。你们想想，要是对着你们的爷爷奶奶、爸爸妈妈，对着对自己有恩的人唱的时候，还会是这样摇头晃脑跟念经一样吗？不会，一定不会！"

学生们见老师不快，这才正襟危坐，不再分心。

“孩子们,你们长这么大,是爷爷奶奶、爸爸妈妈一把眼泪一把鼻涕拉扯大的,你们要感谢的人是他们。当然,还有在你们生活中给过你们帮助的人,比如你们的叔叔伯伯、婶婶阿姨、姑姑姑父、舅舅舅妈、哥哥姐姐等等。没有什么东西是理所应当的,你一生下来就要努力,不能总想着依靠别人。那些真心帮助你的人,不过是出于他们的责任心、爱心,我们不能坐享其成,要学会感激、学会感恩,还要学会报答。”

孩子们听得似懂非懂。为了听明白老师说的,大家都睁大眼睛竖起耳朵。几个做小动作的学生也收回心思,看上去很投入的样子。

“‘羊羔跪乳’的故事,大家听过吗?羊羔吃奶的时候,总是跪着。羊羔尚且知道自己是母亲的奶水喂大的,跪着吃奶就是为了表达这份感恩之情。你们都是十几岁的孩子,难道还不如小羊羔吗?”

有几个孩子扑哧一下,笑出声来。陈小庆看了他们一眼,并没有责备的意思。孩子野惯了,也许真的不知道这些道理,需要耐心地告诉他们。她扫视了一圈,教室里安静下来,只有微风吹动树叶的声音。

“孩子们,不要因为贫穷就失去做人的底线,也不要因为成绩差就失去上进的动力。我今天要跟大家讲一个故事,这个故事的主人公是我们身边的一位伯伯。你们可以边听边想,故事讲完之后,我想你们就会知道他是谁了。”陈小庆放下手里的粉笔,在讲台上来回走了几步,似乎在想着要怎么把这个故事讲好。孩子们目不转睛地看着她。

他很小的时候,家里非常穷。穷到什么程度?他的父亲连布腰带都没有,只能用草绳子做腰带。

在他两三岁的时候,他的母亲就因为生病去世了。那个时候,他还不知道失去母亲意味着什么,每天跟在父亲身后,要吃的,要喝的,父亲看着可怜的孩子,每天愁眉苦脸,不知如何满足他。

十几岁的时候,有一年除夕之夜,父亲给了他两分钱的硬币,这就是他的“压岁钱”。——有的同学可能会问,怎么只有两分钱啊?我家里虽然穷,但怎么也有几十块几百块钱的压岁钱啊!是的,比起他,你们幸运多了。——这个十几岁的男孩子一刻都不舍下放下这两分钱,吃饭、睡觉都把它紧攥在手里。他一直在想,要是这两分钱能变成四分、八分,变成一块、两块，变得更多，那该有多好啊！于是他就学着大人的样子，跑到别人家去“押宝”，也就是我们所说的赌博。可是他的手气不好，一押下去就输了。

这还了得？这不比要了他的命还让他难过吗？这个男孩趁赢家不备，抓起自己的那两分钱硬币就往外面跑。赢家马上追出门，一直追，追到他家，把他按在地上，要拿走那两分钱。但他一直死死攥着那两分钱，总算没有被夺走。为此，他哭了好久，在伤心和苦难之中度过了他的少年时光。

为了改变贫穷的命运，这个男孩就拼命刻苦读书，一直读到高中，成绩一直名列前茅，还考进了“快班”，也就是尖子班。但是那个时候考上大学的人很少，他最后还是与大学无缘。他不死心，还想再读，可这个时候家里已经穷得连一件像样的家具也没有，老实巴交的父亲根本无力支撑他复读。不得已，他就出去，跟着一位木匠师傅学做木匠。学徒虽然没有工钱，但有饭吃，不至于饿着。他学木匠也学得非常认真，手艺非常好。

几年之后，父亲给他找了一个对象，让他结婚成家，然后分家过日子。家里条件本来就很穷，分家之后，除了一口锅一张床，什么也没有，连锅盖也没有。每次做饭要用到锅盖的时候，都是到隔壁邻居家去借。

这个时候，他已经是有家有室的大人，再也不愿继续过着这种苦日子，决定出去闯，靠着过硬的木工技术闯荡江湖。他跟着别人到了丰城、南昌、上海，最后到了武汉，先是给人家做家具。他做的家具非常好，东家都非常喜欢，慢慢做出了点名气，请他打家具的人很多。于是，他在武汉开起了家具店，专门给人家定制家具，生意非常火爆。再后来，他创办家具公司，成立武汉欧亚达家居公司，后来又成立欧亚达控股集团。

他是一个有情有义的人。虽然从小失去母亲，但对母亲的思念一天也没有停止。在他成立公司当了老板之后，他在家乡一条必经之路上修建了一座大桥，并取名叫“母亲桥”，就是为了纪念母亲的生育之恩。为了改变家乡贫困落后面貌，让更多没有钱上学的乡下孩子能够受到和城里孩子一样的优良教育，他斥资三千多万元，建起了一所学校，并用他父亲的名字命名。这所学校的名字就叫——

“晓春学校！”孩子们异口同声地说出答案。

陈小庆讲得饱含深情。学生们听得热泪盈眶。也许在讲述的时候，他们已经慢慢猜到了主人公的名字，因为沉浸在主人公艰难曲折的故事中，没有说出来。所以,当陈小庆讲到最后时,孩子们拼尽全力,异口同声地说出了这四个字。陈小庆揩了一下眼泪,抬头看时,孩子们泪光莹莹,神情激动,有几个女生甚至伏在桌上抽泣。不知是因为主人公的故事,勾起了孩子们对自己身世的联想,还是因为主人公苦难的童年,触动了他们脆弱的神经。

陈小庆神情悲悯地说:"我们经常走过母亲桥,我们每天都生活在晓春学校的校园里,我们坐在宏志班的教室里,我们现在拥有的这一切,都是徐良喜伯伯赋予的,我们有什么权利因为贫穷放弃学业?有什么权利在这里虚度光阴?有什么权利喝着志愿者送来的牛奶、穿着志愿者送来的衣服、用着志愿者送来的文具而不思进取?"

教室里安静得可以听到孩子们沉重的呼吸声。教室外知了的叫声也小了一些,似乎为自己的浮躁感到惭愧。陈小庆沉默片刻,娓娓说道:

"同学们,你们和徐良喜伯伯有着相似的童年,也有着相似的成长经历。你们经历了很多苦难才长大,变成了现在的自己。可是,我真的不知道你们今后会变成什么样子,为什么这样说?因为如果不奋斗,因为如果不励志,因为如果不感恩,如果不把自己逼到绝境上去,你们可能会一直是这样,活不出精彩的自己。你不争气,没有人替你坚强!"

再看孩子们时,有的在抹眼泪,有的在抽泣,有的因为激动心潮澎湃,有的因为愧疚紧锁双眉。陈小庆将手一挥:

"努力不一定成功,但不努力一定会失败。同学们,孩子们,如果你们想让自己的生活过得更精彩,那么从现在开始,你们就要努力。我不希望你们个个都成为学霸,但我希望你们都变成好孩子,会上进,会努力,懂感恩,懂回报。不管是在家里,还是在学校,你们都要记住,你们不一定是最优秀的,但你们一定是最努力的!你们要让你们的家人,让学校的老师,让别的同学看到最棒的你们,看到不一样的宏志班。你们告诉我,你们能做到吗?"

"能!""能!""能!"学生们鼓着胸膛,从内心深处发出阵阵呐喊。

"好!"陈小庆非常满意。"同学们,我想给我们宏志班定下个班训,总共20个字。这个班训就是:'特别能吃苦,特别讲礼仪;特别爱阅读,特别会学习',大家跟着我一起说几遍。"

"我们的班训是:特别能吃苦,特别讲礼仪;特别爱阅读,特别会学习!"

"你们都记住了吗?"

“记住了！”

“很好！”陈小庆开始喜欢上这群孩子了。“那么，我们再来唱一遍《感恩的心》，哪位同学来指挥一下？”

“我！”“我！”“我！”同学们纷纷举起右手。

陈小庆向眼眶通红的王露说：“王露，你来指挥。”王露怯怯站起来，揩干眼泪，带头唱起来。

> 我来自偶然，像一颗尘土/有谁看出我的脆弱/我来自何方，我情归何处/谁在下一刻，呼唤我/天地虽宽，这条路却难走/我看遍这人间，坎坷辛苦/我还有多少爱，我还有多少泪/要苍天知道，我不认输/感恩的心，感谢有你/伴我一生，让我有勇气做我自己/感恩的心，感谢命运/花开花落，我一样会珍惜……

歌声再起，小小教室里，67 个学生个个热血沸腾，泪流满面。

05 你要成为自己的光

这是一所美丽的乡村学校，由武汉欧亚达公司董事长徐良喜先生捐资三千多万元创建，采用民助公办形式。多年来一直得到市委、市政府、市教育局的高度重视，去年与丰城市孺子学校实行联动办学方案。今年秋，徐总又在全市范围内招收一批“宏志”学生，全额资助教育扶贫，令人动容！

学校毗邻上南山，每逢开学典礼，“胖叔”兄弟俩设立十万元“徐长发奖学金”一并隆重颁发。

自信更当自强！在城市化进程的滚滚洪流中，乡村教育最薄弱最可能被吞并，最需加强又最令人叹息。没有危机与忧患意识，文化血脉将失去根源。家园再美丽，没有琅琅书声，就意味着最后的彻底的沦陷。

失守的乡村，失守的校园。

我们用什么去救赎？

——陈小庆《支教日记》

睡到半夜，居然被冷醒。陈小庆摸索着打开灯，一看，自己和衣而睡，电风扇一直对着她吹个没停。头边摊着一本书，地上还有几张卷子，她恍然意识到自己在时间之外，真有点“无情岁月增中减”的感慨。她起身把风扇关了，又把灯关掉，刚躺下，似乎有几个蚊子一直在耳边晃悠，无力地挥了几次手，想驱赶掉蚊子，最后终于朦朦胧胧地睡着了。

不知过了多久，突然听到有人敲门的声音。她下意识睁开眼睛，天已大亮，猛地从床上跳起来，打开门一看，却是丁志浩。“这么早找老师，有什么事吗？”

“老师，你看我的脸，肿成这样了。”丁志浩把脸凑了上来。果然红肿了一大块，原来是隐翅虫爱上他的娇嫩，在他脸上留下了一圈水泡。

“没事没事，老师带你去医院打针。”匆匆洗漱之后，陈小庆便带着丁志浩到上南山一家私人诊所里打了消炎针，又抹了些药水。打完针回来，丁志浩抱怨说：“老师，你说带我到医院去，这个地方这么小，只有一个人，不能叫医院吧？医院要像丰城那么大才称得上……”

真是人小鬼大。陈小庆对他笑了笑：“对不起对不起，我们用词得准确，这个不叫医院，应该叫诊所。”

丁志浩一边摸着被隐翅虫蜇过的脸，一边说：“老师，我还想回家去看看。”

陈小庆愣了一下，受这点蚊叮虫咬就想家了？但她不想问得太直接：“为什么想回去？”

“不为什么，就是想回去看看。”丁志浩的神情有点忧郁。

丁志浩是个很懂事的孩子，正常情况下不会轻易提出非分要求。也许是被隐翅虫叮咬过后，产生了寻找依靠的意识，让他想起了家的温暖。“家里还有谁？”她柔声问。

“爸爸妈妈都出去打工了，家里就奶奶一个人。”

丁志浩回答得很平静。爸爸妈妈去了远方，奶奶该是他的精神襁褓。陈小庆沉默了，让他想念吧，对奶奶来说，眼前这位乳臭未干的孩子，何尝不是她的牵挂？“明天就是开学典礼，开学典礼之后就要摸底测试，能不能等到测试之后由学校统一安排再回去？”她小心翼翼地说，“要是想奶奶的话，就给奶奶打个电话吧？”

“没事了，我听学校的安排。”进了校门，丁志浩突然变得轻松起来，像换了一个人似的，一边跑着一边向陈小庆摆手，“老师，我去打扫卫生了。”陈小庆本来还想叮嘱几句，丁志浩已经跑远了。

往宿舍方向走，有的孩子在打扫卫生，有的孩子在树底下对着树干大声朗读，有的孩子还在不知疲倦地奔跑。小小的校园是青春的世界，是孩子们天真无忧的天堂。

走到拐角处，一个单瘦的背影出现在眼前。陈小庆走近一看，却是熊少雄，手里捧着一本书，苦思冥想的样子。

“老师好！”熊少雄转过身来，也看到了陈小庆。“怎么在这里看书？”陈小庆觉得奇怪，这是通往老师宿舍的通道，很少有学生会跑到这里来晨读。

“老师，我……”熊少雄腼腆地把书合上，忸怩着不知说什么。

“怎么了？男孩子要大气不要忸忸怩怩的，有事就说，不要拘束。”陈小庆看出了端倪。

“嗯。”熊少雄终于鼓起勇气，“老师，好多课我总是听不大懂，作业也不大会做，我想，我想……”

“你是有问题要请教老师吧？”

“是。我就是觉得，昨天这篇课文老师讲得太快，好多意思我理解不了。”熊少雄的小脸涨得通红。

从这段时间上课提问情况来看，熊少雄的基础的确很差，其他任课老师也有同样的反映。尤其是老严，一提到熊少雄就摇头：“这个孩子你还是想办法给弄走吧，一上课就打瞌睡，一上课就打瞌睡。提他的问时，一问三不知，还做出一副可怜兮兮的样子。叫我说啊，就是神仙也教不了！”

熊少雄开初怯弱内向，慢慢积极，到后来交代他一件事，马上就会去完成，执行力越来越强，仿佛浑身有使不完的劲。有的孩子先天木讷，有的孩子蒙昧无知，但都可以通过后天的努力改变。正是基于这一点，陈小庆不仅没有看不起熊少雄，反而有点喜欢他，有意无意让他多做些事，还让他代理当班长。“你就用点心指导一下吧。”她恳求着老严。

“我哪里是不讲道理的人？只要他肯问肯学，我当然会指点他，问题是他从来没来问过我，就知道睡觉。班上这么多孩子，我哪里有精力专门去照顾他一个人？”

陈小庆把熊少雄的家庭情况跟老严讲了一下：“可能是因为寄人篱下，这个孩子心情一直很压抑，没有进入学习状态。但是人很老实，做事也勤快，有培养的价值和潜力。老严，小孩子是这样，多一份关注，他就多一份学习的动力，我们不单是教会他知识，重要的是去激发他学习的信心，‘要他学’转为‘他要学’就好办了，对他特殊关照一点吧，你会发现变化的！”

“你说，叫我怎么关照？”

“我知道你性子急，恨铁不成钢。你能不能变通一下方法？比如走到他身边时有意摸摸他的头，或者下课后跟他随便说几句话，或者利用晚上的时间把他叫到办公室稍微辅导一下，开个小灶，十分钟二十分钟都行。这样可以拉近情感距离,也许能够提高他的学习兴趣。”

“叫我做这种婆婆妈妈的事?”老严摇头摆手,“不行不行,我做不来。成绩好的学生还差不多,这种成绩差的学生我嫌都嫌死了,看都不想看他,还去摸他,跟他说话?还开小灶?不行不行!简直是浇水饮石头。”

“精美的石头会唱歌的,不过之前需要我们用心去雕琢,不说泄气话,试了才知道。”陈小庆笑道,“宏志班是我们大家的宏志班,每个孩子都是我们的希望,越是艰难处,越是修心时,一艘船得共同划,孩子是我们大家的责任。你不看僧面看佛面,就当我求你了,费点心吧,好不好?”

“好吧!”老严被她说得不耐烦,“看在你的面子上,我多关注他就是。不过,要是他上课还是打瞌睡的话,那可真是瞎子点灯白费蜡,无药可救了,那时候你就自己看着办!”

跟老严谈完,陈小庆还是不放心,下课后找到熊少雄,低沉着声音说道:“熊少雄,为什么上数学课老是打瞌睡?”

“我……”熊少雄像个闯了祸的孩子,慑慑地说,“我也不想打瞌睡,可是一上数学课就犯困,好像催眠似的。”

“如果不想上课的话,就趁早卷铺盖回去,不要在这里浪费时间了!”陈小庆的声音变得严厉起来。

“老师,对不起!”熊少雄吓得痛哭起来,“老师不要赶我走,我再也不打瞌睡,一定好好读书,您千万不要赶我走!我做什么都可以,我什么苦都能吃的。”

“说没有用,行胜于言,我要的是行动。”

“我保证,以后上课再也不打瞌睡,一定会好好听讲,好好上课!”熊少雄还是泪眼婆娑。

陈小庆叹息一声:“那好吧,从现在开始,每天挤出半小时专门练习数学,把前面落下的补起来,不懂问同学问老师。坚持21天再说,如果再出现上课打瞌睡的现象,不用老师再说,你自己卷铺盖走人。”说罢,硬着心肠转身而去。

经过那次的谈话以后,熊少雄的学习态度果然有了一些转变,上课不再打瞌睡了,数学成绩也有了一些缓慢的进步。而老严虽然嘴上说得狠,到底还是听了陈小庆的话,对熊少雄的态度耐心细腻了许多。有转变就是好事,有进步就有希望,陈小庆望着眼前这个懵懂少年,鼓励道:“慢慢来,不要着急。只要上课用心听讲,不懂的就大胆向老师或同学请教,像现在这样,我相信你的成绩很快就会上去的。记住,每天的内容都要弄懂弄通,千万不要把问题积压在那里,否则问题越积越多,就会跟坐飞机一样,后面就更加跟不上了。”

熊少雄一边听一边点头。

陈小庆很同情这个孤苦伶仃的山里孩子,真希望他打消自卑的心理,还原健全的人格。想了想又叮嘱道:“图书馆里有好多书,老师那里也有一些文学方面的书籍,如果有兴趣的话可以借一些回去,课余时间多看看书有好处。”

“谢谢老师!”熊少雄向陈小庆鞠了一躬,转身走了。

中午,陈小庆到教室里查看了一下,孩子们都在伏案休息。从教室里走出来,听到院墙外传来凄惶的唱哭,肠断如割直揪人心,这声音落到心底,似天地玄黄沉落在暗黑系中。陈小庆不知何故,便询问隔壁的张老师。张老师说,这是附近村上放的悲音,不知是哪家老了人。唱声起起落落还在回旋,恍如少年时代看到的日暮时分蹲在路旁的老妪长歌当哭。

田园哪里全是诗意?从早起出门,细数墙角红叶李的小白花又开了几朵,在孩子们的书声琅琅中才想起夏日蝉鸣消逝,西风凉,秋意重。

雾霭总是若有若无,空气混着青草味儿,乌鸦们成群结伴,小麻雀轻捷伶俐,它们飞在学校围栏前的树林子里,点缀孩子们下课的喧嚣。没有洒水车过后的扬尘,霓虹灯的闪烁,此起彼伏的音乐。跌宕起伏这类字眼可以少用的,谁在浮躁中想念那宁静一隅,寂静中又感觉地老天荒。万千人众闪身静谧的山村,最初满目的盎然过后便是接踵的麻木倦怠,日久生情与日久生倦两个极致皆有可能。谁的脚步与灵魂和解,谁在时间之外酣然俯首。想来每个生命骨子里都秉承着不羁,任性或任命,哪一程山水都有自己的情怀。

读书,台下明眸如水;读书,过道雀跃腾跳。读书,白发如新,倾盖如故,且行且走沉淀所有记忆。只有读书,才是排遣内心荒芜的捷径。

徘徊复徘徊,只有国旗与校旗在飘扬,当激昂铿锵的乐曲传遍每个角落,红墙青瓦与绿野田园共一片蓝天,墙内墙外无比接近又无比疏离……

白云团团朵朵,南山青葱郁郁。从南山上吹来的风虽然还有些燥热,但已经不似前几日那样烤得皮肤生痛了。

晨跑之后,全校又进行了一次大扫除,把校园里每一个犄角旮旯都彻底清扫了一遍。几位年轻的老师在曾金荣的指导下,一大早便挂横幅插彩旗架音响布置会场。会场上横幅的内容清晰可见:“丰城市晓春学校 2017 年秋季开学典礼暨第八届徐长发教育奖学金颁发大会”。

青山做证,蓝天做证,忧郁和彷徨一边去,嬉闹和顽皮一边去,今天要正襟危坐,当一回好老师好学生。

老师们领着各自的班级,按规定方阵坐下。孩子们伸长脖子,兴奋而好奇地看着主席台,不知要上演什么精彩节目。

盛典开始,曾金荣做了一番慷慨激昂的动员讲话。一个好校长就是一所好学校,从教三十多年,从乡村到城市,又从城市到乡村,曾金荣成就了多少名师多少俊才,连他自己也数不清。他的发言洋洋洒洒,除了感谢徐良喜、徐智敏(胖叔)兄弟和社会各界的关心支持,连篇累牍都是励志的声音。翻译成文言文,不啻一篇《劝学》。

优秀教师、优秀班主任、新教师轮番上台发言。俯首甘为孺子牛,老教师便是不知疲倦的孺子牛,一辈子默默耕耘三尺讲台。可爱的女孩可爱的男生,仿佛就在昨天,还坐在教室里,而此刻站在这里,变成了孩子王,当上了一名支教老师。从城市回到村庄,在城市化进程的滚滚洪流中,坚守最后的文化血脉,用青春和汗水描绘最新最美的蓝图。他们言传身教,苦口婆心,用自己的切身体会,诠释着南山脚下的新《师说》。

优秀学生代表也登台了。他们的发言稿虽然经过了老师的润色,经过了几个昼夜的练习默诵,但读起来仍然透着紧张,稚嫩的少年脸颊通红。但这不打紧啊,我们平凡,我们朴实,山村有我们传承文化,岁月从不亏待每一分努力!因为有你,有我,有社会各界的关注期待,晓春的天空更美丽,我们的人生会更美好!

高年级同学见多识广,对台上的发言多少有些领会;低年级的孩子则云里雾里,虽然听不懂什么,但是看他们激动的样子,是有点受到感染受到振奋受到鼓舞的样子。

发言完毕，开始颁奖。

优秀班主任奖、优秀教师奖、终身荣誉奖、优秀学生奖……一条条红绶带直晃眼，一波波红包教人馋，一个个幸福的笑脸，比过年还要甜蜜，看得宏志班的孩子们眼红心热，恨不得站在颁奖台上的那一个个幸福得不要不要的学生便是坐在台下干着急的自己。

喧嚣已过，回味更加悠长。开学盛典在宏志班的孩子们心里激起层层浪花，作为“金牌班主任”的陈小庆想着正好趁热打铁，利用榜样的力量激发他们学习的热情。

“啧啧啧，看那些人小人得志的样子，得一千块钱奖金有什么了不起！”吴天罡总是头一个跳出来，不管是在课堂上发言，抑或私底下做小动作。“要是我上学期也在这里读书，肯定也能拿到！”

陈小庆紧紧盯着他：“那咱们就来个君子约定如何？明年还有，明年的今天就看看，咱们的帅哥是不是走上讲台。咱们宏志班要明白的一句话就是‘越努力越幸运’，不服来战，有种挑战！”她的话一时竟让喧嚣的教室安静下来，像石头投进湖心，暗流涌动，看得出不只是奖金的诱惑，而是一种挑战的激情点燃着孩子们。

“老师，谁说咱们额头写了‘输’字？不能长他人志气灭自己威风，我就不相信他们那些上台发言和得奖的人个个都比我们强！大家说是不是？”

“是——”孩子们的声音虽然整齐，却有点揶揄的意味。吴天罡气急败坏地说：“你们……你们……没出息，简直不可理喻，不可理喻！”

皮肤白皙的谢乐嘉站起来，眼睛看着天花板，右手食指搭在嘴角，似乎还在回味颁奖现场：“要是我也得到一千元的奖金，该可以买到多少好吃的呀！”

旁边的袁敏推得他打了个趔趄，他只得悻悻然坐下。“你坐下！老师，我来说。”袁敏斜了谢乐嘉一眼，“我觉得我们都要刻苦学习，好好把自己的成绩搞上去。至于得不得奖不重要。”

谢乐嘉小声嘟哝道：“不要得奖才是傻瓜。”

陈小庆赞许地看着袁敏：“不错，袁敏同学有志气，有骨气！”

丁志浩举手站起来，推了一下眼镜，慢腾腾地说：“要我说，成绩也要搞上去，奖金也要到手，鱼和熊掌要兼得，咱们可以拿这些奖金撮一顿。”

曾华明接过丁志浩的话头："对，我们要拿这些奖金去买鱼，买熊掌，买好多肉，回来好好撮一顿！"

众人忍俊不禁，笑作一团。曾华明一个个指着身边的同学说："不准笑，不准笑！再笑的话就不给你吃！"众人笑得更欢了。

陈小庆也忍不住笑出声来："除了吃，你难道就没有别的愿望吗？"

曾华明认真地说："有啊，睡觉！"

真是贪吃贪睡的二师兄。陈小庆摆摆手，示意大家安静，点名道："陈湘云，开学典礼你怎么看？"

陈湘云站起来，笑着说："我也想买点好吃的。"见老师严肃地盯着她，这才忍住笑，认真地说，"我觉得还是要认真学习，学习成绩不好的话，是得不到奖金的。"

陈小庆敲了敲桌子："我说你们能不能不要去想奖金？难道除了奖金你们眼里就没有别的吗？陈湘云，只要好好学习，牛奶会有的，面包会有的，一切都会有的。——郭慧中，你呢？"

"老师，我……我不行。"郭慧中站起来，紧张地说，"那些人都是班上的尖子，我是不敢想了。我就是觉得，只要不拖班上的后腿就行。"

这个自卑自闭的女孩，自从父亲吸毒入狱、母亲服毒自尽后，也许从来没有想过要受到人们的关注，只希望淡出人们的视野，悄悄成长。之后或许嫁一户人家，生几个儿女，在沉默之中度过此生。但是，陈小庆不希望是这样，也不允许她这样。从平常上课提问中，她知道郭慧中其实天资聪颖，思维敏捷，加之乖巧懂事，是个可塑之才，放在寻常人家，必定是家里的掌上明珠。她希望郭慧中从家庭的阴影中摆脱出来，迎着灿烂的阳光，在宏志班这个大家庭里茁壮成长。她鼓励道：

"谁说你不行？我们宏志班个个都是好样的，个个都有实力站在领奖台上！大家说是不是？"

"是！"孩子们的眼里闪动着熠熠光辉。

"少雄，你有什么感想？"

陈小庆把目光转向欲言又止的熊少雄。这个瘦弱、敏感又有点好强的孩子，和郭慧中的家庭背景有点类似，都是没有父亲母亲、爷爷奶奶的穷苦孩子，不同的是郭慧中寄居于曾祖父家，而熊少雄则寄居于姑奶奶家。同是苦命孩子，同是寄人篱下，他们的未来更坎坷，更充满未知。必须让他们从现在起，就懂得拼搏进取的意义。

熊少雄慢慢站起来，看了看大家，难为情地说："我笨，我会努力的。"

陈小庆笑了笑："老师相信你。"她示意熊少雄坐下，对大家说："同学们，我也相信大家。我相信，到下次开学典礼的时候，上台发言的一定有你们其中的一位或几位，上台领奖的也一定会有你们当中的很多人。可是，你们很多人只想到领奖，把老师也差点带偏了。你们可能没有好好听曾校长的讲话，没有好好领会其他老师的发言，也没有认真从那些同学的发言中吸取经验。我们是第一届宏志班，是徐良喜伯伯经过深思熟虑后创办的，他在你们身上花费了巨大的心血，也对你们寄予了很大期望。如果你们不用功读书，不能理解徐伯伯的良苦用心，那会让徐伯伯很失望的，知道吗？我觉得你们都要好好想想，好好领会，要好好学习，好好激励自己。行动才是最好的语言，老师希望你们用行动说话，用行动证明自己，用行动去改变自己的命运。你们能不能做到呢？"

"能！"孩子们齐声回答。

"告诉自己，我能行。一起跟我说。"陈小庆给自己的声音里加了一把柴。

孩子们同时站了起来，像面对"魔鬼"般的教官一样，庄严而激昂地答道："我能行！一定行，必须行！"

支教的日子忙碌而充满变数，需要时刻保持警醒的头脑和灵敏的反应，去应对随时有可能发生的意想不到的事情。从宿舍到教室两点一线，或从宿舍到教室到饭堂三点一线，日复一日月复一月年复一年，生活就是如此单调，如此重复。有人叹这日子不是人过的，可，是人总得过下去。"带着勇气向前走，切勿绝望！"太宰治如是说。如果每时每刻我只听你呼唤，只见你小脸如花，只感受你的依恋，那么，我的脚、我的肩统统违背我的心。静下来的时候，我依然可以看见无数灵光涌现……

魔鬼周的军训似乎还在昨日，开学典礼的余热尚未褪去，孩子们精力旺盛，激情四射，随时随处都有可能冒出他们的身影，令人猝不及防。比如晚自习后蔡魏勇一个人在操场上跑步，仿佛不知疲倦；比如熊少雄如痴如醉地看书,喃喃自语像个疯子;比如吴天罡逢人便眉飞色舞地自吹自擂;比如丁志浩经常对着花坛吟哦不止;比如吴迎康为了完成老师布置的抄写任务连中饭也不吃……面对这群孩子,陈小庆真有点哭笑不得甚至黔驴技穷了。

越是充满想象力,越是危机四伏。陈小庆不敢马虎,打起十二分精神,对这群孩子“刮目相看”,生怕一不留神,哪个角落里就冒出泡来。“不听老人言,吃亏在眼前”,陈小庆曾经跟孩子们说过这样一句话,孩子们便毫不客气地当起了一字之师,由“老师”改称“老班”,而陈小庆也欣然笑纳。

熄灯时间已到,陈小庆丢下书本,信步走到学生宿舍楼,姑且把查夜当作放松大脑。

宿舍管理员值班老师见了,忙说道:“陈老师,这么晚了还来查夜?”

陈小庆笑道:“孩子们累了一天,来看看他们休息得怎么样。怎么样?没吵吧?”

“没吵?”宿管苦笑着摇摇头,“没吵死人。你听听,现在声音最大的就是你们宏志班的几个宿舍。真是一群疯子,我看你们就叫‘疯子班’算了。”

陈小庆吃了一惊,“我去看看”。她匆匆跑上二楼,果然从走廊里就能够听到学生们的说话声。她来到204寝室,还没进门,就听到里面的孩子在大声说话。

“你们真没劲,要是拿到了那一千块钱,我肯定买好多好吃的,谁要是对我好的话,我就给他分一点。”一听口气就知道是吴天罡,嘴里似乎还在嚼着东西。另一个声音说:“吴天罡,你别在这里吹牛皮了!你拿得到一千块奖金么?就算你拿得到,你那么多好吃的,什么时候给我们吃过?真是小气鬼!”这是曾华明的声音。

陈小庆推开宿舍门,学生们吃了一惊,几乎同时条件反射般抬起头来望着她。“还没睡着,就开始说梦话了啊?”她看看吴天罡,“半夜吃东西,不怕老鼠半夜来亲你的嘴?”

曾华明数落道:“就是!老是半夜吃东西,窸窸窣窣窸窸窣窣,搞得大家都睡不着。”

吴天罡小声说:“曾华明,不够意思,又打我的小报告!”

“本来就是。”曾华明毫不留情地反击。

“抱怨是口臭,惹人嫌。”陈小庆希望尽快结束他们之间的相互攻讦,“你们两个可以闭嘴了，炒熟啦——熊少雄呢?”她发现熊少雄的床上还是空着的。

“报告老班，熊少雄又躲到厕所里去看书了。”吴天罡也打起了小报告。

“那你去把他叫回来睡觉。”

“我才不去，你让曾华明去叫，我要睡了。”吴天罡翻了个身，把脸朝向里侧。

曾华明坐起来，穿鞋起身，一开门，却见一个学生只穿着小裤衩端着脸盆从外面进来，见了陈小庆，夸张地“啊”了一声，下意识地捂着下身。陈小庆看着他，说道：“丁志浩，光着脚不怕着凉啊?”

“我的拖鞋脱胶了。”

“明天老班给你粘上，赶快上床去!”她命令刚刚洗完澡进来的丁志浩，又叮嘱其他人，“你们都不要再吵了，安心睡觉，再吵的话明天抄写课文，我保证让你们好受。”

“不说了不说了，我们还是乖乖睡觉。哎呀，睡觉真舒服!”“睡觉啦睡觉啦，老师晚安，记得帮我们把门关上，谢谢啦。”

退出 204，见熊少雄果然拿着书，跟着曾华明一道回来。陈小庆看了看他，小声说道：“太晚了，快去睡觉。”熊少雄点了点头，说了声“老师晚安”，便进寝室去了。陈小庆又到其他男生寝室看了看，大致情况差不多，都被陈小庆强令闭目休息。走上三楼，本以为女生会安静一些，没想到比男生寝室也好不了多少。推开 307 的门，就听到一个女生在嘤嘤啼哭。她走到啼哭的女孩身边，问道：“邓姗姗，怎么了?”

“老师，我想家了，我想回去!”邓姗姗哽咽着说。

“好好的怎么想家了?”陈小庆关心地问。

旁边的袁敏替她解释道：“我们都在这里说开学典礼的事，她就说她家里一年都吃不上一次肉，说着说着她就哭了起来。”

陈小庆劝道：“你回家了家里就有肉吃吗? 傻孩子，不要想太多了，好好休息。”

袁敏认真问：“老班，如果我们认真学习，下次真的可以上台领奖吗?”

“当然能啊!”陈小庆笑道，“不过，要用行动说话，而不是在这里睁着眼睛说瞎话。”

袁敏说:“如果我得了奖金,我就亲手交到爷爷手上,让他去买一头牛,他好喜欢牛。”

陈小庆俯身问邓姗姗:“你呢?”

邓姗姗怯怯地说:“如果我得到奖金,就带奶奶去看病,给她买最好的药,让她早点好起来。”

睡在旁边的郭慧中喃喃说道:“我也想得到奖金,我想买一身漂亮衣服,这样村里人就不会瞧不起我了。”

“好了孩子们,都睡吧。”她看了看,孩子们都在床上,正要退出,不知谁突然轻轻拉了一下她的手,似乎还在轻轻呢喃:“妈妈,妈妈……”陈小庆心里一颤,将手轻轻抽出,退出寝室。

回宿舍的路上,她一直在努力思索着那个拉着她的手叫着妈妈的孩子是谁,她的心被一种柔软的东西纠缠着,一会儿酸痛,一会儿温暖,令她愁肠百结,思绪万千。这些孩子虽然天性乐观,却必须面对贫穷;家庭残缺不全,却渴望温暖的母爱。

06 从郁闷到成长

居然，宏志班现在被叫成"疯子班"，你看，我捻花一朵，像疯子斑竹么？快成白发魔女了。好在他们说，疯给他们看看，疯学习疯玩疯跑……可见有决心疯出名堂来也不赖！

兴来画一幅，还可消疲惫。

美术课的可贵在于可以少说话，信手涂。

与其说教会孩子们奔跑，莫如说他们铿锵的脚步、有力的口号每天唤醒了自己。

谢乐嘉最后还在自觉补跑，"我就差一圈"，他伸出一个指头继续转身向前，那神态笑盈盈。

陈湘云还在咳嗽，说是支气管炎，消瘦的黄脸，咳得人愁肠百结，不忍相看，又总是说头晕。马上国庆长假，再不好，她的假期比这更糟糕，看来得做大检查。

老师，这是什么竹？记得盛凯昌突然问。

于是"采菊东篱下，悠然见南山"，最后变成"读书桂竹旁，悠然见南山"。当然此南山非彼南山，但上南山的美从他们的书写开始。

课堂直接点击网上视频，这是一班幸运星。

这神态，让你不可等闲视之。

有人眼眶红了，有人流泪，讲着讲着，我怎么背对学生，面对黑板？

死生契阔，从来是万丈红尘三杯酒。一杯复一杯，眼前这些孩子可能多一分敏感，但是他们终将多一分坚强！

——陈小庆《支教日记》

从晓春出门，向北或是向南，在九月的向晚正像赴一个甜美的宴会。秋阳绝不凄凉，秋风也是温驯的，吹起甜蜜，仿佛向心里吹进了滋润的汁液。蔗地里伸手，劈开蔗衣，洗净，咬嚼，自然仿佛是一坛醉人的绿醅，饮之不休不尽。徜徉，不须顾忌体态与服饰，虽是蓬头黄颊，也可以纵容脚步颠三倒四，信手扯团狗尾巴脸上摩挲。当然还可以信口哼唱，不成曲调落在晚风里，谁敢说秋光不值得赞美，谁的胸襟就无法在山道上开拓，谁的心地就不会在天幕下静定，自然，小河的水就不会在他的视野里明澈。

这时候是不用带书的，院墙上缠绕的瓜藤、开出的喇叭花会告诉你：南山下，古樟边，就敞开着一部大书，需要你细细翻阅。那些来自山野的孩子，挟带纯真野蛮的气息，向你展示他的卑怯与无知、热情与冲动、好学与好奇……这时候的世界，寂寞便不是寂寞，孤独便不成孤独。那些定下的条条框框不是行动的上司，不是枷锁，当它融为日子一部分时，它早已超越了我们承载的意义。想想吧，在这秀美的山间，一群孩子，他们仰望着，困惑又似乎不甘，对山外充满期待，对未来充满期待。他们的体魄和性灵与自然同在一个脉搏里跳动，决不愿受到束缚，他们蓬勃着竞争，彼此暗暗地较劲。仿佛一个个要成为你的福星高照，你明白，自己也成了自然的一分子。

太阳挂在树梢，落下山洼，晚读的钟声敲响黄昏，才发现循着没遮拦的田野不知不觉走出了一程，脱下鞋子撒开脚丫奔跑，背后还有喊声追过来："甘蔗好甜，掰几根去。"呵，明日再来。小桥流水你也向夜风抒情吧，归去我要聆听我的书声，栏前喘息，坐拥青山，少年正是读书时……

"我曾经听到有人说，我们班的学生是一群疯子，我们宏志班就是'疯子班'。你们觉得呢？"

陈小庆走到孩子们中间，笑着说。孩子们发出一阵放肆的哄笑。笑了一阵，陈小庆接着说："我觉得这个名字改得好。为什么呢？因为你们一个个都像疯子。不仅你们像疯子，还把我这个老师逼成了疯子。疯子学生加上一个疯子老师，不就是'疯子班'么？"

孩子们的哄笑声更夸张了。有的笑得前仰后合，有的笑得捂着肚子，有的笑得跌跌撞撞，几乎要瘫坐到地上去。

"疯子班就疯子班吧。除了上课纪律要严肃，你们在课外活动中可以像个疯子，你们在学习劲头上要有疯子的精神，你们的思维、想象力、钻研精神都要像个疯子，这样才对得起'疯子'这个称号，否则不配。你们说对吗？"

"对！"孩子们使劲吼着，惊得树上的麻雀惊惶失措，扑棱棱乱飞乱窜。

宏志班的孩子们果然越看越像"疯子"，就像陈小庆期待的那样：疯子一样地玩，疯子一样地看书。玩得倒不怎么疯，却也让陈小庆不敢大意；看书却真是痴迷了。许是来自丰城的那些爱心志愿者的到来让他们懂得了取舍，又或许是主题班会上徐良喜伯伯的故事打开了他们内心的另一扇窗，让这些孩子变得令人感动而陌生。当然，孩子们都非常清楚，再有几天就要进行入学后的第一场摸底考试，谁英雄谁狗熊，是骡子是马，见了真章就会现出原形。所以孩子们个个如临大敌，不想当狗熊，也不想当骡子。

教室内，翻书声和背诵课文的声音，像蚊子一样嗡嗡作响。当然，时而也有几个调皮的学生，趁邻座同学不备，悄悄用笔捣一下他的胳肢窝。又或是哪个同学看书看累了，趴在课桌上小眯一下，被老师揪住，罚站做题目。

相比较之下，陈小庆更喜欢走出教室，在大楼前后、树木丛中，看到孩子们旁若无人埋头苦读的样子。这是一幅画，抑或一首诗，在这模仿美国哈佛大学建筑的校园里，分外令人陶醉。安静阅读，是一种修行。

她轻松地走在林荫道上，见路旁月季开得正艳，信手便要去摘。冷不防，从树丛中传来一个声音，把陈小庆吓了一跳：

"老师，折了花枝要罚钱的！"

她抬头一看，是丁志浩。丁志浩边说边向她摆手，生怕老师被抓住罚钱。陈小庆莞尔一笑，收回手，朝丁志浩走去。

"在写什么？"陈小庆见他拿着一个精美的笔记本，刚刚合拢，旁边还放着一本历史课本。"给老师看看，可以吗？"

"嗯……可以。"丁志浩摊开笔记本，递到陈小庆手上。她看了一下，是一篇日记，便仔细阅读起来。

午休铃响，与伴收棋，安静写作。

原要安静坐着歇息，蓄存体力下午上课有精神。可许许多多人在叽叽喳喳，议论纷纷。嚷了会，大家全莫名其妙静了。

头转望眼，啊，教师！怪不得。

午休却并不自觉睡觉，像我，在这写作，耳里虽无喧哗，杂声却响不停。挪凳子声，翻书声，敲击声……

有几人出去，向厕所去；有几人写作业；有几人看书；有几人下位；有几人极自觉睡觉。

这真是前所未有的景象啊！

班长不必扯开嗓门制声了。记名本也少了几人。我们都听话。头上的风扇呼呼转，外边的树也随风摇曳。一切都像仙境，不再躁动不安，不再吵吵闹闹，也不再让老师操心。

看，谢乐嘉又下位找书看；甘珮琦又交作业；涂春勇也闲得发慌，拿几本书，打发消磨时光。

这么多人借书，这么多人看书，同学们可真知要啊！

最要命的一点，傅志坚那个牢骚鬼终于在午休默不作声看书了。

这真是天翻地覆的变化啊！

时间像沙漏里的沙子，一分一秒地过去。同学们都没有喧哗，我也没。随后我就去看书。

看历史，因为我喜欢。看完了，就眯着眼歇息会，然后就写周记，撕了，不好。

剩余时间，傻耗。有时习惯了喧闹声，会很想它，它却不想我，因为我不是它朋友——它只跟爱说话的人结交——不跟我。

这种舒服，不知还能维持多久。因为我很差，老班可能讨厌、开除我。我只有一条路可走——做最好的自己。打住，不谈这些了，真的，说来说去，我还是表现不好，满眼仿佛泪将似泉涌，心痛！

午休，整体来说，这些是挺好的。我们（包括我）都极安静，安静用什么来形容呢？唉，还是这样说吧：掉下根笔，都听得见，以往是听不见的，不是因为不响，而是大吵大闹了，就似菜市场。

当又“逼逼”预示铃响，我便又要告别午休了。

“写得不错！”陈小庆心里涌起一阵感动。小小年纪文笔如此细腻，体会如此深切，真是禀赋天成！

陈小庆见过丁志浩的父母，是一对朴实无华的乡下人，住得也不远，前几天准备外出打工,专程来看儿子。妈妈有点马大哈,儿子被狗咬过也不晓得带去打狂犬疫苗。父亲却很木讷,“这孩子就听老师你的,如果他不认真,老师你帮我多说说……”父亲如是说。丁志浩的长相气质都像父亲,文静木讷有点内秀,没想到他的文笔这么好。

她又想起了第一次看见丁志浩时的样子:穿着一条白色束腿裤,一双老款的女生白鞋,颇有些练功的小和尚把式。看上去有点滑稽,但是课堂上第一次点名的时候,他突然发出洪亮的应答声,真是回声震林樾,响彻南山谷,给她留下了深刻的印象。

“喜欢历史?”她颇有好感地问。

“是的。”

“为什么?”

“嗯……我也说不清。我就是觉得现代人很浅薄,想从历史书中寻找一些真相。”

有点深邃。“嗯,很好! 多看书是好事。”陈小庆爱怜地望着眼前这个小男孩,似乎看到了一些自己小时候的影子。那个时候,想看一本书或一本杂志很难,每次借回来时,连背带抄,跟宝贝一样。“走,上课去吧。”

月出惊山鸟,中夜更寂寥。如果不是眼前浮现着孩子们的喧闹,山里的夜晚真有点寂寞难耐。洗澡水是冰凉的,衣服用拖把竿顶上去晾挂,Wi - Fi信号不管用有一下没一下。蚊子的眼睛倒是雪亮的,人在阔大的床上打滚,偶尔“啪”的一声,分不清打蚊子还是打自己。守着这样的学校,守着这样的夜晚,陈小庆心里颇有些失落。

这两天,陆续又有爱心人士送来一些捐赠物品。还有直接发红包的,说只是想表示一点心意。陈小庆对捐赠物品照单全收,然后根据每个孩子的实际情况分发下去。红包却全部婉言谢绝。如果那天发朋友圈心里是怀着酸痛的话,那么此刻她的心里则充满感激。

令陈小庆欣慰的是,孩子们非常争气,也乖巧听话了不少。相比于刚来学校时,孩子们似乎一下子长大了很多。刚才去查夜,204 寝室的孩子有的在安静地看书,有的在写作业,有的孩子还在洗衣服。当她走过去时,孩子懂事地说:“老师,我会洗自己的衣服,我还会游泳,就是没有潜水镜……”就连最不让人省心的吴天罡、陈文仲等几个孩子,上午还是“赤脚拖鞋党”,到中午时便回寝室换了鞋子,还特意在陈小庆面前“铿锵锵”地来回走动,似乎故意要让她看见。到了晚上,却都安静得像个赶考书生。

走到206寝室时,孩子们似乎还处在亢奋当中,洗洗刷刷收拾整理有模有样,这让陈小庆心里十分疼惜。也许由于家庭的不幸过早地承受了生活的重负,可毕竟都是一些十三四岁的孩子,在短短的时间里便学会了这些家务活。要是放在城里,这个年龄的孩子都是父母的掌上宝,爷爷奶奶的心头肉,哪里会舍得让他们去做这些事?真是造化弄人!她鼓励道:“你们现在要好好爱自己,就是爱爸妈的男子汉!”孩子们都懂事地点点头。

尽管陈小庆早有思想准备,尽管孩子们日夜加班看书,摸底测试基础分数仍然令陈小庆和其他老师大跌眼镜。

宏志班34名女生33名男生总共67名学生,语文有一个上了80分,最低分数31分;数学只有15人及格,熊少雄最低,只有17分……

分数不是唯一,可是现实却如此骨感。陈小庆看着这份成绩单,几乎崩溃。几位任课老师在陈小庆面前牢骚满腹,甚至有人将这个成绩单反馈到曾金荣手里,曾金荣也非常震惊。刚开学时关于择优和淘汰的话题重提,有几位老师当着曾金荣的面挑起话题。

“把分数公布出去,让这些学生看到,让学生家长看到,让他们自己选择进退!”性格急躁的老严坐不住。他是数学老师,全班学生数学基础整体最差,他的压力最大。

英语老师刘雪芬疑惑地问:“严老师,是不是出的测试题目太难?”

“难吗?”老严反唇相讥,目光直逼刘雪芬,“正常的小学毕业生,如果基础不是太差的话,都应该能考个八九十分。可是你看看这些分数,闭着眼睛都不止考这些分!”

物理老师也表现出深深的忧虑:“数学成绩不好,会直接影响将来物理课的理解和消化。看来,今后这个班的物理成绩也不会太理想。”

老严看到有人声援自己,声音抬高了八度:“小庆,看到了吧?数学不好,物理课肯定是云里雾里,化学也是,像坐飞机,你就等着挨骂吧。”

在大家的预期中,宏志班投入了如此巨大的人力物力财力和师资,受到媒体的高度关注，成为舆论的焦点，不光是捐资者徐良喜，就连教育局甚至市领导都寄予厚望，更不用说普通市民了。虽说宏志班的办班宗旨不仅仅是分数，但大家心知肚明，最能体现教学质量、最拿得出手的还是分数，这就是现实。

大家发言的时候，都会有意无意瞥一眼陈小庆和曾金荣。曾金荣是徐良喜请来的名誉校长，也是晓春学校全面管理的负责人，担子之重自不必说。陈小庆完成一年的支教任务，又留下来当宏志班班主任，承担的压力最大，况且又是官方和民间公认的“金牌班主任”，她的态度同样至关重要。

曾金荣作风强硬，甚至有些霸道，很多孩子甚至老师都望而生畏，敬而远之。但他今天态度却有些反常，“大家知无不言，言无不尽，各抒己见，兼听则明嘛。”他笑呵呵地说。

“曾校长，陈姐，我来说两句，行吧？”彪哥小心翼翼地说。

“你说。”曾金荣点点头。

“其实我说的不仅仅是分数。”彪哥故意卖了个关子，见大家把目光转向他，马上兴奋地说，“分数固然重要，但曾校长多次教导我们，教育的目的是要德智体美劳全面发展。说实话，测试成绩看得都寒酸，但是更不满意的是这群孩子的学习态度。看看那会进来的都是些什么学生啊，平时打赤膊、穿拖鞋，吵吵闹闹吊儿郎当，根本没个读书的样子，半夜三更还不睡觉，整个宿舍楼就数宏志班的纪律最差，宿管徐老师给宏志班取了个绰号，叫‘疯子班’，瞧瞧那样子，实在是‘巧妇难为无米之炊’，大家说说，猪脚能做出牛脚的味道来么？”

众人听了这个比方，哭笑不得。

彪哥又朝陈小庆笑笑：“陈姐，我不是说您管得不好，我一直崇拜您，把您当偶像，想成为您这样的老师。不过，这些学生真的不像话，要是照这样下去的话，您的一世英名就毁在这些学生的手里了。所以，我的意见是，我们还是听老严的择优录取，把成绩稍微好一点又遵守纪律的学生留下，剩下的还是让各乡镇扶贫办接回去算了，让他们协调回乡镇中学就读，一个班一个难刁货都够受的，何况还是一群乌合之众。我们原先本来就是说只招 50 名学生，优胜劣汰，这是自然法则，也怪不得谁。我的发言完了。”

彪哥的话，引起了一些老师的共鸣，也再次引起陈小庆的反思。

副校长周舟站起来说:“曾校长、各位老师,我们本来办的就是宏志班,是教育扶贫,对孩子们的去留我们一定要非常慎重。轻易放弃一个学生,也许我们会觉得轻松,但是孩子呢?他们的家庭呢?我们有没有替他们想过?我觉得今天只是讨论这次的测试成绩,找到提升学习成绩,解决问题的方法。至于学生的去留,等我们收集完情况后,形成一个统一的初步意见,再向教育局和徐总反映,最后再做决定。”

陈小庆突然站起来说:“不要讨论去留了,除非孩子们自己要走,否则我一个也不会放弃!”

大家一阵愕然,曾金荣也有些吃惊。

陈小庆语气坚决地说:“没错,孩子们的基础测试不理想,很不理想。他们平时的生活习惯也不好,惹出了很多麻烦。但是,这些都只能代表他们的过去。请你们好好想一想,我们去招生时,他们是一个怎样的生活环境、怎样的生存状态?我想你们都没有忘记吧?仅仅半个来月的时间,就想让他们变成好孩子乖孩子,变成品学兼优的好学生,你们觉得可能吗?换作是我们自己,这么短的时间,能有多大改变?”

大家怔怔地望着陈小庆,也许很少人从她的角度来思考这个问题。

陈小庆神情悲怆。“任何事情都需要一个过程。我当了这么多年老师,好的学生带过,差的学生也带过,我从来不相信分数可以决定一个人的未来!如果大家还以分数论英雄,那我真是无话可说了。刚才周校长已经说了,我们办的是宏志班,是扶贫班。那么请大家思考一下,什么叫宏志班?我们要‘宏’的是孩子们改变贫穷落后面貌的志气,是励志成才、报效国家和社会的志向。他们都是来自乡下的贫困家庭,好多还是建档立卡贫困户,让他们走出贫穷的阴影,回归正常的成长轨道,和城里的孩子一样受教育,一样生活,一样成为国家和社会的栋梁之材,这才是我们该考虑的!”

大约觉得自己的语气太生硬,陈小庆又缓和了口气:“我也不是唱高调。我想说的是,经过这段时间的生活,很多孩子已经在改变。你们不知道,刚来的时候,有的孩子连自己的名字笔顺都不会写,自己的家庭地址也写不全,有的孩子甚至很久没有摸过书本。但是现在你们看——我们班的任课老师都看得到——他们上课会听讲了,课后会写作业会看书了,生活习惯也在慢慢改变了。这不就是进步吗?不就是变化吗?”

政治老师插话道："陈姐，我知道为了这个班，您付出了巨大心血，也确实有了明显的变化。不过有几个学生还是老样子，上课走神做小动作，布置的作业老是完不成，不会做的题目也不请教。还有，那个吴天罡，总是以老大自居，动不动就欺负别的同学。您经常表扬的熊少雄，数学也才考了17分，以后物理课肯定也听不懂。还有那个叫王露的女生，手脚不干净，学生们非常反感……这些情况都是客观事实，真的要慎重考虑！"

陈小庆点头道："你说的的确是事实，不过，教学和管理都有一个循序渐进的过程，你放心，我会单个做他们的工作，努力纠正他们的学习态度。"

老严早就按捺不住："陈老师，我们每个老师都相信你的能力，敬佩你的敬业精神。我们没你这么优秀，没你这么拼命，也没有你这么好的耐心。古话说'用霹雳手段，显菩萨心肠'，你只有菩萨心肠，却没有霹雳手段，怎么能达到教育效果啊？照我说啊，还是按以前说的，把那些成绩太差又顽劣不化的学生全都淘汰掉，剩下的我们慢慢调教，不然起不到震慑作用，否则你哪里有这么多精力？你的身体真的会拖垮的。"

陈小庆知道老严是在关心自己，朝他感激地笑笑："谢谢你老严。我自己不要紧，我有我的方法，我会让你们看到孩子们的变化。"

曾金荣肯定地望着陈小庆。陈小庆从农村中学考入孺子学校后，教学、管理、班风、成绩，曾金荣都看在眼里，并且深为敬重。"老严说的我同意。"他看着陈小庆，"你太拼命了，每天从早到晚，一点休息时间也没有。虽然你觉得这是当老师的本分，但是真要累垮了，还是会影响教学，影响宏志班的孩子们。所以，你要注意方法，有张有弛，不要把弦绷得太紧了。"

周舟体贴地说："陈姐，曾校长和老严他们都是在关心你。这段时间你没日没夜忙前忙后，我们都看在眼里。你就听他们的，真的不能把身体累坏了。"

"我知道，谢谢大家的好意。"陈小庆感激地看看曾金荣和周舟，不管在哪里当老师，同事们对自己总是非常支持配合、非常关心体贴。"曾校长，不要把孩子们送回去，一个都不能送回去。作为班主任，我会对班上的学生负责，对学校负责。孩子们有什么样的问题，大家都可以直接跟我说，我会去解决的。还有，我有一个建议，这些分数不要公开，仅作为一个参考，好让我们对症下药，因材施教，这样孩子们的压力也会小些。"

曾金荣点点头道："既然小庆是这个态度，淘汰的事就不要再提了。至于这次测试的分数,也只能作为一个参考,我同意小庆的意见,不要公开,多给学生们一些信心和耐心。我相信小庆的能力,也相信在大家的共同努力下,宏志班一定会给大家一个惊喜。”

老严心有不甘:“那就这样了?这个会不是白开了?总要给学生们一点威慑,让他们知道自己几斤几两吧?”

曾金荣呵呵笑道:“老严,不要总是这么心急,听小庆的没错。”

陈小庆信手拿起一个本子:“老严、曾校长,我手上正好有一篇一位同学写的周记,题目叫《从郁闷到成长》。我读给你们听听。”

8月28日的上午,我来到这所梦寐以求的乡村最美学校——晓春学校。在这里我开始了新的学习生涯。第一次独自出远门,奶奶久久地拉着我的手,把所有关心的语言一遍遍地向我叮咛。而我更多的却是紧张和不安……

这一天,处在完全陌生的环境中,我胆怯地看着周围的一切,觉得哪儿都不是我可以躲避的港湾。可是,我仍然要假装乐观、坚强。中午,我甚至都不想去食堂打饭,可是我的肚子不争气。到了中午,它唱起了“空城计”。没办法,只能去那陌生的地方,站在那陌生的人后面,吃着那陌生的饭菜。晚上,我失眠了,想爸爸妈妈,想爷爷奶奶,也想家中舒适的小床……望着眼前的黑暗,我的心又变沉了,泪也来了。此刻,我只盼着天快亮起来……

两个星期以来,我尝试着“我的生活我做主”,挺起胸膛独自行走出风雨荆棘。说来也怪,我渐渐改变了依靠父母的毛病。与此同时,我也发现,没有人再把你当作一个孩子,很多事情得自己做主,做不下来也得扛。想起以前,在家靠父母,做事从来不考虑结果,只要随意想这样做会不会挨训就可以了,根本不用考虑后果。现在每做一件事都得自己考虑后果、承担后果。我感觉 到了自己不再是以前的小小鸟。这突如其来的转弯,对我压力很大。

于是,作业总是漏洞百出,学习也不见成效……天哪,真想痛哭一场。然而,我没有时间去舔自己的伤口,只有顶着压力往上走。

每个人初到新环境,总会有一个磨合期,只不过是时间长短罢了。

我想,我终于度过这段磨合期了。今天,我觉得自己真正做到了。突然,我意识到,“我做主”改变了我的性格,改变了我的思想,让我凭借自己的实力在太空中翱翔。

读完之后,陈小庆有些忧伤地说:“这篇周记是一个叫袁敏的孩子,在基础测试之前写的。她这次的基础测试分数也不高,一门都没及格。可是,大家看看,这么短的时间她就学会了思考,学会了感恩,学会了自己给自己加压。而且我还注意到一些细节:在前几天,班上打扫完卫生之后,其他孩子都走了,只有一个女孩蹲在跑道的下水道石板上,好像在抠什么。我一看,地面都很干净啊,她在那里做什么?我走过去问她,她告诉我,这个缝隙全堵死了,雨天不漏水,不抠掉撬掉那些杂物容易积水。这个女孩就是袁敏。如果按照我们当初的规则,把她送回去,是不是很残忍?她刚刚树立起来的人生理想被我们扼杀,她今后的人生之路又会变成什么样子?”

大家沉默着。陈小庆接着说:“不仅是袁敏,其他学生写的作文笔记内容也都差不多,表达了一种乐观向上的学习态度。他们来到晓春,原本也是懵里懵懂的没有理想没有目标,抱着无所谓的态度。可是,自从他们踏进了晓春的校门,他们就是我们学校的一员,就把自己的命运与学校紧紧联系在了一起。他们正在融入学校,而我们却要抛弃他们,这是一件多么残忍的事?所以,无论如何,我是不会放弃的,一个也不会放弃!我相信,随着时间的推移,等他们度过了‘磨合期’,一定会以一种崭新的姿态出现在大家面前,就像曾校长说的,一定会给大家一个惊喜。到时,你们不仅不会想着抛弃他们,反而会喜欢他们舍不得他们了。”

老严站起来,朗声说道:“可能真的是我的境界没有小庆那么高。既然说到这里,我先表个态,我支持小庆,支持学校的决定,今后一定会配合好小庆老师的工作,共同把宏志班带出来。”

彪哥举手道:“我刚才说的是屁话,我也支持!”其他老师也纷纷点头。

风波暂告一段落。道理都懂,接下去的路也许会更艰难,但有些路只能硬着头皮走下去。站上讲台的,不能光看分数。忘掉分数,忘掉头顶高悬的那柄达摩克利斯剑,教育生活可能多一份人性的温暖,多一份自由的呼吸。

勿忘初心,至少前行的路上有你们!

07 转角遇见爱

支教，尘世微茫，
山林僻远处触摸大地的艰难；
支教，繁星点点，
你我携手传递最柔软的情怀……

——陈小庆《支教日记》

一首歌吟咏多久唱痛谁的末梢？树杈上的鸟啊，你不诵经何以宁静？晚秋的露打湿了稻心如何收割才世事洞彻？一步一步在黑夜中凝望，谁也不是时光的俘虏。接下来深秋的肃杀，接下来漫长的冬天，在生命的零度线上，搓洗内心的沧桑，像路旁那只飞蝶，看天多么蓝、花多么红、草多么绿，把一路的欢乐带给最近的狗尾巴草。

一夜寒露秋深，嗅觉舒展，满城桂香将人拥入怀中。抬头左看右看，淡黄花朵儿缀满枝头，星星点点秀色诱人。瞌目，仿佛四面八方都挣不脱暗香馥郁，这是小城最迷人的时光。让你醉在它跳动的脉管里，浸在它芬芳的气息里，脚步缠绵留恋起来，拎着大包小包忽然间怀疑自己的去路……

陈小庆不记得有多少次，是这样从梦中惊醒过来。醒着的时候，眼前心里全是孩子，一躺下去，潜意识里家人朋友牵挂责备一齐袭来，让她明白：原来自己不过是有着七情六欲的一个普通人。

每日晨昏课读，栖在这片山旮旯中，忘了离忧。偶尔晚起有人留好稀饭，以至课堂上多起来的小手，作业从最初笔画潦倒到渐次工整，带来隐秘的喜悦似乎都不可言喻。人生总会堂皇地失去，是的，失去往日车水马龙灯火辉煌的景象，沉寂在山村的夜海中，沉浸在桂子的芬芳里，什么都不用想。

她的身上有些疼痛。痛来自哪里，说不出确切藏在哪个部位，可是它真实地存在。听着夜深的犬吠，隐隐之中，仿佛有一股痛流绵绵不绝又如丝如缕，站不是坐不是卧不是，辗转又反侧……爬起点开 Wi - Fi，好久才出现一个残缺的页面，便又关掉，伏身黑夜中瞌目对枕，有些东西总没有流向。忍受吧忍住吧，天一定会亮的……你不学会好好照顾自己，又怎么去教台下的孩子们珍惜？

与其说教会孩子们奔跑，莫如说他们铿锵的脚步、有力的口号每天唤醒了自己。

每天清晨六点多钟，陈小庆总是第一个站在操场上，等着孩子们矫健的身影。对于宏志班的孩子，她丝毫不敢懈怠，每天总是最后一个睡觉，最早一个起床。她要看到孩子们尽快融入校园，融入班集体，把严明的纪律、良好的生活习惯、刻苦向上的学习精神逐渐融入言行中，成为孩子们的自觉行动。

关于宏志班，不知经历了多少次争论，面临多少次关于学生去留的考验，但最终都以陈小庆的胜利结束，67 个孩子全都留了下来。陈小庆知道，除了自己的坚持之外，还有校领导和老师们对教育工作的热爱以及教书育人的神圣天职使然。很多时候，“为人师表”并不是一句形而上的空洞口号，而是作为教师毕生孜孜以求的事业。

她已经有好几天感到体力透支，身体有点吃不消，连续咳嗽了多天。由于测试成绩非常不理想，加上孩子们的生活一直处在散漫之中，陈小庆感到压力巨大，如果不能改造好这些孩子，让他们学会规划人生并朝着目标自觉努力，那么，宏志班将面临失败的危险。这不是她愿意看到的。也正因为如此，她每天都要认真研究每位学生的学习成绩、生活嗜好、同学关系，每天都睡眠严重不足，导致体质急剧下降。

她跟着孩子们跑了几圈，觉得有点喘不上气，便跑出队列，让孩子们接着跑。孩子们正在长身体，适度锻炼有助于健康发育，也有助于体格和毅力的养成。

“加油，你行的！”她站在队列一侧，见有几个孩子的跑步动作有点变形，便用嘶哑的声音鼓励道。

“抬头，挺胸，手臂摆动起来！”她远远地纠正着跑在后面的几个女生。

陆续有学生完成了十圈的跑步任务，自觉地在操场上活动身体。陈小庆看到谢乐嘉还在补跑，觉得有点意外。“怎么还在跑？”“我就差一圈。”谢乐嘉伸出一个指头继续转身向前，神态轻松而乐观。陈小庆看在眼里，颇为感动。

陈湘云跑在最后。她一直在咳嗽，时轻时重。咳嗽的感觉陈小庆非常清楚，轻的时候只是希望把喉咙里的痒痛咳出来，重的时候牵着胸痛，气息不畅。

陈湘云身材瘦弱，面呈菜色，一副弱不禁风的样子。之前曾经问过她，她说是支气管炎，好多年来一直是这样。但陈小庆还是多了个心眼，一直关注着她。这么小年纪患上支气管炎似乎不应该，也许另有隐情。但是，因为刚开学事务性工作太多，一时还顾不上她。陈小庆自己咳了一阵，觉得喉咙稍稍好受了些，便把陈湘云叫到面前。

“怎么还在咳？感觉怎么样？”她问了一句，又咳了一下，陈湘云受到感染，也是一阵长咳，咳得人愁肠百结，不忍相看。

“有点……有点头晕。”陈湘云努力让自己话说得平静些。

“头晕？”陈小庆担心起来，咳嗽、头晕，加上一脸的菜色，明显营养不良发育不全的样子。马上就到国庆长假，如果任由她一直这样下去，回到家里后没人照顾，恐怕情况会比现在更糟糕。“还是去医院做个检查吧。”陈小庆轻声说。

“不用。”陈湘云低声说。

“什么不用？你都咳成这个样子了，不检查不治疗，你怎么有精力上课？”陈小庆对她的态度有些不满。

陈湘云低下了头，忸怩着用几乎听不到的声音说：“我……没钱。”

陈小庆心里一颤。贫穷，才是这些孩子学习成长路上最大的拦路虎，是他们目前无法逾越的障碍。幸福的家庭都是相似的，不幸的家庭各有各的不幸，陈小庆又想起了列夫·托尔斯泰这句话。

她忍着眼泪，打通了陈湘云外公的电话，把陈湘云的身体情况说了一下，希望他动动恻隐之心，带着孩子去医院检查、治疗。

“她一直是这样过来的，不用检查的。”外公表现得很淡然。

“可是，如果继续这样下去，陈湘云的身体会拖垮的。”

“老师您听我说，我是工作忙实在没有空。既然把她送到了学校，就你们看着办吧。”

“你怎么能这样？对孩子要有点爱心！”

“我真是脱不开身。”外公无奈地说完，急忙挂掉了电话。

陈小庆气得身子直打抖。贫居闹市无人问，富在深山有远亲，挣扎在社会底层，亲情冷漠至此！她想了想，又打通扶贫干部熊力群的电话，把陈湘云的情况告诉他，希望他帮忙把孩子送到人民医院去，并补充说，如果孩子家里实在没钱，她愿意垫付。

“我马上就过来。”熊力群爽快地答应了，“贫困人员有医疗补助，我们会想办法解决，不用您垫钱。”

收起手机，陈小庆心情稍稍好了一些，拍了拍陈湘云的肩膀，让她回去洗刷收拾东西，并叮嘱她安心养病，落下的课会专门帮她补上。陈湘云懂事地回寝室去了。陈小庆心事重重，看看操场上无忧无虑生龙活虎的孩子，感慨万千。死生契阔，从来是万丈红尘三杯酒。一杯复一杯，眼前这些孩子可能多一分敏感，但他们终将多一分坚强！

正要回宿舍去，几个女生跑来，叽叽喳喳地控诉起吴天罡来。

“老班，吴天罡用脚踢我！”

“老班，吴天罡把虫子夹在我的书里！”

“老班，吴天罡每次打饭都插队，而且经常把饭菜倒掉。”

“他还跟男生打架。”

“……”

真是按下葫芦浮起瓢，不让老班省心！她有点生气，快步走到寝室门口，等着吴天罡过来。几个女生跟在后面，有老师压阵，她们底气十足。

“吴天罡，过来！”

陈小庆喊住满头大汗的吴天罡，他的脖子上一层厚厚的污垢，看上去有好几天没洗澡了。吴天罡看着陈小庆身边的几个女生，知道她们向老师告了状，恶狠狠地瞪着她们，故作轻松地问：“老班，什么事啊？”

“你不知道什么事吗？”陈小庆笑着道，“是不是觉得欺负同学显得你好有本事？”

“没有啊！”吴天罡装着无辜的样子，低下头又瞪了几位女生一眼。

“不要瞪她们!”陈小庆看着他说,“看不出你还挺有魔性啊,每个同学都要不打不相识,你不记得咱们的约定吗?那天表彰大会,难道你希望以公诉的形象出现吗?‘老鼠过街,人人喊打’,你看你:‘老师过来,人人告状。’上课做小动作,下课欺负同学,垃圾到处乱丢,经常不洗澡不洗脚,难道你要成为‘人见人爱,花见花开,车见车爆胎’的另类?”

吴天罡摇摇头,默不作声。陈小庆让女生们先走,把吴天罡带到一边,耐心地说:“学校不比在家里,好多事情要自己去面对,自己去处理,比如生活习惯,比如课堂纪律,比如跟同学的关系。你首先要学会与同学互相帮助共同成长,不能认为自己的条件比别的同学好一点,就看不起别人,那样融入不到班级去,你说这样好吗?”

“不好。”吴天罡小声回应。

“既然知道不好,咱们就要改变,你看你的摸底测试,考得那么差,字写得歪歪扭扭,这哪里像宏志生?你再看看别的同学,虽然他们考得也不好,但他们能够意识到自己的短处,努力端正学习态度,把精力都放在学习上。而你呢?还是这样吊儿郎当像个纨绔子弟,你这样对得起徐总的爱心吗?”

吴天罡沉默不语。

陈小庆又说:“初中阶段是打基础的重要时期,如果不抓住这个机会好好学习好好打基础,今后你很有可能会跟不上其他同学。即使今后上了高中,也考不到理想的大学,那你今后还怎么在社会上立足?”

“老班,我知道错了,我会立即改正。”吴天罡挺起胸膛说。

“这可是你说的,”陈小庆看着他,“我要看你的行动。快去吧。”

转身离去,见盛凯昌站在一丛斑竹前发愣。“老师,这是什么竹?”他突然提问。

陈小庆看了看,笑道:“斑竹,也叫湘妃竹。娥皇、女英的传说听过吗?”

盛凯昌沉吟道:“好像听过,是投湘江的那两个吧?”

陈小庆笑了笑:“孺子可教。想多了解的话,就去网上翻一翻。”她摸了摸盛凯昌的头,真是个爱思索的孩子。南山之下,晓春之内,有不少这样的斑竹,也有不少桂树。时值仲秋,桂子香溢校园,令人陶醉。她忽然想起陶渊明“采菊东篱下,悠然见南山”的句子,此情此景,便真可以用“读书桂竹旁,悠然见南山”来形容了。当然此南山非彼南山,但与城里比起来,确实多了些天然野趣。

陈小庆的心情陡然大好。她是一个感性的人，若无闲事在心头，一草一木皆是诗。美好心情，一切从陶渊明的诗境开始。

因为要到教育局去开会，陈小庆决定趁着这个机会，顺便回家看一看。

阔别近一个月，再次回到城里，看着车水马龙、人头攒动的景象，陈小庆恍然有隔世之感。她也不知道何以会有这种感觉，也许本来就来自农村，骨子里还是个乡下人，也许习惯了与晓春相伴，已经把自己融入南山之下了。

下了车，顾不得感慨，陈小庆打了个出租车，到教育局办完事，已近十一点。她匆匆回到家。

“爸、妈，我回来了。”陈小庆进了家门，这才想起自己两手空空，什么东西也没有给母亲买。

“回来了？好好好！吃了早饭吧？”母亲刚刚洗完衣服，正在阳台上晾晒，见女儿开门进来，非常开心。父亲坐在沙发上看电视。

“都什么时候了，还没吃早饭？”陈小庆嗔道。这是中国社会很常见的母女相见时的问候方式，一边是责备，一边是佯嗔，中间夹着浓浓的牵挂。不像父子俩见面，一定是父亲热情洋溢，儿子表情冷淡。“回来了？”“嗯。”“吃了没？”“嗯。”“在外面还好吧？”“嗯。”虽然同样夹着牵挂，话题却永远枯燥而单调。

陈小庆厨房里、房间里，甚至冰箱里到处翻看着：“怎么没买点排骨放在家里？”“鸡蛋也没几个了。”“这些菜都放了好几天吧，还能吃啊？赶紧扔掉。”……

母亲跟在身后，对陈小庆的关心置若罔闻，絮絮叨叨地说：“你看你又黑了，声音也哑了。过了一年又加一年，吃这么多苦，你到底图什么呀？”

“妈！”陈小庆有点不耐烦，“一回来就说这些，烦不烦啊？”见母亲有些不快，觉得自己语气太生硬，便委婉说道，“工作上的事您就不要操心了。支教也不是我的事，是领导安排的。再说，您没看到那些孩子的情况，要是知道了，您也会心疼那些孩子的。”

“你还不耐烦了？”母亲竟然抹起了眼泪，“我在外面，逢人便说，我女儿是最优秀的老师，是最乖的女儿。我天天想你，天天担惊受怕，就是怕你受苦,怕你受委屈。可你倒好,反倒怪我话多了,还不让我说你的事……”因为难过,母亲的声音哽咽起来。

陈小庆缓和了口气,把母亲扶到沙发上,“我又不是小孩子,有什么好担心的?倒是你们,一天到晚操心这个操心那个,有这个必要吗?只要你们在家里好好地,我在学校里也就没事了。对了,您的血压不高吧?”

“有什么高不高的?每天都担心你,血压能正常吗?”母亲居然要起了孩子脾气。父亲埋怨道:“小庆的事她自己会划算好,你就是喜欢瞎操心!”

陈小庆握着母亲的手说:“妈,我说了不要担心我,您自己把身体养好了就行了。您看您一激动,血压就不稳定,这样对身体不好。”

尽管母女俩的关注点没在一个频道上,但母女心心相通,再怎么争吵、闹别扭,也不会伤筋动骨。二人说了一些闲话,陈小庆看看时间,有点坐不住,便站起来说:

“爸、妈,我去超市给你买些菜回来。”

“家里还有,冰箱里也有,不要买了……”

母亲追到门口时,陈小庆早已下楼去了。

到了超市,买了些排骨、牛肉、蔬菜、牛奶之类,匆匆上楼,然后围上围兜,到厨房里忙碌起来:“妈,我来做饭啊,好久没给你们做饭了。”母亲跟在身后,一边打着下手,一边絮絮叨叨说着,跟陈小庆寸步不离。

“那里吃得还好吧?”“那里睡得好吧?”“听说这班孩子都很调皮,很难管吧?”

“蛮好的。”“都蛮好。”“孩子都蛮听话,有些还蛮懂事。”

母亲漫无目的地问,女儿有口无心地答。母亲要的也许不是答案,而是这种说话的氛围;女儿却心不在焉,一心只牵挂着班里的孩子。

吃过饭后,陈小庆陪着父母说了一会儿话,不知不觉靠在沙发上睡着了。母亲坐在一旁,心疼得抹眼泪,去找了一件衣服,轻轻搭在女儿身上。陈小庆被惊醒,看了一眼手机,噌地跳起来,说:“妈,您怎么不叫我一下,我下午还有课,要赶紧走了。”

母亲劝道:“既然你这么累,就多睡睡吧,学校那边打个电话去请个假。每天都这么拼命,身体哪里吃得消哟!”

“你不晓得。不和你说了!”陈小庆胡乱抹了一把脸,刚走到门口,又回过身，从包里取出一千元钱，放在母亲手上，“妈，多买点东西吃，不要省。我走了。”

母亲站在门口，望着女儿匆匆的背影，嘴里喃喃说道：“刚来就走，每回都是刚来就走，连话都说不上几句，你到底是图什么呀！”

紧赶慢赶，还是错过了到上南山的车，只得先坐公交车到桥东再说。到了桥东集镇，她习惯性地来到拐角杂货店。店主叫黄毛，本来素昧平生，因为经常站在店门口等车，一来二往也就认识了。黄毛是个很热情的人，有时赶得不巧，黄毛便会帮她拦个车。上次徐小珍的爷爷去学校，她也是打电话让黄毛顺带搭到镇上的。她朝店里探了探头，正好与黄毛目光相对。

“陈老师，又在等车啊？”黄毛笑问道。

“是啊，去城里开了个会，没赶上去晓春的班车，所以就到这里碰碰运气。你帮我想想办法吧。我还有课要上，漏掉就不好了。”

“我帮你拦车，你什么车都敢坐吗？”

“没办法。不敢坐也得坐，必须坐。谁让自己没拿到驾照呢？”

“好，包在我身上，你放心。”

陈小庆说的是实话。还是在前年的时候，她就到驾校报了名，但因为工作太忙，好不容易考过“科目一”之后，就再也没有时间去学。到晓春以后，就更没有时间了，白白丢掉了三千多块钱。为了赶到学校，她不知在半途上拦过多少次车，摩托车、电瓶车、农用车、大货车、小轿车……她都蹭过。山里人热情厚道，认不认识都会热心地载上一程，何况是到晓春学校。

在徐良喜和曾金荣的积极主动协调下，市客运公司终于增开从城区到上南山的专线，为的就是方便宏志班的学生往返。这虽然给陈小庆带来了很大的便利，但她大部分时间在学校，时间没有规律，准时乘车的次数很少，多数时候是说走就走，就像今天这样。

黄毛忙完手上的活，走过来说：“陈老师稍等下啊，我马上给你拦辆车。”

“要快点，否则上课会迟到。”陈小庆有点着急。

“要得要得，我马上给你拦，只要你敢坐。”

“我要赶时间，什么车都可以。”

黄毛站到门口，注视着开往上南山方向的车辆。他突然笑道：“陈老师，你真的什么车都敢坐吗？”

“当然啊，不管什么车，只要能赶到学校不耽误我上课就行。”

“‘路虎’你也敢坐吗？”

“什么‘路虎’‘路马’，再糟糕的车都要坐。”陈小庆对汽车品牌没有概念。

“不是糟糕的车，是很高档的车。”

“管它高级车低级车，对我来说就是交通工具。”

正说着，黄毛站到马路边，伸出手拦下一辆越野车，对车主说了几句话，然后笑着对陈小庆说：“就这辆，快上去吧。”

陈小庆也不客气，拉开后排车门，一屁股坐上去之后，对车主说：“师傅谢谢你！请您帮下忙搭我到上南山去，我实在没办法，要赶去上课。”

“好的。”车主头也不回地说。

走了一段路，车主突然说道：“你认识我吗？”

陈小庆看着车主的半个后脑勺说：“不好意思啊，真的是有点面生。我是从城里开完会，要赶回学校去上课，麻烦您了！”

车主笑道：“我认识你，你相信吗？”

陈小庆想了想，对车主似乎没什么印象，以为他不过是没话找话，随意搭讪而已，便也笑道：“你怎么会认识我？不好意思我不认识您。”

“你很会教书，而且教得很出名，还是全市的金牌班主任。我说的对吧？”

陈小庆觉得这个理由很牵强，自从前年中考她带的实验班一炮而红之后，很多媒体都给她做过宣传，还上过几次全市的颁奖大会。虽然车主有可能在某个媒体上见过她的照片，但也谈不上认识。“尽责而已，能不能加快点速度。”她无心搭讪，因为上课的时间越来越近。

车主似乎谈兴正浓，“我手机上还有你的照片，不信我拿给你看看。”一边说，一边真的拿起手机在微信上找，果然找到一张她在宏志班上课的照片。“这个是不是你？”车主得意地说。

陈小庆有点吃惊，怎么车主的微信上会有自己的照片呢？难道他是学生家长？这不可能啊，自己的学生都是贫困家庭的孩子，家里哪里买得起这么好的车？“你怎么会有我的照片？你从哪里找到我的照片的？”她觉得不可思议。

车主哈哈大笑，继续调侃道："我怎么会没有你的照片？我不光认得你，我还认得你们曾校长，还认得你们学校很多老师。"

陈小庆脑子里突然跳出一个名字：胖叔。难道他就是传说中的胖叔吗？到晓春一年多，只在去年开学初见过一回，但早已忘记了什么样子，算是耳熟能详。她不好肯定，便委婉地问："你跟我们曾校关系这么好，那你们究竟是什么关系？"

"我们是兄弟，特别好的关系。"车主继续说笑着，"你看他连你的照片都发给了我，你说我们关系好不好？"

陈小庆已经肯定，眼前这位开朗健谈的"车主"，必是胖叔无疑了。她脱口说道："你是胖叔！"

胖叔不再跟她捉迷藏，点了点头，哈哈大笑几声，结束了一路的谈话。

车到晓春门口，保安徐叔打开安全门，胖叔把车直接开到办公楼前，停稳，回头问道："怎么样？没迟到吧？"

"真的很谢谢您，我去上课了。"

"好的。下次有什么事尽管打电话给我。"

08 请你紧紧抱住我

加州的菡萏，久违了
加州的花蚊子，久违了
其实很想安静地坐在你身边
什么也不说，什么也不用说
一如现在翻读的页页周记
关于成长、孤独、思念还有
那些不敢轻易触碰的角落……

——陈小庆《支教日记》

山里封闭了半个月之后，迎来了国庆、中秋双节长假。宏志班67名孩子，居然无一例外地思念起自己的家来。大家夜里就兴奋得睡不着，纷纷打点着行李，准备回家。

是该好好放松一下了。尽管学业不是很紧张，但从自由散漫无人管教到苦口婆心步调一致，从功课底子太差到目标要求太高，浓烈的学习氛围，逐渐在孩子们的心里形成某种压力，让这群野惯了的孩子开始有了新的思考。也许跳出学校看学校，会让孩子们有一个更准确更全面的认识。家的残缺与老师的关爱，自由散漫与纪律严明，鸡鸣犬吠与书声琅琅……都需要孩子们自己去思考，去选择。

“双节长假，大家打算怎么过？”面对归心似箭的孩子们，陈小庆提出了一个很宽泛的话题。

“睡觉，我要睡个天昏地暗！”一个孩子尖叫着。

“不错！‘但愿长醉不复醒’，你干脆去喝一壶酒，这样就睡得更舒服了！”陈小庆的话引得孩子们哄堂大笑。

“玩，找朋友们好好玩个痛快。”又一个孩子叫道。

“对，开心地玩，拼命学习拼命玩，做啥事都得有高度得聚焦能力，但是不要忘记回家。”

又是一阵开心的笑。

“看书，我姐姐家有好多书。”

“看书可以，阅读成就人生，知识改变命运，好习惯终身受益，要注意劳逸结合。”

孩子们说着笑着，少年不识愁滋味，此刻他们忘记所有的哀伤，终究天性乐观。

“同学们，没有想法的人生是可悲的人生。”陈小庆打断孩子们的嬉闹，随和之中透着严肃，“有想法就要去实现。你可以好好地睡几个大懒觉，可以肆无忌惮地疯玩几天，可以抽空看看书，帮着家里干干农活，也可以什么也不干，坐在门前发发呆。”她看到吴天罡嬉皮笑脸地用肘部撞了撞旁边的熊少雄，继续说，“但是，你们要记住，你们是晓春学校的学生，是宏志班的学生，你们和以前不一样了。你们睡也要睡得老实，不能光着膀子横在床上。玩也要玩得有章法，不能玩到做噩梦。看书呢，我是鼓励的，要看出一点门道。也可以跟大人一起出去旅游，去看山看水走天下，了解祖国的大好河山。”

说到这里，陈小庆又心生隐痛。眼前这群乳臭未干的孩子，几乎都来自社会底层，除了极个别的可以依靠亲戚实现旅游的梦想，凭他们自己的家庭条件，哪里能去旅游？她话音一转，语气缓和了许多。“不过，我还是希望大家回到家里多陪陪家里人，陪陪你们的父母，陪陪你们的爷爷奶奶，帮帮你们的弟弟妹妹。你们在家里也许还是大人眼里长不大的孩子，但不要忘了，你们是晓春学校的学生，是我们宏志班的学生。宏志班的学生应该是懂事的、勤劳的、善解人意的，军训时学会的铺床叠被、整理方法，都要在家里用上，要让大家看到一个全新的你，正所谓‘士别三日，当刮目相看’，要让家里人看到一个不一样的你。记住班训：‘特别能吃苦，特别讲礼仪；特别爱阅读，特别会学习’，用行动表明自己的变化，家是需要打理的，从我做起。我希望大家一回家先向老师报一声平安，离开家到学校也同样如此，向大人报一声平安，这是读书人最基本的涵养，不要让亲人牵挂路上的安全。”

孩子们陷入了深思，只有极少数学生还在东张西望，寻找机会做点小动作。

陈小庆不想让孩子们想太多：“到家好好放松，不要跟以前一样任性顽皮，多一分体贴，没有什么理由是别人要为我们付出，懂得感恩，懂得用行动表达自己对家人的爱意，老师就很满足了。另外，”她抬高了声调，“咱们回家要乘坐的公交车到这里时间是八点，我们整理好行李，在门口等，不要忘记自己的作业，学习是学生的天职啊。需要转车的，或者是要到汽车总站去乘车的，都要在车上提前报告一下。我会跟车，一来护送你们，二来看看你们是否说到做到，上车要排队，下车要感谢司机叔叔，转车前要问清……但是我只会跟到总站，接下去的分流要注意，我已经在家长群里发了通知，有的爷爷奶奶会在总站等，有的直接在学校门口等，万一没来的也不用担心，老班在车上。”

孩子们开始交头接耳，有的兴奋有的黯然。陈小庆敲了敲桌子：“你们一定要记住老师的电话，除了家人的电话外，这个是你一定要背出来的，这不单是一串数字，而是你的小锦囊，当你遇到问题的时候，想想老班会怎么说怎么做。永远要记住，方法定比困难多，解决问题的方法至少有三个，有三个，如果不知道怎么乘车到哪里乘车，一定要打电话给老班，老班会告诉你们。也可以有礼貌地问司机叔叔，回到家了，一定要打个电话或者在班级群里给老班报个平安，记住了吗？”

“记住了！”清脆而有力的回答。

“可以走了吗，老班？”吴天罡已经有些迫不及待了。

陈小庆笑了笑，推开黑板，现出假日作业内容：

一、阅读计划：两本课外书（自己喜欢的）；二、日记两篇：“国庆纪事”“秋天的记忆”；三、执行计划背完初中古诗文读本。

孩子们“哇”的叫起来。“这么多啊？还让不让人活了？”“老班，这哪叫放假啊？我吃不消！”“是啊，前面又叫我们睡觉旅游，现在又布置这么多作业,太累了!”……

“多乎哉,不多也!”陈小庆补充道,“郑重声明,假日作业没完成的,家法伺候!”她所说的“家法”,就是没完成假日作业不许进教室,威严与戏谑,早就成为她与学生打交道的习惯。她知道,即便是叫得再响的学生,都会认真完成。所有的诉苦和叫屈,不过是孩子们变着法儿撒娇罢了。

“这里还有一封信,是写给家长的。请大家带回去给家长签字,不允许私吞,必须交到家长手上,不能自己当家做主代签。”陈小庆笑了笑,“不过你们也私吞不了,因为我已经发到家长群里了。”

“既然发到家长群了,为什么还要让我们转交?”有孩子问。

“老班要考验你们是不是诚实。”

“可是,我爸爸妈妈都在外面打工,怎么交给他们啊?”

“拍个照片发给他们,刷一刷你的存在感。”

又嚷嚷了一会儿,孩子们总算安静下来。陈小庆知道,八天长假,有的孩子也许会找到家庭的温馨和假日的快乐,更多的孩子却是回归孤独和寂寞,回到伤心家园。她有点舍不得把后者送回去,但国家法定节日不可违背,而且自己也的确需要几天认真调整身体状态。她特别叮嘱道:“千万千万记住,让你们的家长提前到站接你们,有什么事一定要记得打电话,老班的手机 24 小时都不关。回寝室收拾去吧,老班在校门口等你们。”

“知道啦,老班再见!”孩子们欢呼雀跃,一哄而散。陈小庆正要离开教室,却发现郭慧中还站在原地。她走过去,问道:“郭慧中,你怎么还不去准备啊?”

郭慧中嗫嗫地说:“我不晓得怎么坐车。”

陈小庆把手搭在郭慧中肩上:“我们边走边说。”

相比起陈湘云,郭慧中的家庭情况又是另一番悲惨景象。爷爷早年因患尿毒症去世,奶奶患乳腺癌也去世了。父亲早些年因吸毒入狱,至今仍未释放;母亲受不了家庭的沉重打击,精神失常后服毒自杀。家里还有一个哥哥,本来成绩不错,因没钱读书,只得辍学回家,跟着大人外出打工。现在,郭慧中和年逾九旬的曾祖母相依为命,偶尔到叔爷爷家蹭一顿饭,还要看叔爷爷的脸色。家对于这个可怜的孩子而言,简直是一个不堪回首的噩梦。

自从通过微信朋友圈发出她那双破烂不堪的鞋子后,引来许多爱心人士捐赠，有的爱心志愿者还专门帮她买来新衣新鞋，郭慧中每天穿着志愿者送来的新衣新鞋，却始终快乐不起来。

“你记住了老师的电话吗？”陈小庆心疼地问。

“记住了。”

“能找到回家的路吗？”

“嗯……到了荣塘我就能找到。”

“这样吧，你先别着急，明天早上老师也要回去，到时把你送到家里去，好吗？”

“谢谢老师。”郭慧中安静地走开了。

周五一早，陈小庆站在校门口，等着孩子们统一乘车。因为孩子们来自各地，乘坐的车次不同，为了确保不至于搭错车，她每次都要把孩子们送到公交总站，看着一部分孩子由亲戚接走，剩下的孩子交代好站点时间，嘱咐他们到时乘上回家的车。但这次是个例外，她安排了一位顺路的老师捎带些孩子们乘车，自己等下直接到总站去，因为答应了要把郭慧中送回家。

公交车准时来到学校门口，也有另外一些老师把私家车停在校门口，帮着顺路送一下学生。以后这也成了晓春学校不成文的规矩，每位老师离校或返校，只要碰到晓春学校的学生，都会热情地搭载。

“陈老师，还在等啊？”“陈老师，要不要坐我的车回去？”“安排几个学生坐我的车吧。”老师们热情地打着招呼，然后各自离去。陈小庆一直笑笑，等着最后一个孩子出来后，这才让大家一起上车。到了总站后，她又打了一辆出租车，一直把郭慧中送到了家，才放心回去。

真是难得的假期。陈小庆很想约上几个朋友，安安静静地待上一天，放松一下心情。但想到母亲的牵挂，还是放弃了和朋友小聚的念头，先回到自己家里。

家里空空荡荡的。打个电话给丈夫，他还在乡下忙着走访扶贫对象、填写各种材料。她本想发几句牢骚，嗔怪丈夫几句，譬如怎么双节长假也这么忙？譬如家里都积了一层厚厚的灰了，怎么也不知道拖一下地？譬如有没有给儿子打个电话？但这只是转瞬间的念头。脱贫攻坚胜于一切，就像自己一样，继续留在乡村支教宏志班。她很快理解了丈夫，只关心地说了句：

“中秋节回来吃顿饭休息一下吧。”电话那头是杂乱的对话声，她轻轻叹息一声。

到超市买了些菜，赶到父母住所，围上围兜下厨做饭，叫上几个侄子侄女问问他们的学习，这也是应尽的职责。侄子侄女都很懂事，陈小庆又给他们的老师特别“关照”过，因此他们的成绩也都蛮好，提的一些问题都对答如流。只不过侄女活泼，侄子沉闷，侄女说侄子“闷骚”，侄子居然没有声音。

和父母说了一会儿话，觉得有些疲倦，便回家睡了一觉。再醒来时已是傍晚，她带着侄子出去散步。夕阳如盘，余晖落在来往的车辆上，真是圆得让人感到悲壮！

日薄西山，华灯初上，街面上依旧车水马龙。天上一轮圆月冷冷地清悬，丰欧大厦前依旧是嘣嘣响的舞曲，几个缁衣红裤的女子悠然地舞动身姿，忽旋忽止，令陈小庆感慨不已。

走过粮油供应商门口，三十来岁的店主坐在椅子上，耷拉着脑袋有一搭没一搭挑着碗中的面条，卖米的人吃着方便面，这样子多么叫人心酸。他的头发似乎还被汗水浸过，东一绺西一绺挂在额头上，店里的灯光弱弱地射在他弓腰的背上，暗影大片大片地覆盖着。再过来一家是一个女子敞了怀喂乳，几个月大的孩子偎在怀中，她不住地与人絮絮叨叨，孩子仿佛只是怀中多余的物件……

这样的景象，在中秋的圆月下真是一幅沉闷的油画。

吃喝拉撒，柴米油盐。虽然看着轻松，陈小庆却觉得心里空落落的，像少了点什么。她想起了晓春，无论蓝天白云，它们真是纯粹，色彩的清新会让人忘记尘灰中的记忆。夜深走在操场上看到一黑乎乎的影子，头上箍着矿灯类的家伙，射出一束光，光在摆动……最初的一丝惶恐过后明白是守校的，心里奇异地涌起敬意涌上温暖，原来孤单也是自以为是的。如果阴凉的天，灰色的云层下房子伫立在绿色的田园中，也是一幅毫不逊色的水彩画吧。明快总是多于阴沉，就算没有哪一朵云愿意为你停留，眼下忙碌的节奏中也有遥迢的远方。

陈小庆一路怏然，看着路上来来往往的人，个个满面笑容。她的心还停留在晓春，停留在南山脚下。侄子的手在掌心里小小的，柔软无力，他沉默着没有言语，没有同龄人的雀跃与欢欣，甚至眼神里没有思念没有向往。出一家店门的时候，陈小庆向北走着，侄子竟向南一直走了一百多米。看着他瘦瘦的身影，陈小庆眼泪哗然奔涌而下。“快回来，我在这边，姑姑在这边！”侄子走回来，她牢牢攥着他的手，生怕他走失。

侄子侄女从记事起就成了“留守儿童”，弟弟弟媳去了远方，他们要为生计打拼。要不是当姑姑的陈小庆执意把他们放到身边，这两个孩子现在不知会是在乡下还是去了他乡的农民工子弟学校。他们虽然有疼他们的奶奶有爱他们的姑姑，但也和宏志班的孩子一样，经历着缺少父爱母爱的离愁别恨。这种愁怨、这种苦痛，并不是她这个当姑姑的能够补偿得了的。

上午才离校，陈小庆竟然想念起宏志班的孩子来。

中秋这天上午，陈小庆买了月饼和一些营养品，到医院去探望住院治疗的陈湘云。

陈湘云独自一人，乖巧地坐在床上。床顶吊着一瓶点滴，连接在小湘云的手上，床头柜上凌乱地放着几本课本和作业本。因为是中秋节，很多病人都回家去了，病房里只有陈湘云孤零零一个人。

“陈湘云，老师来看你了。”陈小庆推开病房，径直向陈湘云走去。

“老师……”陈湘云喜出望外，挣扎着想要下床，陈小庆连忙摇手道：“不要动，小心针头。”走到病床边时，陈湘云突然呜呜呜痛哭起来。

“不哭，不要哭，老师给你带月饼来了。”陈小庆想要松开手去打开月饼盒，小湘云紧紧抱着不放。

好不容易平静下来，陈小庆帮小湘云揩揩眼泪，问道：“好些了吗？”

“嗯。”小湘云还在抽啜。

“每天打几瓶吊针？”

“每天三瓶。”

陈小庆端详着她的两只小手，手背上满是瘀青的针痕，痛到了陈小庆的心里。“痛吗？”她低着头，生怕陈湘云看到她的眼泪。

“不痛。”陈湘云咬着嘴唇，眼泪还在眼眶里打转，“就是好想老师，好想同学们，好想家。”说罢，又扑到陈小庆怀里，失声痛哭起来。

陈小庆紧紧把她搂在怀里，也哭了。“想哭就哭吧，哭出来就好了。”她哽咽着说，“不要怕，老师在这里，老师不会让你再生病了！”

病房门突然被推开，一个护士进来，见师生二人哭成一团，不耐烦地说："哭什么？小心不要弄歪了针头。"她过来检查了一下针头，重新把小湘云的小手平放在床上。

"你是她妈妈？"护士瞪着美丽的丹凤眼，责问道，"怎么现在才来？"

"我……"陈小庆嗫嚅着看着护士，心想她此刻一定是龇牙咧嘴，只可惜戴着口罩看不见庐山真面目。

"把孩子一个人放在医院，你们怎么这么狠心？难道赚钱真的比孩子的命还金贵吗？"护士不依不饶，"要是打吊针出了事，谁来负这个责？真不知你们这些家长是怎么想的！"

小湘云小声说："你不要骂她，她是我老师。"

大约护士没听清，白了陈小庆一眼，又盯着小湘云问："她是你谁？"

"我老师！"小湘云提高了音量，稚嫩中有些骄傲。

护士这才明白，眼前这对情同母女的二人，竟然是一对师生。但她并没有因此而改变强硬的语气："既然你是她老师，就要好好说一说她的家里人，把这么小的孩子丢在医院一个人，他们就那么放心啊？"

"是是是，我会说他们的，我马上打电话到她家里。"陈小庆连声应承。也难怪，中秋佳节万家团圆，只有医护人员职责在身，无法与亲人团聚，她的情绪便似乎可以理解了。

护士还想说什么，突然上下打量着陈小庆："你是陈……小庆老师，晓春学校宏志班的那个陈老师？"

"我是。"陈小庆点点头。

"我知道您，您好厉害，您太……太伟大了！"护士的态度一百八十度大转弯，伸出手紧紧抓着陈小庆的手，"上次在志愿者协会的群里看到消息，说要给宏志班的学生捐赠东西，我本来也想捐赠一些衣物，但穿了好多年的衣服不好意思捐。我还和一些朋友约好了，下次到晓春去看望一下呢。"

"谢谢！谢谢你们。"陈小庆由衷感谢道。

"不好意思啊，我刚才有些态度不好，真不知道您就是陈老师，还以为您是她的妈妈呢，对不起啊对不起！——对了，她也是您班上的学生？"

"是的。给你添麻烦了。"

"哪里的话！这是我们的职责。我就是觉得她家里没一个人来看她，有些气不过，所以才……她家里人怎么这么长时间也不来看她一下呀？”护士东一句西一句，有点语无伦次。

“唉！”陈小庆叹了一声，想起小湘云的家庭，心里涌起一阵酸楚。她不想说太多，只希望眼前这位美丽的护士能给孩子一点温暖。“她在这里住院，还要请你多费心帮忙照顾。我每天都要上课，那边还有一个班的孩子，抽不出身来，麻烦你们了。”

“好的，会的，请放心！对不起哈，我这里还……再见，陈老师！”护士指了指手里的登记本，匆匆离去。

陈小庆坐回小湘云身边，问道：“外公没来看你吗？”

“没来。”小湘云垂下了眼帘。

“怎么可以这样？！”陈小庆有些生气，掏出手机，翻看电话本。陈湘云忙阻止道：“老师，莫打了，打了还是……他会骂我。”陈小庆按着她的肩膀：“湘云，有些事情必须面对。他是你外公，有监护责任。不管平时怎么样，在你生病的时候他就应该来照看你。”说罢，还是拨通了电话。陈湘云看着手机，泪水开始在眼眶里打转。

电话响了好久，才有一个苍老的声音传来：“哪个？”

“我是晓春学校的陈小庆，湘云的班主任。”陈小庆耐心做着自我介绍。

“什么事？”

“上次我给您打过电话，乡里扶贫办的熊力群主任也给您打了电话，您不记得了？”

“到底什么事？”外公颇有些不耐烦，“噢噢噢，知道，可是我也在上班，实在抽不开身啊。”

“湘云一直咳嗽，住了这么多天院了。您都没有抽时间来看她一下？”

“我真的没有时间去看她，这边还有几个孩子呢，”外公一副漠不关心的语气，“不就是咳嗽吗？以往都是她自己照顾自己。不要惯着她，穷人家的孩子莫把她惯坏了。”

“这不是惯，这是关心！湘云的身体很差，不仅会影响读书，还会影响身体正常发育。”陈小庆尽量克制着自己的情绪，“要是她今后身体不好，也会给您这个当外公的增加负担，对不对？”

“晓得了晓得了，我等有空会去看她。”说罢，匆匆挂断了电话。

相对无言,唯有泪千行。陈小庆无法想象在外公和外孙女之间,会存在这样冷漠的生态,尽管她理解个中原因,但还是无法忍受这种冷漠。她好不容易让自己平静下来,拍拍小湘云的肩膀说:“不怕,老师在这里,老师陪着你。”

为了转移情绪,她拿起床头柜上的书本,问道:“在这里预习了一些功课吗?”

“我看了一些,有些看得懂,有些还是看不懂。”陈湘云很快进入情况,“特别是物理,好多概念我弄不清楚。英语晓得一些意思,但是我担心读音不准,所以不敢看,准备回学校后向老师和同学们请教。”

“很好!尽量预习一下,不懂的就记下来,回学校后我让老师和同学帮你补课。”

“老班,我……是不是拖班里的后腿了?”陈湘云小声问。

“哪里的话!”陈小庆鼻子又是一酸,搂着她说,“不会的,你很乖,很懂事,不会拖班里后腿。只要你好好休息,赶紧把身体养好,落下的课程很快就可以补上来。”

两人正说着,陈小庆的电话响了,一看,原来是以前的学生要来看她。“你们都到人民医院来吧。”她高兴地说。

没多久,几位青年男女同时进入病房,站成一排,一本正经地向陈小庆鞠躬道:“老师好,中秋节快乐!”然后哈哈大笑,拥着陈小庆闹成一团。

陈小庆受到他们的情绪感染,走出阴霾,打断他们:“来,认识一下你们的小师妹。”她指着陈湘云,“她叫陈湘云,是我现在宏志班的学生。”又对陈湘云道,“他们都是我以前在乡下教的学生,是你的师哥师姐。”

“小师妹好!”

“师哥师姐好!”

陈湘云开心地笑了。陈小庆把学生们带来的中秋礼物都放到病床边:“谢谢你们的礼物,湘云,都是你的了,快谢谢师哥师姐。”

“谢谢师哥师姐!”因为开心,陈湘云的小脸涨得通红。

陈小庆笑道:“谢谢你们来看我。湘云身体有点不大舒服,所以我过来陪陪她,我们就在这里坐坐哈。”

“到哪里都一样，只要看到老师，我们就开心。”说话的叫李玉蓉，是上海交通大学的学生。

“是啊，玉蓉把我想说的话说出来了。”来自复旦大学的孙宏治说道。

“老师，您一点都没变哦，还是那么年轻漂亮！”来自华南理工大学的黄素素说。

“那必须的，咱们老师是世界上最美的老师，是不是啊？”这是武汉大学的曾军，“其实老师，我说实话，您还是憔悴了许多，要多喝水注意咽喉啊，照顾好自己才是王道，才可以教更多的学弟学妹啊。”

“原来你是嫌我没累够啊，该不该揍？”

“该！”众人一起响应，“老师，我们来帮你揍他。”

一时间，病房里竟是欢天喜地的场景，湘云看着学姐学长，眼神里无限羡慕。

大家笑了一阵，陈小庆说：“湘云，你看到吧？他们以前和你一样，都是在乡下长大的。那个时候的条件还没有现在好，坐个公交车都要走几十里山路，不像现在出门就有车。生活条件也没有现在好，素素从小也是孤儿，宏治家里在潘桥水库里面，住的还是土坯房子，但现在都是名牌大学的高才生了。”

“我家里条件也很差，饭都吃不饱，经常在路上挖人家的红薯充饥。”曾军笑着说。李玉蓉也笑着说道：“对，还有吴龙飞，那个时候家里也很穷，经常饿得夜里到山上烤红薯吃，有一回还把脚摔伤了。”

曾军哈哈笑道：“我记得我记得，他烤的红薯好香。没想到就这小子身体好，竟然还考上了军校，马上就要当军官了！”

学生们如数家珍，一点也没有因为家庭的窘境而感到难为情，反而当作笑料，这让陈湘云感到格外高兴，听得入神。

陈小庆指着这几个学生说：“你们啊！要是老师知道你们做这些偷鸡摸狗的事，非处罚你们不可！”

众人又是哈哈大笑。陈湘云受到感染，嘎嘎嘎笑个不停。

陈小庆笑道：“湘云，看到了吧？这些师哥师姐小时候人穷志不穷，最后都考上了心仪的大学，命运掀开了崭新的页码。所以，不管遇到什么样的困难和挫折，一定要有理想有目标，有坚韧不拔的意志和毅力，才能有出息，才能彻底改变贫困落后的命运。”

陈湘云懂事地点点头。

几位师哥师姐似乎意犹未尽，围在陈小庆和陈湘云身边又说又笑，又唱又跳，陈湘云也情不自禁地跟着他们鼓掌、哼唱。小小病房，成为师生聚会的平台，如一缕春风吹来，吹走了小湘云心头的阴霾，温暖着她那颗幼小而敏感的心。

09 投桃报李

真实的教育，在平平常常中
用心把孩子的每个日子擦亮
霜重露寒，在这里
宁静的南山每天是被孩子叫醒的
此刻，等待里有隐秘的喜悦
生命不息，歌唱不止
每件事做好并不容易
用心去感受，用情去投入
人在一起是聚会
心在一起叫团队
我们时刻准备着
晓春，一个有温度的词
因为有我，晓春更美

——陈小庆《支教日记》

站在村头：村子很小，就在上南山脚下。村口一湾柳叶塘，村旁一丛湘竹一畦菜园。村左一溜潺潺河水，河上一座古老的茶米桥，尖拱如舟。右边一条马路，人来人往延绵远方……塘边水泽兰的细叶水团花开得正是劲头，朵朵如球散射，顺着曲曲折折的阡陌走去，可以看到坡上棉花红红白白，团团粉艳。田间禾苗青青，孩子们在田头嬉戏打闹。

八天的假期很快过去，南山上层林尽染，呈现出一派斑斓的景象。

秋阳下安静的田野，像一个巨大的怀抱，把晓春学校紧紧环抱着。离学校越近，陈小庆的心里越踏实，因为很快就可以看到宏志班的孩子们了。

在大门的门卫室拿了一把椅子坐在门口，看着孩子们陆续进入学校，陈小庆觉得很开心。虽说都是乡下孩子，但经过这些日子的习惯养成教育，孩子们都变得非常懂事，看到陈小庆时，都会停下脚步，鞠躬行礼，礼貌地说一声："老师好！"陈小庆也回以点头微笑。

回忆起宏志班开学报到时的情形，陈小庆有点忍俊不禁。这些孩子家庭背景不同，性格迥异，经过一个月的学校生活，基本走上了正轨，是时候让他们重新认识自我了。

坐了半个多小时，很少看到宏志班的孩子，这让陈小庆觉得有些奇怪。这不对劲啊！她的脑子里一个个回想着宏志班的学生：熊少雄懂事听话，丁志浩喜欢看书，盛凯昌善于思考，袁敏积极向上……都是孺子可教，不可能不返校的。或许是有不想或不能返校的原因。要是他们一去不返，这一个月的努力就白搭了。

陈小庆越想越担心，越想越坐不住，连忙起身，绕到教室边上去看了看，见教室门洞开，几个宏志班的学生进进出出。她快速冲进教室，环视了一下，大半学生都已在教室里，有的在看书，有的在写作业，也有的在聊天嬉闹。孩子们见老师一脸严肃，不知道发生了什么事，都紧张地站起来，看着陈小庆。

"老师好！"孩子们整齐地向陈小庆打招呼。

"孩子们好！"陈小庆说，"你们都坐吧。是不是都回来了？"

熊少雄重新站起来："老班，同学们差不多都回来了。还有一些人在寝室，我们没事就到教室来了。"熊少雄已经被任命为首席班长，虽然成绩基础较差，但很勤奋努力，是个很有潜力的孩子，陈小庆非常喜欢他。

陈小庆悬着的心放了下来，满意地看看熊少雄，又看看其他孩子。"老师没事，只是来看一下。郭慧中和陈湘云到了没有？"

"郭慧中和陈湘云上午就到了。"袁敏站起来回答说。

陈小庆觉得很欣慰。这两个女生，最让她牵挂。既然她们回来了，其他学生也许都到了。"你们自习吧。"她说了一句，转身离开教室，打算到寝室去看看其他孩子。

正绕着操场走着，一个学生从宿舍出来，飞一样向教室奔去。陈小庆定睛一看，却是宏志班的曾华明，她迎上去把他叫住：“曾华明，跑这么快干吗？”

曾华明见是老师，神色慌张地说道：“老班，他们在打架。”

“谁在打架？”陈小庆心里一紧。

“是吴天罡和范春根他们。”曾华明气喘吁吁，脸色煞白。

真是不省心的主。陈小庆顾不得多想，匆匆赶到寝室，果然见吴天罡和一个个子矮小的学生撕扯在一起，一看，却是范春根。两人互不相让，像斗红了眼的公鸡，都红着脸揪着对方。旁边有几个学生在劝解，却哪里劝得开？

“快放开！”陈小庆大喝一声，冲到两人面前。“说说怎么回事？为什么打架？”

两人松了手，各退了一步，虎视眈眈看着对方。陈小庆左右看看，厉声问：“说啊，为什么打架？”

范春根指了一下吴天罡：“他！”

陈小庆转向吴天罡，却是一副毫不在意的样子。“好小子，为什么要打架？”

“我没打架，是他先动的手。”吴天罡满不在乎地说。

“范春根，是你先动的手吗？”陈小庆又转向范春根。

“是我先动的手，”范春根承认道，“但是他欺负人。”

“到底怎么回事？”陈小庆看着还没有完全长开的范春根，相比之下，差不多要比吴天罡矮半个头。

“他拿东西到我们面前晃来晃去，又说给人家吃，又不给，小气鬼！”范春根恶狠狠地对吴天罡说。一旁的曾华明帮腔道：“就是，小气鬼！”另外两个孩子也在点头，表示赞同范春根的观点，看样子对吴天罡很不满。

陈小庆这才发现，地上有几包零食，袋子已经撕开，零食散落一地。“就为这点零食？”

“他还骂我们。”曾华明不服气地说。范春根马上补充说：“是啊，他还骂我们，骂我们是穷光蛋、叫花子。”

几个人你一句我一句，数落着吴天罡，陈小庆差不多已经听出点门道了。原来，回到学校后，吴天罡带了一些零食，在同学面前炫耀，同学们嘴馋,希望他能够分享一些,但吴天罡只是拿出来在同学面前虚晃一下,又收起来吃独食。见同学们都很羡慕他,便嘲笑同学们是穷光蛋、叫花子。范春根对吴天罡很不满,听到他骂人,气愤不过,这才主动站出来,和吴天罡撕扯起来。

正说着,值班老师满头大汗跑来,见陈小庆在场,忙问:“听说你的学生在打架?我正在宿舍那边整理,听到消息马上就赶过来了。”

陈小庆忙摇手道:“没有。是有点小矛盾,我在这里处理,没事。”

“没事就好。”值班老师一眼看到了吴天罡,说,“又是你在惹事吧?”

“没有。”吴天罡大声说。

值班老师向陈小庆说:“每次都是他最吵,楼道墙上的脚印全是他踢出来的,还老是欺负同学,我听到好多学生反映了。你要好好管管。”说罢,扭头走了。

等值班老师离开,陈小庆严肃地说:“范春根,快向吴天罡道歉。”

“我又没错,错的是他,为什么要向他道歉?”范春根对老师的态度有点意外,委屈的眼泪在眼眶里打转。

“是你先动的手,快道歉!”

“对不起。”范春根言不由衷地说了一句,把头扭向一边。

“吴天罡,你也要向范春根和同学们道歉。”

“对不起。”吴天罡的声音有气无力。

“怎么这个态度?”陈小庆严肃地说,“这叫道歉吗?”

“对不起!”吴天罡的声音抬高了八度。

陈小庆看着范春根,知道他很委屈。这个可怜的孩子,家里赤贫,却依旧保持着难得的正直和尊严。她走过去,拍拍他的肩膀,对他轻声细语:“同学之间,不管做错了什么事都不能动手打架,这样只会将矛盾激化,知道吗?”

“嗯。”范春根咬着嘴唇点头。

陈小庆又来到吴天罡面前,换了严肃的语气:“都是一个班的同学,都生活在一个寝室,生活上应该成为好朋友,学习上互相竞争,你们两个倒好,全搞反了。你有零食不给别人老师理解,但你不能调戏同学,更不能骂人。记住了吗?”

“记住了。”吴天罡回答得倒是爽快。

“快去把地上的零食扫掉。”

吴天罡答应一声，正要去拿扫把，曾华明早已拿过扫把，抢着扫地了。陈小庆看着干净一新的地面，说：“以后再也不准发生这样的事了，记住冲动是魔鬼，有劲使在钻研问题上，文明礼仪要记牢。咱们宏志班的孩子要有自己的精气神，特别懂礼仪，特别爱学习，知道怎么做吗？”

从寝室出来，陈小庆的心里很沉重。

长期以来，吴天罡生活习惯很差，经常不洗澡、不洗脚，早已招同学们讨厌。为此，陈小庆曾经批评教育过他，但看来并没有明显改变。她知道，吴天罡养父母家的条件较好，不仅满足他的一切生活需求，而且经常给他买一些新鲜的东西，零食也是换着花样给他买。养父母的宠爱，滋长了吴天罡的虚荣心，在同学面前非常有优越感。

由于养父母的溺爱，吴天罡已经忘记了自己同样来自贫困家庭的事实，由极度贫穷到极度任性，正在产生可怕的畸形心理，不仅虚荣心越来越膨胀，而且也变得更加任性更加自私。如果任其发展下去，好端端一个孩子就毁掉了。她不希望在宏志班、在自己的学生里出现这样的情况。她拿出手机，拨通了吴天罡养父吴坚的电话。

“吴爸爸你好，有点情况想跟你沟通一下。”陈小庆开门见山。

吴坚是一位机关干部，下乡扶贫时到吴天罡家走访，非常同情自幼丧父、母亲残疾的吴天罡，见吴天罡长得清秀，人也聪明，又同是姓吴，便主动领为养子。夫妇俩对吴天罡十分疼爱，视若己出。

“什么事啊？你说你说。”吴坚也很爽快。

陈小庆将寝室里发生的事情经过简要说了一遍。

“是这样啊？”吴坚朗声笑道，“这有什么？可能是闹着玩的，小孩子嘛，有哪个不调皮的？只要没有真正打起来，没伤到人就可以了。”

陈小庆觉得自己没把话讲清，或者是对方没有真正明白她的意思，委婉地说：“这不是小事。我觉得吧，吴天罡的行为已经有点过分了，不仅和同学们玩不到一起，而且在教室、寝室里的纪律都很差，好多同学都看不惯他，连生活老师也跟我反映过几次。我的意思是，我们学校要加强教育，你们家庭也要积极配合,平时多引导,不要太溺爱了。”

“我知道我知道。虽然不是亲生父亲,但我平时对他还是挺严的,经常会教育他好好读书好好做人,今后考个好大学分个好工作,就可以赚钱养家了。他也很听我的话,不像你说的那么调皮啊!”

吴坚说得很认真,也很在理,不过好像都不在点上,陈小庆听得直皱眉。“是,他可能在你们面前很听话,但在学校里的确很调皮,而且还比较自私。当然,这个孩子很聪明,反应也快,但没把这些优点用在读书上。希望你们能够发现这些问题,不能过分迁就他,多引导引导,孩子正在成长关键期,错过了就很难纠正了。”

“会的会的,我一定会努力配合你和学校的工作。不过,这孩子太可怜,你也要多费点心,多帮助指点他,让他好好读书,尽快把成绩提上去。对了,你什么时候回城的时候打个电话给我,我请你吃个饭,记得一定要打电话啊!”

虚与委蛇,完全是敷衍塞责打官腔,陈小庆不想听下去,便挂掉电话。走了一阵,陈小庆想想不对劲,便把吴天罡叫出来。“你知道老师找你干什么吗?”

吴天罡大概意识到了些什么,讪笑道:“知道,是我错了。”

“你哪里错了?”陈小庆紧盯着他。

“我不该拿同学开心,不该骂他们是叫花子。”

“何止是这些?”陈小庆想到吴坚的态度,知道吴天罡这些恶习是被养父母溺爱所致。吴坚夫妇管不了,但自己的学生必须管好。“你现在的样子,吊儿郎当,玩世不恭,目中无人,吃零食,打游戏,不洗澡不洗脚,不讲卫生,写的字歪歪扭扭,作业一塌糊涂,简直就是个纨绔子弟,哪里还像个学生?”她的语气非常严厉。

字字诛心,令吴天罡始料未及。“老班,您不会不要我吧?”他紧张地问。

“你自己想想,在寝室里,同寝室的同学都想把你‘请’出去,在教室里,没人跟你玩,觉得你是害群之马。你还好意思继续这样下去吗? 老师是有这个想法,让你家里人把你接回去。”

吴天罡听得脸色煞白,突然大哭道:“老师,不要赶我走! 我一定会改,一定会改掉这些毛病,您不要赶我走啊,千万不要赶我走!”

陈小庆知道批评已经奏效，等他渐渐停止哭泣，又严肃地说道："你也是来自贫困家庭，不过是碰上了你的养父母，才比别的孩子少吃了一些苦，为什么要看不起和你一样出身的孩子？你有吃的有玩的，如果不想跟同学们分享的话，可以自己到一边吃，到一边玩，为什么要到处炫耀？难道就是为了你那点可怜的虚荣心吗？"

吴天罡的虚荣心已经彻底被击溃。

陈小庆趁热打铁："你看看班上的同学，熊少雄、谢乐嘉、丁志浩、郭慧中、陈湘云、李昌勇这些人，还有班上的其他同学，哪个不比你用功？虽然家里条件不好，但是人家都很懂事，都知道遵守课堂纪律，都会认真听讲，都想通过自己的努力去改变命运。而你呢？你只想着靠养父母的帮助，在这里吃喝玩乐，不想去改变自己生身家庭的现状，让他们继续生活在破旧的房子里，吃不饱饭穿不暖衣吗？"

言之谆谆，情之切切。陈小庆一番话，让吴天罡的优越感瞬间变成泡影。他擦干眼泪，诚恳而坚决地说："老班，我改，我一定会改！"

陈小庆知道批评教育效果初显，又语重心长地鼓励道："你不比他们任何人差。你脑子转得快，老师讲的东西一听就明白，为什么成绩还是上不去？就是因为你没有用功，没有把心思放在学习上。如果你把心思全用在学习上的话，你的成绩一定会非常优秀。"见吴天罡咬着嘴唇，她接着鼓励道，"还有，要养成良好的生活习惯，不要太邋遢，在寝室不要乱吃东西乱讲话。平时多帮助同学，不要去'害'同学。初中是人生中最宝贵的年龄，如果白白荒废了这段宝贵的时光，不仅学不到知识，也交不到朋友，长大以后再想改变就难了，一定要懂得珍惜。老班的话记住了吗？"

"记住了！"吴天罡挺直了腰杆。陈小庆满意地看着他，孩子，希望你真正明白进取的意义。她在心里期待着。

悠扬的校园广播响起来了。各班的学生都在班主任的指挥下整理寝室，打扫教室及卫生区。

打扫卫生对于宏志班的孩子来说，似乎是一件很轻松的事。出于家庭原因，他们几乎都有从事农作或家务活的经历，小小年纪已经开始用稚嫩的脊梁撑起残缺的家庭重担。校园卫生之类的小事，对于这些少年老成的孩子来说，根本不在话下。

序过中秋，天气渐凉，孩子们干得正欢，不知汗水已然从额头流淌下来。

陈小庆暗暗观察着，吴天罡扫地很用心，范春根正在用小手抠地上的垃圾，两个人似乎都没有受到在寝室里撕扯的影响。也是，孩子们就是在不断犯错中成长，学校是他们犯错的地方，是他们成长的地方，每天进步一点点，就是希望！她觉得很欣慰。从整体来看，经过短短一个月的学校生活，宏志班的风气已经有了明显改观。虽然很多个体依然情况特殊，暗藏危机，但丝毫不能改变整体向好的趋势。她四处走动，不时蹲下来和孩子们一起捡拾地上的垃圾，和孩子们闲聊几句。她觉得这是一件很愉快的事，和孩子们在一起，会让她觉得很轻松。她突然想起《诗经·国风·卫风》里的《木瓜》：

> 投我以木瓜，报之以琼琚。匪报也，永以为好也！
> 投我以木桃，报之以琼瑶。匪报也，永以为好也！
> 投我以木李，报之以琼玖。匪报也，永以为好也！

这是一首远古时期的爱情诗，用于描述眼前的劳动场面显然不合适。不过，投桃报李，感恩与回报，却是孩子们应该明白也应该学会的。“记得《木瓜》吗？”她突然问身旁的丁志浩。

丁志浩愣了一下：“什么木瓜？”他的脑子还没有跟上陈小庆的思维，另外几个学生也投来好奇的目光：“哪里有木瓜？”“我也要吃。”

陈小庆不禁莞尔：“一帮吃货！我说的是《诗经》里的《木瓜》，丁志浩，给他们露一手！”

“投……投我以木瓜，报之以琼琚。投我以木桃，报之以琼瑶……”

丁志浩背得很吃力。陈小庆问：“你们还有谁会背？”众人一脸茫然。陈小庆自己吟咏了一遍，又问：“理解是什么意思吗？”

“我知道，是说你送我木瓜，我送你这个……这个琼……琼琚。对了，琼琚是什么意思？”丁志浩的确读了不少书。

陈小庆笑着说：“琼琚就是美玉。大概的意思就是人要懂得感恩，投桃报李，滴水之恩当涌泉相报。”

丁志浩点点头，其他孩子也露出恍然大悟的样子。

陈小庆看着孩子们，又笑道："我送你木瓜，你送我美玉，愿意吗？"

孩子们你看着我，我看着你，似乎没有明白陈小庆的意思。陈小庆含笑不语，丁志浩挠着后脑勺说："不是我不愿意，是我没有美玉。"身后谢乐嘉叫道："老班，我们不划算！"谢俊伟也说："木瓜没吃到，还要赔一个美玉，肯定不划算！"

陈小庆笑道："等老班买木瓜给你们吃，不过你们先要把垃圾打扫干净。老班美玉也不要，还打个倒贴，晚上教你们唱这首歌，怎么样？"

"这还差不多。"谢乐嘉说，跟另外几个孩子笑着走开了。

真是孩子习性！陈小庆笑着起身，四处看了看，见郭慧中和陈湘云几个女生团在另一处扫地，便又凑了过去。

"郭慧中，你怎么来的？"她站在郭慧中身边。

"老师，我是坐车来的。"郭慧中平静中有点小激动，"是我自己坐车来的，没有坐错车，上午就到了。"

"很好！"陈小庆能够感受到郭慧中的激动，节前还是自己打的送她回去的，仅仅过了一个假期，就能够自己转乘汽车来学校了，这对于这个内向自闭的孩子来说，是一个很大的进步。她又问陈湘云："你身体怎么样了？"

"老师，我好多了。"陈湘云面色潮红，可能因为劳动，额头上已有明显的汗珠了。比之之前那个病怏怏的样子，现在的陈湘云已然恢复到正常的身体状况了。"的确好多了，注意休息，不要累着了。"陈小庆替她揩了揩汗，关心地说。

10 野人部落

重阳爬南山，孩子们的行动改变了我。

开路砍柴的柴刀断了把，把上有钉子，一头大一头小，很多孩子咋呼，很多孩子做吃瓜群众，他上前动手，“我来修……”其实还没到山顶，刀就坏了，他跟另一个孩子一直在尝试，可能他没看到风景，没体会到追打之趣，他一直惦记着，我说：“弄坏了老乡的刀我们得赔啊，哪个修好，可真有本事！”

他一直在修，一个多钟头后，成功了。

“我又发现咱班一个工程师。”

“以后谁坏了桌凳可以向他这个专家请教。”

当然我希望更多人这样说：“我们也能做到。”孩子的主观能动性可见一斑。

他的灰色衣服实在太多，那天找到一件绿色运动衫，“让自己鲜亮起来吧，小工程师”。他黑黑的脸庞笑得挺开心，我看到他眼眸里动人的光彩。是他的行动赢得同学老师点赞，也改变了自己。

“这段时间孩子进步挺大的。”他的父亲来校看他。“他放假回家，我丢了事不做陪他的，他学习上了路，我才做得起劲啊，老师。”

不是要每个家长丢了事去陪孩子，知子莫若父。但孩子的起色源点在于家庭，他最需要的帮助家长得明白，孩子身上折射的就是家教。

养不教，父之过；教不严，师之惰……

大抵是也，一个可敬的家长。

——陈小庆《支教日记》

早起，陈小庆从热水瓶里倒出昨夜放的剩饭，竟是温热。这是她自创的

“热水瓶泡饭”方法。把头天吃剩的饭带回家，放入热水瓶里，到次日一早便焖成了眼前的水泡饭。虽然还有些硬，胀开度不够，不过可以勉强凑合着当一份早餐，也就够了。

穿过操场上楼，孩子们书声已是琅琅，“读”占鳌头深入小心脏，这声音在灰蒙蒙的秋天显得格外有朝气，仿佛你守着的是一朵朵悄然绽放的花，野性未泯又张力无穷。栏前的风里拂来了凉意，上南山在眼前是三道洇漫开来的水墨线，饱蘸苍绿又湿气淋漓。山脚下的池塘连着池塘，鸟们模糊了季节终日叽啁，三两妇人浣衣，杵声一下一下杵出山村的节奏，无边的宁静引人渐行渐远。

她走出校园，眺望着迷濛的山色，突然来了雅兴，不如沿着曲折的山路走一走，呼吸一下山里的空气。

山里人起得都很早，路上、田野里已有很多人了。在这里一年多，她跟这一带的人都很熟。沿途偶尔有疾奔的摩托穿过，甚至有车停下特意问候，可以顺风搭去桥东或者丰城。陈小庆微笑着摇摇头，远望着骑行者的背影，心中涌起阵阵暖意。

琅琅书声从校园传出来，像一首奇妙的诗。东边的田间金色稻穗上周还耀眼，现在割禾机开进来了，剩下一行行禾茬。更多的在等待，它们攒足了丰腴之美丽骄傲，可以在这片原野肆意摊开最后的身姿，即便夹了些稗草也满不在乎，世间哪有完美的爱情：土地赐我以琼浆，我为你沉甸为你芬芳，最朴素的耕耘最经典的收获！紫甘蔗们此刻被农人绑成一捆一捆立在地里，有点耷拉，过不了多久，它们就要被埋进地窖，像岁月，有再多的甜一定要悄悄收藏，留给日子慢慢来品。

不说那些荷锄侍弄田地的老人，对于土地的深情这片山脚下任谁也无可比拟；不说村口的石雕挹秀牌楼，日子的斑驳风蚀留下来的谁能湮灭？石板路寂寂终是游子的牵挂。小说家要的是故事，写的是传奇；如我这样的怠惰，只合病恹恹游游荡荡。

荼蘼桥向下，沿着秀水河的方向曲曲弯弯地漫步，可以看见河岸两边连绵的古樟，它们老得都变成了树妖，身上缠满了寄生类植物，有的成气候长出了树枝。

你看见樟树丫长出碗口粗的梧桐吗？这里可不要大惊小怪，连理枝共缠绵是爱的新注脚。野葛藤嚣张弥漫，菟丝子绕在樟身上密匝匝，又挂起自己的小嫩叶仿佛得意地宣布：就要死死地黏着你，贴上爱的标签让你透不过气来。古樟虽是这里的王者，气度威严而恢宏，但对于这样缠人的叶蔓也莫可奈何。

小青竹正抽出箭似的新竿，顶尖一叶冲天直上，它们才是新锐派写意大师，拥着巴茅狗尾巴剑指一方，在古樟的间距里锋芒凌厉，其实倒映在河里谁也分不了。不知从哪里发端也不知从哪里结束，宛如上古期留下的史前状貌："天地合，乃敢与君绝。"

一衣带水仿佛它们一直如此也永远如此，你要深入自然的心灵吗？那么就这样顺流而下或者逆流而上吧，看着这水这树这田野的奇妙胶连，人会讶异。尤其是成千上万的鸟飞出一片浩荡，瞬息落进树林无影踪的刹那，感觉身在洪荒之中。幸好校园的钟声悠悠扬扬把你扯回现实，山岚雾霭逶迤，不要独自穿行在寂寞的家园。

在这样一个充满诗意的早晨，陈小庆一边走着，一边想着她的宏志班。孩子们一改懵懂少年气象，已经渐入佳境，知道如何读书，如何遵守校园纪律，如何与同学们相互促进、打成一片了。不过，文武之道，一张一弛，她喜欢用自己的方式，带出一帮风采别样的孩子们。再次经过甘蔗地的时候，她已经决定，要带孩子们去领略一下最纯正的乡村风俗。

正好是周末。吃过晚饭后，陈小庆叫上几位年轻的任课老师，领着宏志班的孩子走出校园去"摸青"。

"摸青"是桥东一带的传统习俗。每逢中秋之夜，家长会指使孩子到别家菜地去偷菜，地里的青菜萝卜白菜等，摸到什么摘什么，不用担心挨骂。据说，摸青过后一年到头人就会顺顺利利、平平安安，而被摸的人家也会五谷丰登、六畜兴旺。行为虽然不能提倡，寓意却深远。

夜风清凉，风中传来鹁鸪阵阵"咕咕咕咕"声，夜色变得更加朦胧而神秘。走到大门口，有几个胆小的孩子迟疑地说道："老师，我们可以不去吗？好怕！"也有孩子仗着人多势众，大大咧咧地说："有什么好怕的？就算来了几只鬼我也不怕。"胆小的孩子更加害怕："你别说了，越说我越害怕。"

陈小庆安慰道："不怕，这么多老师这么多同学都在呢。等下你们就在路边，胆子大的同学跟老师一起下去摸，让大家都沾沾平安喜庆。"在门卫处借了个手电筒，一行人浩浩荡荡出门。考虑到晚上视线不好，陈小庆特地选择了校园附近的菜地，全在校门口路灯的覆盖范围内。饶是如此，仍有些孩子胆小，站在校门口，不敢跟着大队人马进入近在咫尺的暗夜之中。

陈小庆带着孩子们，走过坎坷不平的田埂，刚走到菜地旁，便听到旁边院墙内一个女人的声音传来："吃冬瓜么，要青菜么，我摘些辣椒给你哈，快去掰甘蔗吃……"

众人先是吓了一跳，听清女人热情的声音后，这才定下神来，一个个掩嘴偷笑，劲头十足。陈小庆小声说："大家体验一下就行了，不要钱的菜也不能乱摘，摘回去也没地方做。"孩子们受到鼓励，在这神秘的夜里体验着神秘的传统习俗，新鲜感十足。

正是十月下旬，天上没有月华，一行人说说笑笑，夜风渐渐清冷，白天赤脚丫子跑回校园上课，根本没看清哪爿是蔬菜哪片是甘蔗地，大家一起摸着瞎在田埂上乱窜。

正深一脚浅一脚地走着，前面突然来了一辆摩托车。车灯愈来愈近，走到队伍面前，骑车人停车，喝问一声："干什么去?"

众人吃了一惊。陈小庆忙冲到骑车人面前，仔细辨认了一下，却是一位上南山村的村民。"大哥你来得正好，我们要去这边地头摸青，您车子有声有光，帮我们开路吧，怕有蛇。"她把手指向远处的甘蔗地。

村民呵呵一笑，将摩托车拐进河畔小径，右上高地，一大垄棉花地的白棉芯子隐约可见。陈小庆带着孩子们穿过一片萝卜地，有人便弯腰扯萝卜，嘻嘻哈哈相互比着大小。

再往前走，进入甘蔗地。彪哥熟练地拗断蔗梢，撕掉蔗衣，孩子们紧随其后，费尽吃奶的力气倒拔垂杨柳，好不快活。

"够了够了。"陈小庆见每个人都是左拎右扛，包菜大白菜萝卜甘蔗五花八门，便招呼大家收手，孩子们一手抱着蔬菜一手拄着甘蔗，神气十足，呼啦啦返回。

"下次到你村里偷哈。"彪哥意犹未尽，笑着对陈小庆说。陈小庆的老家也在桥东，距上南山不过两三里地。"那你得当心。你长这么帅，被村姑们瞧见了，还不把你抓住了做压寨郎君?"她笑着调侃道。

"求之不得求之不得。"彪哥哈哈大笑。

老先生还开着车灯，给孩子们照亮脚下。“你们跑那么远掰甘蔗，看我种的不就在眼皮底下么？随便掰就是。”村民笑着说。陈小庆笑道：“舍近求远感受一下惊险刺激才有意思，这叫作‘乐在其中’。”其实她还有一句话没有说出来，多少唾手可得的东西，人们总是漫不经心，谁珍惜最近的当下，谁就参得了要义。

孩子们如征战凯旋的战士，雄赳赳气昂昂回到校门口，在胆小的同学面前炫耀着自己的战果，引来阵阵惊呼声。查点了人数，一个不少，陈小庆说：“感觉怎么样？”

“味道好极了！”曾华明脱口而出。

“你再回去煮一壶咖啡吧。”陈小庆顺着曾华明的话说，引来一阵哄笑。

“好惊险好刺激，下次还要多来偷。”说话的是吴天罡，这孩子胆子大，总是走在头里。

“记住是‘摸’不是‘偷’，不要念歪了经。”彪哥在一旁纠正道。

“老班，摘了这么多菜扳了这么多甘蔗，人家不会骂吧？”袁敏小心翼翼地问。

还是女生心细。陈小庆看了看袁敏，“摸青仅限于今夜，到了明天就要付钱。”

“可惜了。”有几个胆小没去的女生，懊恼地叹息着。

丁志浩推了一下眼镜：“老班，摸青真的能给人带来平安和吉祥吗？”

陈小庆看了看丁志浩：“心里想着，就能。”丁志浩挠着后脑勺，琢磨着老师的话。

袁敏小声说：“老师，下次白天去吧，晚上真的好吓人。”

陈小庆笑了笑，说：“没事，下次老班带你们看电影。”

“好！”众人一齐喝彩。

陈小庆又说：“摸青是一种民间习俗，是千百年来祖宗留下来的东西。我们体验这些东西，了解这些东西，是让我们对祖宗要怀有敬畏之心。我们要相信文化，相信信念的力量，就像我们读书学习，要对知识怀有敬畏之心，去认识它了解它掌握它，这样才会有动力、有信心读好，明白吗？”

孩子们似乎明白了老师之所以带着大家来体验摸青的真正意义，大家齐声说：“明白了！”

陈小庆笑道:“都把蔬菜放到食堂去,甘蔗嘛,就你们自己拿回去跟同学们分享吧。”孩子们一阵欢呼,兴高采烈地进入校门,欢声笑语回荡在清凉的校园上空。

这天下午,丰城市教师进修学校组织班主任研训团成员来到晓春学校。参观了校园,观摩了陈小庆的公开课后,大家便坐在一起,交流学习心得,分享教育故事。

“苦乐相随,我就是不一样的烟火。”有的老师说,因为我们是班主任,降妖除魔,打怪引仙,需要练就十八般武艺。最重要的两个字是“专业”,“经师易得,人师难求”。首先自己要有清醒的认识,班主任不只是一门技术,更是一门育人艺术。学生的成长自有节律,从来没有一蹴而就的方法让我们一劳永逸。班主任有幸,不断迎接新班级,不断解决新问题,悦纳学生丰富自己,打造班级成长共同体。

“教师的底气永远来自专业的人格魅力。”有的老师分享道,不是每个人都能当上英雄,这个世界也需要坐在路边为英雄鼓掌的人。只要健康,只要快乐,只要没有违背自己的心意,我们的孩子,又怎么不是一个大家心中的“英雄”？班主任要善于发现与成全每位孩子先天的优势和不足,善待每一位将来的“英雄”。

“爱就是教育,没有爱便没有教育。”有的老师认为,作为班主任,既要当严师,又要当慈母。在教育学生的过程中,不能口不择言,伤害学生。春风化雨润童心,要尊重学生,要有爱心、信心、耐心,多从学生的角度出发,才能让家长配合好教育工作。班主任要确立适合自己班级的教育观念,循序渐进,正如《礼记》中写道:“学然后知不足,教然后知困,知不足,然后能自反也。”要做一个有智慧的班主任,既要不断提升自己的人格修养,不断地学习、探索、积累、反思,又要不断地倾听学生的意见,包容他们的缺点,分享他们的喜悦,与学生共同成长。

作为东道主,同时又是优秀班主任代表的陈小庆,分享了支教以来尤其是担任首届宏志班班主任的感受。“家庭背景和成长环境的不同,让乡村学校更具有挑战性。”她介绍了宏志班的学生构成,“自卑自闭,恐惧不安,懒散顽劣,都需要有排解的通道,让孩子们吐槽发泄,驱散负面情绪,轻装前行,很有必要”。

研训团的成员大多来自城区中小学，虽然羡慕陈小庆头上的光环，但对于陈小庆所经历的种种艰辛、种种苦难，大家都心有余悸，敬佩有加。

“让每一只小鸟唱歌，让每一朵花儿开放，努力引导孩子们自主管理、自我展示、自信生活，是一种有益的尝试。”陈小庆说，“宏志”精神的特质，一是不甘平庸自我突围，铸造向上的精神信仰；二是追求做最好的自己，养成自我约束的好习惯；三是不断超越自己，打造班级优秀群体气质。她总结说，“宏志”精神其实就是“追求卓越”的精神，作为班主任要以更高的境界更宽广的胸怀，实现教学中的“文化润泽”。正是基于此，她给宏志班定下了“特别能吃苦，特别懂礼仪；特别爱阅读，特别会学习”的“宏志”理念，这就是宏志班的“班训”，让孩子们明白“越努力越幸运”的道理。

班主任不单是一个工作岗位，更是一种责任，一种精神，一种使命和义务，工作过程就是自身生命质量不断提高的过程。参加研训的班主任对陈小庆的分享感触非常深刻，对班主任的岗位也有了更深一层的理解。他们自信且坚韧，既是受惠者又是探索者，在模糊中明晰，在明晰中精进，聚是一团火，散成满天星，终将无悔于教育路上的追寻。

“老师，您在这里教多久了？”

陈小庆还在思考着班主任研训提出的问题，课代表罗盼盼捧着作业来到办公室，小声附着她的耳朵说。陈小庆抬起头看着罗盼盼，她是一个活泼开朗的孩子，平时一上台就自己先笑出声来，今天却格外的严肃，不像是在说笑。

“为什么问这个？”陈小庆有点意外。

“徐小珍要转学。”罗盼盼小声说。

“把她叫过来。”陈小庆吃了一惊，又是转学！开学才一个月不到，已经有两个孩子转走，其中一个转到了广东，她的父亲在广东打工，把她安排到了当地的农民工子弟学校。另一个因为父亲卧病在床，爷爷奶奶也是年迈体弱，一家人连一日三餐也保证不了，只好放弃宏志班的学业，回到本乡镇的中学去。如果徐小珍也转学，可能会引起负面效应影响，形成塌方式的转学潮。此风不可再涨。

刚开学时，徐小珍的爷爷专程从广西赶回来看她，一口一个“东桥”的情景仍历历在目。当时他曾说把徐小珍放在这里很放心，为什么突然要把她带到广西去呢？

徐小珍低着头站在陈小庆面前，大约猜到了陈小庆想跟她谈论什么，因此，一进门就低着头，捏着衣角一言不发，两块小脸涨得通红。

“你想转学？”陈小庆开门见山地问。

“大家都说，你带宏志班也就是一年，所以爷爷说要把我带到广西去，他说已经帮我问过了，他会负责我读书的费用。”徐小珍倒也实诚，话也说得很直白，“不过，我准备初二转走，会读完这一年。”

真是匪夷所思。平心而论，这班孩子虽然基础较差，但质地单纯，可塑性强，并非冥顽不化。经过一个多月的调教，已经慢慢进入状态，真正是“孺子可教”。她已经喜欢上了这群孩子。“我说了一年后会走吗？”她几乎是质问地望着徐小珍。

“……”徐小珍捏着已经起皱的衣角。

“报告！”一个声音在办公室门口传进来。

陈小庆一看，是谢乐嘉和谢俊伟几个男生。“你先回教室去安心上课，其他的事以后再说。”她送走徐小珍，又问谢乐嘉等人，“你们几个怎么现在才来？”

谢乐嘉嘻嘻一笑：“我们早来了，在办公室门口看你跟徐小珍说了好久的话，不敢进来。”

这些鬼灵精总有理由跟你交代，看到他们认真的样子，责备都显得多余。一举一动真的分不清谁关注谁更多，明明和他们一样伙食，冷不防一个家伙背后探身过来，“老班您生活水平还不错哈”。那口气不知何方大人物，抬头看时，人已飞出了食堂。

“听说你们几个今天倒掉了饭菜？”陈小庆责备道。

谢乐嘉抢先说：“食堂的菜也太难吃了，一点味道也没有。”谢俊伟接过话茬：“是啊，我们让食堂的阿姨多放点盐，她就是不舍得放，还说吃多了盐不好。老班你看，我们一天到晚出多少汗？一点盐分早就挥发掉了，现在走路都浑身不得劲儿。”

“你们总有借口。”陈小庆严肃地说，“你们有什么情况可以跟老师反映，不应该浪费粮食。”

“老班，我们知道了。”“我们错了老班，下次一定改。”承认错误倒快。

“承认错误也不行，今天你们几个必须写检查，否则就饿你们三天。”

“啊？”几个孩子灰溜溜地走出办公室。陈小庆追到办公室门口：“把胡晓峰叫来。”“好嘞！”谢乐嘉远远地回应一声，继续和几个同学相互嬉闹着，似乎什么事情也没发生过。

“过了寒露能打赤膊睡觉吗？”陈小庆见胡晓峰进来，劈头便问。

“没事，我身体棒着呢。”胡晓峰拍着胸脯叫，“有人还吹电风扇。”

“谁吹电风扇？你是室长，晚上睡觉必须关掉，等下冷着别人了可能对你会有意见。”吃喝拉撒，陈小庆都必须细致入微。

“没事，我们寝室是最最和谐号，温馨和睦一家人。”胡晓峰大大咧咧地说。

“‘贫嘴’号吧！谁最文明最有礼仪？”

“丁志浩，不过老师你要说说他，动作太慢，像个老太婆似的。我洗三件衣服，他一件还没洗完。”

“刚开始独立生活，你是同学不能提醒下吗？”

“我说他的话他要骂我的。再说我们不也是自己独立生活吗？”

胡晓峰露出机智的微笑来。这是一个努力上进又性格开朗的孩子，陈小庆非常喜欢这样的孩子，跟这样的孩子“斗嘴”也是一件乐事。“每次我都听见你叽里呱啦地说话，丁志浩没有争没有辩吧？”

“啊？！”胡晓峰捂住嘴假装不好意思说下去。

陈小庆笑道：“出门在外要学会照顾自己。打赤膊睡觉既不雅观也容易着凉，这个还要我多说吗？”

“我知道了老班。”胡晓峰飞快地返回教室去了。

11 晓春山居图

沿用N年前的标题，还在这条路上……

“教有方”命题太大，小文字片段可以反思。

班里有个孩子，平时基本上属于那种隐形人。

刚开始字也东倒西歪，测验时结果真的叫人倒吸一口凉气，我从开学强调的课外背诵效果几乎是零。何以宏志？直教先生无以言对呀。

自律自觉的意识等于自唱自弹的独角戏。

“你把四首诗罚抄十遍吧！中午不要吃饭了。”

油盐不进后的小宇宙爆发，恶劣下下策启用。

哪知他连课间操也不去跑，拼命抄，中午也果真没去吃饭，我倒为自己剥夺孩子午饭而羞惭。“没有教不好的孩子，只有不会教的老师。”黔驴技穷，他在家里不读，你奈他何？

为什么罚抄他们能接受？掐指一算，每首七绝字数四七二十八，28×4×10是1120个字，抄起来比背划算，动手能力比动口能力强嘛。你奢望他走到面前说：“老师，这几首我背给你听可以吗？”恐怕是异想天开。一个沉默内向的孩子，会宁愿做这个？可是哪有这么多时间，哪有这种道理？中学课程七八门呀！

好在父亲是真的关心孩子。

他的真让我看到或许中的希望。

——陈小庆《支教日记》

如果忽略掉脚下泥泞路上的颠簸，如果对风里夹杂的化工刺鼻味不闻，也不计亥时的喧嚣，你所抵达的任何一个片段，都是水墨的诗意。

山峦起伏，雾霭若隐若现，秋意青苍不瑟。改完试卷，已经是下午六点多钟。陈小庆觉得腰有些胀痛，肩膀也有点发酸，便起身活动了几下。看了看外面，秋高气爽，突然来了兴致，独自走向操场，权当是放松一下身体，放松一下大脑吧。

刚走了没多远，手机在口袋里嗡嗡嗡直响。她拿出手机看了看，是个陌生号码，本不想接，又担心是学生家长的电话，还是接通了。

“你是陈老师吗？”

“我是陈小庆。”

“我是李昌勇的爷爷。”果然是学生家长。

李昌勇来自建档立卡贫困户家庭，父亲身体残疾，母亲智障，一家人的生活主要靠七十来岁的爷爷操持。李昌勇虽然天分不高，却也算心智健全，不过性格封闭，很少说话，是很容易被人忽略的一类人。陈小庆想了想，李昌勇在班上并没有惹出什么事，不知爷爷找她干什么，一边揣测一边问道：

“爷爷好，有事吗？”

“今天是他姐姐的生日，能不能放他回来一趟？”爷爷说得很直接。

“今天又不是周末，她姐姐不是也在学校吗？”陈小庆想了想，李昌勇确实有一个姐姐，去年初中毕业后，应该打工去了，这样突然回家过生日，有点不对劲呢。

“他姐姐没上学了。”爷爷扯着嗓门说，“你不要管这么多，让孩子回来吧。”

陈小庆觉得很奇怪。事实上很多事情就是这么奇怪，非常人能理解，只能是见怪不怪。“对不起爷爷，我们学校有规定，没到周末是不能让学生出校门的。”

爷爷同样觉得学校的规定不可理喻：“那怎么行？”他说，“他姐姐的生日还不准他回家？这是哪里的规矩？”

“真的是这样规定的。”陈小庆不知道如何解释“规定”这个词，干脆不予解释，“我让李昌勇给你们打个电话，跟他姐姐说一声生日快乐吧，好不好？”

李昌勇自卑自闭，却还讲道理，平时也非常听话，从来没有违反过学校纪律。陈小庆相信只要晓之以理，他完全会接受她的建议，给姐姐打个电话道声生日快乐。没想到爷爷不干了，急了：“打电话哪里行？我还是叫个人骑摩托车去接他回来。老师啊,你帮我说说吧。”

碰上这样的爷爷,陈小庆真有点哭笑不得。“来接也不合适,他晚上还要上课。”

“你这个人怎么这样?我叫自家的孙子回来也不行吗?”爷爷真的急了。

陈小庆想了想,与其在这里争论,不如让李昌勇自己来决定,也许更有说服力。“爷爷,我去找李昌勇来接电话,等下打给您。”说罢,便挂断了电话。

一点秋心,被这位固执的李爷爷搅得诗兴全无。陈小庆到食堂找到李昌勇,跟他说了爷爷的要求,准备拨通爷爷的电话,没想到李昌勇扭头便要走。陈小庆忙把他叫住:“等一下,你跟爷爷说几句话吧。”

“不说!”李昌勇态度很坚决。

“李昌勇,跟爷爷怎么能这样的态度?”陈小庆加重了语气,她重新拨通李爷爷电话,把手机交到李昌勇手上。

“说话呀!”陈小庆站在一边,听到爷爷在电话里大声叫喊。她对李昌勇使着眼色,李昌勇这才淡淡地回了一句:“不回去。”

爷爷显然急了:“是不是老师会骂你?你把电话给她,我说好了。”

“没有,我不想回去。”李昌勇的态度仍然很冷淡。

“家里买了好大的蛋糕,还买了好多菜,做了好多你喜欢吃的菜。你等着,我马上叫你瘌痢叔去接你。”爷爷在电话里着急地说。

李昌勇不耐烦地说:“不要来,我不回去!”说罢要交还手机。陈小庆说:“跟爷爷说话要注意态度。”李昌勇“哦”了一句,还是把手机交还给了陈小庆,转身就跑了。陈小庆接过手机:“爷爷,李昌勇说了不回去,他真的晚上还要自习。”

“是不是你骂了他,他不敢回来?”爷爷生气地质问陈小庆。

“爷爷别误会,我没有骂他。”

“那他怎么这样,这么多好吃的东西也不想回来?以前看到家里有好吃的,总是偷偷一个人吃掉,为此我不晓得打过他多少次。要是没骂他,他会变成这样?”

“我真的没有骂他。”陈小庆望着校门外苍翠的山脉,忽然间觉得关于梦想与远方全是闲情逸趣的奢侈事儿,日子就像早起穿行的泥泞路,曲曲弯弯错乱了韵脚,令人无法突围。仿佛老师的所有耐心工作都回到原点,真是五马不同向,南辕与北辙。她本来想真的生一下气,可想到李爷爷的舐犊之情,还是忍了,耐心解释说:"爷爷,李昌勇他们在学校吃得好睡得好,也学得懂事多了,你们真的不用担心他。您放心,等到了周末,我会让他回去看你们的。"

"不回来就不回来吧,反正在学校有吃有穿,饿不着。"爷爷无奈,换了语气说,"陈老师啊,我也没有怪你,你莫见怪啊!实话跟你说吧,是有人来看她姐姐了,你知道咱们这种家庭,女孩子早点相亲,也可改善一下家里条件,我那孙子平时也可怜见的,所以今儿有一点好吃的就想着他。"

爷爷的态度大变,令陈小庆反倒有点不安。山里人见识少,性子直,像巷子里扛竹竿,直来直去。说他们纯朴也好,说他们执拗也罢,只要他们能够接受,就是最朴素的真理。她也缓和了语气,诚恳地说:

"我理解。不过,李昌勇真的比以前懂事了,也很听话,你们真的不用担心。"

挂掉电话之后,陈小庆已经没有了散步的雅兴,腰酸背痛的感觉也凭空消失,心里却有点沉重。虽说富不过三代,穷不过一生,但山里人脑子简单,只图温饱。有了微薄的田地收入,有了政府的低保政策,生活似乎勉强过得下去,他们便非常满足。这样的生活状态,别说一辈子,就是三辈子八辈子还是摆脱不了贫穷,只能永远在社会底层徘徊。从这个意义上说,"教育扶贫"的政策来得是多么的及时,"扶志""扶智"的理念是多么的迫在眉睫而又势在必行!

谁说心中有道观,修为在各人?闭目,或许一切都不在心间,眼前只有风景,再看操场:每个孩子手里拿一根跳绳,绕着操场半弧形排开,哨声起,一个个起跳的身影,一条条跃动的彩绳,多么独特,南山是背景。山脚下光这一幕气势就够震撼了,但生活呈现形而上的美时,绝对还有另一些棘芒扎入指腹,令人无所适从,又如坐针毡。

整整一个晚上,陈小庆脑子里都在思考着这个问题。到了就寝时间,陈小庆不由自主地来到宿舍楼,去看一看孩子们的休息情况。

走进204室,一股刺鼻的味道扑面而来。不用说,这是孩子们的臭袜子臭鞋子散发出来的味道。说过好多次了,上床前要洗脸刷牙洗脚,孩子们已经学到了，但洗袜子洗鞋子的习惯却不容易养成。她看了看，臭袜子臭鞋子还一双双摆得整整齐齐地在床底下，孩子们一动不动躺在床上装睡，眼睛却随着陈小庆的身影转动。

“这么重的味道你们真的睡得着？”她笑了笑，弯下腰想要把鞋子袜子从床底下移到墙角去，刚拿起一双，床上的曾华明就一个鲤鱼打挺坐起来：“老班莫动，明天早上会找不到。”其他孩子也探出头附和起来。

陈小庆又笑了笑：“我是怕熏晕了你们，明天早上睡不醒。”

曾华明叫苦道：“鞋子好难洗啊！”

宁愿做作业也不愿做内务，从哪里说起从哪里改起？不在身边爸爸妈妈爷爷奶奶照样心疼，打电话说“带回家洗吧”，一切似乎都前功尽弃，说什么养成习惯教育。

教育真不是教师专方面的事，但是社会评价指向往往剔除家庭，无一例外指向人民教师。但要当一名称职的教师，尤其是宏志班的教师，又何其之难。一己之力一己之为，做好自己的事，仅止于此！陈小庆觉得养成教育需要有一个循序渐进的过程，便放弃了移开鞋子的动作，叮嘱他们早早休息，又丢下一句话：“勤洗勤洗，男孩子的文明始于足下。”

“知道了，老班晚安！”孩子们齐声说。

这是在下逐客令了。陈小庆退出寝室，不再打扰他们。又查看了别的寝室，情形也大同小异，越发觉得肩上的担子重了。

好在孩子们睡觉之前已经不再吵闹，不再走出寝室串门。课程的紧张，学业的繁重，已经让他们感觉到了学习的压力。更令陈小庆欣慰的是，孩子们的阅读习惯正在逐渐形成。

转眼便进入立冬节气，预示着寒冷冬天的开始。《逸周书·时训》说：“立冬之日，水始冰；又五日，地始冻；又五日，雉入大水为蜃。”古人认为，到了立冬节气，水开始结冰；五天之后地会冻结；又过五天之后，禽鸟会变成蛤蜊藏在海水里面避寒。其实这是浪漫主义说法，现实是到了立冬节气后，禽鸟南迁或者藏在温暖的地方避寒去了。

浪漫是浪漫不了的，但对于宏志班的孩子，却可以借这样一个节气，感受一下家的温暖。她决定在班上搞一个“个个齐动手，学会包饺子”的主题班会。冬天模式，从热腾腾的吃开始。

陈小庆头天就跟食堂的黄阿姨和朱阿姨叮嘱过，今天她们早早就准备好了猪肉馅和饺子皮，还有各种调味料，现场给孩子们做技术顾问。主题班会的现场就设在食堂的餐厅。

“同学们，今天是立冬。老师想问一下，有谁知道立冬的含义？”陈小庆开宗明义，甩出了今天的主题。

孩子们看到食堂阿姨准备好的饺子皮和肉馅，早已跃跃欲试。“我知道！”“我知道！”“我知道！”一只只小手，如一棵棵拔地而起的树苗，在陈小庆面前矗立起一座森林。

“陈文仲，你先说。”陈小庆点了陈文仲的名。

“立冬是二十四节气之一，也就是说，从今天开始，就进入真正意义上的冬天了。”陈文仲不假思索地说。

“很好！”陈小庆鼓励道，“那你背得出二十四节气歌吗？”

“我记得！”陈文仲快速答道，“春雨惊春清谷天，夏满芒夏暑相连。秋处露秋寒霜降，冬雪雪冬小大寒。上半年逢六廿一，下半年逢八廿三。每月两节日期定，最多相差一二天。老师，我背完了。”

陈小庆满意地点点头。尽管宏志班开学才两月有余，但孩子们已经逐渐养成阅读习惯，语文学习乃至于其他课目的学习兴趣逐渐提高。她又问：“立冬节气有什么说法？”

“我知道！”“老师，我来说！”“老班，我来说！”孩子们表现踊跃。

陈小庆问点了举着手不肯放下的吴天罡：“吴天罡，你说。”

吴天罡放下手，想了想，说：“立冬要吃鸡。”他的话引来一阵哄笑，又大声说，“我妈妈昨天还说了，买了一只土鸡，问我周末回不回去吃。她说立冬吃鸡大补。”

同学们又是一阵哄笑。陈小庆也笑道：“立冬吃鸡是一个传统习俗。以前的人在立冬的时候吃鸡进补，可以补充元气，抵御严寒。民间也有‘立冬吃一鸡，滋补一冬春’的说法。为吴天罡同学鼓掌！”

孩子们齐声鼓掌，吴天罡得到掌声，表情颇为自豪。自从上次单独谈话后，吴天罡表现大有长进，除了开始注重个人卫生外，也会拿家里带来的零食跟同学们一起分享，而且听课也很认真，写的作业字迹工整，进步明显。

她又问："那么，立冬的来历，有谁能够告诉我？"

举手的孩子少了一些。陈小庆点了丁志浩的名字："丁志浩，你跟同学们说一下。"

丁志浩习惯性地推了一下眼镜，摇头晃脑地说："立冬是二十四节气中的第19个节气，也是干支历戌月的结束以及亥月的起始，时间点一般在每年的11月7—8日，即太阳位于黄经225°。此时，太阳位于赤纬－16°19′，北京地区正午太阳高度仅有33°47′。我国古时民间习惯以立冬为冬季的开始，《月令七十二候集解》中说：'立，建始也'，又说：'冬，终也，万物收藏也。'立冬过后，日照时间将继续缩短，正午太阳高度继续降低。简单地说，立，就是开始，表示冬季自此开始；冬，就是终了，农作物收割后要开始收藏，一直等到来年开春。老班，我回答完了。"

孩子们露出羡慕的表情，还有几个孩子发出夸张的惊呼声。陈小庆问："同学们，大家说，丁志浩回答得好不好？""好！""要不要给他点掌声？""要！"热烈的掌声在餐厅里响起。

陈小庆说："阅读是一个非常好的习惯，可以丰富我们的知识，开阔我们的视野，提高我们的学习兴趣。丁志浩同学平时就非常喜爱阅读，所以，大家都要向他学习，多培养自己的阅读习惯，大家说好不好？"

"好！"

"那么，立冬节气还有什么习俗呢？"陈小庆接着问。

"吃鸡！""吃饺子！"同学们回答十分踊跃。

陈小庆笑了笑，说道："看来我们疯子班全是一群吃货。今天饺子可以有，完全可以赶走大家的馋虫。在包饺子之前，让我们先感谢一下我们的技术顾问黄阿姨、朱阿姨怎么样？"

"谢谢黄阿姨！""谢谢朱阿姨！"同学们一边大声说道，一边热烈鼓掌。

陈小庆将孩子们分成八组，男生女生搭配，由黄、朱两位阿姨示范之后，孩子们按捺不住好奇，有模有样地动起手来。陈小庆来回看着孩子们专注地包饺子，感慨不已。这群来自社会底层的孩子，很多人可能在此之前都不曾吃过饺子，更不用说动手包饺子了。今天这个主题班会，满足的不仅是孩子们的食欲或好奇心，还有他们残缺的家庭和残缺的爱。她用手机拍了一些照片，又走到孩子身边，不时来回指点。

“谢乐嘉，肉不能放多，你太贪心了。”“曾华明，要把皮子裹严实，否则要煮破。”“陈湘云，先把两头合上，再把边上捏紧。”“桌上撒点面粉，就不会粘桌子了。”……

“袁敏……你在家里学过是吧？怎么这么熟练？比老师包的都好！”陈小庆走到袁敏身边，她的面前已经整齐摆放着几十个包得整齐的饺子。袁敏笑道：“老师，我没学过，是刚才看黄阿姨和朱阿姨包过之后，学着包的。”

在全班的女生当中，袁敏最爱阅读，丝毫不亚于丁志浩的阅读量。前几天，她炫耀似的跟陈小庆说，从开学到现在，已经阅读完了《哈佛日记》《智慧城堡》《王子与贫儿》《雾都孤儿》《小故事大美德》等课外书。阅读量的增加，也让袁敏的语文兴趣大涨，语文成绩一直在全班前列。现在动手包饺子，居然也如此有条不紊，可见许多事物都是相通的，一通百通，这个成语不无道理。

陈小庆又走到郭慧中身边。郭慧中动作小心翼翼，虽然面前只包好了两只饺子，但样子十分精致，饺子边沿被她捏出了波浪形，像两个精巧的尤物。陈小庆赞叹道：“手艺不错，谁教你的？”

郭慧中羞涩地说：“没有谁教，是我看到电视上的样子，自己琢磨的。”

陈小庆拍拍她的肩膀说：“你很聪明。”

正说着，有几个男生鬼鬼祟祟地挤在一边窃笑。陈小庆走过去，说道：“谢乐嘉，你们在干什么？”谢乐嘉神秘地说：“暂时保密！”陈小庆其实早就看到他们洗好了几个硬币，一定是想把硬币裹进去，吃的时候来撞撞运气了。她笑着说：“好，希望你们是运气之王！”熊少雄认真地说道：“谁吃到了，期中考试一定考得好！”陈小庆笑道：“那就多放几个。”

孩子们你追我赶，包到最后肉馅不够，朱阿姨又赶紧斫了一些韭菜，拌在肉馅里，终于把饺子皮全部用完了。

锅里的水早已沸腾，一盘盘饺子倒入锅中，慢慢浮出水面。“浮起来了浮起来了！”“熟了么？”“快点熟，我的口水都流一地了！”孩子们端着碗，对着大锅望眼欲穿。

“好了，饺子好了！”黄阿姨端出第一锅煮熟的饺子，由朱阿姨掌勺分发，一人两个先尝尝。孩子们像猪八戒吃人生果，呼呼啦啦不知什么味，气氛热烈火爆。

“好吃好吃！”“太烫了！”“什么味道，我怎么没尝出来？”“我吃到一个硬币！”“我也吃到一个！”大家吃着碗里的看着锅里的，又你看我我瞪你，吃得不亦乐乎，吃得开开心心。

接着第二锅端上来，第三锅端上来。陈小庆装了几个，第一口便咬到了硬币，居然吃到三个硬币。“不好意思，老班是运气王！”她大声说。众人露出羡慕的表情，吃得更欢。她端着碗走到孩子们中间，说：“心急吃不得热豆腐，大家慢慢吃，一边吃一边想一句话表达此刻的感受。想好的可以先说。”

“我先说：吃馄饨前好辛苦，吃馄饨好温馨。”

“要我说，下次要多包点更好！”

“我想说的是，做什么事都要有方法，还是门艺术。”

“我觉得包得不够多，吃得不过瘾，怎么做起来像很多。”

“做自己乐在其中的事，就是格外甜。”

“我们自己包的就是比买的好吃。”

“大家一起做，快乐多味道好。”

“我爱上了饺子。”

…………

大家七嘴八舌，说出自己的感受。陈小庆认真听着，觉得孩子们此刻仿佛变成了大人，懂事多了。她继续用心听着孩子们的高谈阔论。

“一道菜，真是来之不易啊。”

“累得有价值，先苦后来甜。”

“只有用自己辛勤的汗水，才能换得最甜的味道。”

“只有自己动手，才能得到。”

“看来容易做来难，食堂阿姨们好辛苦。”

吃得有味道，听得也有味道，孩子们越来越像个哲学家了。陈小庆端着碗，挨个走到孩子们身边，听着他们发自内心的感受。熊少雄端着饺子正在出神，见陈小庆走近，忙抬起头，说：“我体会到了亲人为我做饭时的不容易，我们应该回报家人。”陈小庆点了点头。身旁的范春根说：“老师，我从小到大还没有吃过饺子，这是第一次，真的。我想说的是，要是家里人能吃上我亲手包的饺子该多好！”陈小庆眼睛已经湿润了。

她又走到郭慧中面前，郭慧中眼里噙着泪水，哽咽着说：“老师，我……

想家了……”陈小庆的眼泪不争气地流了下来。她看了看坐在旁边的陈湘云,也是泪水滂沱,再也不敢走过去揭她的伤疤了。

主题班会在热热闹闹的气氛中圆满结束。孩子们心满意足地摸着肚子,相互说笑嬉闹。世间哪件事做好都不简单,那就从简单的事做起,做简单的人。现在,孩子们做到了。她放下碗,看了看熊少雄,熊少雄会意,马上整理队伍。陈小庆调整好情绪,走到队伍前列,大声说:

“同学们,今天的主题班会开心不开心?”

“开心!”

“饺子好不好吃?”

“好吃!”

“很好!”她顿了顿,又说,“刚才,今天大家的表现都很好。你们能够通过包饺子,想到要努力,想到快乐,想到齐心协力,有的同学还会想到自己的爸爸妈妈爷爷奶奶,想到要回报亲人,老班真的非常感动。我一直说,每个人的家庭情况不同,但有一点是相同的,那就是要通过努力去改变自己的命运。怎么改变命运?那就是要好好学习,要学会自强自立,要懂得感恩,要通过自己的努力去回报家人、回报社会。”

她看着眼前神情肃然的孩子:“马上要面临期中考试了,这是对你们这几个月学习成果的一次检验,我不要求你们每门功课都考满分,但是你们一定要尽自己的最大努力,发挥你们的最高水平。就像今天包饺子,你越用心,吃得就越有味。学习也是一样,你付出的越多,收获就会越大,成绩就会越好。反过来,要是你没有用心去体验包饺子的辛苦,就品尝不出饺子的美味,也体会不到自食其力的乐趣。大家说,你们喜欢包饺子的感觉吗?”

“喜欢!”

“那么,面对即将面临的期中考试,你们有没有信心?”

“有!”“有!”“有!”

孩子们的回答声铿锵有力,豪气干云。

12 爱你不容易

不畏迷途，不见人间春色，静谧中打开的山峦，闭上眼睛依然听到拔节的声音……

早起，热水瓶里倒出昨夜放的剩饭，竟是温热。我们的水泡饭来了，当然还有些硬，胀开度不够，不过就着栏前的小雨迷蒙，隔院地里一片葳蕤，错杂深浅的绿意在眼前铺开，水泡饭里浸满了秋意。

那日特百惠柜前见有个可以煮稀饭的杯子标价近四百，呵，倒是奢侈。咱就原生态，接下来可以弄来地瓜山薯或者土豆，再找个煮的也不赖。甘蔗嚼厌了，虽说霜降过后格外甜，可是人类天性喜新厌旧，没法子。还有两个柚子一直舍不得吃，放在房间加上我构成最稳定的三角。我怕失了最爱，看不到方向莫名其妙地陷入慌乱中。再摸摸裤袋角又摸到十元钱，仿佛哪里都有小欢喜，要知道在这小钱没地儿花，生病除外。

——陈小庆《支教日记》

饭毕步出校门，看着田间一排排割下的禾秸，一季的艰辛一季的收获，伫立晚秋，徘徊在这暮光下的田塍上，竟不知何以言起？南山，树丛，田野，水塘，此刻构成的画面平添无限的凄清。也许经历了冬的冷酷春的繁丽，经过夏的热烈，秋原就这样洞明了世态炎凉。饱满者以无憾的姿态倒伏，稗草终究虚妄萎去，大地以宽容的胸膛接纳一切，岁月枯荣谁能躲得过？"地薄者大木不产"，河畔那些巨樟印证了什么呢？一个古老而迷人的地方，找不到文字的记载。

夜深校园，门口三竿矗立只闻旗声猎猎，年轻的学校规划与设计每个角落似乎都蕴含着捐建者的深意，可是一拨一拨来来去去，来时兴奋去时沉重，前进的步履到底充满艰难……当朝阳斜照进围栏前的树林，树下的霜露一点一点散去，鸟们又开始了它的繁音促节，仿佛永不疲倦又生生不息。

课间，起跳合纵又连横的花样跳绳，迷人的动感中闪烁着异样的光感。也许那跃动里依稀有童年的身姿，可是岁月早就偷换了容颜。还是坐在草坪上静静地凝望吧，干草已经没有了刺性变得柔软，光脚跑操与迥然不一套着的服装可能是乡村的古怪，但是那一声声号令下的律动，谁敢说不是开化的节奏？国学课、书法课、阅读课的落实开设一点点推动，总有一天像花朵样绽放在少年的心房。“孩子们，我是最不起眼的，你们才是最有希望的中华少年；我是卑微的，而你们有浩瀚的未来，用自己响亮的声音读《中华少年》！”不说自嘲底下的辛酸，辛酸中依然要激发课堂少年的热血。且听一室铿锵，铿锵中回荡着最朴素的力量。

谁说这是闭塞的山旮旯，谁说这是执拗的乡村？你看秀水河逶迤而来源远流长，南山脚下的子民无论走得多远从未忘记回馈家乡。春风吹过树梢，传来云雀的问候；夏日的燥热中它却自有清凉；晚秋的思索，冬日的蓄积后它一定会变成醉美的乡村学校模样！

近日来，宏志班的孩子仿佛又恢复了“疯子班”的状态，不过，现在的“疯”不是疯玩疯癫，而是学习上的疯狂乃至于痴迷。除了吃饭，除了睡觉，除了必要的体育课和课外活动，孩子们都自觉地把自己关在教室里。语文、数学、英语、历史、地理、生物、音乐甚至体育课，每个孩子都听得着迷、学得认真。这种情形，不仅把任课老师吓了一大跳，就连其他班的老师都觉得十分诧异。

“宏志班的学生怎么了？就连吴天罡那么调皮的人，也老实得令人不敢相信。怎么一下改变这么大？”

“是啊，我也觉得奇怪，怎么一下子就变得不认识了似的？吓得我上课都不敢说重话了！”

宿管老师罗宇找到陈小庆：“陈老师，你们班的学生到底怎么了？每天最晚熄灯。我以为他们在寝室里闹呢，跑上去一看，一个个安安静静地趴在床上看书写作业。叫他们熄灯睡觉，可是还有人打着手电点着蜡烛看书，真是邪了门了。”

最有发言权的还是数学老师老严。老严性格开朗直率，上课的时候口若悬河，对学生要求非常严格。对此，班上的学生刘思思有一篇题为《我的数学老师叫老严》的作文为证。

不知什么时候开始，我叫我的数学老师为老严，其实他不算老，生龙活虎似的。

记得开学老严给我的第一印象就不好，第一次做作业就被他警告，答题要写“解”字，我并没有理会他，继续我行我素的状态。

第二天课堂，老严陆续念到的名字几乎都是夸奖。他突然叫到我的名字，我立马站了起来，还以为我要被夸奖了。老严死死地看着我，两只强健的手拿着鞭子放在腰后面，大步向我走来，我这才恍然大悟。他严肃平和又“恐怖”地说：“把你的本子拿出来！”他“唠唠叨叨”说我本子上作业的毛病，又大声说：“手拿出来。”样子凶得像狮子，我怯怯地伸出手来。“啪”，“啪”。我的手瞬间红了，我只有强忍着痛，看着作业本发蒙。

“一道简单的代数题，想不到还有很多人不会做！”老严一直在那讲，就像有一架直升机在我头顶上盘旋一样，愈发让人头痛。他有一双远视的鹰眼，教室里的一举一动他都知道，更有野兽般的力量。记得上次做体育运动时，吴天罡与熊梦贤在你追我打，你一下我一下不亦乐乎，我看到老严那炯炯有神的眼睛，一直盯着他们，不禁心底为他们叹息。他俩总还没反应过来，眨眼的工夫，老严就走到他俩面前，掌送一下，吴天罡向后“轰”在草地上摔得四脚朝天，而熊梦贤因为过度紧张也呆住了。老严双手提肩轻轻一掀，“轰”的一声，又倒在草地上。在老严面前兴风作浪，很遗憾，太不识相了……

老严虽然在课堂上依旧保持着威严的形象，但是下课后心里也犯起了嘀咕。“变了！真是变化太大了！”他从教室走到办公室，嘴里一直都在嘀咕。看到陈小庆时，还在嘀咕：“这太不正常，太不可思议了！”

陈小庆问：“老严，你嘀咕什么呢？”

老严瞪着一双大眼：“这些孩子变化太快了，搞得我一点思想准备都没有。”

陈小庆明白了老严的意思，打趣道：“不理解吧？不是说宏志班是‘疯子班’吗？疯子的行为当然是常人难以理解的。”

“可是……”老严还是不解，“就说熊少雄吧，入学基础测试的时候只考17分，一上课就打瞌睡，自从上次你跟我说过之后，就再也没打过瞌睡了，成绩也进步不小，每次测试都能及格了。奇怪奇怪，真是奇怪！”

陈小庆呵呵一笑，正要说话，曾金荣突然蹿了出来，也问起了同样的问题：“小庆啊，你班上的孩子怎么这段时间个个都像得了魔怔似的？你给他们施了什么魔法了？”

陈小庆笑了笑：“曾校长，我能施什么魔法？我不过是让他们认清了读书的理由，知道是为自己读书，为家里人读书。如此而已。”

同为女人又是好友，周舟在一旁插话道：“大家都觉得宏志班的变化太快，其实这是一个量变到质变的过程。大家一到周末都开着车跑回家去了，人家小庆却还在学校里，陪着学生看书、写作业，陪学生聊天，比我们花在学生身上的时间和精力要多好几倍。如果孩子们再不知道努力，就太对不起小庆了。”

曾金荣点了点头：“这倒是。小庆老师工作上的表现怎么样，大家心里都有一杆秤。有几次周末回城，还想带着她一起回去，可她总是说学生有事，班上有事，好多周末时间都没回去。——老严，你和小庆是搭档，你应该清楚啊！”

“我当然清楚。”老严说，“要不是小庆老师教学有方，就这样一班孩子，非把我气得辞职不干不可。不过，看孩子们现在的表现，虽然成绩还不是十分理想，但上起课来比刚开始轻松多了，教得也有劲。现在那些小孩子你讲课，眼睛会鼓到你，生怕漏掉什么似的，有时候下课拖到你问问题，走都走不了。这就是学习上了道的感觉。我们就是要佩服，孺子的老师就是孺子的老师。”

说起孺子学校，教学质量是全市有名的，因此老严拿孺子说事。他的话也引起了其他教师的共鸣。“跟陈老师共事，学生的变化你看得到。”“不愧是金牌班主任，我在陈老师身上学到了好多东西。”“你看宏志班在小庆老师的带领下，风貌就是不一样了！成绩变化都看得到。”大家对陈小庆充满敬佩。

大家的评价让曾金荣颇为欣然:“这就是我坚持把小庆选派到晓春来的原因。要是没有小庆,敢不敢办这个宏志班我都心里没数,徐总心里也没数。你们大家也都看到也都感觉到了,小庆老师把全部的精力都放在宏志班上,这是一点都不假的。宏志班在短短几个月时间变化就如此之大,要是换个任何人包括我自己,都不一定能做得到。我原来在孺子就说过,当校长我是行,但是带班当班主任数她厉害,要不怎么叫‘金牌班主任’呢?”

陈小庆呵呵笑道:“你们都拿我开涮是不是? 曾校长,你还说,要不是你挖坑把我留下来,我这个学期就回孺子去了,哪里还要在这里受这份洋罪?”

曾金荣也笑道:“这是我和徐总商量的。不过,话又说回来,就算不提出来要你留下,要是你知道有宏志班这个事,也一定会主动要求留下来的。我说的对吧?”

陈小庆收起笑容,诚恳地说:“说实话,宏志班的孩子真的非常可爱。刚开始我们是不了解他们,认为他们底子差,性格成分复杂,可能会很难驾驭,搞不好砸了晓春的牌子,砸了宏志班的牌子。但是,孩子毕竟是孩子,他们身上也有着和正常家庭孩子一样的品性,我教这么多年书,城里也教过,乡下也教过,对此深有感触。只有先抓好他们的习惯养成教育,然后感恩励志理想教育,给他们种下梦想的种子,让他们知道为什么读书,让他们为自己的目标去努力,自然会激发出他们的学习动力。‘要他学’变成‘我要学’,一切都好办了,他们就会发挥自己的潜能,一切皆有可能,我们大家对自己的讲台一定要充满信心,台下的孩子对自己的将来就一样充满信心。”

“说得好!”曾金荣点头道,“培养良好的思维习惯和生活习惯,让学生们知道为什么读书,这是一篇大文章。大家都要好好思考这个问题,好好向小庆老师多多请教。”

陈小庆谦虚地说道:“其实也谈不上请教,只要吃得苦肯用心,静下来多思考,不是说‘静生慧,慧生觉’吗? 就是这个道理。肯在孩子们身上下功夫,这些谁都可以做到的。什么事情不就是怕用心吗? 大家都听说过‘用力只是合格,用心才能优秀’。”

曾金荣看了看大家,说:“不下功夫一定做不到。小庆,希望期中考试时,宏志班会给我们大家一个惊喜。”正说着,上课铃响,曾金荣大手一挥:

“下次好好讨论一下这个问题,都上课去吧。”

上完最后一节课,陈小庆拿出手机,有两个未接电话,一看,却是吴天罡的养父吴坚。她来不及细想,便回拨过去。

“吴局您好!”按习惯,陈小庆一般会称呼孩子家长为“大哥”“大姐”“大叔”“大娘”,或跟着孩子叫“爷爷”“奶奶”,但是自从上次吴天罡与同学吵架打过吴坚的电话之后,她便对吴坚有点小小的看法,觉得他对孩子太过于迁就,“吴大哥”叫不出口,便随便叫了一个职务。管他是不是局长,在机关局室里工作,叫一声局长总不会得罪人。

“陈老师,总算等到你的电话了。”吴坚似乎有点不耐烦的口气,“我在校门口等了半天了。能不能让我罡罡赶快出来一下?我带了点东西给他。交给他之后我还要赶到乡镇上去检查工作。”

“好的,我叫他一下。”

陈小庆回身正要挂掉电话,吴坚又说:“陈老师先别挂电话,我还有几句话想跟你说。”

“嗯,好吧。”陈小庆回教室叫出吴天罡,让他到大门口去。“他过去了,你有什么话就说吧。”

“谢谢!是这样的,他妈妈跟我说,罡罡上周回去,好像换了个人似的,不吵着买东西吃,不玩手机,人也老实多了。他妈妈说,是不是孩子受到了什么刺激,变傻了?让我顺便问你一下,他在学校没怎么样吧?”

“吴天罡很好啊!”陈小庆有点不快。她觉得吴坚夫妇太过敏感,太过溺爱,以至于对孩子正常安静的学习状态反而不适应。“他也没受到什么刺激,就是在学习上更加用功了,生活习惯也好了很多,跟同学的关系也处得不错。孩子学乖了不是好事吗?”

“不是那个意思!”吴坚忙说,“没怎么就好。罡罡他……哦,他已经来了,我先挂了,等下我到车上再打给你。”

陈小庆怔怔地站在原地,看着校门口的方向。没一会儿,看到吴天罡拎了一箱牛奶还有两只鼓鼓囊囊的塑料袋子,一副很不高兴的样子。这个时候,吴坚的电话又打过来了。

“不好意思啊,刚才不好当着罡罡的面说。陈老师,严格要求是对的,作为家长我们也很支持。他的成绩也确实有了进步,我们都非常感谢。真的非常谢谢你!不过,还是要让孩子有自主的空间,不能管得太死。我听说好多学校都有打骂体罚的现象,希望在你们学校不要有这样的现象发生。"

陈小庆听得非常意外:"我们管得是很严,但从来没有打骂体罚的现象!"她生气地说,"我一向主张不要约束孩子的天性,让他们有自由发展的空间。请吴局长放心,咱们班的学生,现在都非常懂事非常乐观积极的,不会出现你担心的现象。"

"那就好那就好!"吴坚大约也听出了陈小庆的情绪有点不对,忙赔着笑说。

陈小庆补充说:"吴天罡的变化,我认为值得我们老师高兴,也值得你们家长高兴。请继续鼓励孩子,向你希望的方向去引导,孩子的变化你也就一点一点能感受得到!"

"好的好的,我相信你们,也一定好好配合你们。"吴坚连声说,"那就这样了,我还要赶着去检查工作。罡罡的事就请陈老师费心了!"

挂掉电话,陈小庆重重地吐了一口气。见吴天罡朝自己走来,本没心情跟他说话,正要掉头,没想到吴天罡远远地在叫她:"老班!"

陈小庆稍稍调整一下情绪:"天罡,你老爸给你带什么好吃的了?"

吴天罡将手里的东西举了举,不满地说:"老班,是不是我老爸对你说了什么?"

看着眼前这个懂事的孩子,陈小庆实在不想把自己的负面情绪传染给他,更不想让吴坚夫妇所谓的疼爱变成孩子的负担。她轻描淡写地说:"他很关心你。"

吴天罡"哼"了一声:"我就知道,他们一定会怪你。在家里的时候,他们老是跟在我后面问,是不是被老师罚了,是不是被老师骂了,是不是哪里不舒服,是不是在学校里不开心。还说,要是老师的态度不好,他们就要来学校找你们,还说要去找领导。真是烦死了。"

陈小庆有些无语。从教二十多年,类似的家长也有,但多是农村里没受过什么教育的老人或妇女,像吴坚这样受过教育又在机关单位工作的人,以这样的心态理解学校的教育,还是头一回。她叹了口气,宽慰道:"别烦了。其实他也没说什么,都是一些关心你的话。你这段时间的进步很大,老师很高兴,以后还要继续努力,要用自己的实际行动证明你的实力。”

“我懂了。只要我的学习成绩上去了,他们就不会怪你了,对不对?”吴天罡若有所思,真是人小鬼大,居然学会用大人的思维方式来考虑问题了。

陈小庆很是欣慰,鼓励他说:“我相信你是最棒的,我们宏志班的同学个个都很优秀!”

吴天罡懂事地“嗯”了一声,开心地说:“老师,那我走了。”刚走两步,又折回来,“老师,你也吃点吧。同学们都说你好辛苦,每天都累得声音沙哑,经常咳嗽。我这袋子里有好多好吃的东西,给你吃一点。”

陈小庆微笑道:“老师不吃,你自己留着吃吧。”

“那我拿回寝室,晚上分给同学们吃。老师再见!”

看着吴天罡步履轻盈的背影,陈小庆感慨不已。懂事的孩子,不懂事的家长!她的脑海里突然冒出这样一句话来。

期中考试在紧张而有序的气氛中,如期举行。

尽管全校都在期中考试,但大家的目光还是不由自主地聚集到了宏志班。谁叫宏志班是教育扶贫的示范点?谁叫宏志班的班主任是陈小庆?

还是在第一场语文开考的时候,很多老师尤其是同年级其他班的老师就悄悄地问过陈小庆:“你们班这次的考试会不会超过我们?”要知道,在入学摸底测试时,宏志班的成绩令所有人大跌眼镜,跟其他班级没什么两样,好多科目甚至更差,以至其他同学愤愤不平:凭什么他们就享受宏志生待遇?于是,有将他们寝室反锁的,把他们的牛奶偷掉的,甚至把他们的被子扔在地上的,真是没有做不到的,只有想不到的。每每这种情况一发生,陈小庆就抓住机会进行主题班会教育,只有自强,只有拼命,才配得上自己得到的徐总这份关爱,“努力配得上”——值得拥有才是关键,怨恨解决不了问题,只有把自己变得优秀,才让人无可挑剔。有时候宏志班的孩子实在忍无可忍,来说明明寝室里地扫得很干净,照得跟镜子似的,值日都要扣分,这不明摆着欺负人嘛?结果陈小庆让他们自己去解决,得到的答案是床脚下有一粒瓜子壳。让“挑剔”成就他们,陈小庆抓住机会,告诉他们,确实要求地上六面光,尽善尽美是最理想的标准,有问题就是要整改,再说咱们是宏志班,期望值更大。我们应该朝着最优秀的方向要求自己,没有最好只有更好！生活学习都一样。我们要明白：越努力才能越幸运。

在紧张和惶惑中，期中考试终于结束，经过几天的阅卷，各科分数新鲜出炉。当最后一门课成绩出来时，宏志班任课老师不约而同地围到了陈小庆的办公室。

“陈老师，这……这到底是怎么回事？数学成绩考得这么差？”老严首先抛出了自己的疑问。陈小庆看过孩子们的数学成绩，虽然及格率比之入学基础测试有较大提高，但仍有很多孩子考试不及格。这对于期中考试之前信心满满的老严来说，有点接受不了。陈小庆微微一笑，没有回答。

“陈姐，英语成绩这也太差了吧，及格的都没几个，比其他班级差太多了。”刘雪芬小嘴噘得老高，表达着对宏志班孩子英语成绩的失望。其他老师也像告状似的，向陈小庆诉说着对本学科成绩的不满和失望。

陈小庆把手上的成绩汇总表放下：“给孩子们一些时间，好吗？”她平静地说，“我认真看过各科成绩，的确不是很理想，与别的班级有较大差距，但是，相比较于入学基础测试，还是有了很大的提高。特别是历史、地理、语文这几科，平均成绩和别的班级不相上下……”

老严打断陈小庆的话：“小庆，不是我针对你，宏志班这些孩子平时花在语文上的时间最多，作为班主任，你也不能太偏语文了！”

陈小庆理解老严的情绪。不仅是他，其他任课老师也有类似看法，认为自己一味强调语文的重要性，只要求学生多阅读多观察多思考，却忽视了数学生物等课程，以至于孩子们在语文历史地理方面表现突出，这几门课程被远远落在后面。

“你听我说。”陈小庆耐心说道，“不是我偏科。我什么科都教过，也当了这么多年的班主任，我知道哪一科都不能偏，哪一科都不能落后。但是，语文是万科之源，语文好了对其他各科都有益处。语文成绩表现好，不是我占用了时间，而是因为我是班主任，跟他们一起的时间多，更亲近些。不是说‘亲其师，信其道’吗？请给孩子们一些时间，好不好？不信，我可以跟大家打个赌，用考后一个月时间做证，你每天留在教室的时间增加四十分钟，不，半小时，或者二十分钟也行，辅导学生作业，甚至就是问问他们，跟他们聊聊天也行，孩子们的学习成绩也会噌噌往上升的。老严，这可是个提分秘诀啊！”

陈小庆又笑笑道:“我告诉大家,不是要你们去逼学生,这话你们尽可以跟孩子说‘不逼自己一把,就不知道自己多优秀’。但是咱们老师站在讲台上,一个最朴素的道理得明白,学生的心跟你接近了,他就能获得动力。在你的目光关注下,越学越有劲,形成良性循环。孩子的努力站在台上看得到,站在台上的我们,多少心思在他们身上,他们一样能感受得到,就像物理学上的反射定律一样。多一分聚焦,他们就多一分动能。大道至简啊。我们的教学同样要善于反思啊。”她的话让大家平静下来。

曾金荣从门外进来,听到大家的谈论,挤到陈小庆身旁,看了看大家:“怎么?都在讨论宏志班的考试成绩啊?每科的成绩我也都看过了,我觉得很好啊,比入学基础测试好多了。你看,熊少雄入学测试时只考了17分,这次考了71分。语文更厉害,平均分数都超过别的班级6分多了,其他科虽然有点差距,但这也很正常嘛。平时大家都说最拉不开差距的就是语文,这些孩子首先就在最不可能的科目上甩开了膀子,这就是好事,这就意味着其他科目都有这种可能嘛。”

刘雪芬还在噘着她的小嘴,像一颗熟透了的樱桃,非常好看。“曾校长,那是因为陈姐教语文啊,她多厉害。就是我的英语考得最差,好多人不及格。”她委屈地说,“像这样下去,我还怎么教嘛?”

“该怎么教就怎么教!”曾金荣开导说,“没有说你教得不好,也不能说孩子们学得不好,主要原因还是孩子们的基础太差了,要不怎么是宏志班呢?期中考试之前,宏志班孩子们的表现是有目共睹的,都拼尽了力气。但是他们底子太差,这也是事实,想要一夜之间把成绩提上来,你们觉得现实吗?说实在的,短短两个多月的时间,孩子们能考出这样的成绩,还是超出了我的意料,说明他们在进步,而且可以说进步不小。照这样发展下去,我相信到期末考试的时候,他们每一科成绩都会赶上来的,你们说是不是啊?”

大家都不作声,不过情绪没那么激烈了。

陈小庆诚恳地说:“大家的心情我理解,都希望孩子有进步,都希望考试能出成绩,这也是正常的。现在解释太多也没用,还是那句话,多给孩子们一些时间,多一分陪伴,孩子们就多一分动力,好吗?”

“好吧,既然你这个班主任不难过,我们还有什么好着急的?都走吧。”老严转身,把挤成一团的老师们一个个推出门去。

办公室只剩下陈小庆和曾金荣两人。曾金荣见陈小庆看着成绩表不语,便笑道:“怎么?刚刚说服大家,难道还没说服你自己?”

陈小庆慢慢抬起头,双目含泪。“曾校长,是不是我的方法不对?我无数次怀疑自己否定自己,又告诉自己必须坚持下去。每次放弃的时候,都自己一个人咬紧牙关。以前总是带快班,你只管引着孩子们往前跑。可是现在,我觉得自己是老牛拉破车,怎么也背不动,每次折腾到十一点多回到宿舍,都觉得心力交瘁。你看我人前鼓励别人,实际上我都不知道能坚持多久,这挑战难度太大,叫人发疯的感觉,我能坚持吗?我有这个能力吗?”她的样子看上去很难过。

曾金荣吓了一跳:“你怎么哭了?谁敢怀疑你的能力?”他肯定地说,“要是谁怀疑你方法有问题,那他就不是一个合格的老师!怀疑谁也不能怀疑你陈小庆啊!”

“可是,这次的考试真的不理想,比我之前想象的还要差。”

“多给孩子们一点时间,这不是你自己说的吗?”

“我……”陈小庆抑制不住涌出的眼泪,转身快步走出办公室,把曾金荣一个人丢在那里。

13 隐形的翅膀

有事返城看到最不愿看到的一幕,无限酸楚。最后西门口买下六百元书,卖书的问我做什么的,我当然不能说是吃粉笔灰的。纵然粉笔写春秋,但有些悲凉永远不能用粉笔写。冬阳照在身上,紧紧裹住衣服。丫头(指陈小庆的侄女韩煜——作者注)打电话来说学生在问我什么时候回去,出门抚摩着手里的书,喃喃:找不到地方痛哭的人,赶紧回南山……

生命薄如蝉翼,胸口雪拥万丈。

下了车拎东西奔向教室,一室灿然:"老班,你的样子最好看!"一个个小情人似的,年幼的他们当然不知一路内心的惊涛骇浪。

必须微笑,必须微笑……必须这样站上讲台,这是你的位置,调整! 调整!! 调整!!!

感谢你们用笑容治愈暗黑系中的人……

——陈小庆《支教日记》

夜愈静,天愈寒。薄薄的毛巾毯已经挡不住突如其来的冬寒。冷雨敲窗,南山迷蒙,只合躲在被子里看《镜花缘》,或者干脆一程雨中行,老友相见自在温馨。

陈小庆拿着一本书半躺半靠在床沿,忽然想起前几天在站台上看到的一幕:一个五十来岁,身材魁梧的男子,裹一袭蓝灰色旧雨衣,连同军绿旧头盔,脸颊发青,胡子粗糙地刮过,用手抹把雨水又腾手接电话,身边是一辆"摩的"(载客的摩托车——作者注)。那一幕至今记忆深刻,她在心里感叹:一个大老爷们这么冷天出来开摩的真不容易,那骨架神态做别的应当更好些吧。再说现在有公交有的士有滴滴出行,风雨天实在很少人坐这了,唉……

雨紊乱地飘到脸上身上,越发觉得寒凉。陈小庆正兀自想着,突见男子身旁几个同样装扮的男子上前跟他说话,但他不为所动,一直在专注地接打电话。陈小庆透过雨幕,听到他着急的声音。

"今天期中考试,考两天我晓得,我也看了监考表,但今天没有安排我,明天才轮到我。我点了到才出来,现在人在外面……真的出来了……"似乎有哪个人在找他,他隔空笑着解释,竟然还是老师?

什么不好做,要去做老师?做了老师又不好好工作,不去网上学习做课件写论文钻研教材学问,开什么摩的抢人家生意,关键时刻还溜号。夏丏尊先生曾说过:不如早死,莫做先生。牢骚归牢骚,他上课时却极其认真,教学水平高,深得学生喜爱被昵称"夏木瓜",不愠不恼怡然接受,先生自是特立独行。眼前他这是什么呢?

他不可以"青菜萝卜糙米饭,瓦壶天水菊花茶"么?他不知道网上多少人声讨师德师风,以至于下课时点了手机看学校的通知信息,都要小心有没有突然的"便衣"窜进来抢手机看,或者电脑前点开的网页有弹出"京东""淘宝"来,会不会被逮个正着。他也忒胆大,竟然瞅住期中考试不要监考的空档出来开摩的,是看准了这阴郁天没人来明察,还是这样的公交站台没人来暗访,或者是天时、地利、人微,谁在意你?

放得下身架,何事不可为?吃得苦中苦,方为人上人,有时真的没一点道理。

寒雨还飘在城市的一隅,站台清冷……

毫无疑问,他肯定是乡村教师。"墨染一身黑,风吹胡子黄。但有一线路,不做孩子王。"当了三十年教书匠的蒲松龄如是感慨,一个穷困潦倒的先生怎么还能在柳泉边摆茶水摊,专门整理路人留下的奇谈怪异,编成《聊斋志异》,实在匪夷所思。留仙不在,此情此景,见也得哀叹:此乃斯文扫地风雨行!若是"便衣"真的目睹了这一幕,又作何通报?

看来一条路,无论走得多远,调子唱得多响,总得先活下来。尤其是育人的人,总得将身心尽可能活舒展点,才能在讲台上挥斥方遒指点江山。身为先生,糊自身易,糊全家难。更何况岁月匆匆催人老,"可怜身上衣正单,心忧炭贱愿天寒"。或许这样的天正适合,不偷不抢不奴颜不谄媚,卖点苦力补贴家用,一样的尊严。这一幕,倒是照见多少哀叹者的懒怠了。麦家说

“世界正在惩罚不读书的人”，反之与书为伍的人同样也得接受生活的惩罚。冬雨寒天开摩的先生，你能触痛城市神经么……

且不去管这些了。期中考试完毕，泪水过后，一年一度的学校运动会如期而至。

早上来不及吃饭，陈小庆端着稀饭进教室，见谢乐嘉的脸红得像油锅里的小虾米，头上大汗淋漓。“生病了吗？”她问路过的熊少雄。

“不是啊，他好早爬起来自己去训练。”

“噢。”陈小庆若有所思，走到谢乐嘉面前，抽出一张纸巾，“把汗擦干，莫感冒了。”

“老师我没事。”谢乐嘉自信地说。这一窝山里宝，已经个个乖气侧漏、霸气侧漏。

运动会前夕，陈小庆针对本次运动会，专门跟孩子们讲了西点名将道格拉斯·麦克阿瑟的故事，并引出了他那篇著名的演讲。她引用了道格拉斯·麦克阿瑟演讲时的一个精彩片段：

“责任、荣誉、国家。这三个神圣的口号，庄严地指出你们要做的，你们能做的，你们将做的。这是你们振作的起点，当勇气快消失的时候，由此建立起勇气；当信心快失去的时候，由此恢复起信心；当希望将渺茫的时候，由此点燃起希望。”

陈小庆结合麦克阿瑟的演讲，归纳出面对校运会、面对学习、面对校园生活的八字“箴言”：勇气、荣誉、职责、诚信。孩子们听得如痴如醉，他们端坐如松，神情肃穆。听到最后，每个孩子的小脸都涨得通红，仿佛身上每一个细胞、每一条毛细血管都在沸腾。

“你们是宏志班。”陈小庆继续点燃着孩子们的热情。

“我们是宏志班！”孩子们像打了鸡血，扯着嗓门大声吼。

“勇气、荣誉、职责、诚信。”

“勇气、荣誉、职责、诚信！”

“我们班的班训是什么？”

“特别能吃苦，特别讲礼仪；特别爱阅读，特别会学习！”

“好的，朝着你们的梦想，一起加油努力吧！”

校运会正式开始。陈小庆领着一群热血沸腾的孩子，斗志昂扬地上场。宏志班选派的代表队参加了所有项目的比赛。

经过紧张角逐，宏志班的孩子们以骄人的成绩，傲视群雄：包揽女子一百米前三名，男女乒乓球双冠，男女铅球双冠，女子八百米冠军……胜利在望，孩子们都欣喜若狂，赛程还没有完全结束，就已经迫不及待地围到了陈小庆面前“邀功请赏”：

“老师，我厉害吧？”

“你是飞毛腿。”

“老师，我厉害吧？”

“你是大力神。”

“我想不到会得第一。”

“敢想一切皆有可能。”

真是山中无老虎，小猕猴做霸王。尽管应接不暇，陈小庆还是风趣地对付他们，让孩子们得到情绪上的满足。也有孩子趁机向陈小庆撒起了娇：

“老师，我的脚好痛哟。”

“痛并快乐着嘛！”

“老师，晚上咱们看电影么，我们那么拼。”

“你躲在一边吃零食，也很拼吧？”

陈小庆早早看到有几个孩子一边观看比赛，一边吃零食，还时不时偷偷瞄上老师一眼，相互神秘兮兮地说“千万莫去告老班”。有几个孩子坐在陈小庆身后，竖着指头让陈小庆头上长出无数只“角”，还以为陈小庆不知道，一边比画一边得意地笑。殊不知从身后投射过来的阳光早已出卖了他们。

比赛中，女生成绩普遍较好，得的分也多，男生颇不服气：“这算什么，我们的压轴大戏还在后头！”“女孩子家不要那么凶，以后嫁不出去没人敢娶……”真是山里伢崽痞子气。

“老师，他又说土话，得认罚。”袁敏刚刚得了女子八百米冠军，对阴阳怪气的男生颇不满。

“你也拿个冠军试试？”陈小庆瞪了说怪话的男生一眼，女生们便得意扬扬地说：“就是，拿不到冠军还嫉妒别人，吃不到葡萄还说葡萄酸！”

一千米长跑终于艰难地进入最后三圈。宏志班的蔡魏勇、谢乐嘉、吴迎康跑在第一梯队，吴天罡跑在第二梯队前面。孩子们不再闲聊嬉戏，目不转睛地看着战友。

“蔡魏勇加油！”“谢乐嘉加油！”“吴迎康加油！”“吴天罡加油！”

“宏志班加油！”

负责后勤工作的丁志浩早早准备好矿泉水，见他们跑近，连忙冲到路边，拧松瓶盖，一一递给他们三人。“加油！”他握着小拳头给队友们鼓劲。

还有两圈，蔡魏勇开始甩开其他队员，跑在了最前面。谢乐嘉、吴迎康也紧咬着牙关，紧追不舍。第二梯队的吴天罡冲了一段，但又被其他队员赶上，看上去已经很吃力了。

蔡魏勇、谢乐嘉、吴迎康三人已经超出第二梯队半圈。不料谢乐嘉突然脚下一崴，摔倒在起，把陈小庆和宏志班的孩子们吓了一跳。“谢乐嘉，快爬起来！”大家冲到路边，向谢乐嘉叫喊着。蔡魏勇和吴迎康发现谢乐嘉摔倒，慢下脚步想要搀扶，谢乐嘉说：“不要紧，你们快跑，一定要拿到冠军，给宏志班争光！”蔡魏勇咬咬牙：“迎康，我们冲！”说罢，便奋力冲刺起来。吴迎康不假思索地停下脚步，回到谢乐嘉身边，把他搀扶起来，谢乐嘉气得骂道：“你混蛋！不要停，快跑！”用力把吴迎康推开，一瘸一拐地慢跑着，被后面的吴天罡赶上，拉着他一起跑。

进入最后一圈，比赛进入白热化，第一梯队只有三四个队员，把身后的队员甩出半圈以上。蔡魏勇和吴迎康继续领先着，每个队员都使出吃奶的力气，奋力向目标冲刺。

“蔡魏勇，加油！”“吴迎康，加油！”“宏志班，加油！”

观战的孩子们都急红了眼。

一百米，五十米，二十米，十米，五米……蔡魏勇一鼓作气，拼尽最后的力气，第一个冲到终点。紧接着，吴迎康也冲到了终点。

“万岁！我们赢了！”宏志班的孩子们欢呼雀跃，围着蔡吴二人，乐作一团。

从第一梯队落到第二梯队的谢乐嘉也似乎忘记了脚上的疼痛，和吴天罡一起冲刺，最后也双双冲到了终点，虽然没能进入前八名，但比后面的队员还是快了将近两圈。两人累瘫在地。

陈小庆带着丁志浩等人挤到两人身边:“天罡,好样的!乐嘉,脚怎么样了?”

“没事的,还能再跑。”谢乐嘉喘着粗气说,“摔得真不是时候,没有拿到名次。”他还在想着比赛的事。

“你已经尽力了。”陈小庆查看着他的脚,只是有点红肿,看起来没什么事。“丁志浩,还有饮料吗?快给他们两人喝,补充一下体能。”丁志浩连忙递给两人饮料,“喝吧。你们真棒!”他由衷地说。

“痛吗?我找校医来给你检查一下。”陈小庆不放心,起身四处寻找校医。

谢乐嘉笑道:“我就是要挑战自己。老师,你不是说最大的敌人是自己吗。”说罢,自己挣扎着爬起来,在原地做了几个跑步的动作。但因为崴了脚,动作已经有点变形,不得不停下来,搭着吴天罡的肩膀,“谢谢你,兄弟!”两人勾肩搭背,俨然一对生死兄弟。

陈小庆很是感动。孩子们如此懂事,如此拼命,不正是成长的表现么?校医还没等来,孩子们却早已把陈小庆围了起来。

“真是不好意思,太多第一了。”丁志浩推了一下眼镜,笑着说。

陈小庆拍拍丁志浩的肩膀:“你这个后勤部长功莫大焉!”

“老师,我们这么拼,可以不做语文作业么?”说话的是曾华明。他在铅球比赛中勇摘桂冠,到现在胜利的喜悦还挂在脸上。

“当然可以。”陈小庆诡秘地笑笑,“比赛场景如此精彩,没有文字记录,会不会觉得很遗憾?”

“My God!”曾华明故作痛苦地摇摇头,退到一边去了。

勇气、荣誉、职责、诚信,这是宏志班出征时的豪言壮语。到一千米长跑结束,这八个字已经被孩子们演绎得淋漓尽致。不论是一个个桂冠,还是谢乐嘉的顽强和吴天罡的不离不弃,都充分证明宏志班是一个团结的班级,充满进取和战斗精神的团队。教书育人,校运会上的汗水和辉煌,不就是一篇出彩的日记吗?

宏志班在校运会上取得的成绩,赢得了全体教师尤其是学校领导的赞誉,宏志班再次成为老师们茶余饭后的话题。

“这帮孩子,平时看不出,一到赛场上就出手不凡,真是看不懂了。”

“不是说宏志班是‘疯子班’吗? 今天领教了吧?”

“之前期中考试,我们还怀疑宏志班是扶不起的阿斗,担心一着输满盘输。现在看来,我们的担心完全是多余的,这帮孩子还真争气。”

“陈姐不简单,愣是把一帮山里的孩子捏成了一个团结拼搏的班级。我们这些人都要向陈姐学习。”

对此,作为兼职体育老师的老严也充满自豪:“宏志班的孩子跟别的班级的孩子就是不一样,肯吃苦肯拼搏,有集体荣誉感。给这帮孩子上课,虽然辛苦,但劳有所获。”

有人挤兑道:“你还不是沾了人家小庆老师的光,要不是她管得好,你还能这么有成就感吗?”“你前不久还说人家小庆老师偏科,现在又在这里说好话了。”

老严笑着说:“此一时彼一时嘛。从发展的角度看,宏志班的孩子最有潜力!”

陈小庆知道,同事们所说的,都是发自肺腑的真心话。虽然校运会上孩子们出尽风头,但学生以学为主,要是学业抓不上去,拿再多的奖牌都无济于事。她时刻提醒自己要保持清醒的头脑,把主要的精力放在培养孩子们的学习能力和自我管理上面。

经过校运会的磨砺,宏志班的孩子们精神面貌一新,除了关系越来越融洽之外,学习氛围也越来越浓。陈小庆注意到,之前一直被视为纨绔子弟的吴天罡,已经很少吃零食,即便养父母给他带来一些零食,也会和同学们一起分享,他在同学们心目中的形象开始转变。尤其是在校运会拉着谢乐嘉跑完最后一程,不仅赢得了同学们的好感,也赢得了谢乐嘉最珍贵的友谊。两人经常搭肩挽手,双进双出,即便课余时间看书,也是经常结伴在一起,成为形影不离的亲密伙伴。

陈小庆知道,这群“疯子”正在逐日改变,他们已经不再是从前那个焦虑、自闭、野蛮或愚蠢的野孩子,不再为自己的原生家庭而自卑,已经和正常家庭的孩子一样,向人生的理想和美好的未来张开怀抱了。“你是我的玫瑰,你是我的花。”陈小庆哼唱着,心情非常轻松愉悦。

“谢乐嘉,感觉怎么样?”她走到谢乐嘉身边,关心地问。

谢乐嘉摔的那一跤，当时只是稍觉疼痛，并无感觉。校医当时给他做检查时，也没查出什么问题。但是，当晚洗完澡后，他便开始觉得疼痛，晚上睡觉时身上冷一阵热一阵。同室的同学赶忙叫来生活老师，生活老师一看情形不对，又叫来陈小庆。大家看了一阵，都不敢马虎，连夜把他送到桥东镇卫生院急诊，拍片一看，却是脚踝处有骨裂，开了些止痛药，要静养，回到学校时已是凌晨时分。

第二天，同学们才陆续知道了谢乐嘉的事，把他视为英雄，上课下课吃饭睡觉都有几个同学前呼后拥伺候着。尤其是吴天罡，每天都鞍前马后，如影随形，把家里带来的好吃的零食全都贡献出来。小小的寝室，小小的教室，如同一个温暖的家庭，大家都是相亲相爱的兄弟姐妹。

“老班，我已经好多了，可以蹦蹦跳跳了吧?”谢乐嘉拍了拍脚，轻松地说。

“不能蹦，还没到一个礼拜呢。”陈小庆关心地说，“不听老师的话可以，医生的话不能不听，否则你今后怎么做‘飞毛腿’?”

“他老是不听我的话，还偷偷一个人走路。”吴天罡居然告起了“黑状”。

谢乐嘉指了指吴天罡:“还是兄弟，说了不要告诉老师。”

“不听医生的本来就不对嘛。”熊少雄帮着腔，“你快点好起来，我们就可以一起玩了。”

其他孩子也在旁边七嘴八舌:“是啊，谢乐嘉，要听医生的话。”“伤筋动骨一百天，我奶奶说的。”“不要留下后遗症了。”

“老师，什么时候再带我们去玩啊？你说过要奖励我们，到现在还没兑现。”曾华明还在惦记着玩。

“三天不念经，猴子要变精，是吧?”陈小庆环视一周，“是不是都觉得学得很好了？那我找几篇课文给你们背背。”孩子们吐着舌头，连忙坐回自己的座位，装着一本正经地看书做作业。陈小庆冷笑一声，转向谢乐嘉，“还是要多注意，不要随意走动。对了，我打了电话给你家里，奶奶说要炖个鸡送来给你吃。”

“不要不要!”谢乐嘉小声说，“我家那么远，奶奶怎么来啊？再说，我家就几只鸡，还指望着它们下蛋呢。你帮我说下，叫奶奶千万别来。”

曾华明舔着嘴唇说:“你不吃，我帮你吃。”

陈小庆瞪了他一眼，又说："我已经跟奶奶说了，让她不要来。不过，要是你再不听话的话，我就跟奶奶说去。"

"我听话我听话！"谢乐嘉忙不迭地点头，然后正襟危坐，翻开书本来。陈小庆迈着轻快的步子离开了。

士气可鼓不可泄。既然答应了要好好犒劳孩子们在校运会上的出色表现，陈小庆决定，趁着秋高气爽，利用周六的时间，开展一次团体活动，组织孩子们来一场户外之行。没有活动哪有体验？不只考验意志毅力，更要让他们懂得：路在自己的脚下，你不走，谁也帮不了你。

所谓老师，不过是前面引你去探索的那个人，不过是后面督促你快步不落下的那个人，或者侧面观察的那个人。至于真正的道路，一定靠你自己探索，未来在你的足下！

一大早从家里返回学校，走进教室时，孩子们正在认真地看书、写作业，整个教室鸦雀无声。当他们抬起头，看到陈小庆悄然站在讲台上时，既惊讶又开心。"老师，你怎么来了？"有孩子奇怪地问。"不会是又要周末测试吧？"有的孩子露出担心的表情。更多孩子则兴奋地围了上来。

"老师，你来了真是太好了！""老师，我们正在复习昨天的功课。""老师，我们正在写作业。""老师，早上熊少雄和蔡魏勇又去跑步了。""老师……""老师……"孩子们争先恐后，叽叽喳喳说个不停。

长期以来，孩子们习惯了有陈小庆陪伴的日子，在他们看来，陈小庆与其说是严师，毋宁说是亲人。亲情与陪伴，让这些孩子们远离孤独，变得快乐而自信。陈小庆很享受这种陪伴，她要让孩子们知道，他们的生活并不缺少爱。

陈小庆敲了敲讲台，孩子们迅速回到各自的座位上去，瞪着眼睛望着她。"你们是不是最好的样子，现在，此刻？"她看着大家。

"是！"孩子们拉长了腔调，一本正经地回答。

"既然是好孩子，那今天老师奖励你们一下，带你们去'兜风'怎么样？"

"好啊！""太好了！"教室里一下炸了锅，顿时沸腾开来。有的把书本抛向了空中，有的则匆匆结束正在写着的作业，然后迅速收起书本和作业本。"去哪里？""是不是现在就去？""老师等等我，我还没换鞋子……"

“给你们半个小时，把厚厚的衣服脱掉，把你们的新鞋子穿上。半小时后在校门口集合！”

“老师你看，李昌勇买了一包盐，说是怕脱水，可以用得上。”真是活宝。

“老师等我们啊！”孩子们丢下半句话，一哄而散，教室里只剩下谢乐嘉独自一人。

“老师，我也想去！”谢乐嘉站了起来。陈小庆走到他身边，反问：“你行吗？”

谢乐嘉不服气地说：“我的脚不碍事了，可以走路了，不信，我走给你看看。”

“那可是山路，你这个样子肯定走不了。”陈小庆笑道，“难道你忍心叫你的兄弟背你吗？”

“老师，我来背他！”一个声音从身后传来。陈小庆回头一看，却是吴天罡，不知什么时候走到了她的身后。

“还有我！”“还有我！”熊少雄和曾华明、蔡魏勇等人也出现在眼前，连丁志浩也跟了进来。

陈小庆心里一颤，眼睛里似乎有什么东西在蠕动，霎时便蒙住了她的双眼。她擦了一下眼睛，看着熊少雄等人：“真的要走山路，要翻过我们前面的南山，然后绕一大段路。你们吃得消吗？”

“我们不怕！”熊少雄挤到了老师面前，“老师说过，我们是一个整体，不能放弃任何一个人。”

“对，我们不能落下谢乐嘉，我们是兄弟。”吴天罡把手搭在谢乐嘉肩上。

“同生死共患难嘛。我的体力好，可以吃得消。”蔡魏勇向谢乐嘉秀了一下肌肉。

丁志浩推了一下眼镜，慢条斯理地说：“其实也不要背，他的另一只脚还可以嘛。我们可以轮流搀扶着他，完全可以赶上队伍，不会拉后腿。”

之前，陈小庆也思考过谢乐嘉的问题，把他一个人落下显然不合适，但是要把他带上，却又不大现实。正在犯愁时，没想到这几个孩子挺身而出，帮她解决了大难题。她欣慰地看着熊少雄等人，点头道：“那还等什么，咱们慢慢走，快去准备吧！”

“好嘞！”熊少雄等人架着谢乐嘉回寝室换衣服去了。

陈小庆望着孩子们，感慨万端：少年时老师跟你们一样，心比山高，梦比天远；现在还跟你们一样，走在从没走过的路上，唯一不同的是，我的过去比你长，你的未来比我更宽更广！

从美丽的上南山出发，沿着村前一条曲折山路，向山顶攀爬。

不去叩问伟大的篇章，不去奢望辉煌的缔造；我们只是大地朴实的孩子，可能带着与生俱来的命运阴影，但是只要在行走，我们就获得了力量。

老严走在队伍前头，大刀阔斧，只为孩子们披荆斩棘。中间是充满青春活力的生物老师丰欢，不时回答着孩子们提出的各种奇葩问题。陈小庆走在最后，防止有孩子掉队。

放下书本走出校园的孩子们，似乎又找回了从前的天性，一个个生龙活虎。

"这个哪里叫山啊？比我们那里的山小多了。"从大罗山山麓走出来的熊少雄如履平地，要不是时不时要关照谢乐嘉，恐怕早就翻到山的那一侧去了。

"我也觉得这座山太小。老师，要带我们去爬一下玉华山。""对啊，老师，还要带我们去爬一下大罗山，去熊少雄家吃竹笋。"男生们的眼界总是太大，不屑于征服这座小小的南山。

就连女生们也不把小小的南山放在眼里。不过，她们的关注点似乎不在征服大山，而在于发现身边的美。"老师，这里有草莓。""老师，这里有野山楂。""老师，地上好多毛栗子耶！"

陈小庆抬头一看，女孩子们站立的地方便是一棵硕大的板栗树，地上果然有很多掉落的板栗。"捡起来，我们去烤板栗。"一声号令，女孩子们马上弯腰捡拾，陈小庆时不时拿出手机，拍下孩子们快乐的身影。

走在前面的男生们紧跟着老严的步伐。"老师，我们往哪里走？"走在前面的蔡魏勇回头问。

"看着旁边的沙溪，沿着水溪往上走。"老严指了指茂密的灌木丛。

逆流而上，打开眼睛张开耳朵，走向童年的坡地，走向少年的山冈。天生万物，道在其中……

"老师，这里没路。"开路先锋曾华明被一人多高的草丛挡住了去路。

"你站在哪里？"陈小庆赶了上来，看着迷茫的曾华明，"路在脚下，老师的意思这都听不懂。”曾华明恍然大悟，嘿嘿地笑着。

“老师，我的手都划破了。”“我也划破了，有1、2、3……有九道口子唉！”“老师，会不会有蛇啊？”“老师，我宁愿做作业，吃不消唉！”孩子们的问题五花八门，令陈小庆和老严还有丰欢应接不暇。

蹚过草丛，柳暗花明。转眼登上山顶，顿时豁然开朗。

“貌似到了山顶，老师快来看啊！”有孩子惊呼。其他孩子听了，也加快步伐，快速登顶。“真的到了山顶，可以看到好远！”“看到啦，看到啦！”

“老师，山下的水库里好像有野鸭子，可以抓么？”宋文彬像哥伦布发现了新大陆，撸着袖子跃跃欲试。

陈小庆笑道：“当然可以，如果你愿意和野鸭子一样生活在水库里的话。”她回头一看，见熊少雄和吴天罡把谢乐嘉搀上了山顶，一声号令：“原地休息。”孩子们便找了平地坐下来。她来到谢乐嘉身边，见他已经汗流浃背，两颊通红，关心地问道：“怎么样，还吃得消吧？”

“没事，这不是赶上来了吗？”谢乐嘉一左一右搭着熊少雄和吴天罡的肩膀，似乎在忍着脚的疼痛。陈小庆抬起他的脚看了看：“不错，接下来没这么难走了。”

丁志浩赶过来：“老师，我们吃什么？”接着，便有几个男孩子起哄道：“老师请。”“老师，请我们吃什么？”“是啊，我们走得这么辛苦，老师要犒劳一下我们。”

陈小庆诡秘地笑了笑：“我请，请你们吃——苦——”她看着眼前这帮孩子们，“吃苦是福，是不是这样说的？”

一旁的女孩子们听了，格格格笑个不停。男孩子们没讨到便宜，哄地一下散开了。

陈湘云独自坐在一角，托着下巴，静静地眺望远处。平时就不大说话的吴迎康也躲在一角，手里拿着几根狗尾巴草，安静地看着这边的热闹。陈小庆知道，每个孩子内心都有一个秘密，或者是一份牵挂。她暂时不想去打扰他们的安静，习惯了微笑面对，就像习惯了岁月离别，习惯了清晨奔跑，就像习惯了独自遥望。总要面对，总要走过去的，她想。

“出发了！”陈小庆站起来，“再歇就更不想动了。”

“老师，再歇会儿吧，我真的走不动了。”有学生在向陈小庆叫苦。

“走不动了？那就唱个歌，提提精神。袁敏，你起个头。”

“老师，唱什么？”袁敏欣然答应。

“你懂的。”陈小庆含笑看着袁敏。袁敏果然会意，哼唱了几句，马上就起头唱了起来。孩子们听到歌声，很快受到感染，一边唱着一边保持整齐的队形出发。

每一次，都在徘徊孤单中坚强/每一次，就算很受伤也不闪泪光/我知道，我一直有双隐形的翅膀/带我飞，飞过绝望……我终于看到所有梦想都开花/追逐的年轻歌声多嘹亮/我终于翱翔，用心凝望不害怕/哪里会有风就飞多远吧/隐形的翅膀让梦恒久比天长/留一个愿望让自己想象……

接受我的渺小，接受我的卑微，接受我的怯懦，接受我的孤单。只有在你的怀抱中，我们才找寻到灵魂的底色，不见得多么坚强，只是终究要习惯。

下山的路更平缓更幽深，但轻松多了。绕过山脚，来到一个村庄，却是陈小庆的出生之地。几位大爷大娘看到孩子们朝村庄走来，远远地便起身相迎，陈小庆跟他们打过招呼，便引着孩子们来到祠堂前。祠堂的枋额上，刻着“义门流芳”四个字。

“同学们，你们知道‘义门流芳’这四个字的含义吗？”陈小庆站在队列前面，指着枋额问道。

“我好像听我外公讲过，是‘义门陈’的意思吧？”陈湘云小声回答。

“就是这个意思。”陈小庆鼓励地看着陈湘云，“你知道‘义门陈’的来历吗？”见陈湘云摇摇头，便介绍说：“每一个姓氏都有来历，每一块匾额都有故事，就像这块‘义门流芳’一样。义门陈的来历，要追溯到唐代。那个时候，在江西德安有一户姓陈的人家，一家人数代同居150多年，有1000多口人。这一家人只要有一个人没回来就都不吃饭，甚至一百多条狗中有一条没回来也不吃食，因此，唐僖宗御笔亲赠‘义门陈氏’的匾额。”

“哇，这么多人怎么吃啊？”“连狗也那么听话，真是奇怪！”孩子们发出阵阵惊呼。

陈小庆接着说：“到宋仁宗时期，已经发展到3900多人，因为担心家太大了不好管理容易出事，就把这个家庭分为 291 个庄，迁往全国各地。所以，从这个地方迁出去的陈姓后裔都以‘义门’自称，并以姓陈为荣。这就是‘义门流芳’的来历。”

“老师，你们姓陈的太了不起了！”“难怪老师这么厉害！”“我们姓李的有什么故事吗？”“还有我们姓徐的。”

陈小庆简单介绍过后，莞尔一笑：“老师以后再给你们讲，现在是丰老师的课。”

丰欢的手上不知什么时候多了一棵红薯：“……红薯中含有多种人体需要的营养物质。其中维生素 B_1、B_2 的含量分别比大米高 6 倍和 3 倍。含有丰富的赖氨酸，而大米、面粉恰恰缺乏赖氨酸。红薯热量非常低，比一般米饭低得多，所以吃了之后不必担心会发胖，反而可起到减肥作用。红薯中还含有一种类似雌性激素的物质，对保护人体皮肤，延缓衰老有一定的作用，是时下养生食品里的‘明星’物种……”

“不会让我们啃红薯当午饭吧？”有孩子说。

“吃生的不行，烤熟的可就香了。”陈小庆笑着从队列后面上来，手里拎着一筐红薯，后面跟着几位大爷大娘，有的拎红薯，有的抱柴火，果真是烤红薯的架势！

“真的烤红薯啊？太好了！”孩子们欢呼起来。陈小庆将孩子们引到村旁一片空地：“接下来烤红薯。烤得好的红薯外焦里嫩，又香又甜，既可解馋也可充饥。红薯由老班负责，烤得好不好吃就看自己的本事，注意不要把火引到边上的草地上，不要把自己烤煳了。现在开始！”

孩子们一听全乐了，三个一群五个一伙，挖坑抱柴生火，一个个忙得不亦乐乎。陈小庆和郭慧中、陈湘云一组，在陈小庆的指导下，烤得顺顺当当。回头看时，空地上乌烟瘴气，烟雾缭绕，活像蓬莱仙境。不过仙雾里的小神仙们可不自在，有的趴在地上吹火，有的拿着木棍在火里翻动红薯，有的熏得睁不开眼睛，有的脸上额上全是黑灰……空地上的情形惨不忍睹。

“开吃了！”陈小庆掏出红薯，剥开黑乎乎硬邦邦的外壳，露出黄嫩的内里。香气扑鼻，勾起了孩子们的馋虫。

“老师，给我尝一下呗。我的马上就好。”“我的一边烤焦了，一边还是生的。”“老师，过来帮帮我，我眼睛快熏瞎了。”“老师……”

孩子们的求救声此起彼落，陈小庆和老严来回指导，也被熏得睁不开眼。好在耐心是最好的朋友，经过一番折腾，孩子们终于吃上了香喷喷的烤红薯。

“好不好吃啊？”

“好吃！”

“这叫人间烟火味。”陈小庆笑道，“自己动手，丰衣足食。自己的劳动成果才是最丰厚的回报。”

烤完红薯，扑灭火烬，洗净小手，打扫战场，整理队伍回家去，学校就是孩子们的家。

“孩儿们，再来一遍《隐形的翅膀》，如何？”在爬山时，孩子们把自己称作野人，宏志班便是野人部落，而作为班主任的陈小庆便是野人部落的酋长，是山大王。

“好！”声音整齐而高亢。

> 每一次，都在徘徊孤单中坚强/每一次，就算很受伤也不闪泪光/我知道，我一直有双隐形的翅膀/带我飞，飞过绝望……我终于看到所有梦想都开花/追逐的年轻歌声多嘹亮/我终于翱翔，用心凝望不害怕/哪里会有风就飞多远吧/隐形的翅膀让梦恒久比天长/留一个愿望让自己想象……

歌声过后，孩子们意犹未尽：“老师，我们下午还爬么，我们不累。”“下一次什么时候再出来玩啊？”

“越努力越幸运，机会是自己创造的，只要大家自律自觉，学习蹭蹭蹭，机会多多。”陈小庆知道，哪怕是这简单的户外游戏，也能激发孩子们的凝聚力，温暖他们孤独而苦难的心灵。而带班，首先就要营造一种氛围，营造温馨的感觉，营造集体如家的味道。

中午走进教室，鸦雀无声，陈小庆感觉自己走进去都是惊扰。这些小屁孩，也许他们不是最出色，但他们最幸运，得到无数关爱，他们一直在努力，用他们自己的话说：晓春是他们温暖的家，晓春是他们第二个美丽的故乡……

14 从向往到热爱

生命薄如蝉翼,胸口雪拥万丈,挑战无极限!

感谢徐总赐予南山大爱,现将其南极日记分享读者,极域风光文字朴实自然……

——陈小庆《支教日记》

期中考试和运动会过后,孩子们总算找回了一些勇气和信心,知道自己的短板,也知道通过努力可以补齐这些短板。因此,除了个别孩子时不时发一下癫,找一点不自在之外,绝大多数孩子还是蛮努力的。这样一来,我们也就有机会再来说一说晓春,说一说上南山了。

先说上南山吧。

去上南山,路上需留点神,否则很容易走岔。不过,世世代代生活在这里的人们,却不需要费什么劲,他们遵从内心的召唤,仿佛有一股无形的力量牵引,闭着眼睛都能够走到。

上南山位于江西省丰城市桥东镇东部约7公里处,属更新村民委员会。村庄西、南两侧是南山,北侧是经年不歇的秀水。再往南,便是秀市镇的地界了。

关于南山,其实并没有什么惊天动地的传奇故事。这里地处丰城南部平原与山区的结合部,往北是丘陵加平原,往南则是丘陵加山地。丰城的地貌本来就是这样,山地与丘陵交错,平原与水系纵横,唯其如此,才能孕育出历史悠久、底蕴深厚、禀赋独具的丰城历史文化。

秀水则颇有一番来历。秀水原先发源于秀市镇和崇仁县交界的大山深处,后来兴建潘桥水库,高峡出平湖,便有了现在的含秀湖。从含秀湖倾泻而下，一直蜿蜒向北，流经秀才埠，流经桥东，和富水汇合，形成秀富水。又继续北行东流，与丰水汇合，最后汇入赣江，汇入长江，汇入茫茫大海。

古人逐水而居，是因为水系有着得天独厚的交通优势。这一点在上古时期便有人做到了。从上南山往东再行数里的秀水之畔，有一处据说为新石器时代的筑卫城遗址，叫寨上史前遗址。考古人员在这里发掘出土了大量的遗物，主要是陶器和石器。陶器包括夹砂陶和泥质陶，器形有鼎、豆、壶、罐、釜等；石器多以砂页岩磨制而成，磨制较为精细，器形有锛、石斧、石镞、石凿、石刀等，数量有几万件。据此，考古人员称，该遗址被认定为江西少见的史前环壕聚落，上限距今约5500年，将江西筑城史前推了1000年。现在，秀水两岸延绵起伏的山地平原丘陵，坐落着大大小小上百个村庄，也算是对古人逐水而居的一种生动诠释吧。

上南山依水而居，不仅是因为秀水的便利，还因为这里地势平坦，土地肥沃。生于斯长于斯，进可以顺流而下，纵横江湖，逐鹿天下，退可以耕读隐居，采菊山野，怡情养性，恰是人间胜境，世外桃源。

上南山是一个徐姓村庄。村庄不大，只有五十几户，不足三百人。与他们说起祖上的来历，除了少数人摇头理不清之外，大部分都会自豪地说，我们是“南州高士”徐孺子的后裔。这很容易让我们想起初唐四杰之一的王勃在《滕王阁序》中的千古佳句：“物华天宝，龙光射斗牛之墟；人杰地灵，徐孺下陈蕃之榻。”这两个典故均源自丰城，“龙光射斗牛之墟”指的是西晋时丰城县令雷焕在丰城掘出一对雌雄宝剑，一名“龙泉”，一名“太阿”（亦有人称为“干将”“莫邪”），因此丰城自古便有“剑邑”的别称。“徐孺下陈蕃之榻”便是出自南州高士徐孺子与南昌太守陈蕃的一段典故。

徐孺子何许人也？徐孺子（97—168年），名稺（稚），字孺子，东汉豫章郡（今江西南昌）人，十五岁时徐孺子慕名前往槠山（今丰城市白土镇境内），拜大学者唐檀为师（徐孺子隐居读书之槠山龙泽智度寺遗址尚存）。在唐檀的悉心教诲下，徐孺子开始系统学习《颜氏春秋》《京氏易》等著作，同时兼修风角、星宿、算历、河图、七纬、推步、变易等，成一时名士。徐孺子对经学、哲学、天文、算数、历法有深入研究，亦是道德楷模，品行如玉、重情重义、恭俭谦逊、淡泊宁静，被尊称为南州高士和布衣学者。其好友陈蕃任豫章太守时，按照礼节请求徐孺子出任功曹一职，徐孺子无法直接拒绝，只好先去拜见然后再推辞回家。为表示对徐孺子的求贤若渴,陈蕃在家专设一榻,徐孺子来时才放下,走后即收起。这就是“徐孺下陈蕃之榻”的来历,后世常用的“下榻”一词,也是源于这个典故。

丰城市地处江西腹地,有 2845 平方公里的地域面积,150 万人口,是一个有着 1800 多年建县历史的江南文化古城。得天独厚的区位优势,美丽富饶的自然资源,以及悠久厚重的人文底蕴,使她充满神奇和魔幻般的魅力,吸引着众多姓氏慕名而来,在此拓基开籍,安居乐业。徐氏族裔便是这万千迁徙者当中的重要一支。

徐孺子留名槠山,扬名九州,令后世敬佩有加,这也令徐姓后裔对丰城这片古老土地充满向往。传到徐孺子第三十八世孙徐韬,任晚唐侍御史,致政(退休)后慕丰城山水人文之胜,遂徙居于觉溪(今丰城市秀市镇含秀湖一带),并被公认为丰城徐氏之鼻祖。其后,子孙繁衍,迁徙不一,族裔遍及丰城各地。徐姓既为高士之后,世代皆以耕读传家为家训,徐氏后裔中登金榜步玉阶者数不胜数,唐宋以来可谓人文茂著,科甲鼎盛,曾涌现出众多名垂青史的人物,如南宋著名文学家徐鹿卿、南宋翰林学士徐经孙、明代理学家徐即登、清代三朝帝师徐士谷等。

递传至二十二世明代中叶,莲桥(即桥东镇上青村)徐崇禄(1505—1548 年)与四哥崇显溯秀水而上,迁居于本都二图上南山(今丰城市桥东镇更新村委会上南山村),在此创建小宗祠及文昌宫、中洲庵、斐文书舍,购腴田、置广厦,安居乐业,继续秉承耕读传家门风。上南山徐氏一门自此另立门户,逐渐进入人们的视野。到民国间,诞生出一位赫赫有名的数学教育家徐谷生。

徐谷生(1901—1963 年),桥东上南山人,字三立,取“立德、立功、立言”之意。徐谷生小时候家境非常贫苦,父母几至变卖老家祖业,夫妻两人方在南昌的丰城会馆谋得招待职务,抚育七个小孩艰辛度日,最大最小均为女儿,徐谷生在男丁中排行老三。徐谷生天资聪慧生性倔强,1914 年毕业于南昌市百花洲小学,同年报考江西第一师范学校,在 1500 多名报考者中脱颖而出,名列榜首。受“五四运动”影响,成为学生运动的先驱。民国九年(1920 年)毕业后,在九江湖口小学任教,三年后热血不羁,在第一师范同学的相邀下,辞职前往南京报考国立东南大学(后改为国立中央大学)。

徐谷生再次被录取,无奈家中竟无以为资。消息传回老家,上南山村人阖族爱心奉献,凑聚120担谷子聚资供其入学。南京为国民政府的“首都”,激进理想让他成为“首都”学生运动领导者之一,与李达、陶英一起被当局逮捕,《中央日报》作为头条新闻登载,三人被关押八个月之久,后在社会舆论强大压力下才释放。民国十八年(1929年),徐谷生毕业于该校数学系获学士学位,并取得官费留学资格。由于“教育救国论”的影响,徐谷生认为中国之所以落后,主要是人民文化水平低,于是毅然放弃留美资格,决心回江西兴办教育。

1931年12月,熊式辉出任江西省政府主席。熊乃民国期间江西省五大名人之一,受到近代日本教育思想的影响,兼之认为“物理与教育应打成一片”,十年任职期间招揽了大批人才,致力于兴教与工业经济发展。徐谷生先后在南昌一中、二中、女中、鸿声中学任教,积极进行教学研究,编写教科书和翻译工作,著述甚多,人称江西数学界“四大金刚”之一,得熊赏识。1939年秋国防最高委员会秘书厅参事邱椿(教育家)回乡奔丧,应熊式辉之邀筹建中正大学。1942年徐谷生自筹经费,在吉安泰和创立了江南中学,董事长便是邱椿,自己担任校长,亲自授课批改作业。学生自修、起床、就寝、吃饭都要亲自督促检查。所在区乡学生一律免费上学,并设置奖学金,使贫困有才智的学生不错失机会。另外专设劳动课,培养学生的劳动观点。1950年学校迁入南昌(今南昌十九中前身),并且开办“艺文书社”“艺文印刷厂”。

艺文书社当时设在南昌市中山路百花洲段,徐谷生编书、印刷、发行身兼数职,因此成为一个地地道道的作家兼出版商。这种特殊的一条龙经营形式在当时南昌书局中鹤立鸡群,和业界中人也少往来,可谓自成系统。

抗战以后,江南中学辗转搬迁,丰城白马寨有其分址,桥东地方史上有名的陈新春、陈春林都曾在江南中学就读。印刷厂更是苦心经营不断发展,出版了中学教育各类书籍,文、史、地、数、理、化、音乐、美术等科,初一到高三一应俱全。这些教科书,很久以来为江西、安徽、湖南、湖北所采用,解决了当时几个省教科书供应不上的困难。徐谷生在数学上尤其有特殊造诣,从1931年起编著并翻译的书籍有37种,最有影响的是《范氏代数》、《葛兰威尔角》、《斯改尼解析几何》、《初中代数》(一至六册)、《初中几何》、《算术应用四则》等，均配有习题集与题解等，每次再版都经过自己的试教修订，可谓治学谨严。

徐谷生的印刷厂一度搬至老家，即现在“母亲桥”——根莲桥桥头。他曾经打算在家乡宗祠后建立江南中学并设街市，地址选好量定只待付讫，时遇解放，则将资金与江南中学无偿献给政府。新中国成立后，徐谷生担任南昌大学、湖南师范大学、江西师范学院数学系教授、教研室主任，受高等教育部聘请担任全国数学硕士考试湖南考区主考，主持编写全国中等数学教学统一教材等工作。1957 年因病辍教归家，1963 年不堪病痛折磨自行了断。终其一生，殚精竭虑概为教育，令人敬仰。

上南山村村民多以徐谷生事迹勉励后人，而后世受徐谷生影响者颇多，徐良喜便是其中之一。徐良喜自幼耳濡目染，先贤徐谷生的事迹了然于心。这样，晓春学校便呼之欲出了。

关于晓春学校，我们之前的文字也零星记录了一些。位于南山脚下的晓春学校，乃 2008 年由上南山村人贡献土地，而出资捐建学校的，便是武汉欧亚达控股集团总裁、上南山人徐良喜先生。

徐良喜于 1962 年 10 月出生在上南山，四岁多时母亲黄根莲病故，继之妹妹也不幸夭折，接二连三的变故让他家雪上加霜，境况可想而知。好在父亲徐晓春常用村里先贤徐谷生事迹激励他自强不息。耳濡目染，徐良喜心底也埋下了读书助学的种子。1977 年下半年刚刚恢复高考，成绩优秀的徐良喜进入快班学习。放学时，村人见他总是笑说“90 分”回来了，意思是说他考试的时候经常成绩优秀。但事不遂愿，高考他落榜了，何去何从？坚强懂事的他看到父亲操持家庭六口生计之艰难，便毅然收拾行囊学做手艺。

起初走村串户做打谷机、风车、桌椅凳之类，后来到洛市集镇开小店从事木器维修，然而也仅维持温饱。成家之后，日子捉襟见肘，人言道“穷得揭不开锅”，他连锅盖都要借用，更别说给分娩的妻子补充营养。现实深深刺痛了他，想当初妻子不顾父母反对嫁给他时，他在心底曾发誓：山旮旯再烂，总有一天会修好路；村子再穷，总有一天要改变面貌。只是如此情状，何以实现梦想？适逢改制，“树挪死，人挪活”，为早日脱贫致富，他果敢承包洛市镇农器厂木业社。在此期间，小试牛刀已显特质：吃得起苦，受得起累，沟通能力特强，为了推销产品，总是秉持最积极、最诚恳的态度。

1987 年正月初二，徐良喜听武汉打工返乡村人说外面的世界，也萌生了闯荡的强烈愿望。不久便在同乡引荐下，只身赶往武汉大胆承包了华中工学院汉口分院劳动服务公司。这样鄂赣两地奔波，妻子负责当地，他负责汉口。人生地不熟，加上位置较偏，公司经营不景气，不久便倒闭，伙伴们也纷纷离开了。徐良喜没有气馁，反倒横下一条心，转掉老厂，破釜沉舟，全家搬往武汉，住在华工分院租房内。是的，哪里摔倒，就在哪里爬起来，好男儿志在四方，他要在这里拼出一片天。

当时条件非常艰辛：吃住与作坊一起，胶桶上架木板变饭桌，白天是工作台，晚上是床铺。做饭就在工房外搭的小棚前，用炉子烧些废料，一餐饭下来烟熏得泪汪汪……但是夫妻俩同甘共苦，几乎没有休息日。凭着踏实沉稳的性格与家具品质的铸造，徐良喜重新扭转生意。第二年又看准商机在展览馆（家具卖场）开门店。妻子负责销售，他负责进材、洽谈业务等，两人密切配合。正所谓“夫妻同心，其利断金”，两年后扩大规模迁厂。一次广州展销会上，他独具慧眼看好“倒模”家具前景，高薪聘请人员引进生产技术，在武汉开起第一家时尚家具厂。接下来收购国有企业旧厂房，发展壮大产业。1993 年，“欧亚达”家具城在汉口青岛路开业。

“古今之成大事业者，非唯有超世之才，亦必有坚韧不拔之志。”由小作坊到家族企业，最终成就了今天的“欧亚达商业控股集团”，成为以建材家居连锁为主业的多元化企业集团。从高考失利到成为优秀企业家，过程并非一帆风顺，成功背后是绝非常人能体会的心血付出。

功成名就之后，深受村中先贤影响的徐良喜不忘反哺家乡。每每回到南山，回到亲切的故乡，徐良喜心中总有一份抹不去的乡愁：多少年过去，山道弯弯坎坷不平，下一代求学仍在艰难跋涉中。他的心隐隐作痛，强烈的社会责任感激荡胸怀，他要用企业收入回报乡梓。而摆脱贫困落后面貌的最有效方法，便是兴教扶智。因此，徐良喜做出一个重大的决定：在家乡兴建一所学校，让孩子从小接受良好的文化教育，怀揣人生的理想，翱翔在知识的海洋。

2006 年，徐良喜在征得村民同意后，拨出 3000 多万元，在村旁兴建了一所现代化学校。关于这所学校，徐良喜曾有一番慷慨激昂的演讲：“我在美国学习时，走在哈佛校园，我的胸中涌动热流，对，我要建这样的学校给我的家乡我的父老乡亲，让家乡的孩子们可以好好上学。我以前没讲过，当时投资3000多万元，我们以后还将继续关注。是，随着城镇化发展教育也逐步城市化，但乡村教育依然需要改善，希望愈来愈多的人关心教育关心我们的未来……”

乡村学校，哈佛风格，在当时很多人看来颇有些匪夷所思，但徐良喜坚定想法。他渴望教育改变家乡，更希望有识之士以哈佛大学理念拓宽孩子视界，种下梦想。2008年9月1日，哈佛风格的乡村学校建成投入使用，并无偿捐献出来，以“民办公助”的形式，实行九年一贯制教育模式，当年便招收附近学生1400多名。在给学校起名时，很多人出谋划策，频出高招，但徐良喜有感于父亲徐晓春对自己的影响，最终决定以“晓春”命名，这便有了现在的晓春学校。

为了打通与外界的通道，让更多人走进晓春，徐良喜在2009年5月又投入数百万元，将通往学校的一段乡路全部翻成水泥路，并且在秀水河上架设一座紧固的钢筋水泥大桥。桥面宽约10米长50米，石栏雕花，可通10吨大卡车。这座桥也令徐良喜想到了早年去世的母亲黄根莲，为了纪念母亲的生育之恩，便取名为“根莲桥”。很多人在了解这段背景之后，都情不自禁地把这座桥叫成“母亲桥”。

通路只是开始，办校任重道远。从2013年开始，徐良喜每年向晓春学校捐助30万元奖学金，以提升教学质量。2017年，脱贫攻坚进入关键性阶段，徐良喜回想起自己小时候的苦难经历，深感教育扶贫的重要，决定在晓春学校开设丰城市“首届欧亚达宏志班”，面向全市贫困家庭招收他们的子女完成义务制教育，并给予全额资助，对特别优秀的孩子还将继续资助其完成高中乃至大学学业，直到走向社会参加工作，实现家庭彻底脱贫致富奔小康的美好愿景。

徐良喜为人低调谦逊，做事却高调激昂。他尤其喜欢挑战，面对未知世界有着一往无前的执着追求。2017年12月底，正值宏志班的孩子们深受期中考试失利困扰，情绪陷入低谷，徐良喜给陈小庆发来一篇文章，让她告诉孩子们，世界上没有战胜不了的困难，没有征服不了的敌人，用自己的实际行动激励孩子们的斗志，鼓励他们树立人生远大理想。

世界尽头“蓬塔”

消失整整15天的我，今天终于回到世界尽头“蓬塔”，15天的冰冻星球(南极大陆)之旅，印象深刻终生难忘，感谢上帝没有把我留在南极大陆的冰缝之中。

从武汉至南极光飞行时间就花了40多小时，几经周折，其中一程还需乘坐苏制空军货机“伊尔－76”，一路下来疲惫不堪。

原计划第二天就可以踏上穿越南极的征程，但雪地战车路上遇到暴风雪，晚到两天，所以我们被困在南极点煎熬与等待。两天来只能在AlE公司南极点临时营地与美国南极点阿蒙森－斯科特科考站之间溜达。阿蒙森－斯科特科考站极其豪华，主体建筑共三层，单层占地6000平方米，地上架空层为防风雪，地下还有发电厂及污水处理厂，里面设施齐全，音乐室、电影院、图书室、个人创作室、健身房、篮球场、医院、洗衣房、室内菜园等应有尽有。

当4×4与6×6雪地越野战车终于来到，第二天一早，大家整理好行囊，满怀期望与信心正式启程，但等待我们的是折磨、煎熬、痛苦，也不乏快乐！雪地陷车是家常便饭，同时还要注意冰川流动所形成的冰缝危险，所以车速一直慢，每小时15—35公里，真是煎熬。有时候遇上暴风雪和阴天，眼前只是一片白茫茫，速度减慢甚至停止。七天穿越，每天平均行驶16小时。风餐露宿，大家吃的是挪威冻干军粮，外加一些零食，水是雪化的；住的是每天自搭帐篷。同时还要严格遵守《南极条约》的环保要求，不得留下任何垃圾，甚至人的排泄物都要全部收集带回。

七天下来我们五人几乎成了野人，每天顶着恶毒无情的南极极强紫外线，陷车、坏车、挖雪、修车，极寒加上狂风肆虐与折磨，有时体感温度达到零下40℃左右，那种感觉痛苦欲绝。有一次刚刚穿过南极点20公里的地方，我们的战车前传动轴彻底扭断，整个人都快要崩溃了，难道这次穿越就这样结束吗？神奇的是，两个冰岛探险向导居然在野外用8厘米宽6毫米厚的钢板把它修好了。当然时间长了，我们就会不时往车里跑，南极大陆真是一片生命生存的禁区，又是勇士们的天堂。

这里的天才真是蓝，晴空万里直透宇宙，白雪作床，蓝天作被，天地合一，独享世界与宇宙。天空不时飘着白云，正是盛夏时光，一幅幅斜挂着南极光芒的云天美轮美奂，让人如痴如醉；一座座披着银装，还不时露出黑金色微笑脸蛋的横断南极大陆的山脉，更是美丽如画让人流连忘返；气势如虹的冰川、冰瀑让人震撼，一切的一切都让我按快门的手难于停止。

路上遇到许多徒步探险的勇士们，有的年迈近百，有的正处灿烂花季。一位英国小伙子尤其让我折服，无赞助无后援，独自一人从联合冰川大本营出发徒步至南极点，行程1200多公里，只用雪橇拖行近100公斤的行李。既要面对极度恶劣的大自然，还需接受崎岖不平的漫长雪地，战胜几十天一个人的孤独与恐惧，真是人类的伟大壮举，某些程度上丝毫不亚于100多年前的阿蒙森和斯科特，他们当年是一个团队，还有雪地狗和马拉雪橇呢！

一路上的美景趣事实在是太多，难以备叙。此次南极之旅，从向往到热爱，对于自己的人生有了更多的醒觉，明天踏上漫长归途……

徐良喜2017年12月20日写于蓬塔

宏志班的孩子们坐在教室里，通过视频看到徐良喜伯伯发来的文字和照片时，都非常振奋，小小的胸膛波澜起伏，鼻息加重，热泪盈眶。吴天罡噌地站起来，用力一挥手："我也要像徐良喜伯伯一样，去征服南极，征服世界！"熊少雄也激动地说："徐良喜伯伯太伟大了，我要向他学习，做一个有远大志向的人。"丁志浩沉吟说："走遍世界，写遍世界，不亦乐乎！"

文静的女孩此刻也不淡定了。陈湘云无限憧憬地说："我好想跟着徐良喜伯伯去看看。"郭慧中痴痴地说："都快半年了，怎么徐良喜伯伯还不来看我们？我好想他！"徐静雯抹着眼泪说："我一定要好好读书，今后考上大学参加工作，再也不能让徐良喜伯伯为我操心了。"……

"从向往到热爱，需要付出行动。不是吗？"陈小庆平静的话音中有一丝哽咽，"如果你们还在这里叶公好龙，画饼充饥，徐伯伯一定会很难过。"

15 新年的礼物

从寝室里出来，四下静不见一人，南山浸在了睡梦中，梦里还搂着他的村庄，他的田野，他的柳叶塘……躺在夜的怀中，我想起更遥远的河流、田野、村庄，它们将在谁的怀抱中温情地呓语呢？

改卷子，改卷子，点朱笔，批勾叉……

那些歪歪扭扭的字似乎还是踉踉跄跄，趔趄在你面前，九月、十月、十一月、十二月，春风脂粉醉千场，算如今也有百二天。想起一个个煞有介事的端坐模样，不忍苛责又不忍面对。隔着“心”的大小，隔着“心”的距离，一笔一画的楷书，你躲在谁的幕后，任我千呼万唤……

不要贪恋游戏中的时光如梭
不去羡慕山外的光怪陆离
我们的起跑线啊
南山脚下
路更漫长
只是这等待不要太漫长……

——陈小庆《支教日记》

孩子们的学习兴趣逐渐提高，这让陈小庆倍感欣慰。本以为自己的一番心血没有白费，没想到正在上课时，英语老师刘雪芬气冲冲地向陈小庆告状来了。

“不像话，太不像话了！”刘雪芬气呼呼地说。因为生气，她的漂亮脸蛋一阵红一阵白，眼泪在眼眶里打转。

陈小庆吓了一跳。刘雪芬和她一样，都是城里选派过来的支教老师，教学能力非常强，因为长得漂亮，在学生中也非常有亲和力。她快速在脑子里思索着，不知是哪个孩子捣蛋，惹得她如此大动肝火。“不要急，慢慢说。”陈小庆给刘雪芬倒上一杯热茶。

“陈姐，我看宏志班我是教不了了！”刘雪芬把茶推到一边，“您还是跟曾校长说一下，让我教普通班吧，这个班我实在教不了！”

“究竟怎么回事？”陈小庆和气地说。刘雪芬英语水平很好，是陈小庆主动要求，把她安排教宏志班英语的。她又把热茶递过去，一动不动地看着刘雪芬。刘雪芬轻啜了一口热茶，重重地呼出一口气，火气似乎消了一些，但还没有完全平静下来。

“这班学生实在太难教了。您多次跟我说，宏志班的孩子底子太差，不能性急，要有耐心要有耐心。我也理解您的想法，也很同情这些孩子，愿意和您一起把这些孩子教出来，让他们的家庭看到希望。可是，他们当中有些人实在也太不争气了，就是瞎子点灯白费蜡，枉费了我们这些人的心思。”

“又是谁在上课捣乱了？”

“捣乱？岂止是捣乱？简直要翻天了！”刘雪芬的情绪又激动起来。

“谁？”陈小庆嚯地站起来。

“陈姐，我……”刘雪芬由激动变得难过，漂亮的眼睛里泪水盈盈。“范春根底子差我忍了，熊少雄听不懂我忍了，即使是吴天罡当面一套背后一套我也忍了。可是……可是这个徐高辉，我实在忍不了了……”她站起身来，抹了一把眼泪，扭头就要走。

“刘老师！”陈小庆叫了一声，刘雪芬停下脚步，丢下一句话，“对这个学生您必须严肃处理，否则有他没我，有我没他！”说罢，掩面快步冲出办公室。

陈小庆愣住了。徐高辉是桥东本地人，父亲平时不务正业，种田怕辛苦，打工又嫌钱少，成天在家里和一些不三不四的人往来。母亲性格温顺懦弱，被前夫抛弃后与现在的丈夫结婚，并生下徐高辉。小高辉从小得不到父爱母爱，野性十足，奶奶年纪大也不舍得管，因为对儿子失望之极，便把所有的希望都寄托在小高辉身上，对其疼爱有加。俗话说，十穷九懒，一家人就此陷入贫困境地。

徐高辉本来天资聪颖，只要管教到位，把他的心收住，成绩还是能够有些进步的。无奈他顽劣成性,稍不留神便把学校的纪律和老师的话抛到脑后。他喜欢打篮球,还缠着母亲为他买了一个,每次回家或返校,都是球不离身,不管在教室还是寝室,都要拍打一阵,丝毫不顾及其他人的感受。同学对他也颇有微词。

为此,陈小庆曾专门找徐高辉谈话,说到他的生活习惯时,他竟然振振有词地说:“有其父必有其子。他是那样,他儿子就是那样。我恨死他了!”徐高辉所说的“他”,就是指他父亲。可见,他对自己身上这些毛病的根源也有所了解。陈小庆循循善诱,从家庭现状说到家庭未来,从对篮球的执着到学习上触类旁通,以此激发他的上进心;又从课堂纪律说到寝室纪律,从同学关系到个人修养,来教育他培养良好生活习惯。徐高辉马上痛快地说:“老班,我才不会像那个人一样没出息呢。你放心吧,我从此以后一定控制好自己,一定好好学习,争取考上重点高中,考上重点大学!”

其实,陈小庆也不大相信他的表态。不过,在谈过话之后,徐高辉的确有所改变,几乎每门功课都有进步,期中考试甚至进入了全班前15名。没想到时隔不久,旧病重犯,居然把刘雪芬气得这么狠,说出这么严重的话来。她不敢马虎,马上把班长熊少雄和英语课代表于晓丹叫到办公室来。

“上英语课是怎么回事?徐高辉是不是又惹什么事了?”陈小庆严肃地问道。

熊少雄看了看于晓丹。于晓丹生气地说:“上课的时候,徐高辉抱着篮球在手里玩,刘老师叫他不要玩,注意专心听讲。徐高辉不但不把篮球收起来,反而在地上拍打了几下,故意气刘老师,还有几个同学在起哄。刘老师很生气,走过来要把他的篮球缴掉,谁知徐高辉紧紧抱着篮球,跟刘老师争抢起来。刘老师气得骂他是个野孩子,徐高辉也骂刘老师,说刘老师是臭婊子。刘老师气得哭了,就跑出了办公室……”

陈小庆听了也很生气,没想到徐高辉居然这么没有教养。她又瞪着熊少雄,熊少雄说:“我叫大家不要跟着起哄,大家也听了。后来徐高辉和刘老师抢篮球,还骂刘老师,我们都听到了,看到刘老师哭着跑出去,大家都一起批评徐高辉。徐高辉跟我们顶撞了几句后,就抱着篮球出去了。”

“他去哪儿了?”陈小庆本来打算严厉批评徐高辉,没想到他还不服气,跑出了教室,担心他一根筋想不通,做出什么出格的事来。

“好像，好像是到厕所那边去了。”熊少雄迟疑着说。

陈小庆丢下两人，冲出办公室，朝走廊一头的厕所跑去。熊少雄、于晓丹也跟了过去。

“徐高辉，你站在那里干什么？”陈小庆远远看到徐高辉坐在厕所外面的窗台，脸对着窗外。

徐高辉回过头来，朝陈小庆怪笑一声，然后对着篮球喃喃说道：“宝贝啊宝贝，他们都不喜欢你，不喜欢我，不喜欢我们。如果我们从这里跳下去，不知会是一种什么样的感觉。要是死掉了倒好，一了百了；要是没死，我们从此就分开，我上我的课，你滚到哪里算哪里。你说好不好？”

陈小庆心里一沉，忙说：“徐高辉，别做傻事啊，快下来！”

熊少雄叫道：“高辉，你干什么？快下来！”

于晓丹也叫道：“徐高辉，你自己违反了纪律，还在这里吓人，这算什么本事？”

徐高辉看看陈小庆，又看看熊少雄和于晓丹，微微笑了一笑，然后轻轻一跃，便从窗台上跃下。

陈小庆跑上去，生气地说：“你干什么？”

“我没干什么，就是觉得教室里闷，想出来透透气。”徐高辉回答得很轻松。

“哪里不好透气，偏要坐在窗台上？”

“窗台上看得远，空气好。”

“你跟我到办公室来。”陈小庆说罢，转身便走向办公室。

徐高辉迟疑了一下，熊少雄和于晓丹又催了几次，这才慢腾腾走进陈小庆办公室。

现在轮到陈小庆生气了。“你说，为什么骂刘老师？”她指着徐高辉，气呼呼地说。

徐高辉收敛了一些戾气，似乎老实了一些。在宏志班的孩子当中，不管是谁当面或背地里说陈小庆一句坏话，甚至胆敢直呼陈小庆的名讳，孩子们都会群起而攻之，这不仅因为陈小庆为宏志班倾注了太多心血，还因为她无差别对待每一个孩子，让孩子感受到了母亲一般的爱。即便是徐高辉这样的孩子，在陈小庆面前也不敢放肆。“我错了。”他慑慑地说。

“错在哪里?”陈小庆目光直射着他。

“错在不该骂老师!”

“还有呢?”

“还有上课不该玩篮球。”

“还有呢?”

“还有就是违背了我们班的‘班训’,不务正业没好好学习。”

“知道就好!”陈小庆非常清楚他的品性,不下猛药,是难以治愈他的“沉疴”的。即使下了猛药,也不一定能够彻底治愈。但是作为老师,慢工才能出细活,文火才能出高汤,“传道授业解惑”不是一朝一夕的事,决非一蹴而就之功。她严肃地说:“既然你什么都知道了,那就回去好好反思自己,到底哪根筋搭错了,要认识到自己的错误。今天就要写好检讨书,写好之后还要拿给刘老师看,要真诚地向刘老师道歉,知道吗?你知道英语老师多么不容易吗?自家的二胎宝宝不满周岁,上早读上晚自习,孩子只有丢给爸爸,男人又哄不住孩子,电话里都哇哇哭,你知道一个做母亲的心有多痛吗?都是为了你们这班孩子丢下自己宝宝,难道她自己的小孩就不是孩子?你再摸摸你自己的胸口,妈妈对你是什么样的期望,她要是知道你这样在学校里,心不会痛吗?你曾经说过恨父亲,可是这样子下去,难道不是重蹈覆辙吗?有一天你会发现自己不知不觉变成了自己讨厌的样子,而且积习难返,那时候就已经晚了……知道接下来怎么做吗?”

“知道了。”

徐高辉离开之后,陈小庆又去找刘雪芬谈心,从课堂纪律说到师德养成,从教育方法说到脱贫攻坚,直到刘雪芬打开心结,表情由阴转晴,这才把心放下。

元旦将近,因为适逢周末,是学校两周一次的放假时间,孩子们的心里突然变得焦躁不安。他们有事没事便会朝校门口的方向看上一眼,有的孩子在上课时突然听到汽车的马达声,也会下意识地朝窗外瞥上一眼。很多任课老师以为孩子们临近放假思乡心切,只有陈小庆知道,孩子们这是在盼望着“久闻其声,未见其人”的胖叔了。

胖叔答应元旦之前来宏志班看望大家,并且承诺给每个孩子送一只拉杆旅行箱。这个消息是陈小庆在一次主题班会课时透露出来的。有一次，陈小庆回城里开会，耽误了到上南山的公共汽车，因为下午要赶课，便乘车到桥东集镇，然后半路上拦下胖叔的车，这才没有耽误下午的课。后来，陈小庆专门将此事编成故事《感恩生命中的贵人》，讲给孩子们听。孩子们听了之后，深为感动，对胖叔的敬佩又多了几分。

胖叔大名徐智敏，和徐良喜是同村，还是一起穿开裆裤长大的伙伴，因为小时候家境相对较好，又非常敬佩徐良喜不服输的性格，一直明里暗里帮助他。徐良喜直到结婚时还身处窘境，家里穷得连个锅盖也没有，结婚当天的锅盖便是从徐智敏家里借来的。后来，徐良喜赴武汉发展，徐智敏在丰城的生意也做得非常好，两人经常在一起，除了交流经商方面的心得，还谋划如何学习先贤反馈乡梓。在徐良喜决定创办晓春学校时，徐智敏也承诺在晓春学校设立奖学金。两人声气相通，肝胆相照，从来不计较钱财得失。因为徐良喜一直在武汉发展，很少有空回家，便让徐智敏多多留意晓春学校，这边有什么事情也总是委托他照应。而徐智敏虽然也很忙，却也一诺千金，密切关注着晓春学校的发展动态。由于徐智敏体态较胖，年龄较长，人们便给他取了个“胖叔”的昵称，他的真名很多师生都不知道。

有一次晨读时，平时沉默寡言的郭慧中突然抬起头，痴痴地问：“老师，你说徐伯伯和胖叔他们会来看我们吗?”正好曾金荣跟陈小庆提过，要给宏志班的孩子们每个人送一只拉杆旅行箱，已经跟厂家订好了，她便告诉郭慧中：“当然会啊！就算徐伯伯离得远，但胖叔在丰城，一定会来看大家的。胖叔不仅会来看大家，还给你们每人订了旅行箱，元旦前就会送过来。所以，你要记住，我们是一班幸运的孩子，越努力越幸运……”

不久，胖叔果然特意抽空把旅行箱送到学校来，亲自送到每一个孩子的手上，受到孩子们的热烈欢迎。送完旅行箱后，胖叔又跟孩子们拉起了家常，讲起了自己的过去，也讲了徐良喜成长道路的艰辛和曲折，孩子们听了，哭得稀里哗啦。临结束的时候，胖叔勉励道：“孩子们，过去我们的家境生活条件无论怎样，不是最重要，最重要的是我们对未来的信心与坚定的意志。我们要先立志，从现在开始就要拿出实际行动，一步一步地向前走。我相信，你们一定会变得坚强、变得伟大，你们今后一定会超过我、超过徐良喜。你们未来的路一定会越走越宽广……”

孩子们同时站起来,送给胖叔长久而热烈的掌声,许久不肯坐下。胖叔下楼后,孩子们全都冲出教室,目送胖叔。郭慧中趴在栏杆上,眼泪汪汪。后来,陈小庆读到郭慧中的一篇日记,其中这样写道:"当我拿到旅行箱时,我激动得哭了。我一边小心翼翼地把衣服叠放整齐,一边回想着胖叔和蔼可亲的样子……不打开时,我的肉眼什么也没有看到,但我们的确看见了一箱满满的心意,充满了爱……"

放假之前,陈小庆利用一节课的时间,专门召开了一次以爱心回顾为主题的班会,感谢开学以来社会各界对宏志班的关注关心,感谢欧亚达控股集团徐良喜伯伯构筑了爱的大厦,胖叔传递了接力棒,学校担负了爱的教育,以及社会各界人士用仁爱之心撑起了南山外另一方明媚晴空,用自己的实际行动影响孩子们自觉向善提升品格。同时,她还做了一个幻灯片,反映宏志班从开学到军训到校运会以及日常生活中的趣事,表扬孩子们一直在奔跑在努力、不抛弃不放弃的表现。孩子们听得认真,看得亲切,有时大笑,有时沉思,有时激动,有时忍俊不禁。主题班会结束的时候,陈小庆宣布:元旦当天要在班上搞一次元旦晚会。

孩子们一听,欢呼雀跃,教室里就像炸了锅似的。

"老班,叫吴天罡和曾华明表演一个相声!"

"老班,唱歌可以吧?不过我五音不全,会吓到人。"

"老班,我什么也不会,就背一首唐诗可以吧?"

"老班……"

孩子们七嘴八舌,兴奋和快乐,充斥着整个教室。陈小庆敲敲桌子,嘿嘿一笑:"是骡子是马,都牵出来遛遛;不是骡子不是马,也要上台转两圈。都给我好好准备去吧!"

尽管闹腾得厉害,但孩子们私底下都很用心地准备着自己的节目,紧张而兴奋地等待着元旦晚会的到来。

放假这一天一大早,孩子们早早便吃好了饭,收拾停当。出宿舍楼时,一个个兴高采烈,精气神十足。南山的雾还没有散尽,村庄朦胧,山色更朦胧。孩子们早已在校门口排好队,焦急地等待着公交车。

浓雾久久未散,陈小庆隐隐有些担心。前不久,她进城开会,次日早上返校的时候,也是大雾。公交车司机勉强开到桥东集镇之后,就不肯再走了。陈小庆好说歹说，找了一大堆理由，公交车司机毫不动心，一句“雾天山路不安全”，便把陈小庆赶下了车。陈小庆无奈，下车之后等了一会儿，没有等到上南山方向的便车，就干脆步行返校。

今天公交车会不会来？她心里有点没底。轮了一下班次，今天应该是刘师傅当班，不如打一下他的电话，问问什么时候能到。她打通刘师傅的电话，刘师傅在电话里说，他也很着急，但是因为雾太大，考虑到安全因素，公司不让发车。估计要到九点半以后，雾气散去才敢发车，并建议她要么带孩子回寝室休息，要么到教室看看书，省得干等。

望着归心似箭的孩子们，陈小庆一筹莫展。教室门窗全反锁了，教室寝室的电闸也拉了，回教室寝室也不大方便。她突然转念一想，与其望眼欲穿等两个小时，不如带着他们走上一程，慢慢走的话一个来小时也就可以到桥东集镇，那时差不多雾也散了天也开了。正好借这个机会锻炼一下孩子们的毅力。

立说立行。陈小庆把这个想法一说，孩子们马上欢呼着响应。“小菜一碟。”孩子们回答说，“这点路程又不是没走过。”

“那就开步走吧。”陈小庆笑着说，“回家、锻炼两不误，看看谁的脚力更好。”

走了一段，孩子们叽叽喳喳快乐得不行。陈小庆看着身边沉吟不语的丁志浩，说道：“丁志浩，你给大家背首诗吧。”陈小庆叫道。

丁志浩也不客气，推了一下眼镜，摇头晃脑地背诵起来：

> 投我以木瓜，报之以琼琚。匪报也，永以为好也！
> 投我以木桃，报之以琼瑶。匪报也，永以为好也！
> 投我以木李，报之以琼玖。匪报也，永以为好也！

“这背的什么呀？不好不好！”吴天罡尖声叫道。他的好兄弟谢乐嘉马上反击道：“丁志浩背的不好，那你来一首吧。大家说怎么样？”“好！”众人齐声鼓励。

“我背就我背。”吴天罡毫不客气，想了想，马上大声朗诵起来：

关关雎鸠，在河之洲。窈窕淑女，君子好逑。
参差荇菜，左右流之。窈窕淑女，寤寐求之。
求之不得，寤寐思服。悠哉悠哉，辗转反侧。
参差荇菜，左右采之。窈窕淑女，琴瑟友之。
参差荇菜，左右芼之。窈窕淑女，钟鼓乐之。

吟罢，得意地看着陈小庆："老班，我背得好吧？"又示威似的看了谢乐嘉一眼。陈小庆很意外，这篇课文还没有学过，没想到他能够如此完整地背诵出来，看来表面上虽然顽皮，私底下却也是用了功的。数月来在孩子们身上花费的心血没有白费，陈小庆略觉欣慰。

"好什么呀！"女生们个个跃跃欲试，于晓丹大声说道，"之乎者也一点也不好听，不如唱首歌。姐妹们，我们来一个，怎么样？"

"好！"女生们不甘让男生们把风头抢了过去，声音整齐而洪亮。肖小恬叫道："我们唱一个《加油！AMIGO》！""好！"肖小恬起了个头，女生们一齐唱起来：

我们不懂爱/却彼此依赖/听着你瞎掰/陪你飞起来/拳头多厉害/用对才精彩/骄傲的拇指/会为你竖起来……

男生们显然不服气，范启明叫道："兄弟们，她们唱得好不好？""不好！""我们给她们表演一下怎么样？""好！""我来起个头。"范启明唱了一句开头，男生们便齐声唱了起来。

多幸运，在最美的年纪/遇见你，没有遗憾和可惜/抱紧你，用尽全部力气/不让幸福逃离/多幸运，爱你这件事情/成为我，今生最对的决定……

声音虽然参差不齐，但男生们斗志昂扬，团结心齐，歌声却也震撼。陈小庆有些不解，这些孩子平日里上课下课吃饭睡觉，哪里来的时间去学唱这些歌，又从什么渠道学来的歌？真是有些"超乎意表之外"。不容她多想，女生们又亮起了嗓子：

> 我来自偶然，像一颗尘土/有谁看出我的脆弱/我来自何方，我情归何处/谁在下一刻，呼唤我/天地虽宽，这条路却难走/我看遍这人间，坎坷辛苦/我还有多少爱，我还有多少泪/要苍天知道，我不认输……

真是你方唱罢我登场，大有打擂台的架势。肖小恬凑到陈小庆身边，小声说："老班，好多同学都在准备节目，都在等着我们宏志班的元旦晚会呢。"肖小恬是陈小庆指定的"主持人"，便问她："你准备得怎么样了？""我和黄媛媛也在准备。"

一路拉练一路欢歌。走过母亲桥后，队伍已经开始拉长，因为雾气浓视线差，从前头已经看不到后头。陈小庆有点担心，便让前头放慢脚步，让后面的孩子跟紧队伍。

又走了一阵，有女生叫道："老班，还要走多久啊？我走不动了。"一个男生也叫道："老班，我都没看到雾，车子怎么还不来啊？车子呢？"

"应该快了吧。"其实陈小庆心里也没底。

一路走走停停，直到走出五六里，听到了一声期盼已久的汽车长笛，接着便看到了公交车的身影。孩子们顿时欢呼起来。"来了来了，我听到汽车的喇叭声了！""我看到汽车了。""我的车终于来了！""耶——"

在焦急的等待中，公交汽车缓缓停了下来，陈小庆一看，正是热心幽默的刘师傅。"刘师傅，你总算来了。你再不来，孩子们的眼珠子都要掉出来了！"

刘师傅笑着说："我晓得孩子们都想回家，这不是公司担心安全不让发车吗？好不容易雾气散去了一些，我估摸着开过来应该没什么问题，就去找公司领导，说了一下孩子们的情况。公司领导听说还有这么一档子事，马上就特批我发车，其他车子都还趴在总站不让出来呢。"

陈小庆感激不已，不停地道谢。

刘师傅看着孩子们，目光里满是慈爱："好多孩子要转几趟车，也不容易。耽误了他们的车就更麻烦了。我也是心里着急，还好雾散得快，应该都可以赶上班车。别急啊孩子们，不会耽误你们的车！"

汽车徐徐启动，车厢里再次响起孩子们天真无邪的欢笑声。陈小庆心里悬着的一块石头总算落了地，望着刘师傅的背影充满感激：遇到这样一位善解人意的好心人，还有什么好说的！

短短三天假期结束。元旦这一天，很多孩子早早便返回学校，开心地准备着晚上的节目。陈小庆和老严等几位任课老师也提前返校，将晚会现场布置一新，又准备了一些水果点心，让孩子们轻松愉快地迎接新的一年的到来。

晚七点整，熊少雄带着孩子们，整齐地进入活动室。

"你们准备好了吗？"陈小庆早就看到孩子们一个个眉开眼笑，又故弄玄虚，知道他们心里都藏着"小九九"，便笑盈盈地问。

"准备好了！"孩子们快乐地回答。

"很好！"陈小庆满意地说，"你们看，我和老严、刘老师他们把你们的晚会现场布置得这么漂亮，忙得晚饭也没吃。"

"老班不用吃，我们准备了好多，待会儿会撑坏的……"狐狸尾巴果然翘出来了。孩子们坐下，像变魔法似的从怀里掏出各种小零食，一起堆放在桌上。陈小庆会心一笑。其实早就有孩子"悄悄地"告诉过她。

"那就开始吧。"灯光不甚理想，但一点不影响孩子们此刻的心情。陈小庆一声令下，担纲主持人的黄媛媛和肖小恬闪亮登场：

黄媛媛：各位台下的观众们，

肖小恬：各位不在台下的观众们，

合：大家晚上好！

黄媛媛：亲，请问您平时写字吗？

肖小恬：啊哈哈哈，像我这样资深的文学爱好者，怎会不写字呢？平时用钢笔写，高兴时毛笔写，不高兴时在龟甲上刻刻甲骨文……啊哈哈哈……

风趣幽默的开场白，把孩子们逗得前仰后翻。

接下来的节目，有女声小合唱，有男声小合唱，有舞蹈，有表演唱，还有小品，甚至还有孩子拉着老师们一起表演，真是高潮迭起，笑声掌声不断。在最后的手语歌曲《感恩的心》中，由邓姗姗领衔，动作十分精准到位，与视频的手语动作居然分毫不差，陈小庆和几位老师都十分惊叹她的表演天分了得。

我们努力，十年之后，当我老去，而你们风华正茂，踏步向梦想飞去，最好的祝福给你们！

16 寻找读书的种子

美其名曰“寻找读书的种子”，实则惭愧：由于咳嗽君纠缠不休，寒假计划没有完成。其次“武汉欧亚达宏志班”在晓春学校开班后，带给我的心灵震撼冲撞复杂到无以言表，唯一可欣慰的是孩子的变化。

行走的路上，春天的花在渐渐开，我希望脚步多一份轻盈，少一份沉重。

教育是慢行走，从来就没有传奇与神话，心有猛虎，细嗅蔷薇，点点滴滴发现与思考，寻找内驱力，我们在路上……

——陈小庆《支教日记》

寒假将至，孩子们开始迫不及待地渴望出门在外的第一个新春佳节。

还记得我们小时候，总是盼望着过年。过年不仅有好玩的好看的，还有新衣服穿，还有好多东西可以满足缺油少盐的肚子，甚至还有可以任由自己支配的压岁钱。那个时候，除了吃和玩，没有任何忧愁，也不用担心家里人离乡背井流浪他乡，只一门心思想着如何吃、如何玩，如同疯了一般挨家挨户门口捡爆竹，然后把这些爆竹集中起来，丢在池塘里，插进牛粪里，塞进瓶子里，或是丢到哪只鸡或哪只狗的身后，变着花样地玩恶作剧。时间一大把一大把地过去，少年时期的记忆却始终留在脑海里，挥之不去。

现在的孩子似乎也在盼望着过年，甚至包括宏志班的孩子。寒假一到，孩子们就盼着小年大年，这是打工父母们陆续归来的时段，大包小包积攒着他们满满的乡思，载着一年艰辛的收获，踏上回家的路程。老人们将满心的喜悦期待化作悄悄的准备，他们扳着指头算着归期，这是儿女们探望最长的相守陪伴。

更逗的是，期末考试还没有结束，吴天罡就发出话来，说他的老爸老妈

（养父养母）至少会给他一千块压岁钱，他要拿着这些钱去超市里挑最贵最好吃的东西，把自己关在房间里吃个三天三夜。

谢乐嘉在一旁听了，眼睛直放光，哈喇子都差点流出来。曾华明鄙夷地说："拿别人家的钱花算什么本事？又不是你自己家里的。"吴天罡也不与他争，又继续和别人说他的花钱计划去了。

丁志浩推了一下眼镜，摇头晃脑地说："过年没劲，我才不喜欢过年呢，又没什么好吃的。我宁愿把自己关在图书馆里，每天都与书为伴。"

熊少雄最近与丁志浩、甘珮琦等人走得很近，他对丁志浩的想法深表赞同："我也想抽时间多看看书。老师说了，开卷有益，只有多看书才能开阔视野，多学东西。"

甘珮琦对他们两人的看法显然不够认同，他大大咧咧地说："文武之道，一张一弛，不会休息就不会学习。等放了寒假，我先把寒假作业全部写完，然后痛痛快快地睡三天，然后再找表哥打游戏。如果放了假还是每天看书，那跟在学校有什么区别？傻子才不晓得享受。"

熊少雄很羡慕甘珮琦的洒脱劲，但想到家里的情况，他的心情还是有点忧郁："我也想玩。可是我的成绩不好，考试总是不及格，我怕老师会看不起我。再说，回到家里也没什么人陪我玩，我也不想找他们。除了到姑婆家吃饭，我只想一个人待着，情愿在自己家里睡觉。要是这样，还不如不放假，还可以跟你们在一起。"

过年，总是免不了和家牵扯到一起，即使是这些残缺家庭的孩子。但是，一说到家，大家的话便少了，似乎不愿触碰，又似乎在刻意回避。年幼的心灵如何直面如此的生活之重？

男生们虽然性格外露，懒劲十足，可到底还是直肠子，把话说出来兴许就没事了。女生们内向敏感心事重，稍不留神，可能就弄出大动静来。因此，陈小庆格外关注班里女生的动向。期末考试之后，她和任课老师把分数统计出来，虽然各科均有进步，已经一跃成为学校的学习优胜班，但与孺子学校比起来还有很大差距。慢慢来吧，陈小庆这样安慰着自己。她相信努力的意义，她要用时间来证明孩子们的优秀。现在要做的，就是趁着过年还有几天时间，去做一次家访，去寻找淹没在乡间的读书的种子。把这个想法跟副校长周舟一说，周舟欣然答应同行。

第一站便到邓姗姗的家。

邓姗姗性格孤僻，不大与同学说话，平时又不大做作业，成绩也不大好。但这个孩子有个特长，学习手语时悟性非常高，陈小庆很早就发现了这一点。在宏志班元旦晚会时，陈小庆特地安排她带着几位同学表演手语歌曲《感恩的心》，其他同学教了好多遍，动作还是做得非常笨拙，但邓姗姗一教就会，而且非常规范。陈小庆希望她在表演方面有所建树，因此经常鼓励她。

邓姗姗的家庭情况很复杂。听扶贫干部说，邓姗姗的奶奶守寡多年，膝下有个儿子，担心儿子找不到媳妇，早早地便收养了一个童养媳。儿子成年后，便让两人成婚，并生下了邓姗姗和一个弟弟。不幸的是，有一回去走亲戚时，儿子莫名其妙地死了。乡下人便疯传，这家有煞气，会克男人。奶奶精心维系的一个家庭突然崩塌，也落下了疾病。母亲受不了舆论的压力，长年在外打工，以维持家庭生计。邓姗姗和弟弟两人，便跟着病重的奶奶生活。因此，邓姗姗被列为第一个受访者。

到了集镇，却不知邓家怎么个走法，陈小庆和周舟两人四顾茫然。陈小庆想起当地有一位文友，姓傅，是个很热情的乡村医生，便打通他的电话。傅医生听说陈小庆来家访，很热情，马上便骑了摩托车赶来，答应亲自带路。

乡间道路曲折，兜兜转转，好不容易找到村上，在村民的指点下，找到邓姗姗家时，陈小庆看到的远远出乎想象。

总以为乡下人纯朴热情，家里虽然贫穷，却也收拾得清爽干净。当陈小庆和周舟进入邓家时，却被眼前的情形惊呆了：家里凌乱不堪，地面垃圾遍地，简直无从下脚。“邓姗姗！”陈小庆叫了一声，邓姗姗从房间里出来，看到陈小庆和周舟时，先是愣了一下，接着便涨红着脸，小声叫了声：“老班，周校长。”

“你家里……”陈小庆见她低着头站在原地，四周看了看，便问道。

邓姗姗这才醒悟过来，朝另一个房间走去。走到房间门口时，朝里面叫道：“奶奶，我老师来了。”

“谁？哪个老师？”

一个有气无力的声音从房间里传出来，接着便是一阵窸窸窣窣的声音。

陈小庆跟过去看了看，却见一个老妇人，正在挣扎着从床上爬起来。她赶忙走进去，站在床前说：

“奶奶，您躺着吧，不要起来了。”

“那怎么行？我要起来，我要起来。”

陈小庆伸手去搀扶老人，床上发出一阵难闻的味道，掺杂着一股药味。

“见笑了，见笑了。”老人尴尬地朝陈小庆笑了笑。

从房间出来，傅医生大声说：“奶奶，这是你家姗姗的陈老师，这是学校的周校长。”

周舟将带来的水果牛奶递到老人面前：“我们来家里看看。”

“这怎么要得？”老人接过水果牛奶，难为情地笑笑，“你看，连个坐的地方也没有。不怕领导笑话，我也是刚刚做了手术住了院回来。”说罢，便要掀开衣服，让大家看她腹部的疤痕，被陈小庆制止了。

“您还是到床上去歇着吧，别冷着。”陈小庆和周舟同时扶着老人，劝她回房间去。老人执意不肯，两人无奈，只得扶她坐下。傅医生也拖了一条长凳，请两人坐下。

“可怜啊！”老人打开了话匣子，抹了一把眼泪，“她爹死得早，她娘又出去打工，一年到头也难得回来一次，家里就我带着这两个孩子。我的身体又不好，这不刚刚又去医院做了手术吗？你们看看。”说罢又要去撩衣服，陈小庆又去制止。

“我也不晓得会活到什么时候。可怜了这两个孩子，有一顿没一顿的，有米有菜也到不了嘴里。她娘这几天也该回来了吧，也不知赚到了钱没有，要是能帮他们买几件衣服就好了。唉，家不像个家，真是见不得人呐！”

“妈妈说了，后天就会回来。”邓姗姗在一旁插话道。

陈小庆听得心里很难受，把邓姗姗拉到身边坐下，一把搂住她的肩膀。“奶奶，姗姗在学校蛮乖的，还会表演节目，同学们都夸她演得好。”

“这孩子从小就乖，晓得心疼人，还会帮着我做事。”老人的眼睛闪出一道亮光，旋即又暗淡下去，“要是她爹不死，也不会跟着我吃苦。”

陪着老人拉了几句家常，陈小庆说道：“奶奶，您安心养好身体。姗姗在学校里也不用担心，我们会照顾好她的。”

“晓得晓得，姗姗跟我讲过，有吃有用，我不担心。”老人咳嗽了几声，“我想死也舍不得啊,他们两个还小,我放心不下啊!”

陈小庆起身道:“奶奶,您去休息吧,我跟姗姗说几句话。”她拉着邓姗姗走进房间,却是一副凌乱不堪的样子,学校配发的被子成了房间里最鲜亮的颜色。“你和弟弟住在这里?”一个小男孩跟在邓姗姗身后,寸步不离,鼻子下面拖着长长的鼻涕,不时咳嗽。

邓姗姗点了点头:“老师,不好意思,我一直在洗衣服打扫卫生,还带弟弟去打了针,房间有点乱,我现在就收拾……”

陈小庆和周舟对视一眼,两人都是两眼通红。她摸了摸邓姗姗的头发,叮嘱道:“不用收拾了,多帮奶奶做点事。寒假作业一定要抽空做完,千万不能偷懒,不懂的可以问老师!”

“我知道了。”邓姗姗点了点头。

从邓姗姗家出来,又去本地另一位叫周志康的同学家家访。周志康父亲从小身患疾病失去劳动能力,到三十多岁时不知通过什么渠道找了一位广西女子,生下一个儿子,便是周志康。大约中年得子,父亲对他疼爱有加,一直由着他的性子胡来。周志康便蛮横任性,对母亲的管教丝毫不以为意,说脏话,做坏事,村民看到他就直皱眉。刚入宏志班时,连名字都不会写,上课也是调皮捣蛋,经常不能完成作业。陈小庆赶到他家时,母亲刚从外面做小工回来,而周志康却躺在床上吃东西。陈小庆说明来意,母亲向陈小庆诉苦,说了一些孩子不懂事的话,被残疾丈夫呵斥。母亲眼泪汪汪垂手站到一边,而残疾丈夫则得意地说:“我的儿子你们少管。”陈小庆莫可奈何,叮嘱周志康利用寒假好好看书,认真做完寒假作业。话不投机,陈小庆等人没待多久便离去。

天色向晚,陈小庆口干舌燥。傅医生热情地邀请她们到诊所去,沏了一杯热茶,又从门前的柚子树上摘下几个柚子。柚子清甜水分足,足可解渴,但陈小庆忧心忡忡。暮色苍茫,回城的路似乎更漫长。

下一站是袁敏家。想到热情懂事顾全大局的袁敏,陈小庆的心情好了很多。

乡村的路跳动着色彩,流淌着欢笑。除夕一到,一个个红灯笼扬起了乡村最火红的日子,一串串爆竹点响了崭新的希望,一朵朵烟花燃起了最亮丽的夜空。

和袁敏同村的罗盼盼、于晓丹同时进入宏志班，三个孩子就像比赛似的，各自暗暗使劲，虽然刚入学时基础有好有差，但成绩都是稳步上升。

这天似乎天气也很给力，暖暖的阳光照在身上，说不出的舒适和惬意。到达袁敏家时，袁敏正和奶奶坐在门口晒太阳，婆孙俩不知正在说着什么，拉着手笑作一团。

“袁敏！”陈小庆叫了一声，笑盈盈站在袁敏身旁。

“老师，周校长，你们真的来了？”袁敏喜出望外，忙把两人迎到门口，请她们坐在奶奶身边一起晒太阳。

奶奶笑得合不拢嘴，眼睛闭成了一条缝，拉着陈小庆和周舟的手说：“这个鬼妹子，一大清早就说你们今天准会来，还要跟我拉钩打赌哩。我说打什么赌，来了就来了呗。”

“奶奶，你赖皮！”袁敏摇着奶奶的肩膀，“愿赌服输，现在你输了，就要兑现承诺。”摇得奶奶哈哈大笑。

“你怎么知道我和周校长会来？”陈小庆笑问。

“我就知道。因为今天天气好，村口的喜鹊一大早就在树上喳喳喳乱叫，说明有喜事。我一猜想，肯定是你们会来。”

“你还信这个？”

“当然信了。您不是讲过一首《鹊踏枝》的词吗？‘叵耐灵鹊多谩语，送喜何曾有凭据？几度飞来活捉取，锁进金笼休共语。’您说古人都很相信这些，我们虽然不能全信，但也不能不信。不光我信，罗盼盼和于晓丹也信。她们两个马上就会过来，说要一起到村口去接老师，没想到老师这么早就到了。”

袁敏一番振振有词，奶奶把眼睛笑成了一条缝：“你看看，你看看，这鬼妹子。”

正说着，罗盼盼和于晓丹果然牵手而来，看到陈小庆和周舟时，既惊且喜：“老班，你们怎么这么早就到了？我们还约好去村口接你们呢。”

袁敏得意地说：“看看，我没有说假话吧。”

众人围坐一起，不待陈小庆问起，三人就说每天都在做寒假作业，每天都帮家里人干活打扫卫生，每天睡觉之前都会看看书。还说要是不努力的话，就对不起徐良喜伯伯，更对不起老班。陈小庆听了，很受感动。

说了一会儿，三人突然集体沉默。陈小庆问道：“怎么突然不说话了？”

三人你看看我我看看你，袁敏正要开口，罗盼盼抢先说了：“老师，您是不是下学期不教我们了？”

陈小庆吃了一惊，回头看了周舟一眼：“为什么这么说？”

于晓丹说：“放假之前，同学们都这样说。”

袁敏说：“我才不相信他们胡说。老班怎么可能不教我们？她对我们这么好，从来没说过要走的。”

罗盼盼反驳道：“你不是昨天还在跟我们说，担心老班会回到城里孺子学校去吗？”

“我只是说说而已嘛，我不相信她会不管我们！”袁敏的眼睛竟然有点湿润。

陈小庆心里有点难受，看着眼前三个懂事的孩子，一时竟不知该怎么宽慰她们。

正所谓无风不起浪。在陈小庆出席省“两会”期间，便有学校里的老师乃至教育系统的人士揣测她有可能受到提拔重用。后来，陈小庆成功当选为江西省第十三届人大代表，这种揣测更是到处传扬，毕竟在整个丰城市，教育系统的省人大代表只有她一人，甚至全省教育系统的省人大代表也不多见。更何况支教老师都是一年为期，满一年就走的，有人便捕风捉影：“陈小庆肯定要调到市里了。”“陈小庆要升官了。”“陈小庆至少要调到哪个学校当校长了。”……

陈小庆也略有耳闻，但并不在意。“谣言止于智者”，越辟谣谣言传得越凶，她的态度便是置之不理，只是不知这些谣言怎么传到宏志班孩子们耳中。孩子们心智未全，不明就里，很容易受谣言左右，加之之前便有再支教一年就会回城的说法，已经在孩子们心里造成不良影响。她伸出双手，搂着三人的肩，柔声说：“放心，安心学习，你只管把自己变得优秀、变得强大，上苍会照顾你们的。”

回来的路上，陈小庆郁郁寡欢，一言不发。周舟劝道：“小庆，我都不知道怎么传出来的。宏志班孩子这么大的进步，都靠你啊。你要是走了，谁还挑得起这担子？”“可是……唉！”陈小庆欲言又止，“别人怎么说我们管不着，现在班里的孩子也在这样说，还真是个问题，我很担心他们。说明这些孩子还没有真正的成熟，为自己的未来去奋斗，还有依赖性，只有真正地到了自律的程度，才能变成长久的内驱力。这些孩子本来就很脆弱，好不容易把他们的学习兴趣培养出来，我担心这样意志不坚定，动摇下去会影响孩子，有的孩子可能会产生动摇，甚至放弃读书，走回到老路上去。”

听陈小庆这么一说，周舟也觉得很严重，想了想，便问：“那你有什么想法？”

“我想利用年前这几天，尽量多跑一些孩子家庭，巩固前期的工作，家校沟通形成1+1>2，助力他们的发展。家庭与学校都是孩子成长的重要环境，一不留神打回原形，我们的工作又前功尽弃。”

“我尽量陪你去。”

“没事。你这样陪我，我已经很感谢了。你有你的事，我自己乘公交车去。我真的不放心这些孩子。我要告诉他们，学习永远是自己的事，不让爱的人失望，不让老班的心血白费，青春的假期也是用来奋斗的。”陈小庆幽幽地看着远处。

之后，又连续跑了几个乡镇。从熊少雄家出来时，已是小年的下午，路上已经没有什么车辆了。熊少雄的姑奶奶见她满脸疲惫，声音嘶哑，心疼地说：“陈老师啊，你太不容易了！你是我见过的最负责任的老师，大年三十还在家访。少雄放在你班上，我是真的很放心，我也会叮嘱他好好学习，否则不说别的，就连你这个老师他也对不起！”

陈小庆很同情熊少雄的境遇。他一个亲人也没有，好在爷爷那一辈兄弟姐妹七人，每个家庭都会伸出一点援手，这才让他的生活勉强有了保障。但是，正如姑奶奶说的那样，如果不好好读书，摆在他面前的只有两条路：作田和打工。这两件事都不容易，只有好好读书才能奔个好前程。她对姑奶奶说：“谢谢姑奶奶！少雄是个很听话很努力的孩子，有你们的支持，我也很放心。”

姑奶奶迟疑了一会儿，把陈小庆拉到一旁，悄声说道：“陈老师，我还有一个想法，这也是我们家里人商量过的，能不能把少雄这孩子全托给你，上课的时候正常上课，放假的时候就让他跟着你回去，反正钱我们会凑足，不会少你的。”

陈小庆皱起了眉头。她早就听熊少雄抱怨过,在姑奶奶家过得不自在,老是要看她家人的脸色,听她家人的唠叨,所以经常有不想回家的想法。现在听姑奶奶的口气,似乎是想把熊少雄送出来,免得大家都不自在。

平心而论,陈小庆的确很喜欢听话懂事的熊少雄,但要把他带在身边或者带到家里,显然不合适。她耐心对姑奶奶说:"不是钱的事。我一是没有时间带着他,第二,这也不利于孩子的成长,很容易造成他和你们家庭之间的隔阂。第三,如果这个先例一开,大家都把孩子往我那里送,往老师那里送,学校的风气很容易变坏,没有家庭的配合教育,也会导致孩子的畸形发展。熊少雄很懂事,很刻苦,还是班里的班长,是一个好苗子,将来一定会有出息的。这几年还是要辛苦你们,我也会跟他说,让他放假的时候帮着家里做点事。"

"不是那个意思。"姑奶奶忙说,"我不是说他在家里白吃不做事,也晓得少雄很懂事,就是家里人担心他不用功,白白荒废这几年,所以希望老师多费点心。"

"奶奶请放心吧,我会多关注他的。不过,全托的事实在不能答应。"

陈小庆婉言拒绝了姑奶奶提出的要求,而姑奶奶也不再勉强。

尽管姑奶奶几番挽留,陈小庆还是决定要下山去集镇赶车。姑奶奶关心地说:"这么晚了,差不多都要到吃团年饭的时间,可能没有公交车了。我到村里请个车把你直接送回城里去吧?"

"真的不用,谢谢了!"陈小庆已经走了几步,"我问过公交公司,最晚一班车五点钟发车,到这里差不多四点半钟回去,现在还来得及。我走了。"

"那少雄快去送一下老师。"姑奶奶叹口气摇摇头,自言自语道,"这世道还有这么好的老师,太难得了,真是太难得了!"

从姑奶奶家到集镇还有将近半小时山路,陈小庆担心错过公交车,加快了步行速度。熊少雄一边紧跟着一边提醒道:"老班,当心脚下。""老班,有条小路近一点,我们走那边吧。"有熊少雄引路,果然近了好多。

陈小庆边走边说:"少雄,刚才在家里说的,都记住了吧?"

"记住了。"

"放假回来的时候,尽量帮家里做点事。你要明白,谁也不欠谁的,他们是你家亲戚,帮助你收留你是出于亲情和关心,并不是义务。所以,你一定要好好把书读出来，今后有能力的时候好好报答好好报恩。”

“我明白。”

说话间，已经到了集镇，陈小庆让熊少雄回去，熊少雄不肯，非要等到她上了公交车再走。“让我送您上了车再回去吧。”他诚恳地说。

陈小庆笑笑，有学生如此，虽然辛苦也值得！等了十几分钟，眼看已近五点，公交车还没有来，集镇和周边村庄已经响起了鞭炮，这是阖家团聚吃团圆饭的信号。陈小庆暗暗着急。从这里乘车赶回城里再赶到家里，也要一个多小时，回去得太晚，家里又要不太平了。

熊少雄不时引颈眺望，可哪里有公交车的影子？就连普通的汽车也难得见到一辆。他看看路上又看看陈小庆，看上去比老师还着急。

“少雄，你先回去吧，等下天黑了，山路不安全。”陈小庆反过来担心熊少雄。熊少雄坚决地说：“不行，不等到车来，我也不回去！”

陈小庆担心已经错过了公交车，迟疑着走到一家还在开着的小超市，问道：“老板，下午的公交车是不是已经过去了？”

老板反问道：“你还在等公交？”

“是啊，等了好久还没来。”

老板想了想，说：“上午是看到了。下午好像没看到，确实没看到。都在家里过小年呢，谁还出车啊？”

“不对啊，我打听过，他们说会正常发车。”

“真的没看到。再说这么晚了，就算来了也早走了。”

陈小庆有点绝望，她谢过超市老板，开始犯愁。“怎么办呢？”她在脑子里快速思忖，要是不行，只好向某位同学或朋友求助，但今年小年团聚饭却吃不成了。

熊少雄感受到了陈小庆的难处，主动说：“老师，我来帮你拦个车吧。”

先拦吧，实在拦不到，再向同学或朋友求助。两人一起站在路边，望穿秋水，好半天没看到车。偶尔有一两辆车路过，两人伸手去拦，熊少雄甚至跑到马路中间去拦都没有拦住，又急又气的熊少雄伤心得快要哭了。

突然，一辆白色轿车开到两人面前，好像是刚刚开过去的车。两人大喜过望，一起奔到车旁。车主摇下车窗，露出一张热情的笑脸：“我刚刚下高速路过，去送个人，看到好像是陈老师您的身影，返回看到您这么晚还在这里等，就调头回来。陈老师你可能不记得，我女儿罗童就在你班上毕业，记得么？尖子班，女儿一直说你好，我开过家长会，很有感触啊，女儿遇上了好老师啊。陈老师您这是要去哪里？”

“我老师到我这里家访，现在要回丰城去。”熊少雄特意强调“我老师”，表情颇为自豪，“没有等到公交车，我们在这儿拦车。”

“我也是回丰城，上车吧，上车。后生，你有福气啊，陈老师教你，加油啊！”车主热情地说。

陈小庆正要上车，却发现熊少雄紧紧拉着她的衣角。抬眼一看，他的眼里不知怎的竟然溢满泪水。她惊讶地问：“少雄，怎么了？”熊少雄哽咽着说：“老师，我舍不得你走。”“傻孩子，快回去吧，大家都在等你回去吃团圆饭，老师也要赶回去。”她爱怜地说。熊少雄慢慢松开手，站立在那里，直到车子消失在茫茫夜色里。

17 南山南

正月十六第一天上学,深感庆幸,十七下午宿舍内感受外面狂风暴雨肆虐时,孩子们已经安然在教室听聂水云老师的数学课,他们的目光只是无比好奇。出来,校园新栽的桂花树连根拔起,微信朋友圈更是上传一片狼藉……真是少年不经世间事,不赋新词不作愁啊。

小宝贝没来,课后最开心的是出院墙挖荠菜。"我们都不吃的花菜你怎个喜欢,看地里几多青菜?""有什哩作用?"笑笑,暗想,该让孩子们懂得劳动之艰辛了。"一粥一饭,当思来处不易;半丝半缕,恒念物力维艰。"语出明代朱柏庐《朱子家训》,意谓"一粥一饭,应想得来不容易;一丝一线,应想产出是很艰难的"。不懂来处才有浪费……

早上跑操大部分同学节奏不错,爬不起的有问题,而且懒散的人在其他方面也有待加强。家庭教育如果不与学校教育相结合,班主任及老师的负担会无形加重,教育很难达到理想的境界。为此班会上孩子们自定新规:不爱学习不做作业等等,严重违规十五次的,"还家自休息"。越努力越幸运,我们感受爱,来自父母老师南山及一切一切的,更应明白怎样自爱,做最好的自己,以后方可成有用之才。纵是墙角苔米,亦须努力吸纳才有花自开。

辛苦了,所有为南山付出爱心关怀的朋友们,很多时候愧疚无以回报。南山是偏僻,可南山脚下感受的爱从来有增无减,出谋献策金点子,亲力亲为不辞劳,点点滴滴汇成海,浮云落日故人情。但愿他日南山学子接力传承!

——陈小庆《支教日记》

春节之前,陈小庆入选为"最美丰城人",又当选为省十三届人大代表。

上学期开学,她又被市里任命为晓春学校挂职副校长。荣誉和职务,使命和责任,让陈小庆倍感肩上的责任重大。留守孩子的教育、贫困家庭孩子的成长,成为这位新晋省人大代表以及挂职副校长绕不开的话题。

寒假后开学时,陈小庆意外发现有几个学生没有按期返校,其中包括曾经偷过同学钱的王露,年前家访过的邓姗姗和周志康。一一打电话询问,王露是因为回家后受到父亲批评,觉得很没面子,一气之下说出"再也不去学校"的话,寒假作业一字未写。王父在电话里道歉不已,并感谢陈小庆对孩子的宽容,承诺他给王露的那一百元今后一定会还上。

周志康是他父亲不让他来学校的,说这孩子不懂得知艰识苦,长大会成王八羔子忘了爹和娘,在那边找好了一个学校,初三回来再报考。其实陈小庆心里知道,他们可能就是看到儿子的成绩目前不是最理想,就直接把他带出去打工,早点挣钱,又不好意思直接说,所以编了这个理由。

陈小庆原来与周父多次通过电话,他总说考取了大学也没有工作分配,毕了业还要自己找工作,没有门路的简直是白读,有那些时间不如让孩子早些出来赚钱实在。又说他哥哥家两个孩子,大的考取西安电子科技大学,毕业还进入中兴大企业,结果厂里开人,又左找右找,深圳打工艰难得死;小的高一没读完去学徒,跑到贵阳开家具厂,好家伙,一年就开回三十多万的车子,第二年就在贵阳买房,当起了老板。只要脑瓜子活,早点学门手艺做老板,比读书强得多。

那时,陈小庆就觉得无语,电话那端是个典型的农村汉子,说得也很实在,事例也真真切切。孩子想读书,可是遇上这样说一不二的自以为看懂看透社会的家长,她能做什么呢?教育不是单纯的学校里的事,不是老师的事,如果家长的认知不在一条道上,她能怎么办呢?人已经带出去了,后来再打电话就很少接了。

邓姗姗的辍学理由,是妈妈要到外面打工赚钱养家,而奶奶卧病在床需要照顾,她便主动提出辍学留在家里照顾奶奶。邓姗姗在电话里哭着告诉陈小庆,虽然她辍学了,但今后一定会让弟弟好好念书。陈小庆听罢唏嘘不已,很为邓姗姗的辍学感到惋惜,脑子里一直浮现着她表演手语歌曲时的专注和可爱的样子。所以陈小庆主动联系邓姗姗所在的乡镇,鉴于目前家境无奈,请扶贫干部出面,劝说她继续到本乡镇中学读书,各方面予以照顾,离家近,做走读生,可以照顾瘫痪的奶奶和年幼的弟弟。生活,很多时候真不是我们所能想象的美好。

加上开学不到一周因成天玩游戏被父母接走的一个孩子,宏志班67名学生中,已经有4人以各种理由离开学校,他们的现状和未来让陈小庆担忧了好一阵子。

剩下了63名学生,能不能一起走到中考那一天,还是个未知数。教育扶贫,首在扶智,重在扶志,阻断贫困代际传递。这样浅显的道理,为什么家长们、孩子们想不明白?陈小庆对着报名册深感无奈困惑,穿过操场一遍遍问自己:我是谁,来自哪里,去向何处……平静中反省,原来自己太理想化了,很多事情都出乎想象。

大约是在家里吃多了美食,有几个孩子吃饭时变得有点挑剔。抑或在家里睡多了懒觉,起床的动作迟缓了许多,寝室里也凌乱不堪。又或许是回到空空荡荡的家,无人管教,内心的“小我”再次把自己打回原形,有些孩子情绪有些不稳。低迷的士气,懒散的作风,恰是寒假春节综合征的症状,必须来一次“整风运动”,把这些毛病统统去掉。正好就读北京大学的学生熊晶丰打电话说,什么时候一定来山里晓春学校看看老班,陈小庆马上想到了一个励志的好办法。

这天是周末。一大早,孩子们正在蒙头大睡,突然听到一阵急促的哨声。熊少雄刚刚醒来,正要和蔡魏勇、吴迎康等人去跑步,刚出寝室,却发现两位英武的青年快步向寝室走来,身后还跟着班主任陈小庆老师。

“就忘记了吗?没听出来这是什么哨声吗?”教官严厉呵斥着。熊少雄一拍脑袋,猛然醒悟,连忙大声叫道:“紧急集合!快点起来,教官来了,老班也来了。快点起来!”说罢冲进寝室,蔡魏勇、吴迎康等人也分别冲进另两间寝室。“紧急集合啦!”楼道里顿时响起阵阵慌乱的叫声。

吴天罡嘟囔了一声:“吵什么呀,周末也不让人睡懒觉。老班又没有说要军训,我还要睡会儿。”说罢用被子盖着头想接着睡,熊少雄掀开他的被子,大声叫道:“紧急集合!老班来了,教官也来了!”吴天罡睁开眼睛一看,果然床前站立着威风凛凛的教官,连忙一下把被子掀掉,快速穿衣起床。寝室里人不多,但早已乱成一锅粥。

其他寝室情况也大致类似。教官在走廊上大声说道:“10 分钟——不,8 分钟! 8 分钟后在学校操场集合,有一人迟到全班多跑一圈,有两人迟到全班多跑两圈,有三人迟到全班多跑三圈。你们自己看着办……快快快!”刚刚还睡眼惺忪的孩子们更加手忙脚乱。

熊少雄和蔡魏勇挨个寝室催促着。楼上的女生寝室更乱,袁敏也是一边扣衣服一边叫道:“快点快点,千万不能迟到,不能拖累全班!”当她催促着最后一名同学下楼跑到操场上时,同学们已经整好了队,便连忙插进队伍。教官正抬手看着手机,陈小庆则远远地站立着,淡然看着这一切。

“还有十秒!”教官威严地说道,“五秒,四秒,三秒,二秒,一秒,时间到!到齐了没有?”

“报告教官,还有……吴天罡、谢乐嘉、钱小玲没到,其他人都到齐了。”值日班长蔡泽锴报告说。

“很好,非常好!”教官似乎非常得意,“多跑三圈,今天早上的任务增加到十三圈了,祝贺你们!”

“啊!”很多孩子发出了惊呼声。

“啊什么啊? 是不是还想再增加三圈?”教官严厉得有点不近人情。蔡泽锴叫了一声口令,在教官的率领下,开始绕着操场跑道跑起来。

“等一等,我来了!”吴天罡从宿舍楼跑了出来。紧接着,谢乐嘉也跑了出来。等到钱小玲跑出来时,大队人马已经跑出半圈了。

另一位教官正冷冷地站在那里,吴天罡、谢乐嘉、钱小玲站在教官面前,眼巴巴地看着跑远的队伍。

“你们三个,跟着我跑,十六圈!”教官说。

“为什么? 不是说一个人迟到才多跑一圈吗? 我们三个人迟到,应该是多跑三圈,为什么是十六圈?”吴天罡表示着不满。

“你没看到吗? 多跑三圈是你们的同学替你们背锅。你们迟到了,难道不要长点记性吗?”

“我又不是故意迟到。”谢乐嘉辩白说,“我起来没找到衣服,这才迟到的嘛。”吴天罡也争辩说:“是啊,我们又不是故意迟到的,就是上了一下厕所嘛。你没看到我为了赶时间都急出汗了。你看你看!”他把脑袋伸向教官。教官不予理会,把目光移向钱小玲。钱小玲低着头,一言不发。

这时,陈小庆走了过来。吴天罡像遇到救星似的说:“老班,这到底怎么回事啊?是不是又要军训?怎么也不提前说一声,害得我们着急忙慌的,还要多跑六圈。”

陈小庆微微一笑:“临时加进来的节目。教官是老班请来的,所以今天一切都听教官的。”

“那就跑吧。”吴天罡素知老班怪招频出,经常不按常理出牌,知道争辩也没用,只得接受眼前的事实。

全班跑完十三圈,大家都喘着粗气,有的孩子显然没有完全适应过来,出现了呕吐反应。更多孩子则在休整一会儿之后,渐渐恢复过来。大家一边发着牢骚一边不时看看还在跑着的吴天罡等人。

“老班这演的哪一出啊?怎么给我们来个突然袭击?”

“是啊!本来想睡个懒觉的,被这样一搅和,睡不成了。”

“都怪吴天罡他们,害我们多跑了三圈。”

“我们要不要问下老班,问问她到底要我们做什么吧?”

“还是莫问了。老班这样做,自然有她的道理。”

正议论着,吴天罡三人跑完,吴天罡和谢乐嘉瘫坐在地,也不管地上湿不湿,钱小玲则独自躲得远远的,坐在一块石头上发愣。

熊少雄和蔡魏勇跑得最轻松,此刻像个没事人似的,走到吴天罡和谢乐嘉身边,问道:“老吴,感觉怎么样?”

“感觉要死了!哎哟妈呀,我的气都喘不过来了。”吴天罡叫苦道。谢乐嘉也叫苦道:“我的腿要断了,班长来帮我捏捏吧。”

熊少雄看着坐在地上的谢乐嘉,笑道:“还帮你捏腿?省省吧!快起来,长跑之后不能马上坐下来,快起来活动一下。”

吴天罡说道:“我动不了了。班长大人,你拉我一下,扶着我走几步吧。”

曾华明蹿过来:“你们还在这里叫苦叫屈?要不是你们晚下来,我们也不用多跑这三圈!”

后面跟来的丁志浩推了一下眼镜:“‘岂曰无衣?与子同袍。’能与你们做同窗,也是我们这辈子的造化。”

谢乐嘉说道:“老丁,莫在这里说风凉话,有这闲工夫还不如帮我捏捏脚。快,我的脚真的快断了。”

陈小庆走来,见钱小玲独自一人坐在旁边,女生们都离得远远的。正想走过去时,教官的哨声又响了。

“集合! 快快快!”

孩子们虽然无奈,却也不得不服从命令,很快便精神抖擞排好了队。一位教官跑步到队列前,开始训话。

“同学们,还记得半年前我们军训的日子吗?”

“记得!”

“真的记得吗?”

“真的记得!”

“很好!”教官满意地说,“那就省得我多费口舌了。接下来的课目是队列训练,希望同学们按照我们以前训练时的要求,做好每一个动作。要是做得不到位的话,嘿嘿!”

孩子们听到教官的冷笑声,个个毛骨悚然,全都打起十二分的精神,认真听教官说的每一句话、每一个字。

“为什么有一个人迟到,全班的人要陪着多跑一圈? 因为你们是一个班级,一个整体。如果有一个人掉队,就会影响全班的荣誉。那将是宏志班的耻辱,是你们老师的耻辱,也是你们自己的耻辱! 我听你们的老师说,你们班很团结,很努力,很有进步。可我不相信,我希望亲眼看到你们的实际行动。能做到吗?”

“能!”

“你们能告诉我,宏志班的班训是什么吗?”

“特别能吃苦,特别讲礼仪;特别爱阅读,特别会学习!”

“非常好!”教官继续刺激着孩子们,“一口唾沫一颗钉。我希望你们不是在这里背书,不是在这里唱高调,不是在这里说胡话,我希望你们用实际行动,让我亲眼看到,让所有人亲眼看到。你们到底能不能做到?”

“能!”

孩子们嗓音震天,仿佛要把胸中的怒气全部吼出来。

早饭之后,又进行了两个小时的队列训练,孩子们一个个筋疲力尽。好在经过短暂的恢复性训练之后,孩子们的动作益发规范,纪律性也逐渐增强，再也不敢稀松散漫了。正在猜测着教官又会有什么样的非常之举，没想到陈小庆让熊少雄带着大家一起到教室里去，孩子们大喜过望，梦魇般的早晨总算过去了。

在教室坐好，每个孩子都睁着眼睛，静静地等待着他们的老班到来。好不容易看到有人影进来，却是一位漂亮的大姐姐，笑盈盈地走上了讲台。"你走错了吧？我们不认识你。""大姐姐，你是谁啊？""不会是老班的女儿吧？""瞎说，老班没有女儿，只有一个儿子！"孩子们悄声议论着。

"她没有走错！"陈小庆迈步进来，笑着向孩子们介绍道，"这位大姐姐叫熊晶丰，是老班以前的学生。她还有一个身份就是：北京大学的高才生！让我们掌声欢迎。"

"哇——"孩子们发出阵阵惊呼，情不自禁地鼓起掌来。在学生年代，大学生是孩子们最崇拜的身份，更何况是来自北京大学的高才生。也许他们还不知道北京大学是个什么样子，但在几乎所有的孩子心里，早已立下考进北京大学的宏愿，为此寒窗苦读，为此不舍昼夜。

"学弟学妹们好！"熊晶丰甜甜地向孩子们打着招呼。孩子们齐声说道："学姐好！"

"同学们，"陈小庆笑道，"熊晶丰是特地来看我的。她听说了宏志班的事情之后，很想来看看大家，很想认识大家。接下来，请她给我们讲一堂课，大家说好不好？"

"好！"掌声雷动。

"不是讲课，不敢讲课哈。"熊晶丰目送陈小庆坐到教室后面，谦虚地说，"陈老师是我的恩师，我可不敢班门弄斧。老师昨天给我打电话的时候，我真的很激动，一夜都没有睡着。我听老师说，你们都很努力，比我以前读书的时候还要用功，我听了很高兴。所以，老师让我来讲一堂课，我想了好久，不知道该讲些什么，不知道该怎么讲。因为我和你们一样，看到老师都会紧张、会害怕，现在还是这样。"

孩子们发出会意的笑声。

"我想了想，还是讲一讲我们的大学生活吧，因为你们几年以后也会考上大学，也会面对大学生活。我比你们幸运，比你们早几年遇到陈老师，也早几年进入大学课堂。大学是我们每一位学子梦寐以求的地方，不用像中学时代一样吃苦,老师也不会管得很严,可以选学一些自己喜欢的课程,还可以发展自己的学习兴趣和专业特长,学自己喜欢的专业,做自己喜欢做的事。当然,伙食也比我们这里好一些,菜很丰富,天南海北的都有。"

"姐姐,大学里有红烧肉吃吗?"嘴馋的范春根忍不住问道。

"当然有。"熊晶丰莞尔一笑,"不光有红烧肉,还有北京烤鸭,四川回锅肉,扬州蟹粉狮子头,湖南辣子鸡,还有东北猪肉炖粉条,反正天南海北的美食都有。"

范春根舔着嘴唇,哈喇子都快流出来了。

"就知道吃!"吴天罡瞪着范春根,问熊晶丰,"学姐,大学里有没有懒觉睡?"说话的时候还忍不住打了一声哈欠。

"有啊。如果你不想听课,可以在寝室里睡觉。"熊晶丰话锋一转,"不过,要是那样的话,你可能积不满学分,拿不到毕业证,白白耗费几年的大学时光。"

吴天罡叫了一声"MY GOD",垂下头去。

于晓丹站起来问道:"姐姐,听说北京大学的图书馆很大,是吗?"

"对啊!北京大学图书馆是世界上一流的图书馆,有上千万册图书和不计其数的电子数字图书,可以同时满足 4000 多个学生同时阅读。你想看什么书,在北京大学图书馆都可以借得到。"

"太不可思议了!"于晓丹感叹一声,"哪怕是在北京大学当个图书管理员,这辈子也值了!"

熊晶丰笑道:"这没问题。北京大学图书馆共有工作人员将近 200 人,其中博士 14 人,硕士 72 人,其他的都是本科或专科以上学历。要是学妹朝这个方向努力的话,也许可以实现你的愿望。怎么样,有兴趣吗?"

于晓丹吐了一下舌头,吓得赶忙坐下。蔡泽锴举手问道:"姐姐,北京城真的很大吗?你有没有去过天安门和故宫?"

"北京城当然很大。她是六朝古都,被举为'地球表面上人类最伟大的个体工程',其城市规模和人口数量在全世界都是数一数二的。天安门和故宫我当然去过,作为中国人,到了北京必须到这两个地方去看看,感受一下伟大祖国的巨大变化,感受中华历史文化的博大精深。"

熊少雄迟疑着问道:"学姐,北京是不是有好多大学?"

熊晶丰略一沉吟，说道："北京是全国高等院校的中心，聚集了全国数量最多的重点大学，有全国最著名的北京大学、清华大学、中国人民大学、北京师范大学等重点大学在内的上百所大学，每年都有在校本专科学生近60万人，共有52所高等学校和117个科研机构培养研究生，在学研究生达20余万人。如果你够努力、够幸运的话，也许能够成为其中之一。"

"我受不了了，我现在就想去北京读大学！"谢乐嘉羡慕得哇哇直叫。

熊晶丰笑道："是的，北京是我们每一个中国人都非常向往的地方，北京大学也是我们学子渴望去的学校。所以，从现在开始，你们就要立下远大的志向，朝着自己的梦想去努力。决不能放弃，决不能半途而废。北京欢迎你们，师姐在北京等着你们！"

"哇，太好了！"孩子们情绪亢奋，热血沸腾。有人趁乱高声叫道："姐姐，去了北京你要请我们吃好吃的。""好，等你们到北京来，学姐请你们吃大餐！"熊晶丰大声发出邀请。

直到下课时间，孩子们意犹未尽，围着熊晶丰问个不停。之后，熊晶丰给孩子们进行现场辅导，从学生的角度解答他们在学习过程中遇到的各种问题。不愧是北大高才生，各门功课样样精通，孩子们问得仔细，听得也是如痴如醉。

中午吃过饭后，孩子们还沉醉在与学姐对话交流的兴奋中，描绘并憧憬着美好的未来，没想到刚刚走出食堂，两位凶神恶煞的教官再次站在了门口。

"集合！"教官再次发出了严厉的号令。

孩子们吃过早上罚跑的亏，再也不敢怠慢，很快便整队完毕，一个个神情肃穆，竖起耳朵听教官训话。

"不要紧张哈。"教官轻轻笑了一下，令孩子们毛骨悚然。"中午我们不跑步不训练，大家马上回寝室去。"

"不会吧，你别骗我们。""回寝室干吗，要集合啊？""到底怎么回事啊？"孩子们议论纷纷，没有弄清楚教官葫芦里到底卖的什么药。

另一位教官上前一步，跨立在队列面前："没有骗你们。接下来的任务在寝室里完成，整理内务！半个小时后我们和陈老师上去检查打分，分数最低的寝室，全室加跑十圈。"

孩子们愣在原地，你看着我我看着你，一个个瞠目结舌。先前那位教官喝道："没听到吗？"

"听到了听到了。"孩子们马上一哄而散，拼命向寝室冲去。

陈小庆走到两位教官旁，笑道："两位教官，真有你们的！这帮孩子被你们这么一整顿，一个个都变化太多了，跟小战士似的。"

一位教官说："这还是你们平时的教育工作做得好。他们是懒散，不是不可救药，稍微给他们提个神，很快便会振作起来。"

另一位教官也说："陈校长，其实我真的挺敬佩你的。这些孩子的基本情况我们都了解，能够在这么短的时间里把他们身上的恶习去掉，把积极向上的一面培养出来，非常不容易！"

陈小庆谦虚地说："这都是你们两位教官的功劳。放寒假之前还好好的，寒假一过，没有盯着他们，各种陋习就都出来了。所以我在想，如何才能培养出他们生活的自觉、学习的自觉以及养成的自觉，这是关系到他们中学时代、大学时代乃至走上社会以后的重要素质。培养得好，受益一生；没有培养好的话，就会很累，老师累，他们自己也累。所以，你们的训练对他们的帮助很大，但还要巩固，今后每个学期开学的时候我都想请你们来整顿一下，让他们时刻有这方面的意识。不知两位意下如何？"

"如果学校有需要，我们义不容辞！"两位教官很爽快地答应下来。

"陈校长，时间差不多了，我们上去看看吧？"一位教官说。

"好啊！"陈小庆陪着两位教官上楼，"我们以前也搞寝室卫生评比，哪个寝室得了小红旗，整个寝室的学生都会兴奋得睡不着。但是分数低的寝室没有惩罚措施，所以效果不是很好。不过，是不是最后一名不要再加跑十圈了？因为我接下来还有一个心理辅导的环节，怕时间不够，也担心一天高强度训练下来，孩子们会吃不消。你们说呢？"

两位教官相视一笑，其中一位说道："陈校长，其实这一点我们也考虑到了，我们主要目的不是惩罚，而是促进。只要内务卫生搞上去了，我们不采用罚跑的方式，全部以鼓励为主。"

另一位教官说："今后，你们可以采取定期或不定期检查方式，对每个寝室进行检查评比。坚持下来，就会养成一种良好的生活习惯，也就是你所说的生活自觉。良好的生活习惯养成以后，对其他方面素质的养成也有促进作用,是一种良性循环。”

“对对对,这个建议非常好,我一定采纳!”陈小庆欣然接受。

从二楼到三楼,从男生寝室到女生寝室,陈小庆和两位教官,还有首席班长熊少雄、值日班长蔡泽锴以及八个寝室长,依次进行检查。从被子到床铺,从洗刷用品到鞋袜,从行李箱到生活用品,从门窗到墙角,每个细节都不放过,每个细节都有讲评。为了让孩子们直观真实地了解检查标准,两位教官还在每个寝室做一个示范,比如如何将被子叠成豆腐块,如何把牙具摆成一条线,如何用干湿结合的办法擦窗户,看得孩子们频频点头,心服口服。最后,除了评出一个优秀寝室外,其他寝室都受到了表扬。孩子们大为振奋。

下午,又进行了一个小时的队列和跑步训练,孩子们的动作整齐划一,精神面貌振奋,比之早上时已经有了明显的进步。一天下来,孩子们个个精神抖擞,士气高昂,与刚返校时松散的状态判若两人。

陈小庆又特地邀请孺子学校的同事、国家二级心理咨询师、体育专业老师熊淑芳,组织孩子们进行拓展游戏。在充满乐趣而又非常考验意志和毅力的游戏中,孩子们相互鼓励,咬牙坚持,有的孩子甚至想出了背诵古诗转移注意力的方法,把游戏做到完美。陈小庆在一旁,一直密切关注着每一位孩子的状态,也禁不住在心里为孩子们叫好。

一场游戏下来,孩子们感触良多。“老师,我知道了,团结就是力量。”“老师,我的体会是,成功就在倒下去的下一秒依然咬紧牙关坚持,所以我们必须坚持下去。”“我觉得团队很重要,一个人的成功不算成功,团队的成功才叫成功,所以我们要互相帮助,共同进步。”“我觉得,大家要互相信任,不能互相猜忌,因为我们是宏志班,我们跟别的班级就是不一样!”……思考,行之于学,才达到高效。陈小庆听到孩子说出各种各样的感想,倍感欣慰。

一天的整顿结束,给力的是,到傍晚的时候,又有几位丰城的文友送来了一些文艺书报。陈小庆开心不已,一一分发给大家。而结束了一天高度紧张的整训之后,孩子们不但不觉得疲惫,反而更加兴奋、更加专注了。

18 春天里喊醒自己

翻开作业，读到初一女孩这样的文字，喜悦会无限放大的。我想起这种缘分，来自女孩的哥哥，那时总叫他“波波”，现在已经念高二了，单纯可爱的神态，特喜欢数理化，语文开始还突破不了，但是后来努力，不需要担心了。中考后妈妈还特意说儿子怎样怎样，成绩出来方释然……

因为教过她哥哥，妈妈才继续送她过来。当然她不知道这样说也是种压力，我始终认为师生之间是讲缘分遇合的，缘分对了，再糟糕的也变得神奇起来，一日日往上升；缘分不对，怎么都找不到那把神奇的钥匙，直教人叹息遗憾。女孩开始柔柔弱弱的，让人担心吃不了苦受不了累，但一个学期下来，无论是作为语文教师还是班主任，她都给你呈现她的变化……

春天的窗前，阳光已赐予无限生机。

——陈小庆《支教日记》

“日暮乡关何处是?”终于静下来躺在村庄怀抱里，老屋卧听萧萧竹，烟花爆竹次第响。年少的景象依稀恍惚，发黄的旧照斑驳的奖状，岁月的风铃里晃动多少痕迹，檐下的燕巢垒着最美的记忆，走过每个春夏秋冬。晨起的禾场上，细数多少儿童相见不相识，笑语嫣然，桩桩件件听闻奇葩事。不经意间，快乐的小麻雀栖在池塘边的电线上，试图拨动春天的旋律。

春色无边先在教室，一班屁孩聚成“野人部落”。有时若贴心小棉袄，熨肝熨肺；有时若翻眼小黄狗，这边教那边忘，令人抓狂；有时寂寂沉闷，不知何以对未来?

嘈嘈杂杂中，时光竟如梭。每日校园中穿梭碌碌，山野逐日青葱。陈小庆每日走出宿舍便是青山，走进教室则是一帮如痴如醉求知的孩子，心情非常轻快。

上午上完课从教室出来，想起来要到宿舍取点东西，打开包来找钥匙，却怎么找也找不到，一时心急如焚。她使劲想了想，也毫无头绪，便想着到傍晚请保安来帮自己砸开宿舍门，反正宿舍也没什么值钱的东西，再则校风严谨，“门不闭户，路不拾遗”，也不至于有人没事会串到她的宿舍去。想到这里，便把这事给忘了。

下午回办公室时，一个孩子默不作声跟在身后。陈小庆回头一看，却是班里的李佳成。这小子向来沉闷，你笑他向大富豪李嘉成学习，他也惘然状。“老班，我去上体育课的时候捡到一个钥匙。”他举着钥匙，递到陈小庆面前。拾金不昧是一种美德。

陈小庆仔细一看，貌似是自己的。“你去开一下我的房间，看看能开么?”她有点小侥幸。李佳成转头便向教师宿舍区跑去。

过了一会儿，李佳成气喘吁吁跑回来。“开了，老班，打开了!”他高兴地说。

“真的?”

“真的，真的打开了，是你的钥匙。你掉了钥匙怎么也不说一下?”

李佳成的话倒令陈小庆有些惭愧。“是是，是老班的疏忽。我没想到你能捡到。老班谢谢你啦!”她觉得不可思议。这么小的钥匙掉在地上，会被人捡到，又恰恰送到了她的手里，而恰恰又是自己宿舍的钥匙，真是“无巧不成书”，太奇妙了。看着孩子开心的笑脸，她的心里满是感动。如果说自己作为老师是一种责任，那么眼前的孩子则更多是源自内心的纯洁。

晚上安排了一场小测试，测试之后陈小庆就在讲台上现场改卷。吴天罡交卷时，悄声说:“老师，你以前说过的话算数么?”陈小庆一时愕然，看着他等待下文。“如果这次我考得好，可以再挑选一下位置么?”陈小庆笑笑不语。

一看吴天罡的试卷，果然有长进，不仅字迹工整，成绩也进步很大。陈小庆感慨了一阵，抬起头时，吴天罡也正充满期待地看着她。这个从前被视为纨绔子弟的贫困少年，不知什么时候变得如此懂事、如此自信，真是士别三日当刮目相看了。不过挑选位置的问题还是缓后一步再说吧。

测试改完，蔡泽锴走过来说:“老班，今晚您不用到寝室去查夜了。”

“为什么?”

“我们已经知道该怎么做,不会吵的。您这么辛苦,要早点睡觉。”

蔡泽锴嘴上抹了蜜似的,说着关怀体贴的话,陈小庆明白,孩子这是在心疼她,也是在证明自己的成长。

“好的,老班相信你们。”

回宿舍时穿过操场,忽然听到几位女生大惊小怪:“老班快过来,快快快!”

又塌哪块天了？陈小庆心里一紧,快速走向几位女生。

“老师快看,天上有不明飞行物,是不是UFO?”

陈小庆顺着女生的手势抬头看去,却原来是天空中有一个亮点。

“老师,这也许是外星人看我们,好久闪光不动。”

“老师,会不会是孔明灯？可是孔明灯哪里有那么高呢?”

“老师,是不是你说的航拍？可是晚上黑乎乎的拍什么呀?”

女生们七嘴八舌,引来男生一起围观。

“UFO,肯定是外星人!”

“外星人到我们晓春来做什么？难道是发现我们了,要把我们请到他们的星球上去?”

“也不一定。可能是他们也想把孩子送到我们宏志班来。”

“跟外星人做同学,我们马上就出名了。”

男生们的想象力丰富而大胆,居然会联想到宏志班来,令陈小庆哭笑不得。不过她也没弄清天空的光点到底是什么东西,便笑道:“老班不懂夜的黑,将来哪个做飞行员去,再来给老班解释吧。”不折腾毋宁死,岁月如歌,爱恨交加。这就是宏志班,这就是宏志班的孩子。

围观散去,陈小庆继续往宿舍走。她突然回想起前年刚来晓春学校时,宿舍门口曾出现过长长的蛇皮,吓得她抱头鼠窜,过了好久才惊魂未定地返回宿舍。又有一次,在卫生间发现小蚂蟥蠕动,吓得浑身起鸡皮疙瘩,半天不敢进去。还有一次,拉开窗帘,发现阳台一角倒挂着三只蝙蝠,正下方的角上有一大堆蝙蝠的粪便,显然蝙蝠在房间里已经待了好久。隔壁的厨房里每天晚上都是窸窸窣窣,进去看时,却是几只老鼠在啃食她从家里带来的香肠腊肉……每晚睡觉,她都要四周检查一遍,然后把房门反锁上。即便如此，刚开始一段时间还是很不适应，睡眠时间严重不足，白天则打不起精神来，总是竭力振作自己。

好在这些问题很快得到妥善解决，再也不用为休息的问题发愁了。更主要的是，这一届宏志班的孩子进步之大，令陈小庆也感到有些意外，无论是学习成绩，还是生活习惯，比之刚开学时的纠结和犹疑，都已不可同日而语。

得闲院墙外采把野草，日子煮起烟火色。陈小庆觉得，生活在这样的环境，与这群贫困孩子在一起，看着他们的变化足可慰怀。她坐在桌前，揉揉酸痛的肩膀和颈椎，觉得轻松了一些，然后摊开孩子们的作业。细阅之下，如饮醇酿，如沐春风。当读到高婉婷的一篇日记时，忍不住击节长叹。

说起来也是缘分，高婉婷的哥哥高翔也做过陈小庆的学生，现在已经是高中二年级的学生。记得读初中的时候，高翔样貌单纯可爱，思维特别活跃，数理化的成绩非常好。但是，语文成绩却一直居于中游，始终突破不了自己。后来，在陈小庆的帮助指导下，高翔的语文成绩突飞猛进，中考时以优异成绩考入丰城中学。

高婉婷来自单亲家庭，父亲早年因一场意外不幸离世，母亲既要照顾年迈的公公婆婆，又要供养两个孩子，其艰难程度可想而知。但是，母亲是一个通情达理的人，知道只有通过读书才能改变孩子的命运，改变全家人的命运，不仅家里种了十几亩田，还利用农闲时间到附近的工厂打一份零工，以维持全家人的生计。当母亲得知陈小庆出任首届宏志班班主任之后，找到扶贫干部软磨硬泡，硬是为高婉婷争取到了进入宏志班的名额。

当然，高婉婷本人并不知道这些情况，她甚至不知道母亲为什么要把她送到这么偏远的山村学校来。刚入学的时候，她的性格柔柔弱弱的，陈小庆总是担心她吃不了苦坚持不下去，但一个学期下来，各科成绩进步都非常明显。尤其是语文方面，有着非常明显的天赋，阅读和写作更是行云流水，颇有才女风范。

陈小庆看了几遍她写的日记，题目叫《南山雨》。文笔清丽飘逸，情感细腻流动，立意鲜明深刻，堪称一篇精短的美文。这样的文字出自一位初一年级的女学生之手，作为作家和语文老师的陈小庆，感到非常欣慰。我们不妨一起阅读一下：

雨似乎还在下，我听到了细微的滴滴答答声，似一个个美妙音符在我心中打着节拍。窗外天蓝蓝的，不是初晨那种暗，现在多一份梦幻感。

远看南山，犹如乡间少女挽起的秀发。山的轮廓犹如一条不经意勾勒出的水墨线，刚劲又不失柔和。若你仔细一看，还可以望见南山重影，恍如洇开的浓墨，淡了一些。

近处树是绿的，是那样暗蓝情况下的绿。坐在教室里的我没有办法看清树叶，只能看清一两片小树芽。

路灯下，慢慢地走在教师宿舍一旁小路上。你会闻到一种清香，这需要静下心来欣赏，浮躁是不行的。天色还不算晚，教室里还没亮灯。望一望窗外，竟有一种莫名的熟悉感，令人亲切又无限怀念，那是童年的感觉，家的感觉。让我不禁想冲出教室，感受母亲的抚摸。

校门口有一条小河蜿蜒而过。小雨滴进去，与河水融为一体。雨滴在翠绿的田野里，滋润着小草的嫩芽。美得让周围事物都似乎静止了。“黄梅时节家家雨，青草池塘处处蛙。”南山被雾罩住了一般，披上了云纱，好久都没有这种感觉了。

明明春雨贵如油，今日黄昏雨来得更淋漓。不全是春的温柔，豁达得很。

我在路上慢慢地走，不经意间，昏暗的灯光下发现了一株小绿苗，它看起来像女孩般柔弱，叶子被雨滴得抬不起头。我拿了一小片树叶，正想给它遮，可想想还是止住了。我想让它接受春的洗礼，茁壮成长。

独自走着走着，我的心情并没有因为雨天而惆怅。我想我今天应该会做一个很美的梦——小绿芽的梦，在这雨天傍晚，在南山脚下。

掩卷起身，站在窗前，深深呼吸着外面飘进来的空气，有一种春芽勃发的味道。她想起那天熊少雄找到她，感慨地说过一句话：“人不能白白来世上一遭，须要做些有意义的事情！”另一个叫李子坤的孩子说：“只要肯努力，是没有做不到的事。”而刘思思则说：“生活需要信心，不能轻言说不行。”稚嫩的声音，却有着哲人般的深刻思考，令陈小庆感慨不已：孩子们真的是长大了！

春天的窗前，自然已赐予无限生机。

陈小庆毫无睡意。一看时间已是子夜，必须上床了，否则身体又要吃不消。于是洗刷上床，躺了一会儿，脑子里浮现出孩子们可爱的样子。窗外新叶萌发，旧叶飞落，她似乎听到了楼下春笋破土拔节的声音，似乎还有落叶撞在窗户上的脆弱的声音。脑子一转，忽然又想起黄瑜桥前几日写过的一篇周记，题目似乎是叫《森系302变形记》还是什么，写的便是关于落叶的故事。反正睡不着，不如专注于这篇周记，想象着黄瑜桥描述的画面，也许可以排除其他杂念，早点入睡呢。

被黄瑜桥称为“森系302”的便是她们那个寝室，“森”是方言，意为“傻”或“笨”，更多的是亲切的昵称；302便是她们的寝室号了。都说女孩子斯文安静，想起她的周记，便知道每个女孩子都是一个精灵。陈小庆会意地笑了。

就在上周，一个闷热的晚上，黄瑜桥揉揉隐隐作痛的太阳穴，收拾一大袋书，晃晃悠悠回寝室。刚上楼时，一阵急促的旋风向她袭来，人被撞得东倒西歪直冒金星。对方连声道歉，不等她看清是谁，对方已经跑远了。

到了寝室，黄瑜桥匆匆洗漱回床上写作业。寝室里非常热闹，有的洗衣服，有的拖地，有的清理劳动工具，还有的在聊天。突然，“砰”的一声，两位女生破门而入，大汗淋漓地站在黄瑜桥面前。黄瑜桥好奇地打量着两人，因过度奔跑，两人正气喘吁吁，面色像火烧云一样。黄瑜桥“扑哧”一下大笑起来，指着两人说：“你们……你们怎么都一身的汗，跟两只落汤鸡似的！”罗盼盼责怪道：“你还说我呢，刚才我们下楼去，明明都看到你了，也不去帮我们一下。”黄瑜桥这才想起：“刚才上楼冒冒失失撞上我的，敢情就是你老人家啊！”

罗盼盼也不解释，解开手上拎着的红色塑料袋，大家伸过头来一看，原来是一袋五颜六色的树叶。黄瑜桥嘲笑道：“你莫不是神经搭错了？捡一袋子树叶子回来干什么啊？人家街上的老太婆还知道捡些值钱的塑料瓶啊废纸箱拿去卖点钱。你你你……你真是疯了！”罗盼盼不以为意，得意地说：“等着奇迹发生吧！我们将用这些打造最完美寝室，你照着我的话做就行。”

众人半信半疑,但还是止不住好奇心,照罗盼盼说的去做。罗盼盼找出双面胶和塑料胶带,指挥着大家动手。慢慢地,果然有些神奇了。一片苍老的树叶,活脱脱像一位白发苍苍的老人,中间有一道狭小的缝,似乎在慈祥地微笑。一对大小相近的树叶,颇像一对夫妇,正相互依偎着说悄悄话。不远处还有两片小树叶,倒像一对双胞胎。众人嘻嘻哈哈,玩得不亦乐乎。

黄瑜桥麻利地把树叶们按形象分类,用双面胶粘上,再传送给负责装饰的室友,一切都井然有序。寝室长于晓丹把树叶分散贴在顶墙的周围,一个框架就完成了。

树叶还剩下一半,寝室长想了想,说:“剩下的这些树叶,可以自由发挥,就看你们的想象力了!”寝室的气氛再次沸腾起来,大家都沉浸在各自的创意中。黄瑜桥拿了几串小花藤和几片树叶,摆了一个耍帅的表情包,有点像老班说的那句话:动作要快,姿势要帅。

正当黄瑜桥扬扬得意时,突然身后响起一阵尖叫声。回头一看,好家伙,罗盼盼竟然用叶子摆了一副“横眉冷对千夫指,俯首甘为孺子牛”的夫子形象。没过一会儿,袁敏、于晓丹、徐静雯、郭慧中也完成了各自的作品。众人把先前集体创作的树叶画和自由发挥的小画拼贴上墙,又拼出一些小草、玫瑰花、小兔子等栩栩如生的图案,“森系 302”的自由创意作品至此大功告成。

大伙洗刷上床,看着墙上的拼贴画相视而笑,谈笑风生。墙上贴着的一幅字“人在一起叫聚会,心在一起才叫团队”,此刻给寝室的女孩子们最真切的体会。

陈小庆想象着孩子们的表情,也发自内心地会心一笑。这些小丫头,已经越来越通灵了,只要课堂上一点,给他们自由发挥的空间,他们就变得神奇起来。孩子们的天性需要发挥,创意需要鼓励,快乐更需要呵护。有的人明明醒着,却要装睡,还要找尽各种理由自欺欺人,就如同现在的自己。有的人从小缺少关爱,却学会了自我安慰,苦中作乐,就如同这群天真无邪的孩子。装睡的人永远叫不醒,除非他(她)自己醒来;苦中作乐的人永远快乐,因为他们自己会寻找快乐。在春天里叫醒自己,是一件很有意义的事,黄瑜桥和她的室友们给出了最好的注脚。

越睡越兴奋。虽然打了几个哈欠,却还是睡不着。为什么不能放下身段,向孩子们学习呢?她努力想让自己放纵一回,可是想到明天的课,明天的工作,她还是克制住了自己。这个时候,另一个女生的形象突然映入了她的大脑。

这段时间以来,陈小庆的注意力一直放在班上的钱小玲身上。

钱小玲读小学三年级以前,过得还非常幸福,有爸爸妈妈的呵护,有爷爷奶奶的疼爱,家庭条件虽然谈不上阔绰,但一家人也是衣食无忧,生活得幸福美满。然而,一次意外的车祸,却彻底葬送了这家人的幸福,也把钱小玲带入万劫不复的深渊。

原来,钱小玲的父亲一直开长途车,为了照顾丈夫,钱小玲的母亲每次都陪着丈夫一起出车。夫妇双进双出,双栖双飞,却也恩爱。没想到,有一次送货去广东,在广东交割完货物之后,夫妇二人开开心心地在当地买了些小玲喜欢的食物、衣服和布娃娃。因为明天便是小玲的10岁生日,他们要把这些作为女儿的生日礼物。在乡下,10周岁是非常隆重的纪念日,要请亲友一起庆贺。夫妇俩载着这些礼物,高高兴兴地一路说笑。没想到,在高速公路上,一场意外发生了……最后的结果是车毁人亡,夫妻双双死于非命。

消息传到家里,是在第二天早上,小小玲特地换了件新衣服,一边想象着父母给她买的生日礼物,一边背着书包去上学。走到半路时,奶奶突然哭天抢地地追来,一把将她拽住,痛哭道:"你爸爸妈妈……没了!啊嗬嗬嗬!"当时便哭昏在地。小玲听到噩耗,吓得瘫倒在地,啼哭不已,当场便小便失禁。她再也没能等回来爱她疼她的爸爸妈妈,等来的却是无法逆转的噩梦:遗尿。

尽管钱小玲努力学习,努力照顾年幼的弟弟,努力想从噩梦般的疾病中摆脱出来,但残酷的事实却让她备受打击。为了躲避当地人的指点,她报名来到了晓春学校,来到了宏志班。可是,每天早上起床时,摸摸身子下面湿漉漉的被褥,她总是会感到恐慌,感到阴郁,感到不寒而栗。更令她绝望的是,她的噩梦还没有醒,因为起床之后,同学们会皱着眉头看一眼她的床铺,会在身后指指点点,这令她如芒刺背,坐立不安。

陈小庆多次安慰过钱小玲,告诉她遗尿不过是一种受到刺激后留下来的疾病,只要保持良好的心态,配合医生治疗,就一定能痊愈,一样可以赢得美好的人生。还鼓励她大胆把被褥晒出去,鼓励她从阴影中走出来,坦然面对身体的疾病。

每次安慰的时候,钱小玲总是难以启齿,可怜兮兮地望着陈小庆,只知道摇头,只知道流泪。陈小庆心肠软,每次见她流泪,也总是控制不住自己的眼泪。“你莫哭嘛,再哭,老师也想哭。”她痛苦地说。

可是,课程耽误不得,晒被褥又担心被人耻笑,钱小玲除了哭还有什么办法?

陈小庆一时也无计可施,打电话到她家里,接电话的总是奶奶,因为爷爷这几年衰老得快,耳朵已经有点背了。奶奶总是在电话里说,小玲打小就有这个毛病,等她长大了自然就会好。每次打电话都是这样说,陈小庆不得已,又问来钱小玲姑姑的电话。姑姑和姑父也是跑长途的,陈小庆恳求道:“姑姑啊,奶奶听不进我说的,你见多识广,就听我的,带着小玲去看一下医生吧,哪怕到乡下找个郎中看一下,捡点草药给她吃也行,她这样下去真的不是个事啊!”姑姑说:“我哪里有时间带她去看医生哦?我每天都天南海北地跑,根本没有时间!小孩子遗尿是小毛病,过几年自己会好的,陈老师你不要担心!”她的话与她母亲的话如出一辙。

陈小庆无奈,只得一面宽慰钱小玲,一面打听附近有没有这方面的乡下郎中。又跟几位好友私下里聊天,了解治疗遗尿的土方法。一位朋友提了一个建议,说实在不行,先用尿不湿对付一下,有总比没有强。这位朋友还自己捐钱买了几大包尿不湿,托陈小庆转交给钱小玲。

把尿不湿转交给钱小玲是在寒假后返校不久。陈小庆把钱小玲叫到一边,问了她一些情况后,拿出尿不湿,让她暂时应一下急。钱小玲起初不肯收,禁不住陈小庆劝说还是收下了,试了几天之后,钱小玲找到陈小庆,红着脸说尿不湿好是好,就是皮肤会过敏,起了好多红疹子。陈小庆对此真是一筹莫展,一直念念于怀。

南方天气本就潮湿,到五、六月份的时候,空气湿度大,天气闷热,地面上、墙壁上到处是渗出来的水珠,衣物极容易发霉,这就是人们常说的“梅雨”天气。虽然还没进入梅雨季节,但室内室外两重天,室外是春光明媚空气清新,室内却是霉味难耐空气污浊。陈小庆让各寝室长多注意寝室通风通气,以免受霉气干扰影响休息。

这天早操时,孩子们陆续走出宿舍楼,有几位与钱小玲同寝室的女生特地走近陈小庆,悄悄说,寝室的味道真是难闻死了,到处是一股尿臊味,恳求陈小庆帮她们换寝室。陈小庆正为即将到来的梅雨季节犯愁,听到她们的议论,先是把寝室长叫来,叮嘱她千万不要刺激钱小玲,更不能歧视她。"求求你老班,给我们换个寝室吧。"孩子恳求道。

陈小庆进入寝室,掀开钱小玲的被子,一股难闻的尿臊味扑鼻而来。她掀开被子看时,被褥中间有一团蒲扇大小的尿斑,肯定是昨晚又遗尿了。再掀开褥子一看,褥子底下已经发霉,连床板上也因为长期潮湿变了颜色。这样下去不是办法!眼看今天天气不错,她想了想,抱起钱小玲的被褥就要晒出去。

刚走到寝室门口,钱小玲突然回来。两人一见,都愣了一下。"老师,您这是?"钱小玲敏锐地意识到老师抱着的就是自己的被子。

"老师帮你晒出去。"

"别,"钱小玲突然变了脸色,"不要晒。"

陈小庆把被褥抱回,钱小玲赶忙将被褥铺回床上。

"今天天气蛮好,拿出去晒一下吧。"陈小庆试图说服她。

"老师,真的不要。"钱小玲满面愁容,"求您不要了!"

陈小庆叹了一口气。钱小玲是个非常刻苦的孩子,成绩也非常好,还当过值日班长。加之长相清秀,身材匀称,如果不是特殊原因,她一定可以成为一位出色的学生。只是眼下受遗尿的问题影响,她的性格越来越内向,越来越抑郁,陈小庆不想看着这种身体问题影响她的一生。"尿不湿用完了吗?"她问。

"还有一些。"钱小玲绞着手指,"老师,您不用替我操心了,等我上完这个学期,我还是转回到我们镇上的中学,每天晚上回家里住,就没人知道了。"

"那怎么行!"陈小庆断然说。回到家里,爷爷奶奶根本不重视,姑姑也忙得没有时间管,还要承受村里人各种白眼和非议,孩子如何承受得住?再说,孩子开始进入青春期,没有大人真正关心,好好的一个女孩子也许就毁了。"镇上学校的条件哪里有这里的好?"

"可是,我……这……"钱小玲看着自己的床铺。

陈小庆明白，她是受不了同学们的歧视和疏远，这才想到转学。“逃避不是办法，碰到什么问题都要敢于面对。你安心学习，老师一直在帮你想办法。”

“我知道，我也不想走，不想离开宏志班，可是我真的坚持不下去了。每天早上起来，我想到的不是怎样去迎接新的一天，而是如何掩盖自己的缺陷，如何面对同学异样的目光。”

陈小庆抚摸着钱小玲的背。她非常理解钱小玲的处境和心情。帮助钱小玲摆脱窘境的办法，一是想方设法治愈她的疾病，二是解开她的心结，而后者尤为重要。“你放心，”她在钱小玲背上抚摩着，“这种疾病真的可以治愈的。你要清楚，疾病不是你的错，但既然有了这个疾病，就必须正确面对。怎么面对呢？你想一想，有多少身体有疾病甚至是残疾的人，从来不会因为身体的残疾而怨天尤人，自甘堕落，而是把全部的精力都投入到自己的工作和事业上，最终成为作家、诗人、音乐家、科学家，这样的例子你知道，像高尔基，像斯蒂芬·霍金，像司马迁、华罗庚、张海迪、邰丽华、桑兰……这样的例子举不胜举。他们都有各种各样的身体疾病，但最终都成为人们心目中的伟人。”

钱小玲似乎心有所动。陈小庆又说：“我们不说远的，就说我们身边的吧。我们班有多少同学的家庭是残缺不全的？有的父亲是小儿麻痹症，有的母亲是精神分裂症，有的爷爷奶奶长年卧病在床，算起来总不止一半吧？如果按你说的，那他们这些人都不用见人、不用活了？他们不是照样生活得好好的，照样养育出了班上这么多优秀的同学吗？就算你有这个毛病，就算别人嘲笑你、讽刺你，又有什么关系？让他们嘲笑去，让他们讽刺去，考试的时候又不考这个，老师只管你题目做对了还是做错了。”

钱小玲舒展开来。陈小庆知道她的心结正在打开，冰雪融化，春天的脚步已经不远了。她接着说：“自己的态度才是最重要的。你心里装着阳光，生活便充满阳光；你心里装着阴暗，全世界便一团漆黑。不是有一句话吗，走自己的路，让别人无路可走……”

“老师，是这样说的：‘走自己的路，让别人说去吧’，是但丁说的。”钱小玲忍不住插了一句。

陈小庆笑了笑。“你知道就好。走好自己的路，按我们的班训去做。还记得我们的班训吗？"

"记得。'特别能吃苦，特别讲礼仪；特别爱阅读，特别会学习'。"

"对啊！你要相信自己，一定可以成为最棒的孩子！"

钱小玲频频点头。陈小庆笑道："想通了吗？"

"想通了，真的想通了，谢谢老师！"钱小玲开心地笑了。

"现在可以把被褥抱出去晒吗？"

"没事，我自己去晒……哦，不行，今天还是不能晒。"

"为什么？"

"因为今天要搞内务卫生评比。"

"所以你就偷偷先跑回来了，是吗？"钱小玲狡黠地笑笑，附在陈小庆耳边，轻轻说："寝室长叫我先溜回来的。她说，这个礼拜还要拿到内务卫生的流动红旗。"

"真是人小鬼大。"陈小庆莞尔一笑，丢下一句话，轻松地走出了寝室。

19 爱的残缺

读到这篇日记时，全文无一字是泪，但泪已落在心底，而且走上台必须调转情绪，必须分析出色之处……常常感觉自己已力不胜支，抑郁像是一条虫子吞噬人。我走向山林，走向田野，独自坐在湖畔，一遍遍拷问自己还有几个：一二三四五……天，我不能这样去数孩子，至少他们走进这里都是幸运星，除了逼着他们努力奔跑、坚强，别无他途。

少年，除了努力，我们还能做什么？

上学期，熊孩子数学很不理想，老三十几分，数学老师总是背后唉唉唉，而我除了变母老虎亦无他法，本学期已经有了些许进步，某次居然考了自己也不敢相信的七十五分。数学老师功莫大焉！

——陈小庆《支教日记》

清明节气，春天已然焕发勃勃生机。

学校操场上，一群老师正在不亦乐乎打着气排球。曾金荣慢步踱来，被同事们看到，便欢叫道："曾校长，快来玩一下吧。"陈小庆捡起地上的球，也邀请道："曾校长，下课时间，与民同乐一下嘛。"曾金荣微微一笑，向她招招手："小庆，你过来一下。"

陈小庆把球递给别的老师，走到曾金荣面前，问道："有事啊校长？"

"也没什么事。"曾金荣朝身后指了指，"那边有个幼儿园的小孩，哭闹了很久，在地上赖死赖活的，谁都牵不起来。这么晚了，要么你去看下吧，你善于做孩子的工作。"

"什么情况？"陈小庆一听，揩了一下头上的汗，匆匆走过去一看，二号教学楼边，围了二十多个孩子。地上坐着一个五六岁大的孩子，不停地哭闹，他的小脚已经沾满泥灰，脚背上还擦脱了皮，鞋子左一只右一只，红脸上泪痕纵流，声音已经哭哑。旁边站着教导处丁主任，弯腰牵了几次，都被孩子甩开，拿他毫无办法。旁边的学生好心劝道："快回去吧，快回家去。"

陈小庆挤进去，问丁主任："怎么回事啊?"

丁主任两手一摊："我也不知道。这孩子一直在这里哭闹，他姐姐却站在校门口哭。"

陈小庆想了想，急中生智，一揽二穿，把小男孩抱了起来。小男孩看着陈小庆，竟然特别温顺，止住了哭声，急切地朝校门口看去。到校门口一看，果然有个十来岁的女孩站在那里，扒着大门栏杆，在小声抽泣。陈小庆认识这个女孩，是附近更新村韩家的，在晓春学校读四年级，平时上课时，便把弟弟带到学校，放学以后奶奶便到学校来带两人一起回家。今天不知怎么回事，姐弟两人在这里闹起了别扭，弟弟竟然赖着不肯走。她心里一酸，不用说，又是两个可怜的留守孩子。她一手牵起一个，向田野向村庄的方向慢慢走去。

"放了学怎么不回去？爷爷奶奶呢?"陈小庆一边走着，一边问姐姐。

姐姐仍在抽泣，答道："爸爸妈妈都出去打工了，爷爷也出去打工了，家里就剩下奶奶。"小男孩奶声奶气地插话道："爸爸妈妈和爷爷赚钱去了，会赚好多钱回来。"

陈小庆便俯身问男孩："那你能不能告诉老师，你为什么要哭?"

男孩愣了一下，不作声。姐姐说："平时我都是把弟弟带到学校来，奶奶来接的时候就一起回去。今天奶奶有事不来接，就让我带他回去。可是我下课的时候走快了几步，当时没有等他，结果他就生我的气，在这里犯倔。"

五六岁的孩子，从小便没有父爱母爱的孩子，到学校里玩耍是唯一的乐趣。陈小庆在心里深深叹息一声。见孩子走得吃力，有点心疼，正好一个初二学生骑着自行车往这边走，便把他拦下，要借用一下他的自行车把两个孩子送回去。初二学生见是陈小庆，马上爽快地答应道："没事，就是龙头有点歪不好骑，老师您小心点，等回来的时候放到车棚就行。"

陈小庆谢过他，歪歪扭扭骑着自行车，好一会儿才慢慢适应下来。进入村庄时，有老人站在门口，看到陈小庆，亲切地凑上前来打招呼。

"陈老师回来了？哎哟，又帮她家里把人接回来了？只顾自己玩，人都不去接。真是的！我去帮你寻一下看。"

“不用了不用了。可能老人家有事吧。等下回来让她帮小孩子洗下脚看下,现在就到你家帮他找点水喝,哭了半天,嗓子都哭哑了。”

“要得要得,你把他们两个放我家里,我去帮他倒点水。”

“那就谢谢了婆婆。我还有课要上,我走了啊。”

陈小庆把孩子放下,小男孩站在堂屋中间,眼巴巴地望着她。暮色一点点盖下,屋里也暗下来。

赶到学校时,已经上夜课了。夜里安排了四节课,初来晓春的时候,她觉得很奇怪,为什么这么多自习?那位校长无奈地说:“学校基本上都是留守孩子。太早了睡不着觉,长长的夜晚,你叫他们干什么去呢?”

顾不上吃饭,先回教室看看学生,向学生说明一下情况,还好书声已琅琅。有孩子不平地说:“那个小孩子赖在地上好长时间,真会哭,从来没有见过。”“是啊,声音好大,吵死人。”陈小庆不由得多看了他们一眼,好像他们特别懂事似的。

“老师好走,慢慢吃,我们晓得了。”孩子们反倒催促起她来了。

走出教室,回想着哭泣的男孩和女孩,心里有点疼。记得返校的时候,丁志浩旷课未至,后来问他为什么旷课,丁志浩找了好几个理由来搪塞她。她打电话给他家长询问情况,家长发来一张照片,却是母子俩相拥痛哭、依依不舍的样子。原来,那一天,父母打工去远方!

他们是留守小孩,我们是留守老师。

我们回不去家乡,又走不出家乡。

在沦陷的土地上,失守的不止是花朵。

山里春光,因为连日的雨似乎变得水淋淋。雨水洗过的校园,连水泥道路也梦幻迷离。躁动的心局促在教室里总是无法安宁。

“假期后遗症”还在暗流涌动,所谓“少年义气”又在迷失中堂而皇之地自以为是。那些太懂事的孩子让人心疼,而轻狂散漫的又在挑战,一时热血冲动的转眼偃旗息鼓又令你啼笑皆非。

站上讲台,就是一场魔法修行,“道高一尺”你得“魔高一丈”。外加五毒不侵,百炼成钢。青春的“多恼河”上真的没有永恒的“教主”,放下身段除了修行还是修行!

一天,熊少雄突然找到陈小庆,说吴天罡迷上了手机,联想到几天前有人反映陈湘云和肖智琴也经常周末玩手机。这是一个不大好的苗头。

陈小庆不放心,便专门留心着这几个孩子。果然,下课时,吴天罡悄悄躲在一旁掏出了手机。她悄悄走近一看,原来吴天罡正在玩游戏。“你的手机为什么没有上交?”她厉声喝问,情急之下,缴下他的手机,用力往地上一甩,手机顿时散落一地。

吴天罡看着手机,泪水一下子就涌了上来。这一幕成了很多孩子回忆中窗外“可怕的眼”。吴天罡的泪水让陈小庆深思:要怎样的引渡才能让他或者他父母明白,自制力不够的孩子,毁掉他很简单,给他一部手机就足够!

好在吴天罡并没有抵触,默默把破碎的手机清理掉之后,就进了教室,这倒令陈小庆颇感意外,也有点后悔自己的冲动。午休时,吴天罡连觉也不睡,一直在那里做作业,其他孩子居然也在埋头做作业,一个睡觉的也没有。陈小庆很奇怪,还来不及弄清这是怎么一回事,吴天罡却拿着书本向自己走来,问道:“老师,这道数学题怎么做?”一切似乎瞬息,一切似乎平静,好像手机事件不曾发生过。

陈小庆愣了一下,不知他是有意套近乎还是真的跟数学题较上了劲。她看了看,是一道代数题,有点懵,便答道:“先看书弄清概念,问课代,再问数学老师,用心听懂后,再告诉我。我叫你一声吴老师。”教给他解决问题的方法,比答案更重要,这也是陈小庆安慰自己的方式。过了一会儿,吴天罡再次走向讲台,把代数题目的解题方法跟她讲了一遍。陈小庆很欣慰。“谢谢吴老师,这才是你恨我的最好方式。学问学问,不懂,你我都要敢问。”她又小声说道,“摔了手机很心疼吧?”吴天罡摇摇头,飘然转身回座。

陈小庆觉得有必要提醒一下孩子们。她让大家暂停做作业,平静地说:“同学们,你们都看到了,老班上午摔了一位同学的手机。老班不是跟手机过不去,而是跟你们的不争气过不去。我们有一个共同的名字叫宏志班,父母背井离乡丢下老人,丢下孩子建设他人的家乡,多少情非得已?我们最好的姿态是什么?”

她顿了顿,看着教室里泪光闪闪的眼睛,悲愤地说:“想想吧……手机电脑不是让你沉溺在王者荣耀里,开启它拓宽视野,关注时势,了解丰城,做到秀才不出门,能知天下事。听听咱丰城的传奇故事,世界那么大,我们这么小,正要努力蓄积,做好准备。我们身上凝聚了炽热的关爱,水彩笔、美术本、水芯笔、笔记本……那是爱心人士特意为你们准备的,我们要学会用行动去感恩。记住努力,幸运才有可能眷顾我们。”

台下非常安静,鸦雀无声。陈小庆问道:“我们的班训是什么?”

“特别能吃苦,特别讲礼仪;特别爱阅读,特别会学习!”孩子们齐声回答。

陈小庆抹了一下眼睛,巡视一周,看着每一位孩子:“要记住你们自己的承诺! 老师要说的是,孩子们,请爱上书,养成阅读好习惯。台上是我的修行,台下就是你们的修行。所谓安静教书,那就是当你的青春期撞上我的更年期,我依然从容地站上讲台。谈王者荣耀,我甘心叫你老师;但此刻,我——是你的老师!”

教室里沉默良久,突然爆发出一阵雷鸣般的掌声。

清明之后,上作家萧红写的《回忆鲁迅先生》这篇课文。陈小庆再一次感到很揪心。失守的村庄,失守的家园,如何才能教出性格健全的孩子? 她用大量篇幅介绍了萧红和鲁迅之间的关系,然后又引出家庭、亲情、感恩、进取的话题,讲得她心力交瘁。课后,布置了一篇作文,让孩子们从对亲人的思念中传承美德,汲取动力。这堂课结束,她甚至好半天都缓不过劲。

几天之后,作文交上来。陈小庆拿起案上的作业本,批阅完之后,挑出了两篇,一篇是袁敏写的《爱的残缺》,一篇是熊少雄写的《我的爷爷》,两篇文章都是怀念自己的爷爷。这两个孩子都是孤儿,都是独生子女,都非常懂事,她觉得有必要当面倾听一下他们的故事,解开他们心底的结,让他们轻装上阵,行稳致远。

“袁敏,老班读过你的作文了,写得非常细腻,非常生动,非常感人。跟老班讲一下爷爷吧。”

陈小庆叫出袁敏,走在僻静的林荫小道。袁敏和陈小庆并排走着,向老师娓娓讲述起她的爷爷来——

他笑的时候,两眼眯成缝,嘴角上翘,露出少得可怜的牙齿,十分亲切。他走得不快,时不时会发出剧烈的咳嗽声,让人担心。

很小很小的时候,他总喜欢用他那宽大手掌摸摸我的头。我会开心地笑着,向他撒娇,他的手掌宽大、粗糙,岁月在他手上留下了道道痕迹。

慢慢地我长大了,要上学了,他渐渐孤独了。不过,很快,他又找到另一个方式——打麻将。但他并不会将家庭陷入困境。他的自控力很强,绝不会用太多钱于娱乐。他爱他的家。

有时不用上学,大人让我去帮他们买东西,倘若遇见他,他会笑着喊我过去,拿一两块钱给我,让我买些零食吃。后来,他不知怎的,突然生了重病。一天,我回到家,他已去了别处治疗。过了很久,他回来了,可病情并没有什么好转。每天,他都要吃好多好多药。那药,好苦好苦。

自那以后 ,大人每天晚上都会舍己所爱,看他想看的电视节目 ,他总是温柔地笑着,让小孩子看动画片。

偶尔我去外婆家小住一阵子,每每我回来,他总会笑着坐在门口。

时间一晃而过,转眼间是六年级,他离我而去了。得知他去世的消息,我呆呆地,脑子一片空白,心中有一种说不出的感觉。

很快他下葬了,在他葬礼的几天夜晚,我躺在床上,望着窗口透进来惨白的灯光,久久不能入眠,眼角的泪水浸湿了枕头。曾经,我以为我在这时不会哭,可事实证明我没做到 。

那个寒冷的冬天,我失去了一个爱我的人。心在那时出现了一道裂痕,久久不能愈合。

他,就是我爷爷。

袁敏讲述的时候,仿佛在讲一件与己无关的事,讲述一个与己无关的人。但隐忍的语气细腻而充满深情,她的眼里一直闪烁着泪光。这是一个非常乐观非常坚强又非常好学上进的孩子。陈小庆还记得年前到她家去家访时,她和奶奶坐在门口聊天晒太阳时的情景,要是不了解她的家庭背景,谁都不会想到这是一个残缺的家庭,一个只有奶奶和孙女相依为命的家庭。也许是奶奶的坚强影响了孙女,也许是孙女的乐观感染了奶奶,她们的世界里没有悲伤,只有坚强。

陈小庆搭着袁敏的肩膀,真想把她搂进怀里。

"老班,我有一个请求,您可以答应我吗?"袁敏突然转过头,直视着陈小庆。

“你说吧,什么请求老班都答应。”陈小庆还沉浸在袁敏的故事里,对于这样一个乖巧懂事有分寸的孩子,还有什么不能满足她呢?

“老班,你知道吗?同学们私底下都把您叫作妈妈,把聂老师叫作爸爸。”她先是笑了一下,然后低着头,小声说,“我也想叫您一声妈妈,真的好想好想。我从小就没有爸爸,也没有妈妈,我甚至都记不起妈妈抱我的情景。所以,我想请您抱我一下,让我叫您一声妈妈,好吗?”她的声音已经有些颤抖。

“傻孩子。”陈小庆轻轻抱住了她。袁敏先是小声叫了一声“妈妈”,接着便紧紧抱住了陈小庆,在她怀里尽情地叫着,尽情地哭泣。陈小庆用力抱着袁敏,一边应着一边喃喃说着“苦命的孩子”。两人相拥而泣,流泪不止。

宣泄过后,袁敏松开手臂,擦干眼睛,向陈小庆挤出一副笑容,轻松地说:“好了老师,我没事了,我去教室里了。”

陈小庆心如刀绞。这么幼小的孩子,不仅承受着如此的生活之重,还要强作欢颜,去面对生活面对世界。在生活中她是一名强者,在世界面前她是一缕阳光,可是独处的时候,她该是一种怎样的孤独!

“袁敏,记得有什么事就找老班!”她叮嘱道。

“我真的没事了,我去教室了,老班再见。”袁敏转身一瞬间,陈小庆感到有一阵清风扑面而来。那是青春的气息,那是春天的气息。

熊少雄从球场上被叫过来的时候,头上身上都冒着热汗。陈小庆坐在花坛边,让他也坐下,又把自己的水杯递给他,他也毫不客气地接过,重重地饮了几大口。

“球打得不赖啊!”陈小庆由衷表扬道。

“不行不行。”熊少雄谦逊地笑笑,“蔡魏勇、吴天罡、蔡泽锴、徐高辉他们几个打得都蛮好。”

“那我们班上篮球打得过其他班吗?”

“难说。发挥得好的话,应该可以较量一下吧。”

“嗯。”陈小庆很看好眼前这位帅气阳光的小男孩。刚入学的时候,他的基础成绩非常差,特别是数学,一上数学课就打瞌睡,曾被老严几番投诉,说他“神仙也教不了”。经过耐心批评和悉心指导,到上学期期末的时候,已经考到了75分，不仅老严对他刮目相看，连他自己也有点意外。从此，各科成绩稳步上升，虽然不算拔尖，在班上也算中游偏上。更重要的是，熊少雄热爱劳动，集体荣誉感强，而且有很强的执行力和感召力，从代理班长到首席班长，一直是班上的核心人物。

熊少雄的境遇比袁敏更差，自从去年爷爷去世之后，一直靠吃“百家饭”长大。读过他写的《我的爷爷》之后，陈小庆联想到年前到他家家访，了解到姑奶奶家对他的态度，知道他把自己藏得很深，因此才会在作文中写出“我必须明白，再也没有晚上会帮我盖上被踢掉的被子的人了，再也没有会帮我洗衣服做饭的人了，再也没有疼爱我的人了”这样的话。让他真正融入班集体，把老师同学当作亲人，才能重树信心，重塑品格，成为一个真正的阳光男孩。

“跟我讲一讲爷爷吧。”陈小庆开门见山。

熊少雄愣了一下：“老班，是不是我写得不好？”

“写得很好，真的！老班就是想听听你亲口再讲一遍爷爷的故事。”陈小庆笑着鼓励道。

“噢。”熊少雄应和了一声，把眼睛投向远处的南山之巅。“老班，你知道的，我家住在大山里，进出都很不方便。2009年爸爸遭遇车祸去世的时候，我只有5岁。奶奶受不了打击，不久也去世了。那个时候，我妈妈只有二十三四岁，她是18岁生的我，家里人见她可怜，就劝她改嫁，一年后她改嫁到外地去了，就一直没有联系。”

陈小庆了解过他家的情况，但谁都没有讲得这么细。“你们也没有去找妈妈吗？”她问。

“没有。”熊少雄平静地说，“那个时候我还小，不晓得这些事，后来我问爷爷，爷爷也不肯告诉我，后来大家都不说，我也就没有再问。”

“原来是这样。”陈小庆暗暗叹息一声。

“爸爸去世，对爷爷的打击也很大，好长时间都没有调整过来，落下了慢性病。但他还是带着病种田种地种些菜，因为要养我嘛。我也会去帮爷爷到田地里做事，爷爷不让，非要逼着我去读书，可是爷爷那个样子，我不忍心。去年清明节后一天，爷爷带着我扫完墓之后，就一直躺在床上不动。”熊少雄平静的脸上开始抽搐，眼泪一下子涌了上来。“我做好了饭端到床上时，爷爷已经没气了，他死了。老师你不知道，当时我真的觉得我的天塌下来了，我不晓得怎么办，就跪在爷爷床前哭，哭得天昏地暗。我那时就想，没有爷爷，我吃什么穿什么跟谁说话跟谁做伴啊？”

陈小庆的眼泪慢慢涌了出来。

“老班你知道吗，在爸爸出事以前，爷爷的身体非常好，又好能干。他总是把家里的事情安排得妥妥当当的，什么时候耕田，什么时候栽禾，什么时候打药，什么时候收割，都安排得井井有条。从田地里回来的时候，他还会抢着帮奶奶做饭，还会帮奶奶洗衣服。村里人都说，爷爷又是男人又是女人，大家都很喜欢他。

“爷爷还是生意上的一把好手。每到集市当街的时候，他就会早早地起床，然后骑着自行车带着山里的货物去镇上摆摊，一年四季都这样，从来没有落下过一回。有一次爷爷去赶集，我哭着吵着要跟去，爷爷就带上我，结果去晚了。但是爷爷好像并不当一回事，还是不慌不忙地摆开摊子，神态自若地招揽着顾客。十几分钟后，陆陆续续来了不少人买东西，不到一上午，就全部卖光了。爷爷笑着说，这叫来得早不如来得巧，你看你看，我们比他们还先卖掉。他高兴地买了几个肉包子，给了我一个，然后小心地包起来，说是要带回家给全家人吃。我很少跟爷爷去当街，那一次的印象特别深。

“爸爸和奶奶去世以后，爷爷的身体再也没有以前那么硬朗了，走路的时候也不像以前那么轻松，背也有点驼了。更主要的是，家里再也没有从前那样温馨快乐的笑声了。爷爷强打着精神抚养着我，当街的次数也少了。农忙的时候，他经常三四点起床去秧田里拔秧，天亮时还要赶回来给我做饭洗衣服，他每次回来都是气喘吁吁，腿上被可恶的蚂蟥吸附出一溜一溜的血印子。我要跟着爷爷去田里玩，被爷爷严厉制止，我就只好乖乖待在家里。他也很少去赶集了，他真的很不容易……”

陈小庆听着孩子的叙述，觉得很难受，也觉得有点负罪感。用揭伤疤的方式去警示孩子教育孩子，是一件多么残酷的事！但是，不揭开伤疤挤掉里面的脓疮，终究是饮鸩止渴，遗患无穷。她轻轻拍打着熊少雄的肩膀，传递着师心和母爱。“爷爷真的很不容易，很伟大！”

“小时候，我睡觉很喜欢踢被子，再加上抵抗力差，一不小心就会感冒。自己咳嗽很难受，别人看着更难受。所以，爷爷经常要照顾我，他不想带我去打针吃药，说那些药没有山里的药灵，所以就独自上山采草药，煎好后吹凉端到我手上。后来，我的体质慢慢变好了，感冒也少了。我得意扬扬地向爷爷炫耀，爷爷总是笑着说，身体好了就好，不要经常感冒。但是，有一天晚上，我在踢掉被子时，爷爷马上爬起来，小心翼翼给我重新盖上。那时，我才明白过来，原来并不是我的体质变强壮了，而是在我踢掉被子之后，爷爷及时给我盖上了。这么多年来，爷爷一直在默默守护着我，关心我成长。爷爷就是我头顶上的大伞，夏天替我遮太阳，雨天替我挡风雨。这样的日子，再也没有，再也不会有了……"

熊少雄沉默良久，陈小庆亦陪着他沉默。过了好一会儿，熊少雄打破这种沉默，淡然一笑："老班，我是不是很不争气？是不是很没出息？"

"不，你很争气，你为爷爷争了气。"陈小庆努力宽慰着他，"你也很优秀，所以你一直是宏志班的班长。"

"你们这是在同情我吗？"

"说哪里的话？老班还有周校长他们，真的都很喜欢你。连聂老师也经常在老班面前表扬你，说你真的变化很大！"

熊少雄默默点着头。他幽幽地说："我知道，姑奶奶想帮我，但他们家里人都不喜欢我，老是想赶我走。还说我要是成绩不好的话，不如早点出去打工，不要浪费他们的钱。我也是没办法，没有去处，所以才到他们家里。要是我长大了，能够赚到钱，我就不用寄人篱下，看他们的脸色了。"

"你不能这么想，也不能这么说。姑奶奶一家人其实对你挺好的，他们那样说，也是为了激励你，希望你好好读书，今后能有个好前途啊！"陈小庆安慰说。

"我知道。我也想努力，我也想进步，可是我就是赶不上别人，我觉得我好笨啊，让老师失望，让大家都失望。"熊少雄垂下了头。

"少雄，你真的不能这样去想问题。你刚来的时候，底子确实比较差，可那是过去。经过你自己的努力，你的各科成绩都上来了，大家有目共睹。你要清楚，你读书不是为了赌气，而是争气。争气懂吗？就是要把来自各方面的压力变成你的动力，把自己的潜力发挥出来，做一个优秀的自己。"陈小庆开导道，"当你有出息了，优秀了，再回过头来去看你身边那些帮助过你或者给过你压力的人，你就会明白，他们都是为你好。"

“他们是为我好吗?”

“当然! 否则,他们为什么让你来上学,为什么出钱供养你?”

“那是他们可怜我,因为我是个孤儿。我觉得真正对我好的人,除了爷爷,就是老班。其他人都是可怜我。”

“你错了! 他们是真正关心你的人,只不过你没有拐过弯来,没有换一个角度去看他们。”陈小庆没想到,阳光豁达的熊少雄,竟然还有这么固执、这么深的成见。她耐心地说,“我们换个角度说,如果不是他们,你吃什么?穿什么? 住哪里? 谁送你来上学? 放假了又谁陪你? 如果想不明白这些,你就永远绕不出来。”

熊少雄怔了一下,仿佛这时才有些明白。“他们真的是关心我?”

看到熊少雄的转变,陈小庆很高兴,继续说:“当然是关心你。姑奶奶经常打电话来,过问你的学习情况,还让老班和聂老师他们多多关照你。这不是关心是什么?”

“那么,是我错怪他们了?”

“在对待姑奶奶一家人的问题上,你的确做错了。”见熊少雄低头沉默,陈小庆又说:“不管是什么人,不管是路人还是帮助过你的人,你都要心存感恩。他们或许没有亲人那样的陪伴,没有亲人那样的亲切和温馨,但是,从来不曾害过你,反过来,他们一直在用自己的方式关心和关注你。你要用心去感知,你会发现,这个世界其实很美好,只是你没有认真去欣赏。你那天不是告诉老师,说人不能白白来世上一遭,必须做些有意义的事情吗? 感恩和欣赏,也是一件非常有意义的事,值得你一直做下去。”

说到这里,她变得严肃起来。“还有一点我要提醒你的是,回家以后,不要把自己封闭起来,要敞开心扉主动和他们接近,说说话,做点事,微笑,分担,感恩,把你的进步告诉他们,这些都是你必须主动做的。那时,你就会发现,他们和你的亲人一样爱你,他们就是你的亲人。”

熊少雄沉思片刻,马上站起来,开心地说:“老班,我知道了。谢谢您,您就是我最亲的人!”说罢,向陈小庆鞠了一躬。

陈小庆如释重负。

20 有爱，永不孤单

阅读晨光，自然才是永恒的恋人！无论欢乐无论忧伤，在她的怀抱中忘记尘世际遇。只要我愿意，你总守护在身旁。以你的豁达，以你的包容，以你的华美，涤荡黑暗中所有的困惑，让我、我们成为完全的自己！

我是少年的向往与期待，没有必然的生活，一切都充满变数，露出明光，穿过田野，山林里有我慢慢开启的新天地，我们将重新建筑刷新另一个世界，用少年的傲气！

原乡，接纳你的赤子，没有人喜欢在虚妄的土地上生长丛草与语词。世俗的丛林里一定有条道路通向美好，有人走在前面，我们没法停滞脚步，我还年幼，我的创造力在蓄积。

与所有葱茏的事物相比，妈妈，我在爱的牵引下追赶，或许有一天，我会尝试另一个角度俯瞰我童年的足迹，正是这点点滴滴造就我的精神与骨骼，我是你的希望更是自己的希望。

婆婆，一辈子辛辛苦苦养儿育女带孙，无数个淡然的日子，无数个劳苦的日子，无数个期待的日子，今天，从一个地方穿行到另一个地方，愿您的笑颜像花一样甜如蜜。

宝贝，在我的母腹内茁壮成长吧。此刻，我是你的眼，带你看云雾山川，带你阅诗书画卷，带你览夏日风情，带你品似水流年……

有一种微笑与所有的日子和解，那就是当你出现在面前，我一直记得你亲切的问询。我满怀希望时，老天赐我予绝望；我喝着稀饭时，你提醒我，日子不能只剩稀饭。

山不转水转，水不转云转。忘却黑夜沉溺的日子，走过去，前面又是碧水蓝天。

德高而望重,其实亲和力够强!殊不知我放下一切时,一切因放下而产生向心力。

——陈小庆《支教日记》

生活日复一日,周而复始。

起床,早读,升旗,上课,做课件,充卡,自习,查夜……每天都有做不完的事,每天都忙碌而充实。

这天升旗时间,孩子们匆匆下楼。陈小庆正走在楼梯上,突然有个女孩从身后抱着她,嘴里喃喃叫着:“妈妈,妈妈。”陈小庆回身一看,却是徐静雯。她突然想起刚开学不久时,到寝室里查夜,黑暗之中有一个孩子伸出小手拉着她,嘴里喃喃叫着“妈妈”,与此刻的情景何其相似!她的心里一阵战栗,便停下脚步,把手搭在她的肩上,问道:“想妈妈了?”徐静雯脸上一阵羞红。陈小庆发现,她的脸上长着许多红疹,便又问:“怎么了?”

徐静雯低着头说:“一到学校脸上就痒。”

“可能是春天花粉多,过敏了吧。等升完旗,老班带你去诊所看看。”

升完旗,陈小庆向同事借了一辆电瓶车,带着徐静雯去桥东集镇的诊所。路上,她问道:“妈妈多久没回来了?”

“三年多没回来过年了。”

徐静雯的父亲因一场意外去世,为了扶养老人和孩子,年轻的母亲不得不外出打工。没想到竟然三四年没有回来过年,而且电话来得也极少。陈小庆心里有点隐隐作痛。难怪她在楼梯里会产生幻觉,把自己当成妈妈。

“不要难过。妈妈也是为了赚钱,为了养家,你要多理解她、体谅她。在学校里你就把老班当作妈妈,有什么事都可以跟老班说,知道吗?”

“嗯。”徐静雯把身体和脸贴在陈小庆背上,双手紧紧抱着她的腰。

下午第三节课是主题班会。班会之前,陈小庆先说了一个现象:“老班发现,有的同学私自涂改饭卡,这是什么原因呢?后来,我在学校门口找到了答案。有几个同学一直在小店门口厮混,这几个同学这段时间的学习也不在状态。大家说,这是为什么?”

孩子们哄堂大笑,看样子是司空见惯的事。

傅志坚站起来,低着头说:“老班,我错了。”接着,谢乐嘉、范春根、谢俊伟、吴天罡等人也相继站起来承认错误。陈小庆一看，竟然有十几人。

“把三百划掉改两百、一百，你们也真是神了。”陈小庆讥讽道，“就你们这帮熊孩子这点小聪明还想瞒老班？明明从家里带了钱，不拿去充卡，想扣下来自己买零食吃，这点子小心思我还看不出来吗？咱们玩也要玩出点名堂来，玩得别让家长揪心。从今天起，老班去守三楼男生寝室。”

谢俊伟求饶道：“老班，你真的要守男寝啊？”

“讨厌吗？”

“不是不是。这样就会……很安静了。”

众人又是一阵哄笑。

“好了，你们都坐下吧，咱们言归正传。下面，让我们用热烈的掌声，欢迎我们丰城籍的著名作家夏央老师给我们讲课！”

投影上播放出夏央的简介：夏央，江西丰城荣塘人，国家二级作家……

身材壮实的夏央走上讲台。

“同学们，我叫夏央。其实，我没有那么多头衔，我最认可的身价是：江西丰城荣塘人……”

孩子们发出会心的微笑，饶有兴致地听着这位“老乡”的讲述。

“我想问一下，你们能说出多少位你们心目中认为的古今中外的杰出人物？”

“毛泽东！”“邓小平！”“高尔基！”“屈原！”……

“很好！那你们能不能归纳出这些人的身世？”

“……”

看着津津有味的孩子们，夏央缓缓说道：“古今中外所有的杰出人物，他们的身世大都有一个共同的特点，那就是他们大多出身贫寒。也正因为出身贫寒，才会想到去努力，去改变命运，才会做出一番惊世伟业。这样的例子很多，中国古代的屈原，被流放后写下千古名篇《离骚》；司马迁受宫刑之屈辱，在监狱里写下《史记》；刘邦是农民出身，创立了大汉王朝；朱元璋从叫花子到当和尚，最后建立了明朝；曾国藩出身贫寒，成为晚清重臣。近现代的伟人也很多是这样，我们的开国领袖毛泽东是农民出身，邓小平是农民出身，朱德是农民出身……国外也有很多，像刚才有位同学讲的高尔基，当过学徒、码头工、面包师傅等，后来流浪俄国各地，成为著名作家。所以古人说，‘自古英雄多磨难，从来纨绔少伟男’。所以，孟子说：‘天将降大任于斯人也……’”

随着夏央的背诵，同学们也跟着一起背诵起来。

夏央满意地点点头：“书不是用来背的，要理解其中的意思，然后在书本人物身上找到知识点，去理解它，去消化它，去为我所用，变成自己的精神食粮，变成自己的自觉行动。”他顿了一顿，又说道，“我听陈老师介绍过你们班级，有很多同学都是来自贫困家庭，我非常理解你们，但并不想同情你们。身世是没有办法改变的，但命运可以改变，你们有这么好的学习条件，有这么优秀的班主任，有充满爱心的徐良喜先生，有社会上很多热心人士在关注你们、帮助你们、支持你们，还需要我同情吗？不需要！”

教室里又发出一阵会意的哄笑。

“你们现在的条件比我当年读书的条件好多了。我那个时候放牛、栽禾割禾、耕田种地，还吃不饱饭，穿打补丁的衣服。想坐下来看看书写写作业，大人还会指着我骂，坐在这里等着天上掉下饭来给你吃吗？赶快做事去，否则就莫吃饭了！为了吃上半碗菜米饭，我只得丢掉书本，丢掉作业本，到田里地里做事。那个时候，我心里难过极了。所以你们比我幸运多了，根本用不着同情，要说同情的话，你们应该同情我的出身。”

孩子们放肆地大笑起来。

“正所谓‘英雄不问出处’，到你们功成名就的那一天，没有人会追问你的出身，只会羡慕你的光环。所以，你们犯不着为家里条件不好在这里自卑、郁闷、发牢骚，你们要做的就是好好珍惜现在的条件，好好读书，好好努力，大胆追求自己的梦想。这才是你该做的，人家帮你也帮得有意义。否则，浪费了你自己的青春不说，还浪费徐总的钱，浪费陈老师的一片苦心，浪费爱心人士的感情，那你们还坐在这里干什么，该干吗干吗去。你们说是不是？”

“是！”孩子们情绪振奋。

“我今天怎么讲了这么多。”夏央似是自言自语地说，“如果你们不听，左耳朵进右耳朵出，那不是浪费我的口舌吗？”

“谢谢夏央老师！”孩子们兴奋地高喊。

“这还差不多。”夏央满意地说，“看样子，我的口舌也没有浪费，同学们都听进去了。对于中学教学,我是不懂的,好多内容我都看不懂,有些小学的课程我也看不懂。这说明什么?说明社会在进步,说明你们进步得越来越聪明,以你们的聪明才智,都应该有大出息有大作为。好了,我讲得太多了,下面该轮到你们讲了,有什么问题我们可以当面交流一下。"

徐静雯举手:"夏央老师,我在课本上看到一篇《孤独的老乡》的课文,作者也叫夏央,这是您写的吗?"

"是啊,如假包换。"

"哇——"孩子们发出一阵惊呼声。他们大约没有想到,站在讲台上的这位讲述者,竟然能够成为中学课文的作者,崇敬之情溢于言表,纷纷鼓掌。

"夏央老师,您为什么会爱好写作呢?"丁志浩问。

"因为写字比作田更轻松,我当然选择更轻松的事了。"夏央笑道,见同学们也在笑,便又认真地说,"我不过是想改变自己的命运,正好又喜欢写作,所以才一直朝着这方面努力。"

同学们报以热烈的掌声。

何婉莹举手问道:"夏央老师,您的文章写得很深刻,您是怎么做到的?"

"多阅读,多观察,多思考,多写,就一定能写好。我看你们班训写的是'特别能吃苦,特别讲礼仪;特别爱阅读,特别会学习',我非常同意,也非常喜欢,你们照着这个去做,想做什么,只要紧盯着一件事做下去,就一定会有收获。"

谈笑风生中,孩子们神采飞扬,情绪高涨。班会结束后,孩子们围着夏央问问题,有的还拿出笔记本请他签名,夏央一一满足。

集体的温暖,多少可以弥补亲子关系缺失对一个人人格健全发展形成的消极影响。即便是山中的野蔷薇,也渴望最后的春天,迎接初夏的阳光。

这天,市公安局一位叫武君卿的朋友打来电话,告诉陈小庆,说她现在在晓春学校宏志班的工作,是一件功德无量的大好事,非常有意义,非常了不起。"陈姐,我知道宏志班是个很特殊的班级,您看我能为孩子们做点什么吗?"武君卿在电话里诚恳地说。陈小庆听了,欣然表示欢迎。

说起陈小庆与武君卿的认识,也与留守孩子的教育有关。原来,陈小庆早年还在乡下中学的时候,武君卿也在同一个乡镇。那时,武君卿捐助了她班上一名叫甘超然的女孩。甘超然母亲很早就去世了，一个弟弟自幼患了脑萎缩病，八岁的时候死去，他的父亲平时不大检点，曾经因为偷邻村人家的牛被派出所抓住。甘超然性格内向倔强，因为没钱读书，加之经常会受到别人在背地里指指点点说三道四，她三次把被子抱回家，不想再读书。

有人对甘父说，你要是把小超然放到陈小庆老师班上就好了，她一定能把超然教出来。这话传到陈小庆耳朵里，便真的上门去找她，了解到这个孩子平时学习成绩还可以，又有一个叫武君卿的警察叔叔一直在资助她，决定说服她回到学校去。陈小庆告诉她，只要你肯用功读书，老师会帮你解决一切困难，还与武君卿联系上，共同做她的工作。甘超然听了陈小庆的话，终于回到了学校。后来成绩一路直上，陈小庆见她的成绩稳定，便建议她填报定向师范。同班另一位女生的父亲对甘父说，陈老师这是误人子弟，你女儿成绩这么好，应该去读高中，将来考个好大学。甘父有点犹豫，但甘超然还是听从了陈小庆的建议。中考时，甘超然考了600多分，被师范学校录取。甘父便找到陈小庆，大骂陈小庆自作主张，陈小庆耐心向甘父解释了读高中、读大学需要很多费用时，甘父这才不说话，但仍是满腹怨气。

为了解决甘超然的学费，中考之后，陈小庆冒着酷暑，带着甘超然来到丰城，挨家挨户向店家打听，需不需要招暑期工。就这样，甘超然顺利进入师范学校学习。而那位说陈小庆误人子弟的父亲，因为不肯听陈小庆的建议，坚持让女儿读高中，但由于家庭条件太差，想读书却没钱读下去，精神压力很大，成绩一降再降，最终精神失常，几番跳楼未遂，最后还是被迫退学。甘父非常后怕，到这时才理解陈小庆建议女儿读师范的苦心。

听到这个消息之后，武君卿对陈小庆敬佩不已，二人成为好友，经常谈论一些教育教学上的问题。在甘超然即将毕业的那一年，武君卿专门邀请陈小庆和甘超然一起吃年夜饭。回想起从前的时光，甘超然感激涕零，一直称陈小庆为妈妈，称武君卿为大哥哥，而武君卿与陈小庆的联系也一直维持至今。宏志班开学之初，武君卿便送来过一批青少年读物，还有一些文艺丛刊，后来还来过几回，有时是送些衣物，有时是送些文具书籍之类，对孩子们的成长非常关注。

乡村教育说到底就是“留守儿童”的教育。其中最为突出的是“隔代教育”问题，大多留守儿童是隔代监护和亲友监护，基本没有能力辅导和监督孩子学习，相当数量的留守儿童产生厌学、逃学、辍学现象。其次是留守孩子道德行为问题。由于家庭教育的缺失，缺乏道德约束，一些留守儿童没有养成良好的生活习惯和道德品行，出现行为偏差，严重者甚至违法。还有留守儿童安全问题、营养问题等等都不容忽视。

解决留守儿童的教育问题，根本在于引导他们建立健康乐观的心态，锻炼独立自主的生活能力，从而促进他们自然顺利成长。但这绝不是单靠学校老师能解决的。首先政府应加大力度。其次家长要营造良好的家庭教育环境，使孩子能够充分感受到父母的爱；要正确处理生产、创收与子女教育的关系，不能以牺牲孩子的成长和未来为代价来换取眼前暂时的利益；要与学校和老师保持经常性联系，随时了解子女学习和发展情况，并对他们进行及时的引导教育。再者当调动社会各界的力量，共同关注。

现在，有欧亚达控股集团徐良喜先生的慷慨解囊，有市委、市政府的高度重视，有社会各界的爱心奉献，社会力量正形成一股爱的洪流，让来自社会底层的孩子有了生活的保障，有了学习的条件，有了前行的动力。如果再有公安机关的“护航”，让宏志班这朵教育的小花开得更健康更美丽，这一切就太完美了！既然武君卿主动提出要为宏志班做点什么，陈小庆觉得也没必要客气，决定为孩子们安排一堂法制安全课，在宏志班营造“教风严、学风浓、校风正”的良好风气。

为了迎接这特别的一课，陈小庆说：“咱们得先大扫除，做好准备吧！”孩子们听说马上就会有警察叔叔来给他们上课，期待不已，马上全体动起手来。有的孩子站在凳子上擦玻璃，有的孩子站在桌子上擦灯管，有的孩子拿着扫帚一遍又一遍地扫地，表现出从未有过的热情。

武君卿带着一位张姓警官走进教室，威风凛凛地向孩子们敬了个标准的军礼。孩子们马上惊呼起来：“不是警察叔叔，是警察帅哥！”“哇，好帅气！”如果说男孩子们眼中充满羡慕之情的话，那么女孩子眼中则满是仰慕之情。

法制安全课由年轻的张警官主讲。张警官年轻帅气的脸上写满自信和威严，一边播放幻灯片，一边讲解：

“高年级学生向低年级学生收保护费，怎么办?”张警官提出了一个问题，孩子们你看着我我看着你，面面相觑。有人小声说道："不知道啊，我们还没遇到过。"

"我们平时就要加强自我防范意识，如果碰到这样的问题，不能硬碰硬，要机智勇敢地同这种行为做斗争。例如，及时向老师和家长反映情况、上学放学时结伴而行、不到网吧等场所活动、慎重交友等等。"

见孩子们听得津津有味，他又提出了第二个问题："未成年人有哪些不良行为？"

他威严地看了看教室，接着讲解道："未成年人的不良行为包括：1. 旷课、夜不归宿、抽烟、喝酒；2. 携带管制刀具；3. 打架斗殴；4. 强行索要他人财物；5. 偷窃、故意损毁财物；6. 参与赌博或者变相赌博；7. 观看、收听色情、淫秽音像制品、读物等；8. 进入法律、法规规定未成年人不适宜进入的营业性歌舞厅等场所；9. 其他严重违背社会公德的不良行为。"

张警官列举了中学生违法乱纪行为多发的诱因：1. 自身因素：沉迷网络，盲目攀比，感情纠葛；沾染恶习，交友不慎，仗势自大。2. 学校监督不力：学校与家长之间缺乏沟通交流；管理不严，流于形式。3. 家庭因素：放纵溺爱，粗暴管教；缺乏关爱，留守儿童居多。

他举例说：某某中学的学生张某，原来在校表现较好，曾多次被学校评为三好学生，后来因为和社会上不三不四的人来往，经常旷课，流连网吧，有时还偷拿同学东西，打骂同学。学校对其进行多次批评教育，但张某不思悔改，跟那些人在社会上偷窃少量财物，被公安机关拘留。但他仍不接受教训，一天晚上，张某趁李大娘的儿子出差未归，持刀爬进李大娘家企图盗窃财物，被发现，张某把李大娘打昏在地，偷走现金一千元，经人民法院审理，判处张某有期徒刑三年。

"同学们，请你们回答一下，1. 张某哪些行为属于违反校纪的行为？2. 张某哪些行为属于一般违法行为？3. 张某哪些行为属于犯罪行为？"

"我觉得张某不该偷东西还有打骂同学。""张某持刀行凶也不对。""我想听很专业的回答。"孩子们纷纷发言道。

张警官解释说：遵纪守法中的"纪"和"法"讲的是两个概念，遵纪守法是每个公民应尽的义务，要遵守纪律和法律。法律的范围远大于纪律，纪律条例是在不违背法律规章原则下制定的。作为一名学生，不仅要遵守学校的课堂秩序、食堂就餐秩序、寝室管理制度、校园管理制度等(即纪律),更要守法。“所以,我们要对校园暴力SAY NO!”

孩子们爆发出一阵热烈的掌声,迅速把知识点一一记录下来。

“下面讲一下出行安全问题。”张警官说,对于学生来说,第一要熟悉的是交通信号灯(红灯停,绿灯行);第二要熟悉交通标志,主要有警告标志、禁令标志、指示标志、指路标志、旅游区标志灯;第三要听从交警叔叔的指挥。如果信号灯、交通标志与交警叔叔的指挥不一致时,车辆和行人要服从交警的指挥。“出行过程中,一旦发生意外,要立即拨打‘122’报警电话。一旦在道路上发现有肇事逃逸,要做到以下几点:1.首先记下车牌号;2.记住逃逸车辆的车型、颜色、外貌特征;3.记下逃逸车辆逃逸方向。”

南山脚下校园宁静,世界明媚。但走出去,我们就要注意安全!学会应急处理,不怕一万,就怕万一。

“毒品猛如蛇。”张警官讲到了毒品问题。法律概念上的毒品,是指鸦片、海洛因、冰毒、吗啡、大麻、可卡因以及国家规定管制的其他能使人形成瘾癖的麻醉药品和精神药品,以冰毒、摇头丸为代表的新型毒品自20世纪中叶开始在全球泛滥,并已经开始替代了传统的鸦片、海洛因、可卡因等,成为21世纪流行最广、危害最大的毒品。冰毒为兴奋剂,摇头丸具有生理依赖性和心理成癖性。毒品会引起肝脏病变,心脏肥大,肺萎缩,血管损伤,传染性疾病,皮肤伤害,肾损伤,性功能丧失,精神症状等。吸毒易引起极度兴奋,心力衰竭而死亡。“毒品,具有强烈的成瘾性,摧残肉体,销蚀灵魂,践踏文明。毒品,残害人类生命,破坏社会秩序,危及国家、民族的前途和命运。毒品,害己、毁家、祸国。”

孩子们听得瞠目结舌,原来,毒品竟然是如此的恶毒!

武君卿走上了讲台,总结道:“同学们,你们是祖国的花朵,也是校园暴力、交通安全、毒品的受害群体之一。所以,大家首先要认识这些问题的严重性,并做好积极防范。万一碰到类似的问题,比如校园暴力,比如交通事故,比如吸毒者,首先要远离。如果不幸被牵涉其中,也要保持清醒头脑,慎重对待,积极与老师、家长、公安机关取得联系,千万不可抱有侥幸心理,更不可参与其中。”

“叔叔,我有问题要问。”“我也有问题要问。”孩子们纷纷举起了手。

“一个一个问吧。”武君卿笑着说。

“假如车上遇到小偷怎么办?”“假如毒品不小心吸了，几口上瘾?”“假如碰到拐卖小孩的怎么办?”“世界毒品基地有哪些?”

孩子们迫不及待地抛出自己的问题，看样子听得很认真。

最后，武君卿一一回答，然后总结道:“同学们，要做到健康安全的成长，作为一名警察，我能够告诉你们的是，第一，珍惜学习机会。勿以善小而不为，勿以恶小而为之。第二，提高鉴别能力。学会识别善与恶，凡事多向他人请教。第三，谨慎交友。不要和社会上品行不端的闲散人员交往。近朱者赤，近墨者黑。第四，掌握自救本领。首先要学会保护好自己，然后求助于成年人，要学会以智取胜。第五，增强防范意识。要保持必要的警惕性，放学路上，不要跟陌生人讲话。不要轻易相信他人的哄骗，遇事多留个心眼，警惕各种不良诱惑，对陌生人给的玩具和食物不要轻易接受。”

孩子们听得意犹未尽，虽然早就到了下课时间，但他们仍然在提出自己的问题。武君卿和张警官耐心作答，直到他们接到出警任务才匆匆离去。

21 速度与激情

读朱自清先生著作，内中关于教育一文。先生认为群育方式中如果仅仅只消极地守静的秩序，发展意义不大。群育的意义基本在于两件事：其一，在社会中做事的方法，必如何才最有效率？其二，在社会中对人的态度，必如何才最能相安？如果说课堂更多地体现学习效率，那么群体活动中最能体现群性群觉，培养积极的团队意识共同进步才有可能，此谓教学相长之一……周六补课，组织团体活动，以观后效。

如果眼泪触及灵魂，
我相信自然是最好的教科书，
用巨大永恒之怀抱裹绕我们的身心，
赐予勇气、赐予宁静、赐予欢乐，
在每个平凡的日子平凡地度过。
可能写不了诗，也无法抵达远方，
但我们最接地气，亦有梦想深藏，
出发，从这美丽的小村庄……

——陈小庆《支教日记》

有些光阴总得让它虚度。积弊深重时，日子要不断清理，忘却粉尘带给我们的喑哑，日子才会真正属于我们自己，让简单的时刻变得生动。

崎岖山路上，闷热中透出一丝清凉。一群十四五岁的孩子，此刻正快乐地行走在云姑岭巷背村的老宅石巷中，让寂静的大山顿时灵动起来。

云姑岭是位于丰城西南角上的一个自然风景区，有满目葱茏的茂林修竹，有古老的石砻和溪涧，有神奇的洪州窑余脉“钳石窑”窑址，有碧波荡漾的黄金水库，是市民和邻近地区游客寻幽探古、户外郊游的好地方。孩子们穿着统一的校服，背上清晰可见“晓春学校”几个字，看得出是一群来自晓春学校的学生。

走在这样的小路上，孩子们觉得无比亲切，一个个褪去了坐在教室里的斯文，仿佛鹰击长空鱼翔浅底，活泼得有点肆无忌惮。采一束鲜花，或掬一捧甘泉，才发现这真是他们想要的自然。

学生们叽叽喳喳，说的，笑的，唱的，恶作剧的，追逐嬉戏的，把村里一大一小两条黄色毛发的土狗兴奋得不可开交，不停地上蹿下跳，狂吠不已。村上只有屈指可数的几位耄耋老者，瞪着昏黄的眼睛，好奇地看着这群不速之客。

“等一下！”熊少雄回头看了一下，见队伍拉得老长，落在后面的都快看不到影子了，便让大家停下，“前面的等一下，老班还没有跟上来呢”。

谢乐嘉故意大声叫道：“老班年纪大，跟不上我们了。哈哈哈……”

袁敏冲到谢乐嘉面前，推了他一下，嗔道：“谁说老班年纪大？告诉你谢乐嘉，老班年纪才不大！”

“说说而已嘛，为什么推我？”谢乐嘉不满地说。

“就推你！”袁敏挑衅地看着谢乐嘉，看上去袁敏比谢乐嘉还高了半个头。她又虚晃了一下，做出推谢乐嘉的架势。

谢乐嘉躲闪了一下，悻悻地说道：“好男不跟女斗，我不跟你一般见识。”他快步越过两名男生，挤到前面的队列里，用行动证明自己的“失败”。丁志浩伸出兰花指，装腔作势戳了一下谢乐嘉的头，尖着嗓子说道：“就推你！”孩子们便一齐哄笑。

陈小庆扶着身子瘦弱的陈湘云，上了台阶，叮嘱她小心脚下，又说道：“前面的停一下，到齐了再走。”孩子们都停在原地，有的倚着墙，有的坐在地上。

看看都赶上来了，陈小庆问道：“累不累？”

“不累！”孩子们的回答声震天价响。

“少年强则国强，少年敢闯，世界就不一样！”陈小庆用这种方式训诫她的学生们，“我们还没有征服云姑岭，因为前面还有更难的路在等着我们。白云为证，爬过大丰城陡险奇石砦，自强才是王道，在蓝天下秀一秀我们的身姿!”

“好!”孩子们被陈小庆调动起情绪,一个个昂头挺胸,发出不屈的吼声。

“下一站,石砻。离我们还有半里路,要不要先休息一下补充体力?”

“不要!”

“好! 彪哥前面开路,《速度与激情9》开始上映,向石砻进发!”

彪哥朝陈小庆笑了笑,做了个“OK”的手势,叫了声:“都有,听我口令,向右转,前进!”学生们便兴奋地转过身去,紧随着彪哥,寸步不离。有的学生还越过彪哥,快跑几步,怕方向不对,又回过头来看看彪哥,看到彪哥肯定的表情后,又转身朝前走去。

所谓石砻,是一片巨大的石阵,据说是冰川纪留下来的遗迹。两旁都是茂林修竹,唯有石砻寸草不生,乌黑的巨石或方或圆,裸露了不知几万亿年。

来到石砻下,蔡魏勇和吴天罡等人已经忍不住兴奋,准备攀爬上去,被彪哥制止。不一会儿,陈小庆押着最后一群孩子赶上队伍,喘着粗气望了望石砻,说:“这里就是传说中的石砻。老班不要你们攀登高峰征服世界,只要你们攀上石砻征服云姑岭,你们告诉我,能不能做到?”

“能!”又是震天价回答声。

“这就是石砻啊? 还冰川纪,我还以为上面是白雪皑皑冰川覆盖呢。”“太小儿科了吧? 我几分钟就爬上去了。”孩子们小声议论起来。

陈小庆朝着嘀咕的方向说道:“你们是不是还指望从里面钻几条恐龙出来? 告诉你们,恐龙没有,眼镜蛇兴许能找到几条。”

于晓丹、罗盼盼等人听了,吓得缩成一团,使劲往陈小庆身边靠去。

陈小庆笑了笑,说道:“不用担心哈,这个地方蛇不多见。再说,看到我们这么多人,蛇们早就跑到安全的地方去躲你们这群土匪了!”

丁志浩推了一下眼镜,一本正经地说:“老班,我们不叫土匪,我们是在您这位酋长的统领之下的‘野人部落’。”

谢乐嘉兴奋起来:“对,我们去找一只野鸡来,拔下鸡毛插在酋长的头发上。鸡肉嘛,就留着炖了吃。哈哈哈!”

陈小庆笑了笑:“人生自是有情吃。我估摸着给酋长戴鸡毛是假,吃烧鸡才是真。”

“老班，不是说蛇看不见东西吗?”罗盼盼还在想着眼镜蛇的事，怯怯地问。于晓丹也紧张地看着陈小庆，期待着答案。

“我是自己挖坑自己往里面跳。”陈小庆嘿嘿笑了笑，“我是说过，蛇的视力很差，几乎是看不见东西，它主要靠感觉来识别和捕捉猎物。”

“可是，蛇的眼睛长得好大好恐怖啊!”于晓丹非要打破砂锅问到底。

“拜托，不要纠缠这个话题好不好? 你们知道老班怕蛇故意吓我是吧?”陈小庆左右看了看，似乎真的有蛇在身边游动。罗盼盼和于晓丹也感觉到了陈小庆的恐惧，吓得瑟瑟发抖。

陈小庆看看镇定自若的彪哥，又看看跃跃欲试的男生们，说道:“好了，老班不再被你们牵着鼻子走，还是按我们之前的分组，每个组之间要相互帮助，不要逞英雄。”

“啊?”队列里出现了质疑声。吴天罡斜睨着旁边的陈湘云，露出鄙夷之色。陈小庆笑了笑，说道:“不要小看了身边的任何人。谁说女子不如男，女生的耐力和爆发力会让你们气哭。彪哥，你带着第一组先上。”

“好嘞!”彪哥从熊少雄手上接过班旗，矫健地跃上第一块半人高的石头，回头说道，“第一组，跟我上!”第一组的学生嗷嗷叫着抢先攀登。接着第二组、第三组、第四组……纷纷跟上。陈小庆带着最后一组也上了。

石砻慢慢被踩在脚底下。学生们情绪高昂，一边大声叫唤，一边相互推拉，嬉笑和责骂声中，勃发出少年内心的灿烂。

“马屁精，快点，你拖我们组的后腿了!”“小王子，莫掉下去，被冰川纪的恐龙吞噬掉了!”“娇娇，不要偷懒，多出点汗你就有小蛮腰了!”……

学生们开心或恶作剧般叫着各自的绰号，一边相互打趣，一边暗暗鼓劲。

因为长时间睡眠不足精力透支，陈小庆体力已明显不支，更不要说面对的是一群生性顽劣精力旺盛的孩子。但她还是努力向上攀爬着。她偶尔接上一两句学生的话，被顽皮的学生无情怼回，之后又有另外的学生帮她声讨那位学生。她似乎受到学生们的感染，脚下也轻盈了许多。

人生的精彩，始于足下。

站在石砻下，陈小庆仰望蓝天，感慨万千。和石砻相比，人是多么的渺小，但不对比就没有差异。这样一群终日关在闭塞空间里的孩子，更需要有这样的对比，在古老的文明与更高的秩序面前，自我解放。

渐近砻顶。此刻，这群大地的孩子，心情和阳光一样灿烂。与所有葱茏的事物相比，孩子们在爱的牵引下追赶，或许有一天，这群孩子会尝试用另一个角度俯瞰童年的足迹。

从石砻下来，到巷背村的农家乐吃饭。热情的女主人早已炸好几大盆翡翠油子。“翡翠油子”是当地的一款小吃，取材于当地的糯米，磨成米浆后滤干，搓揉成团，并加入韭菜汁，用油炸熟之后，便有了翡翠一般晶亮透明的绿色。“吃油子喽……”女主人笑盈盈地招呼道。

热着、累着并饿着的学生们，看到新鲜出炉的翡翠油子，顾不得洗手，饿虎扑食般冲过去，抓起油子便吃。

“哇，好烫好烫！”“好香，好好吃！”“莫抢撒，等下老师过来！”说归说，到底没能抵挡住油子的诱惑。

“慢慢吃，一人最多吃三个！”彪哥气定神闲地说。早已囫囵吞枣般吃下一两个油子的范春根瞪着惊愕的眼睛，从人群里搜寻陈小庆的身影。

陈小庆挤到盛放油子的脸盆旁，看着被烫得直吐舌头的范春根，笑道：“心急吃不了热豆腐。”又对大家说，“不要急，品尝几个即可，等下还有更好的美味等着你们这帮吃货。”说罢，也拈起一个来。

“多乎哉？不多也！”不知谁阴阳怪气地吟了一句，大家便哄地一下笑起来，但嘴里丝毫没有闲着。

开阔的门前场地上，整齐摆放着六张桌子。桌子上摆放着热气腾腾的美食，吊足了学生们的胃口。有当地著名的熏肉，有排骨炖竹笋尖，有辣子鸡，有油淋茄子，有红烧豆腐，有空心菜，还有西红柿蛋汤，标准的“六菜一汤”。

“洗手，上桌！”陈小庆叫了一声。孩子们迅速把手里的油子塞进嘴里，嘴里含糊不清地说着一些听不清的话。然后，一齐冲到水龙头前，三下五除二洗好手，往身上揩干，抢占自己的位置，眼巴巴地望着陈小庆。

陈小庆站在人群之外，见孩子们都找到了自己的位置，便问道：“同学们，累不累？”

“累！”“不累！”几种声音同时从不同的喉咙里爆发出来。

陈小庆笑了笑，又问：“开心不开心？”

“开心!”这次倒是异口同声。

“当然开心,不上课就开心,对吧?”

孩子们发出一阵会心的哄笑。

“不上课并不代表没有作业。我告诉你们,出来混都要付出代价的,回去之后,每位同学都要写一篇日记,就写今天到云姑岭旅游的体会。”

“啊?还要写日记啊?又要体力又要脑力,还不如在家里写作业。”谢乐嘉小声嘀咕。

吴天罡叫道:“老班,什么时候开饭?”蔡泽锴附和道:“是啊,肚子都饿得咕咕叫了。”丁志浩小声说道:“抗议,抗议。”旁边的袁敏瞪了他一眼,问道:“你抗议什么?”丁志浩诡秘地说道:“是我的肚子在抗议,这么好吃的菜,比我们食堂的菜好多了。再不赶快进去安慰我的肚子,就太对不起老板娘了。”袁敏白了他一眼,扭过脸去偷笑。

陈小庆问道:“你们说,日记要不要写?”

“要写!”大家的声音更大了。

“这可是你们自己说的,日记要写,而且要写好。——开饭!”

孩子们快速坐下,盛饭夹菜。吴天罡东张西望之后,悄悄从书包里掏出一罐饮料,低头喝了一口。见没有人检举,又有几个孩子从书包里掏出饮料,并堂而皇之摆在桌上。不一会儿,大家纷纷动手,从各自书包里掏出饮料、零食,小小的桌子上琳琅满目,摆得满满的。

袁敏站起来,拿着两罐酸奶,大大方方走到陈小庆面前:“老班,你也喝一瓶。”又递给彪哥一瓶。

接着,又有几个孩子拿着各自的饮料和零食,送到陈小庆、彪哥桌上,有的还送到客车司机手上。

陈小庆目光睃巡,一直关注着坐在桌角的郭慧中。从早上出来,郭慧中就情绪低落,心事重重,很少说话。此刻,她正低着头慢慢挑动着碗里的饭菜,似乎饭菜不合口味,又似乎在数着碗里的米粒。

饭后,烈日当顶,陈小庆让学生们休息补充体力。孩子们早已培养午休的习惯,三五成群,寻找阴凉通风的地方,静坐,打盹,看书,或者小声说话,不敢影响到其他同学。陈小庆依例四处查看了一下,目力所及,学生们都非常安静。她长吁了一口气。

小眯了一下,陈小庆突然倦意全无。她睁开眼睛,看着这群安静的学生,与之前的喧闹顽劣相比,简直判若两人。真是一群好孩子,她在心里感慨道。这让她忽然想起了去年暑假的时候,回到家里时,却是空荡荡的。儿子应该已经放假了,怎么还没有回来?她觉得有必要问一下儿子的情况。

"儿子,放假了你怎么都不回家啊?"

"我不想回去。你在家吗?你每天都在乡下,我回去有什么意思?"

"儿子,你要理解妈妈……"

"我很理解你了。你太敬业,对学生太好了。有时我都不想做你的儿子,还不如做你的学生有存在感和幸福感……"

鱼与熊掌不可兼得。多少天,多少次,陈小庆躲在光阴的暗角,任泪水悄然滑落。不求谅解,但求理解罢。儿子需要她,眼前这群孩子更需要她,与其在家里守着那个温暖的小窝,毋宁让这群来自残缺家庭的孩子找回人生的信心。儿子,妈妈对不起你!

陈小庆转动一下脖子,下意识地寻找着那个忧郁的身影。泥坯房转角处,郭慧中手里拿着一本书,眼睛却看着远处。她独自一人,边上的女生都眯着了,而她似乎浑无倦意,或者说她在想着与她的身份不符的问题。

陈小庆站起来,朝郭慧中走去,在她身边坐下。

"看什么书?"陈小庆柔声问,伸手去拿郭慧中的书。

郭慧中把书递到陈小庆手里,是一本《格林童话选》。

"不累吗?"陈小庆又问。

"有点累。"郭慧中轻声回答,同时轻叹一口气,听起来这叹息声有点克制。

"在想什么?"

"没什么。"

"那就休息下吧。"陈小庆摸了摸郭慧中的头,用手传递着母性的温暖。"补充下体力,下午还要走很多路。"她起身准备离去,郭慧中突然问道:

"老师,吸毒的人如果坐了牢出来,还会吸毒吗?"

"……"陈小庆不知她竟然会问起这个问题,一时语塞,便重又坐下,"怎么了?是想爸爸了吗?"

"嗯。"郭慧中神色忧郁,眼眶里噙着泪。这个表情陈小庆似曾相识,对了，是在武君卿带着民警来班上给孩子们上法制安全课时，她曾经有过的神情。

“经过公安机关强行戒毒，应该不会再吸了吧。”陈小庆对这个专业知识不是很懂。

郭慧中的眼泪终于流出眼眶，在她娇嫩的脸上划过一道痕迹，又顺着脸颊流到了腮边。

“不要难过，会没事的。”陈小庆搂着她的肩，安慰道，“已经过去了，都已经过去了。等爸爸出来了，就会带着你和哥哥好好过日子。你现在只要过好每一天，好好读书，别的事都不要多想了。”

郭慧中默默点了点头。沉默良久，郭慧中慢慢抬起头，看着陈小庆。“我想……叫你一声妈妈，可以吗？”她的脸一下变得绯红，忙又垂下了头。

陈小庆心里一颤，她已经记不清有多少孩子提过类似的想法。有的孩子朦胧当中把她当作妈妈，有的孩子因为想家叫她妈妈，很多孩子在背地里叫她妈妈，甚至她还听说，有一个孩子在外面竟然说自己的妈妈就是她。

孩子，可怜的孩子！陈小庆把郭慧中紧紧搂在怀里。

郭慧中慢慢抬起头，眼眶噙着泪水：“有时候我真的觉得好孤单，我好想有一个怀抱可以依靠，好想有一个妈妈。我经常看着您的背影，好多时候忍不住想叫出来，可是话到嘴边又咽下了。我真的好想叫您一声妈妈……”

情到深处人孤独，看着怀里失声痛哭的郭慧中，陈小庆也忍不住眼泪纵横。“叫吧，老师就是你的妈妈！”陈小庆哽咽着说。她记起去年把小慧中穿着一破鞋的照片发到朋友圈之后，很多爱心人士纷纷捐款捐物来到学校慰问。后来，市长来学校走访慰问，了解到郭慧中因为父亲吸毒坐牢没有被评上贫困户，马上打电话现场办公，不久便把郭慧中和她哥哥列入了低保范围。当时市长还指示随行人员要多关心郭慧中的学习生活，市慈善总会马上拨付 6000 元慈善基金，安排工作人员送到学校。

当时，市委宣传部、市文明办、市广播电视台等派人跟踪到学校，希望拍到郭慧中得到慈善基金后笑逐颜开的表情。可是，任凭工作人员如何开导，郭慧中就是不肯笑，反而伤心得哭了。为此，工作人员还批评陈小庆工作不到位，陈小庆只能无语笑笑。

后来到郭慧中家家访，陈小庆特地买了些市场上走俏的草莓和樱桃。

郭慧中接到电话后,还专门借了个自行车,骑到集镇上来接陈小庆。到郭慧中家时,一眼望去,家徒四壁,陈小庆非常难过。郭慧中的曾祖母一直在旁边说这个孩子怎么怎么可怜,陈小庆觉得曾祖母的说法虽然是实情,但老是旧话重提难免会产生心理暗示作用,影响孩子的情绪乃至健康成长。她告诉曾祖母,不要把眼光放在过去,要向前看,郭慧中很幸运,有机会进入到宏志班读书,要多鼓励增强信心,树立远大理想。事实上,从入学以来多次的考试成绩来看,郭慧中的成绩一直很好也很稳定,陈小庆打心眼里喜欢这个瘦小聪明的女孩。没想到,小小的年纪,心里却这么苦!

"老师就是你的妈妈。"陈小庆紧紧搂着郭慧中,嘴里喃喃地说。

"妈妈——"郭慧中紧紧抱着陈小庆,发出一声撕心裂肺的呐喊。这对师生——哦不,是母女——相互拥抱着,哭成一团。

在返校的路上,陈小庆的脑海里一直浮现着郭慧中撕心裂肺的哭声,情绪有些低落。在这里,在这所山村学校,她见过太多失去父爱或母爱的孩子,他们顽劣却单纯,孤独却坚强,他们承担着城里孩子无法想象的生活之重,在自己的生命轨迹里,咬着牙一路向前。

她觉得有些累。岁月不饶人,身体已经大不如从前,跟不上眼前这群活蹦乱跳的孩子了。她抬起手,想揉揉酸疼的脖子,两手却下意识地抵住了疼痛欲裂的太阳穴。

22 采菊东篱下

是他，让怀揣梦想的孩子看到了希望；是他，让山村坚守的教师感受到敬重；是他，让乡间小河年年流淌爱的歌谣。南山脚下，孩子们逐日懂得努力懂得感恩懂得更多做人之道。9月2日，金风送爽，武汉欧亚达控股集团徐良喜总裁偕友三两飞车故里悄然行。漫步校园看着古樟感慨万端，校园里高悬的红灯笼、飞扬的彩旗在蓝天白云下格外醒目，他衷心希望晓春成为乡村教育的福音，让更多的孩子从这里扬帆出发。

——陈小庆《支教日记》

徐良喜先生这次返乡回校，没有声张，带着几位朋友到学校进行了一次私访。他让徐叔打开校门，信步走入校园，在校门口的国旗杆下看了一会儿之后，便沿着林荫道，从教师宿舍、学生宿舍、教学楼绕了一圈，正准备离去，曾金荣和陈小庆闻讯，匆匆赶到校门口去。

"徐总，您来学校怎么也不通知一声？"曾金荣快步走过去，紧紧握住徐良喜的手。

徐良喜呵呵笑道："本来也没打算惊扰你们，看看就走。"说罢，又向陈小庆伸出有力的大手，向身边的一位朋友介绍说，"这就是我跟你说过的江西省人大代表陈小庆校长，她也是宏志班的班主任。这位是曾校长。这位是周总，我的好朋友。"

"久仰久仰！"周总热情地跟陈小庆握手，又跟曾金荣握了一下，"徐总一直对他创建的这座学校非常自豪，尤其是宏志班，简直是他的掌上明珠，经常跟我们提起，说宏志班如何如何好，我们这才要求带我们到这里来看看。陈校长、曾校长，你们了不起啊，放弃城里的优越条件来到这乡下，不容易不容易!"

陈小庆微笑着看着曾金荣,曾金荣谦虚地说:"要说了不起的是徐总,要是没有他的爱心,创建一所这么美的学校,我们就是想来也来不了啊! ——徐总周总,这里热,要么到办公室去坐,我们向您简要介绍一下学校的情况?"

"不用啦。"徐良喜笑笑,"看到这么整洁的环境,听到教室里琅琅的读书声,已经足够了。教学上的事我不懂,你们又是名校长又是金牌班主任,有你们这个优秀的团队在这里,我还有什么好担心的? 我也是回来有事,周总坚持说要来看看,我这才带着他们进来的。"

"可是,孩子想见见你,他们好想念你。"陈小庆殷切地看着徐良喜,"能不能到我们宏志班去看看,跟孩子们讲几句话? 他们一直只听说过你,还没有见过,如果你能给他们讲几句话,哪怕就鼓励他们一下,他们也会很激动很开心的。"

"我的话这么管用?"徐良喜笑意盈盈,看看周总,又看看曾金荣和陈小庆。

"来都来了,就去看看吧。"周总怂恿道,"让我也看看宏志班这群孩子。"

"好吧,那就去看看。"徐良喜欣然答应下来,跟着陈小庆和曾金荣快步来到宏志班。孩子们正在低头看书做作业,陈小庆拍拍手,说道:

"同学们都停一下,看看谁来了!"

孩子们抬起头,先是愣了一下,马上醒悟过来,全体起立,激动地叫道:"徐伯伯好!"

"孩子们好!"徐良喜走上讲台,示意孩子们坐下,"很高兴看到你们! 刚才在校园里转了转,看到我们的校园一尘不染,教室里有老师慷慨激昂的讲课声,有孩子们琅琅的读书声,我很高兴,也很放心,说明我们晓春学校的学生是讲文明、懂礼貌、有素质、肯钻研的学生。你们的陈老师硬要我来给你们讲几句话,我也没有准备,不知讲什么好。就在刚才,我突然看到你们身后的学习园地上写着你们的班训:'特别能吃苦,特别讲礼仪;特别爱阅读,特别会学习',我就借着这个班训讲几句吧。"

他慈爱地看着孩子们:"我知道,这个班训是你们的陈老师提炼出来的,她是非常优秀的老师,也是非常优秀的班主任,你们有机会到她的班上读书，真的是非常幸运。陈老师提出来的这个班训，既是对你们的要求，也是对你们的希望。一个人首先就要学会吃苦，只有比别人吃苦多、付出多，才会比别人更有出息，收获也更多，这也是我的切身体会。同时，也要学会讲文明懂礼貌，学会感恩，没有什么是应该的，你怎样对待别人，别人就会怎样对待你，所以，做一个讲礼仪有素质的人非常重要。第三，要多看书多阅读，书籍是人类进步的阶梯，知识就是力量，读书破万卷下笔如有神，都是讲读书的重要性，也是前人总结出来的金科玉律，这一点你们比我更懂。第四就是要有梦想，不能因为贫穷、因为比别人成绩差就放弃梦想，贫穷并不可怕，成绩差也可以迎头赶上，只要心里有梦想，就一定会有精彩人生。”

教室里爆发出孩子们热烈的掌声。孩子们精神振奋，目光炯炯地看着徐良喜。

徐良喜巡视着孩子们的表情，无比深情地说：“孩子们，我一直很忙，没有时间来看你们。不过，我的心里一直牵挂着你们，你们吃得好不好，穿得暖不暖，过得开不开心，学得努不努力，我都非常牵挂。现在看到你们精神面貌这么好，特别是听说你们这一年多来学习非常刻苦，进步非常大，我感到很欣慰，也很放心。我相信你们是最好的孩子，也是最棒的学生，我为晓春学校有你们这样的学生感到骄傲和自豪！希望你们按照班训的要求，成为特别能吃苦、特别讲礼仪、特别爱阅读、特别会学习的好孩子，我在武汉等待着你们的好消息！”

孩子们一起站起来，向徐良喜致以最热烈的掌声。一位秘书模样的年轻人看着徐良喜指指手表，示意他注意时间。徐良喜会意，对孩子们说：“孩子们，伯伯还有事要走了，欢迎你们到武汉去做客。再见！”

“徐伯伯再见！”

随着徐良喜匆匆下楼，孩子们一起拥出教室，站在护栏上依依不舍地目送着徐良喜，使劲挥动着小手。

送走徐良喜，陈小庆一拍脑袋：“哎呀，刚才听得入神，连照片也忘了拍了。”

曾金荣责备道，“你也真是没头脑。好不容易请徐总到你班上去，这么重要的事怎么能忘记拍照呢？徐总还是第一次进教室和孩子们面对面讲话吧？”

陈小庆懊恼不迭地说:“是啊! 怪我怪我,徐总讲得太好,我真的听得太入神了。”

“忘了就忘了吧。你马上到教室去,好好总结好好鼓励一下,要利用这次难得的机会给孩子们鼓鼓劲,激发一下孩子们的学习热情。”

“我知道。孩子们肯定要兴奋好一阵子。我就借着徐总的势头,好好激励激励他们。”

“你也很兴奋吧? 还是你的面子大,我请他到我的办公室没请到,你一请就到你班上去了。”

陈小庆看着曾金荣,开心地说:“晓春学校是他的孩子,宏志班也是他的孩子嘛。我们都觉得很开心,不是吗?”

回到教室,孩子们还沉浸在刚才的兴奋之中,教室里议论的声音热闹非凡。

陈小庆大声说道:“同学们,今天高不高兴?”

“高兴!”

“为什么高兴?”

“因为见到徐伯伯了。”“因为徐伯伯来看我们了。”“因为徐伯伯表扬了我们。”……

“是的。因为你们见到了一直崇拜的徐伯伯,因为徐伯伯亲自来教室看望大家,还因为徐伯伯表扬了你们,我也觉得你们应该高兴。请记住今天这个特殊的日子,记住今天这个难忘的时刻,希望从今天开始,你们丢掉身上懒散、自私以及一切坏习惯,让我看到不一样的你们!”因为兴奋,陈小庆的面色有点发红,额头上一直渗出汗珠。“大家好好想一想,徐伯伯为什么要来看你们? 他为什么要给我们讲那些话? 我们又该怎样做?”

孩子们马上安静下来。

“你们现在能坐在这里,是因为有徐伯伯的帮助。可是他为什么要帮助你们? 难道是图你们对他感恩戴德、今后去回报他吗? 不是! 他是希望你们自强自信自立自强,成为一个有出息的人,今后为家庭、为社会、为国家多做贡献! 那么你们又该怎么做呢?”

孩子们你看着我、我看着你,不知如何回答老班的问题。陈小庆把手一挥:“除了努力,除了奋进,你们别无选择!”

所有人都感受到了因徐良喜的到来而张扬起来的蓬勃朝气。孩子们内心兴奋、热情高涨、斗志昂扬，表现出从未有过的兴奋和热情。陈小庆感觉到了这份热情，她相信逐渐成熟起来的孩子们必将提升自我教育、自我管理能力，提振精气神，向他们心中的理想顽强努力、砥砺奋进。

光阴似箭，日月如梭，转眼又到一年一度的校运会。

午饭后，陈小庆走进教室，孩子们都伏在桌子上休息，教室里鸦雀无声。她尽量放慢动作，放轻手脚，生怕惊扰了孩子们休息。这些小屁孩，也许他们不是最出色，但他们最幸运，得到无数关爱，他们一直在努力，用他们自己的话说：晓春是他们温暖的家，晓春是他们第二个美丽的故乡。

这天，学校忽然来了几位衣着洋气的帅哥美女，他们有的扛摄像机，有的持话筒，有的拿着本子，在副校长周舟的带领下，四处拍摄四处记录。

刚刚下课的孩子们好奇地指指点点：“看，电视台的来了。”“好像不是电视台，因为电视台的记者我见过。”“肯定是，你没看他们扛着摄像机啊？电视台的你又不是全部见过。”“我们去问老班吧，她肯定知道。”“老班到市里开会去了。”“是啊，明天就开运动会了，老班会不会回来看我们比赛啊？”

众人从讨论是不是记者，到盼着老班回来，眼里满是惆怅。

到了傍晚时分，陈小庆突然出现在教室。“老班，你回来了？”孩子们高兴得惊呼起来，“是不是看我们比赛来了？”“开完会了吗？”“他们说那些人是电视台的记者，老班，你认识吗？”

“老班是偷偷溜回来的，明天还要去市里接着开会。”陈小庆笑道，“我一个一个回答你们的问题哈，那些人是从湖北来的，是徐良喜伯伯请过来的摄制组，要拍下你们酷酷的样子，拿回去给他公司的人看。”

“真的吗？徐伯伯真的可以看到我们吗？”

“老班还骗你们不成？他们一会儿还要来咱们班采访你们，就怕你们没有足够的魅力让帅哥美女们用镜头对准你们。”

“拍就拍呗，又不是没见过大世面。告诉他们，咱们是陶渊明的老乡，‘采菊东篱下，悠然见南山’，咱们都是南山的人，都是有品位的人，哈哈哈！”

“希望你们这群品位先生关键时刻不要掉链子。”陈小庆戏谑地说，然后收起笑容，严肃地说：“他们肯定要来我们班拍摄。一会儿大家尽量把桌上的书本整理一下，并好好想一下，如果人家问我们的话，要怎么回答才能体现咱们的‘品位’。还有，明天的运动会，就按我布置的，运动员队、啦啦队、后勤队各队齐心协力，不但要赛出风格，更要赛出水平，知道为什么吗？”

“因为我们是宏志班！”孩子们齐声说。

“对！我们宏志班就是要全面发展，不光成绩要超过别的班，体育也要超过别的班，文明礼仪、劳动卫生、班风班纪各方面都要超过别的班。熊少雄、蔡泽锴你们安排一下，我去陪一下武汉来的摄制组。”

从教室出来，正好周舟带着摄制组找来，陈小庆便带着大家到办公室去坐。周舟刚介绍完陈小庆，一位英俊帅气的小伙子便站起来，递上名片，自我介绍道：

“陈校长您好！“我叫邓吉，是湖北广播电视台的主持人。早就听说您的大名，这次受欧亚达控股集团委托，来这里做一个专题采访。”

“欢迎欢迎！”陈小庆礼节性地跟邓吉及一行人一一握手，“有什么采访计划吗？”

“是这样。”邓吉在陈小庆对面坐下，介绍此行的目的，“欧亚达控股集团年底要办年会。根据安排，本届年会打算把晓春学校和宏志班的情况进行一个视频展示，专门安排我们几个人来这里采集一些素材，需要得到您和学校的支持。”

“我们一定支持，有什么需要我做的尽管说。”陈小庆热情地说。

“谢谢！”邓吉想了想，说，“因为是拍摄专题片，一是需要拍摄一些这边的风土人情、人文遗迹；二是拍摄一些学校的内景和外景；第三也是最重要的，要采访一些师生，尤其是您担任宏志班班主任以后发生的一些事。我们想通过这个专题片，表现徐总的成长历程，以及资助家乡办学、助力脱贫攻坚的一些事迹，同时也是反映欧亚达控股集团的企业文化。刚才我听周校长说您不仅是非常优秀的班主任，还一直在研究丰城地方文化，所以想麻烦您给我们提供一些线索，并多提宝贵意见。”

“提意见不敢当。”陈小庆谦逊地说，“具体有什么安排？”

“我想这样安排。今天我就想跟宏志班的学生接触一下，现场看看能不能找到一些素材。明天不正好是你们的校运会吗？我们也可以跟拍一些素材。后天，我们想到徐总的家乡去拍摄外景。在拍摄过程中，我们根据情况进行随机采访,这样会比较真实些。两位校长看看,这样安排行不行?"

周舟点头道:"没问题。"

陈小庆说:"安排倒是很好。不过,我明天还要到市里去参加文代会,不能陪你们,只有请周校长陪同了。还有一件事我需要提醒一下,我们班的孩子都非常优秀,但是家庭背景都很特殊,性格比较脆弱、敏感,所以请你们在采访孩子的时候,尽量注意措辞,不要去揭他们内心的伤疤,不要触碰到他们的家庭底线。"

"这个请放心。"邓吉笑着说,"我会注意的。"

当晚,邓吉带着摄制组一行五人,由陈小庆带着走进宏志班。孩子们本来一直在背后悄悄关注他们,见他们突然走进教室,先是发出一阵意外的尖叫声,然后一齐起立鼓起掌来,目不转睛地看着这群打扮时尚又英俊漂亮的帅哥美女。

邓吉神采奕奕地走上讲台,笑着说:"谢谢同学们热情的掌声。我先自我介绍一下,我叫邓吉,是湖北广播电视台的主持人。我早就听说了宏志班,刚才又听了陈校长的介绍,知道你们都是非常优秀的孩子。我的工作性质,就是专门跟优秀的人打交道,所以今天见到你们,我真的非常高兴,也非常荣幸。"

简单又幽默的开场白,听得孩子们都笑了,全都睁大了眼睛。陈小庆坐在最后一排,也在心里暗暗赞叹邓吉的亲和力。

"同学们,我听说你们每个人都有非常远大的理想。那么,你们能告诉我你们将来想干什么吗?"邓吉走下讲台,走到孩子们中间。

"我想当科学家!""我想当和老班一样的老师。""我想当大老板,像徐伯伯一样去帮助别人。""我想当作家。"……孩子们纷纷大声喊出自己的理想。

"非常好!"邓吉认真地听着大家的发言,不停地竖着大拇指。他走到郭慧中身边,俯身问道,"你将来想干什么?"

郭慧中小声说:"我想当一名建筑设计师。"

"为什么呢?"

"因为每次我从母亲桥路过的时候,我都会觉得它建得很漂亮、很结实。所以,我想当一名建筑设计师,将来要建好多的桥。"

“很有志气！你叫什么名字?”

“我叫郭慧中。”

“郭慧中，我记住了。”邓吉笑着回到讲台，“同学们，你们是我见过的最有思想、最有出息的学生！不过，既然立下了这么远大的理想，就要不断努力学习，只有学习成绩好了才能不断接近自己的理想和目标。你们说对吗?”

“对!”同学们响亮地回答。

“说到就要做到。”邓吉笑呵呵地说，“我之前也听过关于宏志班的一些介绍，很多孩子都是来自贫困家庭的孩子，都非常不容易。但是这有什么?你们现在比任何孩子都要幸运，为什么呢?因为你们有这么好的学校，有一直在关注你们的徐总和社会各界人士，特别是还有一位这么优秀的班主任。所以，你们要做的不是埋怨自己的身世，不要活在别人的观念里，要勇敢地去追随自己的心灵和直觉，只有自己的心灵和直觉才知道你自己的真实想法，其他一切都是次要的。我还听说，陈老师还给咱们班定了一个班训，是怎么说的?”

“特别能吃苦，特别讲礼仪;特别爱阅读，特别会学习!”

“非常好，非常有深度。希望你们认真按照陈老师定下的这个班训去做，你们一定会成为世界上最优秀的一群人。”

邓吉一直用亲和的表情鼓励着孩子们，在他的调动下，孩子们也非常开心、非常兴奋，浑身都充满着求知的渴望。

次日是校运会，陈小庆请假参加市文联组织的文代会，班里孩子的参赛全都由首席班长熊少雄和值日班长蔡泽锴负责。邓吉带着摄制组一行，也一直把镜头对准宏志班的孩子们。

之前，陈小庆就对参加校运会的孩子进行了精心部署。根据陈小庆的分析，宏志班的一些单人项目尤其是田赛项目相对较弱，但径赛项目特别是团体项目上有一定优势，所以采取了“扬长避短”的策略。对于弱项，重在参与，争取夺得名次;对于强项尤其是团体项目则力争拿得名次，并力争第一，因为所有团体项目都是双倍计分，在团体总分上就可以积分靠前。所以，陈小庆要求中长跑和接力赛的时候，四个角的弯道上都要安排啦啦队，要发挥比参赛队员更好的作用，让参赛队员们受到鼓舞实现弯道超越；接力赛时，第一棒和第四棒都安排实力最强的，既做到先声夺人，又确保冲刺成功。

熊少雄和蔡泽锴严格按照陈小庆的部署进行排兵布阵。

“大家振作起来，不就是一次运动会吗，我们一定能赢！”熊少雄站在队列前面，像一个指挥若定的统帅，慷慨激昂地说。

本来就精神饱满的孩子们顿时炸开了锅。“对，不怕！”“有什么好怕的？绝杀其他班！”“就是，我们宏志班怕过谁！”谢乐嘉高声叫道：“对嘛，怕什么怕！输了八百年后还是一条好汉！”“哈哈！”孩子们顿时爆发一阵大笑声。

“好，就按老班的布置，出发！”熊少雄把手一挥，参赛队员和啦啦队员各就各位。

比赛场上，孩子们铆足了劲，把陈小庆苦心孤诣培养出来的团队精神发挥出来，成为校运会上一道亮丽的风景。

邓吉一边带着摄制组找角度拍摄，一边认真观察宏志班孩子们的表现。在所有的班级中，只有宏志班的班主任不在，但恰恰是宏志班组织最严密，斗志最高昂。尤其是在场上比赛的孩子们，紧咬牙关，不甘示弱，个个都像打了鸡血似的，一副不服输的架势。

邓吉被宏志班的孩子深深地感动了。他知道陈小庆在开会，不方便打电话，便跟陈小庆在微信上交流：

“我从来没有见过这么好的学生，他们真的感动了我！”

“我们班的孩子一直都这么优秀。”

“您没在身边，孩子们都非常团结非常拼。您是怎么做到的？”

“我给他们制订了作战计划，让班长执行就可以了，我在不在都能做到。这也是宏志班的一个特色，因为我经常要外出开会、学习、交流，必须培养他们自我管理的能力。”

“运筹帷幄之中，决胜千里之外。陈老师，您和您的宏志班真的太了不起了，令人敬佩！”

经过激烈的角逐，宏志班再次夺得团体总分第一名。面对来之不易的第一，孩子欢蹦跳跃，喜极而泣。

邓吉和他的摄制团队全程见证了这一幕。

之后，陈小庆带着摄制组一行人走村串巷，深入田间地头，用镜头记录南山之下的种种人文风物。经过七天的紧张工作,摄制组圆满完成了摄制任务,顺利返汉。临行前,邓吉来到宏志班向孩子们告别,并送给孩子们一首题为《以宏志班的名义》的诗歌,教孩子们朗诵,并亲自给他们指导表演动作。他说,希望能够在年会现场看到孩子们朗诵这首诗。之后,又紧紧握着陈小庆的手,动情地说:“宏志班真的是我见过的最好的班,宏志班的学生也是我见过的最了不起的学生!我一定会把我的所见所闻如实向公司汇报。”

走出教室时,孩子们流露出依依不舍的表情,整齐地朗诵着邓吉送给他们的诗。听着孩子们的深情朗诵,邓吉和同事们的眼睛都湿润了。

一所像美国哈佛一样的殿堂
就伫立在我们的家乡
只要你心怀梦想
这所叫晓春的学校就是你展翅高飞的地方
…………

23 以宏志班的名义

我们坐在南山脚下，可能是
一群最接地气的读书郎
我们小小的怀里一天一天
住着杜工部，住着李太白
住着汉唐风韵
住满关于远方的梦想

——陈小庆《支教日记》

爱心的馈赠，社会的关注，激发出孩子无穷的潜力，读书的种子已然生根发芽，生长成一棵棵枝叶茂盛的小树。这是一群最接地气的读书郎，晨昏课读，胸怀梦想，已经完全跟上了陈小庆的节奏。他们不断超越自我，令无数曾经的质疑变成一个个惊喜：在接下来的期末考试中，在比分悬殊的情况下，实现大翻转，夺得全年级第一！

现在，不淡定的不仅是老师，还有同年级其他班级的孩子，除了好奇之外，很多孩子甚至家长都在想着法子，试图转到宏志班来，转到陈小庆的名下来读书。转班是不可能的，但宏志班孩子们的腰杆却挺得越来越直，走在校园里甚至走在校园外，经常会有人在身后羡慕地议论：这是宏志班的！每每听到这样的议论，孩子们心里那叫一个美呀！

陈小庆对这些情况自然了然于心，除了教育孩子们努力努力再努力外，还要保持适度的谦虚和矜持，谦虚使人进步，矜持是一种美德，要展示出宏志班的“光辉形象”。而令她没想到的是，因为社会关注度日渐提升，很多孩子在作文中，居然表示要当一名乡村教师，和他们的老班一样造福乡村孩子。这令陈小庆大为感慨。如果忘记某根指挥棒,你会发现,每个熊孩子都有另外的一面,守望教育,守望生命。由此也启发了她的一个长远规划,尽可能地引导这群来自贫困家庭的孩子报考定向师范,既减轻高中和大学阶段的庞大费用,又可以早点出来就业,帮助家庭摆脱贫困。当然这是后话。

这天早读时间,英语教师蓝岚推开教室的门,手里拎着一大包衣物,对正在讲课的陈小庆说:"陈姐,看看这些衣服能不能派得上用场。"

陈小庆颇感意外:"又是哪里送来的?"

"我表弟从江苏寄来的。"蓝岚气喘吁吁地说,"上次寄来的多是女孩的衣物,我跟他说了。所以他又组织了一批,这次是男孩子的多些。"

真是善解人意。蓝岚的表弟在江苏开了一家服装超市,听说了宏志班的情况,开学之初便寄过来一批换季淘汰下来的衣物。没想到这次又寄来一批,而且兼顾了男装和女装的均衡。

陈小庆深为感动。这是南山温暖的怀抱,是漂流婉转的祝愿,是绿叶对根的深情,是土地对种子的期望。南山有爱,每一个奔跑的早晨,师生们怀揣着共同的梦想。

蓝岚正要转身离去,陈小庆叫住她:"蓝老师,你等一下。"她把蓝岚带到走廊:"毛哥又发来了一段英语发音练习,你看……"

蓝岚兴奋地说:"真的?太好了!陈姐你发给我吧,我自己先听听,上课的时候我再放给同学们听。"

毛哥是陈小庆在网上结识的一位朋友,是一位旅新学者,对陈小庆扎根乡村支教的行为非常敬佩,之前曾给孩子们寄来过不少文学书籍,有中文版的,也有英文版的。陈小庆告诉毛哥,乡村孩子的英语学习是一个难题,问他有没有什么好的方法。毛哥便结合国内初中英语课本,以及自己学习英语的体会,通过视频教孩子们怎么学英语,怎么克服英语发音中出现的本地口音。还经常录制一些日常英语口语,让孩子们诵读练习。

有"名师"指点,孩子们学英语兴趣大增,蓝岚本人的专业水平也提高很快。因此,听说毛哥又发来了英语发音练习的内容,便马上缠着陈小庆发给她。

不久以后,宏志班接到欧亚达控股集团的正式邀请函,邀请宏志班老师和学生代表参加欧亚达控股集团年会。

获悉这一消息，孩子们欣喜万分，纷纷找到陈小庆，表达想去参加年会的想法。经过与年会筹委会协商，最终确定由曾金荣、周舟、陈小庆代表学校，带着宏志班熊少雄、邓骥、高婉婷、吴天罡、郭慧中、陈湘云、丁志浩、徐静雯等八名学生参加。

带着全体师生的嘱托，曾金荣率领师生一行正式启程赴汉。

在武汉下了高铁，欧亚达公司专门派人接站。一路上，车窗外的景物令孩子们应接不暇。

“比我们丰城大多了，也干净多了！”

“那肯定的，这里是省会城市，起码和南昌差不多，南昌也是省会。”

“可惜我南昌也没去过。”

“我刚才还看到长江。好宽，桥好长，比我们那里的剑邑大桥还长。”

“真是土老帽！刚才都说了，这里是省会，和南昌差不多呢。”

听着孩子们的讨论，司机含笑不语。不知不觉间，车子已经停靠在一家五星级宾馆的门口。“陈校长周校长，同学们，我们到了。”

“这就到了？”孩子们懵里懵懂下了车，站在门口，四下里张望着。吴天罡看着门口停放的各种型号的车辆，对旁边的熊少雄说：“你看你看，这些车看起来真是好高档啊！”熊少雄还在云里雾里坐着过山车，没有醒悟过来，含糊地“噢”了一声。

门童听到他们的议论，一边帮大家拿行李一边笑道：“这些车都是高档车，随便哪一辆都是一百万以上。你们哪，将来也许一辈子也赚不到，千万不要去乱碰。”

孩子们站在门口旋转门处，上下打量。门童仍笑道：“请进去吧。”熊少雄礼貌地说了声“谢谢”，推着吴天罡等人往里走。

进了旋转门，孩子们已经眼花缭乱，迈不开脚步。门童催促道：“各位小客人，请往里面走吧，不要影响客人进出。”语气中已有几分不屑。

“简直就像想象中的天堂。”高婉婷惊叹道：“比我想象的还要漂亮。”其他孩子也发出阵阵惊呼声。

门童做了个闭嘴的手势，小声说：“请不要喧哗！哎，你们是哪里来的啊，莫不是走错了地方吧？”

“没有走错！是徐总的司机把我们接过来的。我们是徐总老家来的。”

吴天罡得意地说。

门童一听，便赔着笑脸，说：“原来是徐总请来的客人！告诉你们，这里可是五星级宾馆，接待过好多国家元首和政要呢。”

孩子们再次惊呆了。

安顿下来之后，陈小庆和周舟到几个房间看了看。孩子们已经完全被高档奢华的宾馆吸引，这里动一下，那里摸一下，活脱脱像是刘姥姥进了大观园。吴天罡兴奋异常，想在熊少雄面前表现出见多识广的架势，几乎把房间的每个物件每个角落翻看了一遍，一边翻看一边还不懂装懂地解释着。熊少雄只是笑而不语。

吃饭时，欧亚达控股集团派了专人陪同，问孩子们想吃什么尽管说，但这些在山里活蹦乱跳的孩子们此刻却一个个心里发虚，看着陈小庆和周舟，张着嘴巴说不出一个字来。陪同人员便替孩子们挑选了一些精美的特色美食。上菜时，照例又是一番好奇。陈小庆看着眼前琳琅满目的美食，又看看充满好奇的孩子，心里唏嘘不已：宾馆虽好，美食虽好，却是别人的场景。

晚上，湖北广播电视台的主持人邓吉特地赶到酒店，探望来自南山脚下的师生们。孩子们见到邓吉一眼就认出来了，兴奋得叫个不停。

“邓叔叔！”熊少雄第一个看见邓吉，连忙开心地打招呼。其他孩子见了，也兴奋地围上来，亲热得像阔别已久的故人。

“欢迎各位校长，欢迎同学们！”邓吉高兴地与这些“故人”握手。

闲聊了一会儿之后，邓吉说，年会上安排了孩子们表演节目，表演内容就是那首《以宏志班的名义》的诗歌，提出要看看孩子们准备得怎么样。孩子们在拥挤的房间里表演了一遍，邓吉指出了一些问题，又指导他们继续排练。孩子们心领神会，很快便把邓吉排练的动作掌握了。

次日下午四时，年会开始。那是一场孩子们从来也没有经历过的盛典，且不说各路大咖云集，令孩子们应接不暇，光是年会的仪式感，就足以让孩子们终生难忘了。孩子们兴奋异常，坐在年会现场，感觉自己像从未见过世面的山里人——事实上他们本来就是第一次走出大山，走进这个盛典——兴奋与不安、忐忑与激动、自卑与激情左右着他们的情绪，写在他们的脸上。

很快，便轮到孩子们的表演。孩子们正陶醉在兴奋与忐忑中，突然听到主持人说到晓春学校宏志班，这才从恍若梦幻的情境中醒悟过来。陈小庆连忙提醒身边的吴天罡："到我们了，千万不要紧张！"吴天罡转身对她一笑，带着同学们走上舞台。

随着音乐声响起，在两位主持人的带领下，孩子们马上调整好情绪，在舞台上深情朗诵起来：

在秀水河畔的娃娃们啊
他们多么渴望能有像城里一样的学堂
爸爸总不归家
妈妈远嫁他乡
还年幼的他们就必须扛起生活的重担在胸膛

这些含泪奔跑的娃娃们啊
他们多么期盼能依靠在爸爸妈妈的肩膀
温暖踏实担当
温柔陪伴成长
可这些娃娃们啊却很少能品尝到爱的芬芳

娃娃们每次回家
走的是泥泞小路，看的是断垣旧房
记得为生病的爷爷做饭时
连炊烟都闻得到忧伤

别哭，孩子
当老师告诉你这句话的时候
一位叫徐良喜的伯伯回到了家乡
在这南山秀水之间
建起了中国乡村最美丽的学堂

快看，孩子
一所跟美国哈佛一模一样的殿堂

就伫立在我们的家乡
只要你心怀梦想
这所叫晓春的学校就是你展翅高飞的地方

奔跑吧，孩子
从根莲大桥上奔向远方
你们每一个人都是共和国明天的希望
来！来靠近我的肩膀
请相信欧亚达爱心的力量
有我们在，一定要让你飞向阳光

快来吧，孩子
在这里，你们有着一个共同的名字：
欧亚达宏志班！

又是一年的春来到
以宏志班的名义！
爷爷奶奶叔叔阿姨们，我们向您发出邀请：
到咱们的家乡去看看
去见证青山绿水间最美丽的乐章！

朗诵节目的背屏上，正播放着晓春学校的画面。孩子们声情并茂的表演与背屏上流动的画面完美结合，演绎着一个关于爱心与励志的故事，令在场的所有人无比动容。当孩子们朗诵结束之后，年会现场响起了雷鸣般的掌声。

主持人走上舞台，把孩子们留住，动情地说："朋友们，今天现场还有一位特殊嘉宾，她就是江西省人大代表、江西省优秀教师、丰城市金牌班主任、首届宏志班班主任陈小庆女士。让我们以最热烈的掌声，请陈小庆女士为我们分享她与孩子们在南山脚下、在徐总家乡的励志故事。"

陈小庆有点意外。头天晚上，年会的策划人员曾经跟她沟通过，希望请她上台去分享一些故事,陈小庆知道年会程序很丰富,不想浪费太多时间,便婉言拒绝。策划人员说,在这种正式的场合,讲一讲徐总爱心资助贫困孩子的故事很有感染力,请她一定要上台去分享一下。策划人员还带着她到酒店楼下去选上台的服装,陈小庆不得已,只得跟了下去。到服装店一看,随便翻看一件衣服的价码,都是七八千甚至一万多元,陈小庆看得直咋舌,这哪里买得起?便继续推辞。本以为已经过了这一关,没想到主持人还是叫到了她的名字,陈小庆再也不好推辞,便登上舞台,站在孩子们中间。

“谢谢徐总,谢谢大家热情的掌声!”陈小庆的思绪很快便回到了宏志班的孩子们身上。“刚才主持人给我戴了很多荣誉的桂冠。其实我并没有那么好,我此刻只有一个身份,那就是宏志班的班主任,是孩子们的老师,是他们的妈妈。”

说着这几句开场白的时候,陈小庆的眼睛马上湿润了。掌声过后,全场嘉宾马上安静下来,孩子们已经开始流泪。

“南山是一个美丽的地方,晓春学校也是一所非常美的学校,徐总为晓春学校、为宏志班付出了太多,能够在那里教书,是一件非常幸福的事。”陈小庆动情地说,“可是,你们在座的永远都无法想象,宏志班孩子的家里是一种怎样的状态!他们刚来的时候,看着他们的资料,我几乎都要绝望了。当时报名的 67 个孩子全都是来自山里的贫困家庭,来自特殊家庭的就有 27 人,其中孤儿 8 人,父母离异的 6 人,父亲或母亲病故的 13 人……有的人连小学都没读完,有的人连自己的名字也会写错。摸底测试的时候,绝大部分人不及格,语文有一个上了 80 分,最低分数 31 分;数学只有 15 人及格,最低分数 17 分……说实话,我当时真的绝望了。”

又是一阵热烈的掌声。主持人递上一张纸巾,陈小庆擦擦眼泪,继续说:“这还不算,有的孩子的苦难远远超乎你们的想象。”她举了陈湘云和郭慧中两个孩子的例子,“这样的情况还有很多。看到这样的情况,绝望没有用,必须面对,必须重新调整教学思路。所以,我几乎每天都要盯着他们,不仅要盯着他们的学习,还要盯着他们的生活,他们的情绪变化,他们的为人处世,他们的生活养成。我给宏志班订了一个班规,也就是班训,‘特别能吃苦,特别讲礼仪;特别爱阅读,特别会学习’,时刻提醒孩子们,也提醒自己,这是一群特殊的孩子,必须用这种特殊的方式来教他们。我告诉他们,你们是蛰伏在南山脚下的一支特种兵，关键时刻一定能够出奇制胜。”

掌声再次响起。陈小庆继续说：“以微光照亮微光，一起获得新生的力量！经过一年半的努力，宏志班的孩子已经和其他班级的孩子没有什么两样，甚至更加优秀，他们的各科成绩也赶上并超过了其他班级。”她的话再次被掌声打断。掌声过后，她说，“作为一名老师，一名班主任，这都是我应该做的，比起徐总建学校、办宏志班来说，我做的事简直不值得一提。我经常用徐总的故事来激励孩子，让他们要树立远大人生理想，将来有出息了也要学会感恩，用自己的行动来回报社会。所以，作为晓春学校的老师，作为宏志班的班主任，我要代表宏志班、代表晓春学校的全校师生，向徐总深深地鞠上一躬，感谢，感激，感恩！”

陈小庆说完，向徐良喜深深鞠上一躬，徐良喜起身，不停地鼓掌。全场观众受到感染，也全部起立，向陈小庆致以敬佩的掌声。徐良喜举着手，笑着示意主持人。主持人会意，让陈小庆和孩子们都留在台上。徐良喜走到陈小庆身边，握着她的手，感动地说：“小庆老师，谢谢你刚才精彩的讲述。”他转身向全场嘉宾说，“本来是没安排我发言的，不过，刚才陈老师的话给了我很多感触，所以我毛遂自荐，跑上台来说几句。”

全场爆发出一阵会意的笑声，接着便是一阵热烈的掌声。徐良喜摆手示意大家安静：“我身边这几位都是来自我家乡的老师和学生，是我老乡。所以，我也要替他们谢谢大家热情的掌声。其实，办学是我先辈徐谷生先生的一个遗愿。大家可能不了解，徐谷生先生是江西非常有名的数学教育家，是民国年间江西数学教育界“四大金刚”之一。他早年曾经在南昌创办江南中学，非常有名。他还想过在我的家乡上南山建校兴教，但因为社会动荡没有办成，成为终生遗憾。”

众人听得很入神。徐良喜笑了笑，说：“后来我有条件了，便想帮先贤完成这个遗愿，但是办什么样的学校，怎样办校，我一直在犹豫。后来，我到美国学习，看到哈佛大学的校园非常美，就动了心，我觉得我们要建就建这样的学校，建成最美乡村校园，让家乡孩子们可以好好上学。在全村人的支持下，划出了一块很大的地，我请来最好的设计师、最好的施工队伍，把学校建了起来。我以前没讲过，当时投资三千多万元，我们以后还将继续关注。晓春学校是以我父亲的名字命名的，我父亲叫徐晓春，我觉得对先辈最好的纪念,就是让后人记住他。”

在场嘉宾报以热烈的掌声。

徐良喜接着说:“我小时候家里很穷,想读书也没钱去读,所以我很理解山里孩子们的处境。随着城镇化进程加快,乡村教育也在逐步城市化。我创办晓春学校,就是要改善乡村教育条件,让家乡的孩子都能够读上书,读得起书。后来,陈老师给我讲到了宏志班的办学理念,我觉得这个理念不错,就采纳了。首届宏志班的孩子全都是来自贫困家庭,有一句话说得好,‘扶贫先扶志’,就是要让贫困家庭的孩子从小立志,通过教育增强他们的自我造血功能,彻底拔掉穷根,这比给他们多少钱都有意义。乡村教育依然需要改善,需要更多有识之士来关心它,关心教育就是关心我们的未来……”

“好!”不知是谁高喊了一声,全场顿时响起阵阵喝彩声。徐良喜最后说:“其实,建校只是一个开头,至于教育,就得由专业的人士去做。我把学校捐出来,捐给教育部门去做,我不光不赚孩子们的钱,每年还要拿出一部分钱去资助学校。所以,在这里,我真的要感谢陈小庆老师,还有在场的曾校长和周舟校长,是他们的辛苦付出,才让晓春学校有了现在的活力,才让宏志班变得更有意义。谢谢你们!”

徐良喜向陈小庆和曾金荣鞠上一躬,全场再次爆发出雷鸣般的掌声。徐良喜建议道:“陈老师,曾校长、周校长,还有孩子们,我们一起在这里合个影吧,怎么样?”曾金荣、周舟登上舞台,留下这个难忘的瞬间。

接下来是捐赠仪式,捐赠的物品很特殊:为郭慧中量身定做的两双运动鞋。

“这位小同学就是郭慧中。”主持人站到郭慧中身边,搂着她的肩膀,“郭慧中同学没有被苦难打倒,在徐总的关切关怀下,在陈小庆老师的热情鼓励下,在她自己的顽强努力下,她的学习成绩一直在进步,现在已经是宏志班的学习尖子了。”

郭慧中接过话筒:“谢谢徐伯伯,谢谢大家!”她向与会嘉宾深深地鞠着躬,从嘉宾手上接过这份特殊的礼物时,已经泣不成声。

邓吉登上舞台,分享了在宏志班采访时的感受后,走到陈湘云身边,讲了一个小建筑师的故事。他说,在采访陈湘云时,小湘云曾经说,走在母亲桥“根莲桥”上的感觉很好很结实,想今后也当一个建筑师,建造世界上最漂亮的桥。他说,他已经在网上订购了一套即将出版的新书《大桥》,等这套新书正式出版后,就给小湘云寄过去。并介绍说,这本书是以港珠澳大桥的开通为背景,通过这座世界上最长的跨海大桥的建设,表现中华民族的道路自信、理论自信、制度自信、文化自信,希望小湘云立下宏图大志,将来为国家多做贡献。

宏志班成为年会的亮点,嘉宾们掌声不断,热泪盈眶。年会结束之后,公司很多高管甚至很多业界老板走到陈小庆身边,向陈小庆敬酒,说听了她的分享很受感动,问她有什么能够帮助孩子的。陈小庆一一致谢,想了半天才说:“如果你们真的关心宏志班的孩子,就送给他们一些书吧。”

好不容易晚宴结束,回到酒店,仍然有不少公司高管打电话来,询问陈小庆有什么要求,还需要什么帮助,一定尽其所能帮助解决。陈小庆一一谢过。等到这一切都告一段落,陈小庆已经十分疲倦。但孩子们兴奋的情绪仍在蔓延,回顾着年会的情景,如同刚刚经历了一场梦一般。吴天罡满怀憧憬地说:“将来我也要考大学,当大老板,像徐伯伯一样做好多慈善事业。”

曾金荣也一直坐在陈小庆的房间,说到孩子们在年会上的表现,以及徐良喜对宏志班的肯定,也是激动不已:“太好了！我们一定要把年会的故事带回去,告诉宏志班的所有孩子,让他们知道徐总和欧亚达的所有员工都在关心他们,全社会都在关心他们。让他们好好珍惜,努力学习,用优异的成绩报答徐总,报效社会!”

美好的时刻总是太短暂,而接下来的路仍然漫长。这一夜聊得很晚,也聊得很兴奋。大家都沉浸在兴奋和激动之中,久久不肯睡去。

24 以微光点燃希望

断断续续，班里23个乡镇家访已初步结束。最黑的时候雨夜里两个人曾经找不到方向；最窘的时候老半天喝不到一口水；最压抑的时候不敢久留怕自己泪目。当然亦有感动，家长开药或者煎一碗荷包蛋，甚至递一把绿色蔬菜。乡村是朴实的，行走在这片土地上可能沉重更多，但是南山有爱，孩子们已经愈来愈引起社会关注，愈来愈多的力量汇聚成希望的火炬，南山的孩子唯有再努力，更努力……

——陈小庆《支教日记》

眼看寒假在即，宏志班的孩子还没有从参加欧亚达年会的兴奋中缓过劲来，又有一个好消息传来。不过，这个好消息是先从曾金荣的嘴里传出来的。

开校务会时，曾金荣手里拿着一份红色的卡纸折页，在众人面前晃了晃，笑着说："我们真是好事连连。这里又有一个好消息！"

周舟好奇地问："什么好消息，让你激动成那样？给大家说说呗。"

曾金荣把折页收起来，放到身后去："大家不妨猜一猜。"

"是请帖吧？是不是谁结婚的帖子？""曾校长，难道你家添孙子了？""是不是你要去参加省里的表彰会？可现在不逢年不逢节，不是开表彰会的时候啊！"众说纷纭，到底没有猜出来。

曾金荣点了陈小庆的名："小庆，你说说吧，他们说的都不着边际。"

陈小庆其实早就得到了消息，知道这是一份来自欧亚达控股集团发来的邀请函。自从上次带着孩子们参加欧亚达控股集团年会之后，欧亚达控股集团从上到下，都给予宏志班非常大的关注。武汉国际马拉松开赛在即，作为“汉马”的重要合作方,欧亚达控股集团决定组成“红色军团”参加汉马比赛。宏志班作为欧亚达控股集团爱心助学的一个成功范例,自然不能置身事外,在组队参赛时,很多人同时想到了宏志班,有意让宏志班选派有实力的选手参加欧亚达跑团。

陈小庆明白,此事很显然是徐良喜先生授意,让从未见过世面的山里孩子参加这种国际级赛事,足见其对宏志班和晓春学校的良苦用心。所谓“宏志”,不就是要激发孩子们的宏大志向么?让宏志班的孩子参加比赛,绝不是照顾,而是另一种形式的“宏志”:不仅让孩子们明白成长道路上有无数爱心人士和他们站在一起,而且可以鼓励孩子们奋力拼搏,从小培养担当精神和社会责任,这已远远超出了一般的给钱给物资助上学的意义。陈小庆对徐良喜的良苦用心感到由衷敬佩,也非常支持孩子参加这个活动。她早已在考虑参加汉马比赛的人选,所有体能好的孩子都在她的脑子里过了一遍。因此,当曾金荣点到名字的时候,她只是不置可否地“嗯”了一声,并未马上说话。

“看来小庆老师也不知道啊!”曾金荣重又亮了亮手中的折页,打开来一字一顿地读了一遍,“这是欧亚达控股集团给我们发的正式邀请函,邀请我校宏志班学生选派代表参加今年武汉国际马拉松邀请赛。大家听清楚了么?”

众人听罢,都是惊讶不已。马拉松对于丰城很多市民来说,是一件很陌生的事,很多老师只是听说,并未经历过,更不用说小小的乡村学校,以及这群山里的孩子。

“可以换老师去么?”老严开玩笑说,“我也算个老体育迷了。如果可以换的话,就把我换去,也到武汉去见见世面,看一下国际马拉松比赛是怎么回事。”说罢,还假装一副摩拳擦掌的样子,引得众人一阵哄笑。

彪哥接过老严的话说:“严老师,你年纪太大了,跑不动,换我去还差不多。全马不行,半马估计能跑下来。大家说是不是啊?”

几位女老师掩嘴笑着。

曾金荣瞪着二人,继续说:“参加国际马拉松有年龄规则,必须年满16岁。之前,徐总也电话跟我沟通过,本届汉马报名人数众多,但只有2.4万人参赛,中签率只有百分之十几,这两个名额是好不容易才争取到的,所以我们一定要珍惜这次机会,挑选两位符合条件的学生去参加。这既是给学生本人争取到这种接触外界的机会,也是对晓春学校全体师生的鼓励。大家还是好好商量一下选手参赛的问题,不要再说笑了。"

大家这才收了笑容,气氛一下子变得严肃起来。

陈小庆清了清嗓子。她站起来,认真地说:"能够受邀参加这种国际级赛事,对我们晓春学校、对宏志班来说,可以说意义非凡。有幸能够选上参加的,可以多一个接触外界的机会,当然是梦寐以求的好事。就算没能参加的,通过这件事也可以感受到徐总的良苦用心,可以激励他们树立远大理想,为自己的人生规划出一个更加美丽的蓝图。所以,不管从哪个方面来讲,这都是一件好事,都要慎重对待。哪怕跑不赢人家,也要有坚韧不拔的意志和毅力,咬着牙坚持跑到底,向世人展示我们宏志班的风采!"

"对!"曾金荣慨然说道,"就是这个意思。我们推荐的选手,一定是思想品德过硬、意志坚定,能够表现我们晓春学校、表现宏志班形象和风采的学生。"

老严坐不住了,兴奋地说:"对于宏志班的孩子我还是非常了解的,蔡魏勇、熊少雄、吴迎康、揭文鹏、陈文仲、吴天罡这些孩子体力耐力都不错,可以在这几个人里面挑选两个出来。"

陈小庆说道:"我知道,这几个人去年的校运会长跑成绩就不错。不过,我想还是按照公平公正公开的原则,让班上符合条件的同学自愿报名,然后举办一次选拔赛,用实力说话。"

众人纷纷点头,赞成陈小庆的意见。曾金荣说道:"这样更好,只要做得公平公正,对大家都会是一个激励。马上放寒假了,可以先跟孩子们说一下这件事,特别是那些体力耐力好的孩子,让他们寒假期间好好练练,开学之后我们就进行选拔赛。另外,老严,"他把目光转向老严,"你自己也说你热爱了一辈子的体育运动,也兼了好多年的体育课。选手选拔出来之后,你要抽出时间,给他们开开小灶,好好指导一下他们。怎么样?"

"没问题。"老严又挽起了袖子,"我觉得还是多挑选一两个,万一有人临时出现了意外情况,还有替补队员。"

"老严考虑得很周到,姜还是老的辣!"曾金荣点头道,"在训练期间,食堂也要适当给他们改善一下伙食,补充点营养,同时每个人每天都要确保喝上一瓶牛奶、吃上一个鸡蛋。”

“这个没问题。”周舟主动说道，“我会跟食堂说，每天给他们吃得好好的，确保在不耽误学习的前提下，有充沛的体力参加训练。”

受到来自欧亚达控股集团和徐良喜伯伯的鼓舞，宏志班的孩子们不仅学习劲头十足，精神面貌也非常振奋。为了引导孩子们增强阅读兴趣，养成良好的阅读习惯，让阅读充实孩子们的寒假生活，陈小庆决定利用最后一个双休日，带孩子们参加由市图书馆举办的“悦读·倾听在丰图”暨“书香假期颂新春”系列线下青少年读书活动。

走进一楼大厅，孩子们就被门口的两台电子借阅机吸引，围在借阅机前好奇地翻看着。进入报告厅，曾经与陈小庆同为孺子学校老师的吕四英馆长介绍了活动背景，欢迎孩子们走进图书馆，一起品书香、读美文、诵经典，与一本本好书交朋友，在一篇篇美文中感受中华文化的渊源和人文精粹、文字静美。

邓骥和高婉婷作为主持人，大大方方地走上了舞台，掀开了读书活动的序幕：

甲：中华文化源远流长，
乙：中华诗文浩浩荡荡；
甲：我们在汉字织就的锦绣中穿行，
乙：我们在“丰图”的书海里徜徉。
甲：这里有浪漫洒脱的李白，
乙：这里有忧国忧民的杜甫；
甲：这里有江南的钟灵毓秀，
乙：这里有塞北的广袤苍穹。
……

两位主持人你一句我一句，颇有电视节目主持人的“范儿”。

“接下来是阅读分享环节。”在主持人的介绍下，孩子们一个个站起来，跟同学们一起分享读书心得。孩子们清脆甜美的读书声，声声入耳，让人沉醉!

李清照《如梦令》的柔美婉约,花木兰替父从军的巾帼豪迈,陶弘景《答谢中书书》的高雅情怀,周亚夫统军平乱,邓子龙浴血抗倭……一篇篇经典雄文,一幅幅如诗画卷,一个个鲜活人物,令孩子们大开眼界耳目一新。谁说女子不如男,木兰替父上战场,这是我国古代的巾帼英雄!

山川之美,古来共谈。有高雅情怀的人才可能品味山川之美,将内心的感受与友人交流,是人生一大乐事。《答谢中书书》是南朝文学家陶弘景写给朋友谢中书的一封书信。

邓子龙将军是明代的抗倭名将,是中国人心目中的大英雄,也是我们丰城的一张历史文化名片。

"一本好书,静静抱坐读到日月无光,人就在书里起伏,掩耳不听那尘世喧嚣,这是世间最宁静的快乐",的确恰如其分。看!这些孩子们,他们看书的专注神儿和借书的争先劲儿!孩子们起立齐读《南山有爱》,是那么动听、动情!

从《如梦令》《木兰诗》到《答谢中书书》《周亚夫军细柳》;从《假如生活欺骗了你》《邓子龙将军赋》到《南山有爱》,同学们至真至纯的朗读,声声扣动观众心弦,他们的纯朴、自信及对好书的渴望无一不体现了向学之心,正如诗云"若有诗书藏在心,撷来芳华成至真"。

陈小庆对这次读书活动很满意。她告诉孩子们,犹太人世代传言:书本是甜的。对孩子们而言,能够从小就体味到读书是一桩快乐的事情,从而终身享受书籍所带来的无穷乐趣,这就是社会、学校与家长共同给予他们的最好的童年礼物。读书可以修身、养性,在假期要有爱心、奉献、担当、责任。寒假即将到来,要充分利用假期多读书,养成阅读的习惯,多参加实践活动,做小小志愿者……

孩子们在接受市电视台采访时,表达自己第一次来图书馆,参加书香假期阅读之旅活动很开心,不但勇敢地参与了朗读还借到了喜欢看的书籍,感觉很有意义,也获得了收获。

回到学校时,陈小庆便开始着手准备参加今年省"两会"的发言材料。当选省人大代表已经一年,陈小庆深感使命光荣,责任重大,始终以一名中学教师,同时也是一名省人大代表的身份,密切关注着留守儿童尤其是贫困家庭孩子的教育问题。因为时间紧迫，陈小庆这段时间就像上了发条的时钟，日夜运转不停。

“幸福莫过于被需要、被感动。走进孩子们的心里，看到美好又培育美好，这是一件很有成就感的事。”陈小庆回想起前不久江西日报记者采访时说的一席话，“支教不只是一种情怀，也是一种生活态度，值得我们每一位教育工作者去体验。乡村里的每一个孩子都有权利享受优质教育”。她希望更多的人关注和支持农村教育，让山里的孩子通过自己的文化知识走出大山，而不是背井离乡去外面打工。这几年来，在她的影响和感召下，也确实有越来越多的人关注着她，关注着晓春学校，关注着宏志班这群贫困孩子。“以微光点燃乡村希望，以行动致力乡村教育”，陈小庆仿佛看到，社会爱心人士的微光正积聚成一束强大的光柱，照亮着孩子们的前行之路。而她既像一名逆行者，又像一尾三文鱼，坚定地洄游在乡村教育路上……

“明天老班就要到省城去开会了。”她走进教室，对孩子们说，“老班争取寒假之前赶回来，送你们回家。”

“老班，您放心去吧，我们知道怎么做。”首席班长熊少雄说。

孩子们懂事了，真的懂事了。陈小庆有些不舍，看着这群半大不大的孩子，心里感慨不已。一年前，甚至是半年前，有些孩子还在担心陈小庆会不会离开他们，并考虑转学或辍学的事，但现在这个疑虑已经消除了，陈小庆用自己的行动证明了这一切。“老班当然放心，因为你们都是好孩子。”

她由衷地夸赞着孩子们，她相信，即使她没在学校，这些孩子也会把宏志班打理得好好的，就像她曾经说过的那样，哪怕自己有一个星期甚至半个月不在学校，班里也不会出什么大的岔子。事实也的确如此，陈小庆经常要到市里开会，要到市教师进修学校去传授经验，有时还要出市出省交流学习，班里被大小班长们管理得井井有条。

这是陈小庆多年来在班主任工作岗位上摸索总结出来的教学方法。在班级管理上，采取首席班长和值日班长相结合的机制，以首席班长为主，值日班长负责当日的管理。首席班长是经班主任和任课老师提名后，由全班学生选举出来的，权威性代表性自不必说；值日班长都是从优秀的寝室长当中挑选出来的，有一定的管理经验。两相结合，责任分工到人，大家自然也不敢马虎。

在教学上，其他课程自不必说，每一位任课教师都是精挑细选出来的，业务素养高，责任心强，值得放心。关于语文课，通过这么多年来在语文教学方面的探索积累，陈小庆逐渐形成了一套自己的方法。自己上课固然最好，别人代课虽然也不失为一个选项，但每个人风格不同，授课方法、技巧也各不相同，陈小庆尽量避免让别人代课。因此，遇到有事外出，陈小庆都会按课程计划安排，把每堂课的内容归纳出要点，向语文课代表或语文基础扎实的同学当面传授。到这堂课的时候，由课代表或是基础扎实的同学指导大家进行上课，大家一边按老师事先归纳的要点进行解读，一边在课堂上讨论，不仅活跃了教学气氛，也很容易提高孩子们的学习兴趣。碰到解决不了的问题，陈小庆就会在中午或下午下课后，利用会议空隙，通过手机视频连线，面授机宜，当场解决。因此，尽管她经常因公外出，语文课从来没有落下过。

陈小庆放心地到省城开会去了。而语文课的教学任务却没有停止，按照计划，负责主讲新课寓言《赫耳墨斯与雕像者》的是语文基础较好的丁志浩。陈小庆事先向丁志浩提示过要点：弄清几位人物的身份角色（宙斯为最高天神，赫拉为妻，赫耳墨斯是儿子，神使掌管商业），以及作者想表达的中心思想。

山中无老虎，猴子称霸王。丁志浩稳稳当当地走上讲台，推了一下眼镜，惊堂木（黑板擦）一拍："上课了！"

"老师好！"孩子们一本正经地叫了一声，然后满堂哄笑。

读完课文之后，丁志浩介绍了宙斯、赫拉和赫耳墨斯三人身份，当介绍到赫耳墨斯时，他自言自语道："原来这家伙还是个官二代、富二代，难怪这么虚伪。"

有人举手发言："老师，他不是官二代，也不是富二代，是神二代！"

丁志浩一看，原来是谢乐嘉，他不知什么时候身上披了一条棉被。"神回答，为你点赞！"他向谢乐嘉竖了一下大拇指。"那么，我们来看看神二代如何崩溃的。"

吴天罡偷笑道："要是谢乐嘉的熊样被老班发现，他肯定要崩溃！"有几个孩子发出响亮的笑声。

熊少雄瞪了吴天罡一眼，提示他注意课堂纪律。丁志浩清咳一声，目光巡视登场:“不要干扰本教师上课。假如你是商人,三尊神你定谁高价,理由?请你们联系自己的生活经验说一说。”

“我定赫拉,她权力最大。”蔡泽锴举手回答。

“家里他爸爸要听他妈妈的。”吴天罡补充。

“我定宙斯,不管家大家小,男人要是家里的担当,爸爸位置最重要。”站起来的范启明,貌似男子汉意识树立起来了,责任、荣誉、国家缺一不可。

“我还是定赫耳墨斯,他想知道他受不受人尊重,想知道自己在人家心目中的地位,还是有点上进心的。”郭慧中语气有些迟疑。

“虚荣心人人都有的,积极地面对化成前进的动力,消极的自负会落人笑柄……”于晓丹若有所思。

大家发言很踊跃,丁志浩非常满意,概括道:“赫耳墨斯可能有点像我们大家,每个人都认为自己超能,毕竟年少——”

“轻狂。”接下的声音齐整如出一口。

“要狂!”丁志浩推了一下眼镜,夸张地挥舞着双手,“狂对了是魅族,狂妄了一文不值。”

…………

一堂本来枯燥晦涩的课,在轻松愉悦的气氛中结束,孩子们不仅按大纲学习了课文,还结合自己的思考,提出了一些见解,对课文的理解更加深刻了。

几天后陈小庆回来,了解了这几天语文课的情况。听完丁志浩的汇报之后,很是高兴。上课时,又温习了一遍,指出《赫耳墨斯与雕像者》这篇课文是一种白描手法,类似于中国画的技法,只用白线勾描,不着颜色,不加渲染地勾画出物体的特征。写作中采用白描法,是指以简洁、质朴的语言,不加渲染修饰地勾画对象。

她随手在黑板上线描绿萝、仕女脸。孩子们惊叹道:“老班,您好神啊!”

陈小庆笑道:“老班的老底都露出来了,你们继续想象一下,赫耳墨斯听了‘白送’之后的感受吧。”

“他肯定崩溃了!”孩子们笑答。

下课后,陈小庆把谢乐嘉叫到办公室,问道:“上课披棉被是怎么回事?”

“我冷。”谢乐嘉毫不讳言自己的感受,“把全部的衣服都穿上了,还是冷。”

陈小庆记得前不久有人送来过一些过冬的棉衣羽绒服,谢乐嘉也分得了一件,而且还是新的,但一直未见他穿过。“人家刚送给你的新衣服呢?”

“带回家去了。”谢乐嘉看着陈小庆,“不舍得穿,准备回家过年再穿。”

陈小庆心里一阵酸痛。苦难的少年呵,何时才能走出童年的阴影,和正常家庭的孩子一样,笑对阳光,享受阳光!

25 从大山到“汉马”

应有“格物致知”精神：山上竹笋破土拔地而起，如果仅止于观察，非“格”也。从没有路的地方闯出路来，撩开南山的雾霭，走进南山，才发现一切都不是想象的诗意。跌跌撞撞连滚带爬大呼小叫，从一片猫耳朵上摘取春天，从一支嫩竹笋上拔取春天，从杜鹃花的蕊心里拾取春天……我们是一群幸运星，回到教室，春雨就追到了门外。窗外的南山远看又是一幅水墨画……如此零距离感受，落笔南山，有没有新的感情？

——陈小庆《支教日记》

温习了久违的家乡风情，也品尝了异地特色，南甜北咸东辣西酸，这年味终于恋恋不舍挥手而去。

陈小庆独自徘徊在空旷的操场上。满天的星斗，满耳的蛙鸣，一声声犬吠，夜空像个巨大的怀抱。南山是迷蒙的魅影，有微风送来春天的气息。

开学之初，陈小庆召开了一次主题班会，班会的会场就设在校门口的上南山村，主题则是感悟与感恩。类似的活动已经开展过很多次，宏志班的孩子们有时戏称这个活动为“朝圣之旅”。

没有什么比这样寻觅到的更震撼灵魂。山岚雾霭、窗前修竹是校园最动人的风景，书声鸟声蛙声是自然最和谐的乐章。奉献了深情与爱心的上南山，成为孩子们心中的圣地，孩子们和这片土地有着天然的亲近感。

走进村庄，每一个孩子都变得神情肃穆，他们仰头凝望，饱含深情。“徐伯伯的房子在哪里？”“胖叔的房子在哪里？”孩子们小声询问着，仿佛生怕惊扰了村庄的宁静。

伫立凝望，他们不敢相信，为他们筑起爱的大厦的人老家竟是如此的简约、朴素……

这个周末,宏志班又迎来一拨爱心人士,他们是丰城市红十字会的爱心天使。领队的是市文联的聂小梅主席,除了带来最近募集到的爱心物资之外,还有一群来自丰城市各行各业的文艺爱好者。

在偌大的操场上,孩子们与这些来自城里的叔叔阿姨围坐成一圈,用他们的欢声笑语表达着内心的感激。

“孩子们,”聂主席起身做开场白,“我一直在关注着宏志班。不光是我,还有社会上很多爱心人士。今天,我们组织了市红十字会和市文学艺术界的一些朋友,专程来到南山脚下看望你们,和你们举行一次联欢活动……”她的话被孩子们一次次热情的掌声淹没。

这是一些叔叔阿姨捐出来的寒衣和棉鞋;

这是一些城里学校的孩子送给你们的书和文具;

这是一些爱心企业送来的文体用品……

来自文艺界的爱好者们纷纷站起来,用歌声、用舞蹈、用诗歌表达着此刻的心情。孩子们受到感染,也纷纷站起来,表演着自己的才艺。现场欢声不断,气氛十分融洽。

在“击鼓传花”游戏时,“花”传到了郭慧中的怀里。她顿时小脸涨得通红。“郭慧中来一个!”“来一个郭慧中!”同学们起起哄来。

长期以来,郭慧中除了用功学习,默默劳动,很少主动把自己融入集体生活中。陈小庆知道她还没有完全摆脱心里的阴影,便有意无意地关注她,让她在大庭广众之下露脸,还让她担任值日班长,让她感受到被关注被需要。而郭慧中已经开始慢慢打开心锁,尤其是在云姑岭有过一段亲如母子般的交谈之后,郭慧中已经能够主动跟同学交流,上课举手回答问题也更主动。这是一个积极的信号,也是一个良好的开始。

“郭慧中,轮到你了,给大家露一手。”陈小庆鼓励道。

郭慧中忸怩了一会儿,慢腾腾地站起来,低着头绞着手,就是张不开口。同学们继续起着哄,文艺爱好者们也不停鼓励,郭慧中看了看陈小庆,脸更红了。

陈小庆向她身旁的袁敏使了个眼神,袁敏会意,大声说:“我们的慧中虽然文静,但她可是我们班的小才女。她的歌声很好听,对了,就是那个《知否知否》,我们请她唱这首歌好不好?”

“好!”众人一起鼓掌。

“慧中,露一手,向他们展示一下咱们娘子军的才艺!”

郭慧中终于开口了,用轻柔抒情的声音唱道:

一朝花开傍柳/寻香误觅亭侯/纵饮朝霞半日晖/风雨着不透/一任宫长骁瘦/台高冰泪难流/锦书送罢蓦回首/无余岁可偷……

虽说是少年心性,但对歌词和音乐的理解,却各有各的不同。郭慧中的歌声纯朴空旷,感情细腻,毫无杂质,颇有“余音绕梁”之妙,在场的人都陶醉了,甚至忘记了鼓掌。郭慧中唱完,站在那里,看着一个个如痴如醉的表情有些不知所措。直到大家从她的歌声中回过神来,拼命鼓掌,她才松了一口气,脸上露出一丝羞怯的浅笑。

看着这一幕,陈小庆也长舒了一口气。在她的印象中,这是郭慧中第一次在公开场合露出笑容。

短暂的走访慰问活动结束了,晓春校园内复归于平静,但孩子们快乐的身影、幸福的笑容,仍留在南山脚下,留在这春意渐浓的南山脚下。

感谢所有怀揣爱心走进南山的文朋诗友,感谢身处异乡伸出援手的学生及笔友。每个人都有自己的生活都有自己的艰难,能言与不能言,甘苦自知冷暖自知,但是每份助力,南山不会忘记,秀水不会忘记,宏志班的娃娃们更不会忘记,一切的一切都将化作力量,注入孩子们的血脉流淌……一本书、一支笔、一双鞋子、一件寒衣、一曲歌、一场对话等等等等,都是光,都是亮,照耀南山每个寂静的夜晚。

我们感受爱也传递爱,我们行走乡村,寻找读书的种子,亦力图用爱心慧心唤醒乡村那些沉睡的角落。用脚步丈量过的村庄,用心丈量过的地方,一定有爱的种子发芽,一定有爱的微光渐渐地扩展……

武汉马拉松比赛的前一个月,在距离武汉市500公里外的丰城市晓春学校举行了一场别开生面的预选赛。宏志班几乎所有的孩子都上了场,每个人都铆足了劲拼尽了力,你追我赶,盛况空前,其声势不亚于一场小型的“晓春马拉松”比赛。学校其他年级和班级的孩子围在操场四周,羡慕又好奇地围观着这场比赛,他们毫不吝啬自己的热情,拼命给这群幸运的同学加油鼓劲。

必须承认自己早就跑不过孩子,陈小庆望着备战中的孩子们,觉得有些惭愧。

这段时间以来,孩子们每天利用早操时间,拼命练习长跑。不用老师催促,甚至不用听到广播里的起床号,蔡魏勇、熊少雄、吴迎康等人就起了床,等到大家到操场上集合时,他们已经跑了几十圈。

“老班,我们算好了,绕着操场跑65圈就成。”蔡魏勇轻松地说。蔡魏勇的父母一直在外打工,他从小就与爷爷奶奶一起生活,不完整的童年,让他从小就体会到了责任与担当二字。蔡魏勇从小就跟着爷爷进山干农活,练就了一身过硬的体质。进入晓春学校后,又爱上了打篮球、长跑等运动,是班里的运动健将。听说徐良喜伯伯给宏志班争取到了两个参加汉马的名额,蔡魏勇找过陈小庆好几次。“机会太难得了!”他激动地说,“我想去看看,看看自己到底能跑多远,我想通过这种专业的比赛来突破自己。”

65圈就是26公里,是汉马“健康跑”赛程13公里的整整两倍路程。这几位体能较好的孩子自我加压,把目标放得更远。这可不是一个小数目,需要耗费很多的时间和能量,陈小庆有些心疼。“身体吃得消吗?”她关心地问。

“我们现在先慢后快。”熊少雄也很轻松,“五点半开始跑,一两个小时跑下来没什么关系,也不会影响早读。”

看着他们年少轻狂,陈小庆既心疼又感动。“还是要注意劳逸结合,运动过度会影响上课的注意力。”

现在,为了赢得参加汉马的资格,所有的孩子都在奋力拼搏。陈小庆站在操场中间,密切关注着孩子们,也关注着为这次预选赛不遗余力开小灶的老严。

老严忽焉在前,忽焉在后,提醒着孩子们注意跑步方法。“注意,不要挤在一起!”“注意节奏,不要忽快忽慢,这样会耗费体力!”“对,就这样保持,注意调整好呼吸!”看着老严的专注,看到孩子们的坚持,陈小庆非常感动,也非常庆幸。

经过激烈角逐,熊少雄、蔡魏勇、吴迎康、陈文仲、揭文鹏五人脱颖而出。为了慎重起见,曾金荣一方面安排老严继续给这五人开小灶,一面安排人与欧亚达控股集团联系,确定报名资格。陈小庆也和宏志班的任课老师给五人开小灶补课,以免因为备战汉马影响学业。经过大赛组委会资格审查,由于熊少雄、陈文仲、揭文鹏三人未满16周岁,只有蔡魏勇和吴迎康两人符合参赛资格。这样,蔡魏勇和吴迎康如愿以偿,将代表晓春学校宏志班参加2019年4月14日的第四届武汉马拉松比赛,他们也是本届汉马年龄最小的成员。

对于吴迎康能入选,倒是出乎大家的意料之外。谁都不会想到,这个平时内敛不爱说话的男孩子能够脱颖而出,夺得参加汉马的名额。吴迎康幼年丧父,是当地建档立卡贫困户,平时性格内向,沉默寡言,跑步是他释放压力的唯一途径,因此在跑步上表现出异常的能力。在选拔赛前,他找到陈小庆,恳求说:“老师,我太想有机会走出大山,看看外面的世界是个什么模样。”陈小庆鼓励他发挥水平,自己争取,她曾跟曾金荣说:“他没有被贫穷打垮意志,我们为什么不给他一个离成功更近的机会?”而吴迎康凭着自己的实力和顽强意志,如愿以偿。

进入备战期,陈小庆接到通知,到杭州参加“丰城市语文名师”培训。她特地通过手机视频再三叮嘱孩子们,一定要用最阳光健康的形象和心态去参赛,做好赛前准备,不仅是体能训练,形象也要好好训练一下。“你们代表的是晓春学校,是咱们宏志班,更代表着欧亚达。”

每天下课后,因为年龄没有被选上的熊少雄、吴天罡等人,都会到操场上去给两人鼓劲。两人虽然全力备战,但想到即将面对全国乃至国际上的马拉松选手,还是有点胆怯。毕竟从来没有走出过大山,没有见过这么大的世面。吴天罡羡慕地鼓励道:“真是山牯佬(山里人),这么好的机会都不晓得好好表现一下!你们要是怯阵了就让我去,我保证谁都不怕。”熊少雄也鼓励道:“老班不是说了吗?出去可以增长很多见识,不在于输赢。你们就当着是老班带着你们去参加校外活动嘛。”两人这才不再顾虑,全力投入备战。

启程的日子终于到来。

晓春学校派出陈小庆、周舟两位副校长，带着蔡魏勇和吴迎康，出发前往武汉。临出发前，宏志班的孩子列队于校门口，为两位同学壮行。蔡魏勇喊出了自己的参战宣言：“相信自己，你可以！”吴迎康也喊出了自己的参战宣言：“朝着心里的目标，永不放弃！”

汽车，动车，汽车，几番周折，终于到达武汉。一路上，陈小庆和周舟不停给两位小选手打气。并告诉他们，因为身份特殊，年龄又小，肯定会成为新闻焦点，让他们沉着应对各路记者。两个孩子第一次走出丰城走出江西，一路上兴奋不已。

到达欧亚达控股集团总部，因为徐良喜出差在外，一位副总接风了陈小庆一行，还亲自陪同他们参观集团总部，两个孩子都露出羡慕和惊喜的目光。吴迎康小声对陈小庆说：“老班，我觉得好奇怪。”陈小庆问他奇怪什么，他说：“我觉得这里的人都超级帅，不仅穿着整齐，而且每个人的身材都非常健壮、非常挺拔，气质超级好。”

陪同的副总听到他们的对话，笑着说：“健康的身体、健康的生活态度是我们公司一直追求的目标。我们公司的人非常注重体育锻炼，年年都要组织开展各种形式的体育比赛，每年都要派出员工参加武汉马拉松比赛，对获得名次的员工公司还有奖励。所以，公司员工几乎人人都愿意参加体育锻炼，这也是我们公司的一种企业文化。怎么样，喜欢吧？”

吴迎康和蔡魏勇听了，啧啧称奇。

这一天，叫醒大家的不是闹钟，而是汉马。经过一天的休整，来自晓春学校的两位年轻选手已经摩拳擦掌跃跃欲试。两人三点多钟就起了床，早早就洗刷完毕，在宾馆走廊上活动身体，做比赛前的准备。五点半，天刚蒙蒙亮，欧亚达啦啦队已抢先到达赛道边各点位，抢占最佳地段为选手们加油。此时，身着红色战袍的欧亚达跑团，已在三阳路起点处集结完毕，兴奋地做着赛前热身。

武汉马拉松比赛分为“全马”“半马”“健康跑”三个级别，欧亚达跑团参加的是健康跑。健康跑起点为三阳路中山大道路口，经三阳路、胜利街、中山大道、武胜路、江汉桥、鹦鹉大道、龟山南路、长江大桥、黄鹤楼东路、武昌路、彭刘杨路，到辛亥革命博物馆广场，全程共计 13 公里。尽管没有“全马”路程远，但也可将武汉这座江城美景尽收眼底。

7 点 30 分,清脆的枪声瞬间点燃汉马大军的激情,8000 名参加汉马健康跑的运动员同时发力,向着目标奋力奔跑。欧亚达“红色军团”如同一团熊熊火焰,奔向战斗高地,耀亮了整条汉马赛道,蔡魏勇、吴迎康紧跟着跑团,毫不示弱。

陈小庆和周舟自然也不想错过这次难得的观战机会,她们早早就出发,选择好观战位置,为两位选手加油助威。

赛道沿途大气的城市建筑和美丽的景色,围观群众挥舞旗帜大声呐喊,感染着蔡魏勇和吴迎康。“老班她们来了吗?”“肯定来了,她们一定在看着我们,在为我们加油呢。”“加油,魏勇!”“加油,迎康!”二人相互鼓劲,一直跑在队列前面。

经过 80 多分钟的激烈角逐,欧亚达军团冠军、亚军相继产生。蔡魏勇和吴迎康奋力冲刺,摘取欧亚达跑团第三、第四名的优异成绩。“我们赢了!”“我们胜利了!”两人大声欢呼,激动不已。“我们赶快告诉老班吧! 不知她看到没有?”“老班一定知道,一定看到了!”两人四处寻找着陈小庆的身影。

陈小庆和周舟此刻已经随着欧亚达跑团啦啦队涌入广场。她们穿过激动的人群,挤到两人面前时,已是满头大汗,气喘吁吁:“了不起!”“祝贺你们!”陈小庆甚至打趣说:“为了看你们比赛,给你们加油助威,我和周校长都差不多跑了半个马拉松!”四人激动地相拥在一起。

四人正聊着,果然有好几位记者找到他们。面对摄像机,蔡魏勇侃侃而谈:“到专业赛场上展现自我,是我心中已久的梦想。今天圆了梦,非常开心,很难忘!”吴迎康也自信满满地说:“当得知我入选时,兴奋得几夜都睡不好觉。参加这次汉马比赛,给了我向前奔跑的动力,我会和同学们分享这次难忘的经历,鼓励他们努力奋斗,向即将到来的中考冲刺!”

看着喜悦而又自信的两个孩子,陈小庆笑了。

千里江城一日还。家乡的南山小桥流水田园味道,有门楼旧巷历史沧桑,有风起云涌雾霭迷离,有布谷鸟儿在歌唱。如诗如画如歌,画中有淳朴的乡亲,有可爱的学生娃……

从气势磅礴的汉马赛场回到蛙鼓虫鸣的南山脚下,陈小庆连夜做了一个幻灯片,把赛场充满激情的画面尤其是蔡魏勇和吴迎康奋力拼搏的照片组合进去。次日一早，利用早读时间播放给班里的孩子们看。

孩子们一边看着，一边兴奋得不停喝彩。幻灯片播完，孩子们把眼睛转向陈小庆时，却发现她正趴在讲台上，已经睡着。坐在前面的丁志浩伸出食指放在嘴边，做了个噤声的表情，孩子们马上默不作声，轻轻拿出课本，开始默读课文。他们的眼睛里都闪动着泪光。

陈小庆忽然醒过来，抬起通红的眼睛看看孩子们，忙站起来用嘶哑的声音说：“好几天都没睡好，对不起，对不起！”她连说了几声“对不起”“谢谢”之后，突然发现自己发不出一点声音。本来准备好复习这几天的课文，都被卡在喉咙里，她着急地看着孩子们，孩子们也红着眼看着她。

教室里不知是谁抽泣起来，接着又有好些孩子开始呜咽。袁敏站起来，哽咽着说：“老班，您回去休息吧。”其他孩子也纷纷说道：“老班，您辛苦了！”“我们会努力的。”“老班，我们已经不是孩子，我们长大了！”“老师，您太累了！”……

陈小庆的眼睛一下子湿润了。她招手把徐静雯叫上去，在自己的教案上指了指，徐静雯明白她的意思，大声说：“同学们，老班让我带着大家复习课文，请大家翻开书……”陈小庆看了看孩子们，悄悄退出教室，终于忍不住泪如雨下……

教室里书声琅琅，教室外春光明媚。山村有干净的岁月，不管云聚云散，寒去暑至，人来人往。

南山脚下飘扬的旗帜，是被爱的阳光染红，又被山风吹褪色的。透过阳光的问候，孩子们就像南山上的新竹，随着季节破土而出，拔节而起，终于长出一片荫，呵护着脚下的土地……

26 青春误

盛夏一过,清秋来兮,可是转瞬间就带走了桂子清香,花落人添愁。“你看,芙蓉花又开了!”小毛孩仿佛懂得心意,居然用老子之道宽慰老班。当然,他们的感情更为浓烈,干脆在日记里直抒胸臆:“我与晓春是一对热恋的情人,在我眼中,无论什么时候晓春都是美的,尤其是秋天的晓春……”估计刘湛秋读了也会忍俊不禁,孺子可教也。

很久以前写过《木末芙蓉花》的故事,悲剧,不忍再翻。这里枫子庵先前也有一棵,总觉得带了异样的气息,庵里有蜡烛、香火之类幽幽的令人叹息。赶庙会的时候,老人曾聚在前面摆过酒。现在村里的年轻人少了,老人的欢乐少了一项,老人似乎不觉间变少了。原本我是不大喜欢如此张扬的花朵,见那庵前独孤一棵时,想起栽花人的心境,心念倒是平复不少。而今学校不知何时也有了一株株芙蓉,乃至栽到了母亲桥一带,倒是应了王维诗境:“木末芙蓉花,山中发红萼。涧户寂无人,纷纷开且落。”他写的是春日的辛夷,这里却是秋天南山道上罢了。

南山的秋天是短暂的,甚至匆匆得连桂子香都没有好好感受,就被山风吹走了。忙完了国庆小长假,以为自己可以安静地收些桂子,哪知只见满地落花堆积,树上残剩的色彩也转萎靡,令人触目心惊。而邻近的樟树也裁去了枝丫,锯斧之痕仿佛是无声的诉说,隐痛弥漫,生命是经不起拉锯的,外面的河岸一侧也全部围堤加固,失去了葱茏蓊郁的原生态。

一天天萎缩的河道需要这样的堤坝么?我只需要一切都保持安静的样子,本来的样子。

——陈小庆《支教日记》

朦胧青春，指尖划过，一去不复返，如轻烟、薄雾。回首过去，青春里拥有难以忘怀的篇目，也有不堪回首的章节。青春的美妙全部撒播在了沿途的风景之中，迷茫，酸楚，欢声笑语，在记忆的天空中承载着梦想而飞翔，青春才成了心中的永恒。

南山脚下，蓝天白云是天空常态，岭上缭绕是山中常客。秀水逶迤澄碧，田园平坦开阔，一到秋日，有桂子幽香飘逸，醉人心魄。学校山环水绕，林木蓊郁，背倚青山，襟带绿水，蝉鸣声中格外宁静。如果说喧嚣与躁动，忙乱与焦虑，织就无形巨网让人灵性窒息疲惫不堪，那么相形之下，这里的静谧诗意便愈发显得珍贵。

转眼进入初三。进入初三的孩子，褪去了初一时的莽撞冲动，少了初二时的懵懂迷茫，多了一份成熟稳重。开始体会到友谊的珍贵，理解了宽容的宝贵。他们目标明确并挑灯苦读奋力追逐，他们在宏志妈妈陈小庆的关怀下亲如兄弟姐妹。

开学的时候，黄秋鸣的父亲送孩子来学校。他的手里拎着一壶山茶油和两只麻鸭，找到陈小庆时，硬要塞给她。陈小庆拒绝道："黄大哥，这些东西我真的不能收。"

黄父佯装生气道："你无论如何要收下，要不收的话就是看不起我这个放鸭的！"

"要么这样，你把这些油和鸭卖给我们食堂，让孩子们一起吃，怎么样？"陈小庆建议道。

"这……"黄父有点为难地说，"这怎么使得？秋鸣在这里吃学校的用学校的，我怎么还能赚学校的钱？"

"黄大哥，买你的也是买，买外面的也是买。就这样说定了，我给食堂打个电话，等下你就送到食堂去。"

黄父终于点头同意了陈小庆的建议，刚要走，又折回来说："老师啊，这段时间秋鸣这小子进步挺大的，真是要谢谢你！他放假回家，我都请人帮我去放鸭专门陪他。他学习上了路，我才做得起劲啊！"

此前，黄父也多次来过学校，说黄秋鸣耳朵聋舌头大，出来也是个废人，一家人很是犯愁。陈小庆便向他建议，既然有两个孩子，而且都是儿子，就把一个放在身边，另一个放出去闯。既然黄秋鸣身体有残疾，而且成绩也不错,一定要逼着他去考师范,今后出来工作就解决了,哪怕是到特教学校去也行,反正可以留在身边。陈小庆还建议,一定要给黄秋鸣买一副质量好的助听器,既能听清老师讲课,也有利于耳朵恢复。黄父也听进去了,一家人省吃俭用,狠心买了一副一万多元的助听器。而黄秋鸣自此性情大变,变得乐观开朗起来。

不是要每个家长丢了事去陪孩子,知子莫若父。但孩子的起色源点在于家庭,他最需要的帮助家长得明白,孩子身上折射的就是家教。

养不教,父之过;教不严,师之惰……家长开明至此,陈小庆也非常欣慰。

也有让陈小庆非常不安的事。开学以后几天,又有几个孩子没来学校,尽管陈小庆早有预感,但还是一一打电话去了解、确认。不管读不读书,不管在哪里读书,只要在家长的视线之内就行。除此之外,还能有什么办法呢?

从第一个学期到现在,班上只剩下了 50 个孩子。有的是大班额化解工作的需要,有的是由父母或爷爷奶奶接到了打工的地方去读农民工子弟学校,有的因为冥顽不化不肯读书,有的则是因为家长狭隘的疼爱舍不得孩子吃苦不让孩子来学校。为此,陈小庆曾一个个跟家长沟通争取,一个个打电话请求乡镇扶贫部门甚至乡镇领导做工作,甚至想方设法帮助孩子和他们的家庭解决实际困难,为的就是把孩子留在学校,哪怕有一丁点儿希望,她也会努力争取。但事实已经如此,结果无法改变,孩子不想读书,家长不愿配合,总不能把孩子强行捆绑到学校来吧?她痛苦地想,唯愿这些孩子能够健康成长,唯愿他们的家庭早日摆脱贫困,过上衣食无忧的生活。

陈湘云算是个成功的特例。开学已经几天,陈湘云还没有返校,打电话问她外公,外公说湘云不想读书,便把她送到南昌的姑姑家去,在南昌打工。陈小庆不甘心,在电话里质问着爷爷:“她才多大啊?就送她去打工?”

“我也没办法啊!”外公的语气有些无奈,“她在家里什么也不做,只知道自己玩,连弟弟妹妹也不管不顾,太自私了。而且她还说不想念书了,我不把她送去打工难道还要供着她啊?”

陈小庆还记得,暑假之前,陈湘云曾经找到她:“老班,有什么问题我可以给您打电话发短信吗?”“老班,弟弟妹妹不听话,我该怎么办?”听她的口气，似乎是个很负责任很有爱心的姐姐，她当时含笑鼓励道："管不住也要管，因为你是姐姐啊！"没想到仅仅过了两个月不到，这个负责任的姐姐就变得自私，变得对弟弟妹妹不管不顾了！陈小庆有点不相信。她耐心说道："外公啊，湘云年纪还小，还没到打工的年龄。再说她在学校一直很努力，成绩也不错，您还是赶紧让她回来吧。"

"年纪小没关系，是在我大女儿开的店里，在里面帮帮忙。等她学得老实听话以后来求我，我再让她去学校！"外公的口气很强硬。

陈小庆有点生气，知道跟外公解释不清，马上打通同田乡党委书记的电话，向她陈述陈湘云的情况，希望以乡政府的名义把陈湘云"拯救"出来。书记果然雷厉风行，派扶贫办主任熊力群赶赴外公家，晓之以理动之以情，外公终于答应让女儿把小湘云送回家。

听到这个消息，陈小庆很高兴。郭慧中也找到陈小庆，说陈湘云已经在回家的车上了，明天就会来学校。可是一天过去了，陈湘云没有来，打她的电话不接。陈小庆坐不住，再次打通熊力群的电话，熊力群说正在陈湘云家做工作，但陈湘云不在家，不知到哪里去了。陈小庆心急如焚，一遍一遍地打电话，又请熊力群一次一次地发短信。

一天过去了，两天过去了，三天过去了……七天过去了，十天过去了，十四天过去了，电话一直通着，陈小庆每次都说："陈湘云，我是老班，你在哪里？快告诉我！""陈湘云，同学们很关心你，都在等你回来。"但陈湘云就是不说话。直到第十五天，陈小庆再也坐不住，打了个车直奔陈湘云家。其时，熊力群正在陈湘云家，外公也是急得如热锅上的蚂蚁，再也不敢说气话。见到陈小庆到了门口，外公连忙拉着她的手，着急地说："陈老师，你总算来了，快帮我想想办法吧！"

"到底什么情况？"陈小庆看着外公和熊力群，"她明明电话是通的，究竟跑到哪里去了？"

外公愁眉苦脸地说："我哪里知道哟？要是知道她在哪里，我还不把她找回来？现在莫说这些没用的了，赶快想想办法找到她吧！要不要到公安局去登寻人启事？"

熊力群也摊着手，无助地看着陈小庆。陈小庆来的路上就一直在想这个问题，到底是什么原因让陈湘云做出离家出走的出格之举？她看着着急的外公问道:“陈湘云从南昌回来的时候,有什么异常吗?”

“没有啊!”外公想了想,“又没打她又没骂她。我就是说,以后如果还不听话的话,就把她送到广东、送到浙江去。”

熊力群指着外公说:“可能就是说重了这句话。”

外公觉得很冤枉:“这怎么是重话?哦,照你们说的,我还管不得说不得她了?哪家的孩子还不能说两句?现在都怪到我头上来了,真是的!”

陈小庆问道:“外公,您还记得她当时为什么说不读书吗?”

“她……好像也没说。我骂她要是管不好弟弟妹妹,就不要吃饭不要去读书了。她就随口应了我一句,不读就不读,然后就不理我了。”

“怎么能这样说她呢?她还是个孩子,家庭情况又这么特殊,怎么能把管教弟弟妹妹的责任推到她头上?”陈小庆有些恼火,“她曾经跟我说过,她会管好弟弟妹妹……”

“管个屁!”外公不满地说,“她就知道说漂亮话,回来就把自己关在房间里,从来不管弟弟妹妹。”

“好了,我们不讨论这个了。”陈小庆转向熊力群:“熊主任,你觉得还有哪些异常的地方?比如她妈妈……”

“对了,我想起来了。”熊力群突然兴奋地说,“暑假时,我带着她去第四人民医院看她妈妈,当时她妈妈刚好服了药,情绪还比较好,头脑比较清晰,大家谈得也很开心。回来的路上,她和弟弟妹妹有说有笑,快到家时,她突然哭了起来。我问她哭什么,她说,把妈妈一个人丢在精神病医院好可怜,想把妈妈接回来。陈校长,你说会不会是……”

“问题可能就出在这儿。”陈小庆沉吟道,“陈湘云已经懂事了,知道心疼妈妈。她在家里很用心地照顾弟弟妹妹,就是希望以后妈妈回来,能够看到三个孩子都懂了事,这对她妈妈的身体康复很有好处。可您这个当外公的不仅不肯定人家,还老是责怪她批评她,说她自私,还把她送到外面去打工。后来好不容易劝回来,您还是不肯肯定她,还威胁她说要把她送到浙江广东去。她觉得在家里没有安全感归属感,这才躲了起来。不过……”

“不过什么?”外公和熊力群同时问。

“不过,她既然开着手机,就说明她并不是真心要出走,她还在关注我们的动态,也放心不下她的弟弟妹妹。所以,她一定没有走远,就在我们附近。

我们再想想办法。”

听着陈小庆入情入理的分析，外公如释重负，熊力群也松了一口气。“那还好，千万不要走得太远了。世道这么乱，她这么小，千万不要出什么事了。”外公担心地说。

“我再给她打个电话。”陈小庆掏出手机，拨通陈湘云的电话，“陈湘云，我是老班，我来你家接你来了。快告诉我你在哪里，老班这就来接你。”

电话里先是传出轻微的窸窸窣窣的声音，接着便是一阵嘤嘤的抽泣声。

“陈湘云，是你吗？你说话，告诉老班你在哪里，我马上就来接你。”

仍然没有说话，但陈小庆确定，陈湘云已经听到了她的话，并且动了心。她继续说：“陈湘云，老班知道你在听，也知道你好想老师和同学们，好想回到学校去。外公就在我身边，他也很担心你。他说，只要你回来，跟我一起去学校好好读书，就不会再骂你怪你了。”

陈小庆向外公使了个眼色，把手机调到免提。外公会意，对着电话说：“湘云，外公真的好担心你，你快回来吧！你放心，只要你现在回来，我以后再也不会骂你怪你赶你出去打工了。如果你想妈妈，我就请陈老师和乡里的熊主任去把你妈妈接回来，好不好？”

“妈妈……”电话里终于传出陈湘云哭泣的声音。

众人大喜，熊力群也说道：“陈湘云，我答应你，如果你希望妈妈回来，我和陈校长这就去找乡里领导，把你妈妈接回家来。”

“妈妈……”陈湘云仍然在哭泣。

陈小庆鼓励说：“陈湘云，老班知道你很懂事，很关心弟弟妹妹，也很关心妈妈。只要你跟我回去好好读书，今后有了出息，就可以更好地照顾弟弟妹妹、更好地照顾妈妈了，你说是不是？你现在在哪里，快告诉老班，老班马上去接你。”

电话被陈湘云挂断，陈小庆和外公、熊力群三人的心再次悬到了嗓子眼。三人相互对视着，外公和熊力群都显得有点着急，陈小庆凭着对学生的了解，已经有八成把握相信陈湘云会回来，剩下的两成就看陈湘云自己了。

“陈校长，要不要等她回来？”熊力群问道。

“鬼晓得她在哪里，要等到什么时候啊？”外公心里还是没底气。

“先等等吧，反正时间还早。”陈小庆淡定地说，“我相信我的学生，相信陈湘云会做出正确的选择。”

时间一分一秒过去，陈湘云外公一会儿坐下，一会儿起身出去。陈小庆虽然也有些忐忑，但还是端坐不动。

大约 40 分钟后，一个蓬头垢面的孩子出现在门口：不是陈湘云却又是谁！

三人同时起身，失声叫道：“湘云？”“陈湘云！”

“老班！”陈湘云扑到陈小庆怀里，紧紧抱着她，失声痛哭起来。外公和熊力群同时吁了一口气。

“你跑到哪里去了？你知道我们有多担心你吗？”外公嗔怪着，老泪纵横。

陈小庆向外公摇摇头，示意他不要再说下去。“湘云，来，让老班看看。”她蹲下身子，上下打量着陈湘云，替她揩掉脸上的泥污，“你真傻，放着好好的家不住，放着好好的学校不去，你看都弄成什么样子了？快去洗个头洗个澡换下衣服，等下吃了饭和老班一起回学校去。”

“好好好，快去洗澡换衣服。我马上去做饭，吃了饭你就跟陈老师到学校去。”外公擦掉眼泪，高兴地进到厨房张罗去了。

洗完澡出来，陈湘云焕然一新。外公乐呵呵地整出一桌子菜，请陈小庆和熊力群一起吃。陈湘云似乎不曾发生过什么事一样，一会儿给陈小庆夹菜，一会儿给弟弟妹妹夹菜，还给外公也夹了一下菜，高兴得外公不停地说：“嗯，好，好！”

外公几次想问陈湘云话，看看陈小庆后，又把到嘴边的话咽了回去。此刻，忘掉悲伤，让陈湘云好好吃饭才是最重要的。而陈湘云也显然不愿意去说那些过去的事。

但是，众人都如鲠在喉。尤其是陈小庆，学生心理上的问题必须及时疏导，否则天长日久积重难返，如同定时炸弹一般，随时有可能爆炸。到时候，受伤的可能不止陈湘云一个人，还有外公，还有扶贫办的熊力群主任，还有陈小庆以及宏志班的孩子们，甚至受伤面还会更广。

陈湘云洗澡的时候，陈小庆曾叮嘱外公和熊力群不要问陈湘云这半个月发生的事，至少现在不要问。甚至她还要求宏志班的任课老师和同学，尽量不要提这些事。她要选择时机，等条件成熟的时候再做详细了解，然后对症下药，去帮她解开心里的结，让她轻装上阵。

回到学校以后，陈小庆安排袁敏、于晓丹、郭慧中等女生帮陈湘云辅导这半个月落下的课程，还让任课老师多留心她，多正面引导，多赏识鼓励。回到学校大家庭的陈湘云果然很快恢复了状态，和同学之间有说有笑，上课也格外用功，仿佛什么事都不曾发生过一样。

这天体育课过后，孩子们仍在操场上嬉戏，陈小庆走到陈湘云身边，一手搭着她的肩膀，笑问道："吃得消吧？"

"老班，吃得消。"陈湘云快活地说，"你看，我一点也不累。"

"不错啊小妮子。"陈小庆陪着她笑了一阵，然后佯嗔道，"你有时候真不让我省心，喜欢耍孩子脾气。"

"我又哪里惹您生气了？"陈湘云有点吃惊。

陈小庆笑道："现在倒没有。就是上次，你一个人跑出去那么久，害得老班那么担心你。"

"老班，对不起。"

"没关系啦，都已经过去了。"陈小庆和她并排坐在草坪上，"你现在可以告诉我，那段时间一个人躲在哪里吗？"

"我先是躲在湖边的窑洞里，后来又到集镇边上的空房子里。那里好多房子，都没有人住。"陈湘云好像在讲述别人的故事。

"你也真胆大，敢一个人待在那种地方。"陈小庆叹了一口气，"你知道老班多关心你吗？好多同学都在关心你。是不是老班不去找你，你还不打算回来？"

"不，老班，您不去找我我也会回来，因为我想学校，想读书，想同学们。"陈湘云着急地说。

陈小庆从陈湘云诚恳的眼神里，相信了她说的话。"但是，你不该用这种方式对待自己。"陈小庆说，"你能不能告诉老班，到底为什么要这样做吗？"

陈湘云沉默了片刻，这才说道："暑假的时候，外公老是骂我，老是看我不顺眼。我自己看书做作业的时候，他就说我自私不管弟弟妹妹；我带着弟弟妹妹看书做作业，他就说我只晓得躲在家里什么事也不做；我带着弟弟妹妹出去玩，他又说我好吃懒做。反正我做什么他都不满意。后来我就说我不读书去打工算了，他果然叫大姑姑把我接到她店里去，帮她看店，帮她卖东西。一步也不许我走开，我想坐下来看看书，她也会骂我偷懒，还老是说我没用，只晓得吃，什么也不会做。其实我在她家里吃得好差，跟猪食一样。”

说这些话的时候，陈湘云眼里噙着泪水。陈小庆搂着她的肩膀，用力按了按。

陈湘云继续说：“我一天也不想在店里多待，好想早点回来，回到学校来。我要读书，要考大学，要找个好工作，把妈妈的病治好，把弟弟妹妹照顾好。所以，当大姑姑答应送我回来的时候，我好高兴，真的好高兴，我还给郭慧中发了微信，告诉她我已经在回来的车上了，明天就可以回学校了。可是，我一进家门，外公又逮着我骂了一顿，说我在大姑姑家里好吃懒做，一点事也不做。我很生气，我知道他们都看不起我，看不起我妈妈，因为妈妈不是他亲生的。我就跟他争论，我说我们吃的用的住的都是政府给的，你又没给一分钱，凭什么这样羞辱我们，把我们不当人看？结果他说，你简直跟你妈妈一样，没有教养，将来也会疯掉，要住到疯人院才有人管得了。他还说，要是我再不听话的话，就把我送到更远的地方，送到广东浙江去打工。所以我就……”

听到这里，一直埋在陈小庆心里的疑问终于有了答案。面对这样的姑姑，这样的外公，以陈湘云这么小的年纪，如何承受得了？她开导道：“可能外公和姑姑也是恨铁不成钢，希望你能有大出息。你也不要怪他们了。”

“我没有怪他们，真的，我一点也不怪他们。他们有时候也会关心我和弟弟妹妹，也会给我们买好吃的，还有衣服。”陈湘云的情绪已经平静下来，“我就是觉得，他们对妈妈的态度不好，妈妈那么可怜，他们应该更加关心她，而不是嫌弃。所以老班，您能不能帮我找人说说，让妈妈不要再住在医院了？只要坚持吃药坚持治疗，妈妈的病情能够控制住的，一个人在医院里太可怜了。”

“好的，老班找人说说。”陈小庆宽慰道，“但是，你自己也要注意，不要太任性，不要放松学习，有事多和老师或者同学们沟通。能够拯救你自己的，只有你自己，能够拯救你妈妈和弟弟妹妹的，也只有你自己。所以，好好读书是你唯一的选择。”

“我知道了老班。”

陈湘云忽然诡秘地笑了笑。陈小庆问道：“你笑什么？”陈湘云笑道：“我就知道老班一直想找我问这些事，对吗？不过，老班真的放心，我已经没事了，我会好好读书的。我也不会怪外公他们，我知道他们都是为我好。”

“鬼丫头。”陈小庆摇摇头笑道，“就你花花肠子多，把老班的诡计识破了。”

27 飞花令

“天时人事日相催，冬至阳生春又来。”窗外冬意深浓，室内温暖似春，充满活力的孺子九(3)班全体同学在老师们的带领下走进九(1)宏志班，共同交流分享，才艺展现。

一朝花开傍柳
寻香误觅亭侯
纵饮朝霞半日晖
风雨着不透
一任宫长骁瘦
台高冰泪难流
锦书送罢蓦回首
无余岁可偷……

九年级宏志班一曲《知否知否》唱出柔情悠长，唱出浪漫情怀。虽说时光变迁、青春易逝，但少年心意总相通，此际甚好！

——陈小庆《支教日记》

半窗明月半窗字，一枕清风一枕琴。山路虽然曲折，有光明明灭灭，多日未解之谜竟然长夜顿悟，喜之不胜。寅时上楼见弟子卧于室，睡态可怜可叹。南山虽僻，然得读书种子养其心性，亦为快事……

算下来，宏志班正好剩下50名学生，这会不会是一种巧合？当初陈小庆与徐良喜、曾金荣共商宏志班发展大计时，徐良喜就提出招收50名学生的“小班”理念，后来，围绕67还是50这两个数字，老师们之间还发生过多次争论。没想到，经过两年多的时间，鬼使神差般还是变回了50人。

选择权终归还是掌握在每个人自己手里，学校不过是驿站，老师不过是过客，学生自己才是主人。面对雾霭氤氲的南山，面对空旷的校园，陈小庆有种欲哭无泪的感觉，她的内心发出痛苦的呐喊：我奈其何？我奈其何！

好在留下来的50个孩子相对来说更成熟，更懂得坚持的重要性。一路坎坷一路跋涉，坚持走到终点的才是成功者，且不论他们将来的学业如何命运如何，单凭这一份坚持，就足以令人慰怀，令人青眼相加。

期中考试在即。紧张学习中，陈小庆带着孩子们踏上了研学之旅。从课堂走向课外，拓宽视野，拓宽教育边界，引领孩子们走出学校教室，走向更广阔的天地，在真实情景中了解丰城本土文化，增强科学探索的兴趣，真正形成适应未来社会发展的必备品格和关键能力。

陶行知先生说："没有生活做中心的教育是死教育，没有生活做中心的学校是死学校，没有生活做中心的书本是死书本。"为了让孩子们更多地了解丰城的历史文化，从文化中找到自信、找到前行的动力，陈小庆决定带着孩子们进行一场研学之旅。

包来一辆大巴车，爱心旅途充满无限向往。第一站便是丰城市洪州窑博物馆。

洪州窑博物馆亦即丰城市博物馆，位于丰水湖文化公园心广堂文化园内，由四栋仿明清风格的古建筑组成，总建筑面积约3000平方米。园内主要设有心广堂、紫阳轩、龙光阁、文公门、连廊、朱熹铜像等建筑，有"丰城历史文物基本陈列"和"洪州窑陶瓷陈列"两大主题展厅，现有藏品3900余件，文物标本10000余件，其中一、二、三级珍品718件，是丰城市传播历史知识、开展学术交流、弘扬地方文化和市民休闲的重要场所。

听着陈小庆一路上的介绍，孩子们羡慕不已。一下车，便迫不及待地想要进去。

博物馆的门前是一座拱桥，跨过拱桥便是一座仿古建筑"文公门"。古人有"东周出孔丘，南宋有朱熹"的说法，"文"是南宋著名理学家朱熹的谥号。朱熹终生致力研究儒学，向程颢的再传弟子李侗学习程学，形成了与汉唐经学不同的儒学体系，完成了儒学的复兴；他重建白鹿洞书院、岳麓书院，培养学生，普及儒学。他的道德学问受人敬仰，流传、渗透于社会每一个角落。

博物馆正中间，矗立着一座朱熹的大理石雕像。雕像后面是心广堂，七百多年前，朱熹在丰城龙光书院讲学，写下了著名的《心广堂记》，“心广堂”便是寓意于此。这里是丰城历史文化展区和洪州窑青瓷展区。

洪州窑是唐代六大青瓷名窑之一，从东汉晚期开始，历经三国、两晋、南北朝、隋、唐、五代，约有八百年的历史。其窑址主要分布在现江西省丰城市一带，此地唐代属洪州，故称洪州窑。

在博物馆讲解员的细心讲解下，孩子们一边听一边记，不时发出阵阵惊叹声。“这个就是挖出干将莫邪雌雄宝剑的丰城县令雷焕吗？”“想不到我们丰城有这么悠久的历史！”“这些文物很值钱吧？”“原来物华天宝、人杰地灵的说法都是源自我们丰城啊！”“不得了，我们丰城还有一位三朝皇帝的老师，也姓徐，不知跟徐良喜伯伯五百年前是不是一家？”“洪州窑太厉害了，原来我们丰城还是瓷器的老家啊！”……

远古寻根、气冲斗牛、建置沿革、文峰耸秀……每一个版块都在诉说丰城悠久辽远的历史；剑文化、水文化、书院文化、古建筑文化、陶瓷文化……每一种文化都令孩子们流连忘返。蹲在地上，趴在墙上甚至借着同学的背抄着、记着，孩子们如饥似渴。

短暂的浏览，孩子们意犹未尽：“老班，怎么这么快就走啊？我还有好多没看到呢。”“是啊，我也好多没记下来。”“我们下次还来吗，老班？”

见孩子们对历史文化及风土人情如此感兴趣，陈小庆很欣慰，笑道：“我们今天来这里，暂且沾一沾祖先的灵光与文气。要是你们没看够的话，以后有机会老班再带你们来。我们丰城还有很多古老的村庄、古老的文化、古老的民俗，都是我们祖先勤劳智慧的结晶，重振山河看后生，就看你们这些人有没有志气去传承，去弘扬。”

第二站便是位于丰城中学校园内的中国流动科技馆丰城巡展点。从人文精神之源的博物馆到科学理性之光的中国流动科技馆，是陈小庆精心安排的路线，希望借此提高孩子们的学习兴趣，激发孩子们的创造热情。

科技馆内，各种现代科技元素的实物，既有视觉上的震撼，又有体验的乐趣，孩子们的兴致也更高。从最初的拘谨有序到最后的放开体验，从物理老师的讲解到自己的触摸感悟，孩子们对物理这一门科学又增添了神奇奥妙之感。

“太神奇了!”“我也来设计一个表情包!”“老班,拿你的手机来充电。”“你看我的手,七彩之光。”“这个魔箱我拎着总有神秘的力量牵引。”“我的左脸与右脸不对称”“汽车是这样刹车的。”“机器人的舞蹈,哈哈!”……

从物理学到生物学,自然科学最重要的两个支柱是观察和逻辑推理。此刻,不单单好奇,而是崭新的认知刷新。《礼记·大学》里说,“致知在格物,物格而后知至”,“格物致知”的精神,说一千道一万,不如这种现实的动手体验。世界如此丰富多彩,这些大山里的孩子像来到了外太空,一切都那么新鲜。这种体验是不是来得太迟了?陈小庆在心里想。看着孩子们雀跃的身影,回首南山脚下晓春学校的变化,她的心中不由得万千感触。

还来不及过把瘾,短暂的科技展示馆体验就结束了。从科技馆出来,来到丰水湖文化公园。丰水湖文化公园概念性设计是由著名设计大师崔华峰主持,其设计集丰城历史、文化与风景旅游于一身。公园以龙光大道为轴心,两侧各有一个半月形人工湖,两个半月形人工湖合成一个圆形人工湖,一条横穿龙光大道的地下通道,将两个半月形广场联为一体。公园广场内(龙光大道两侧)分别有对称的展馆、双剑墙、丰水平台等建筑。丰水湖外围分别有和合塔、唯美龙窑、博物馆、丰阁、枫林桥、景观小品等建设和休闲运动场所。

“太美了!”“是啊,太美了!老班,你怎么不早点带我们来这里玩哦?”

从公园北大门下车,穿过雄伟的公园牌坊进入广场,孩子们欢快得尖叫起来,不停地向陈小庆询问建筑名称和作用。

“那座最高的塔叫和合塔,塔高 126.8 米。前面像时光隧道一样的建筑,是丰城的历史文化墙,记录着丰城建县一千八百年的重大历史事件。再往前走,是文化柱,上面镌刻着丰城重大的历史事件……”

陈小庆一边介绍,一边领着孩子们参观。孩子们每走到一处,都要停下脚步,专心致志地观看、记录。“你们先自由观看,老师在状元楼上等你们。”

“状元楼在哪里?”

“就在前面那座桥上啊,看到没有?那座阁楼一样的建筑,就叫状元楼。”

“等等我们啊,我们看完这里,马上就去状元楼。”

孩子们四散开来,围着时光隧道和文化柱,一一仔细观看。陈小庆和几位任课老师慢步向状元桥上走去。

“陈姐,今天孩子们可真是学到了不少东西。”年轻的数学老师春云说。

“是啊,我们在课堂上讲得口干舌燥,不如带他们出来亲身体验一下。”年轻的物理老师花花说。

这两位老师都是从城里到晓春去支教的,应陈小庆的要求,安排担任宏志班的任课老师。

“是啊。”陈小庆感慨道,“宏志班的孩子本来家里条件就差,很少接触到外面的事物,底子已经比普通家庭的孩子差了一截,要是不多带他们出来走走看看,长此下去,差的可就不是一点半点了。我们常说,实践出真知,他们缺少对新生事物的认知,怎么去赶超别人?”

“可是,陈姐也一直没闲着啊。”春云说,“又是带他们爬山,又是带他们烤红薯,又是带他们看古村,我看城里的孩子也未必有这么多郊游研学的机会。”

“我带他们走出校园,其实更多的是让他们多感受一些大家庭的温暖,让他们从自卑自闭中走出来。”陈小庆远远看着孩子们,“他们对乡村可能更熟悉些,更能找到自信。而对于城市,对于新生事物,他们接触的机会不多,容易缩手缩脚。我们的任务,就是把这些无形的枷锁解开,让他们的天性得以发挥。”

“陈姐,您真是煞费苦心啊!”花花由衷感叹道。

“花花,世上最危险的职业有两个,一个是教师,一个是医生。从某种程度上说,教师比医生还危险,庸医害的是一个人,而庸师害的是一群人,毁的是孩子的精神和心灵。我们虽然不可能人人都成为名师,但至少不能当庸师。尤其是宏志班的孩子,他们需要有人帮他们重塑人格,帮他们擦亮眼睛,帮他们找到正确的人生方向。授之鱼不如授之渔,这句话谁都会说,但未必谁都做得到,我们要做的就是这样的老师。”

“明白了。”春云和花花都不住地点头。

不一会儿,吴天罡跑了过来:“老班,我看完了。”

“这么快看完了?”陈小庆笑着问。

“看完了。我以前也来过,是我爸爸妈妈带我来的。”

“那你能告诉老班,你看到了什么吗?”

“嗯,有丰城的重大历史事件,有雷焕掘剑的雕刻,有洪州窑的雕刻,有徐孺子隐居授徒的雕刻,还有……反正有好多。”

吴天罡一口气说出好多内容,陈小庆鼓励道:“不错,有进步,学会观察了。累了就休息一会儿,等等其他同学。”

“不累。”吴天罡兴奋地说,但还是一屁股坐在了石阶上。

陆续又有孩子过来,陈小庆让他们先坐下休息。看看时间差不多,这才让吴天罡等人把孩子们都叫过来。

“同学们,因为时间有限,我们的参观先到这里。接下来布置一项简单的任务,这些状元桥两边的题名碑上镌刻的都是丰城历史上考取功名的人物,请大家认真看看,仔细在上面找一找有没有跟自己一样姓氏的历史人物,有几个,看完之后告诉我。”

孩子们又兴致勃勃地去看题名碑了。春云和花花都向陈小庆投去敬佩的目光,陈小庆笑道:“你光让他们看没用,记不住,看得也不仔细。布置这样一个任务,他们看得就认真了,至少还可以记下一两个,我这也是借古人的光环来激励一下孩子们。”

很快,便有同学过来报告:

“老班,我们姓熊的好多名人,熊绣、熊朋来、熊尚文、熊鸣岐、熊鸣夏……太多了,数不过来!”

“老班,我也看完了,我们姓黄的名人也好多……”

“我们姓丁的名人也多……”

“我们姓徐的也多……”

“我们姓陈的也多……”

陈小庆很满意:“不错不错,都值得表扬!你们把这些名字记住,回家的时候再找一找你们的家谱,看看你们五百年前是不是一家人。接下来,吃饭。”

“太好了,我早就饿了。老班,我们到哪里去吃饭啊?”

“去孺子学校,曾校长请我们吃饭,我们也不能太客气啊,你们说对不对?”

“对!”

“那就出发吧。”

由于陈小庆曾经带出令全市瞩目的尖子班，加之曾金荣又同时是孺子学校的校长，在宏志班孩子们的心目中，孺子学校便是他们的圣地，是他们梦寐以求的地方。

事实上，晓春学校一直与孺子学校联合办学，被视为孺子的一部分。因此，从初一开始，陈小庆就在宏志班采取与孺子学校同卷联考的办法，目的就是让孩子们有一个较高的起点。按陈小庆的说法：其实很多时候不需要狼牙棒，只要把他们扔进狼群，感受血脉偾张的激情，就是最好的助力。只有与优秀的学校、优秀的学生去比，才能让孩子们找到差距，认识差距，从而不断超越，逆势而上。

在上学期期中考试的同卷联考中，宏志班共有 13 位同学进入孺子学校同年级前 100 名。期末考试时，宏志班更有 4 位同学进入两校同年级前 10 名，宋文彬位列第四。良好的办班，巨大的成效，得到了社会、家长的广泛赞誉，也给了宏志班孩子非常大的信心。因此，听说要去孺子学校初三(3)班参观，宏志班的孩子们既忐忑又自信，挑战的气氛很浓。

进入孺子学校，初三(3)班的孩子们便在校门口列队，迎接这群来自山里的兄弟姐妹，令宏志班的孩子们受宠若惊。

“太隆重了吧？”谢乐嘉小声说，“搞得跟接待国家元首一样。”

谢俊伟拍了他一下，挺着胸脯说：“这是在向我们‘秀肌肉’，我们可不能示弱。”

谢乐嘉不服气地说：“叫宋文彬站第一个，以牙还牙，把他们的气焰比下去。”他也挺起了瘦弱的胸脯。

曾金荣站在队列前面，满面微笑，对孩子们说：“同学们，欢迎来到孺子学校参观！”孺子学校的孩子们发出一阵热烈的掌声。

宏志班的孩子们精神焕发，看着眼前这些同龄人。

在孺子学校初三(3)班班主任的引导下，宏志班的孩子们先是到电教室参观，接着又被带到教室、寝室，被这里先进的教学设施、整洁优雅的环境以及同学们热情自信的神态所感染。之后，便被带到了食堂，由孺子学校安排他们吃中饭。

“这吃得太好了吧?”谢乐嘉又不服气了,“要是我也每天吃这么好,肯定比熊少雄还高。”

吴天罡说:“是啊,他们的条件也太好了,跟他们相比,我们简直就是乡下人,这还怎么比嘛。”

听到他们的议论,陈小庆走过来,站在吴天罡和谢乐嘉面前:“有免费的午餐还堵不住你们的嘴!”

陈小庆刚一走开,谢乐嘉便小声说:“天下没有免费的午餐。老班带我们到这里来,肯定没安好心。”说得身边几个孩子低着头吃吃地偷笑。

宋文彬小声说:“老班是带我们来增长见识的,不要瞎议论。你们看一下人家,吃饭的时候没一个人说话。”

众人抬头看时,孺子初三(3)班的孩子果然只顾低头吃饭,没有一个人交头接耳。桃李不言,下自成蹊,大家吐吐舌头,便不再言语了。

“天时人事日相催,冬至阳生春又来。”窗外冬意深浓,室内温暖似春。

时隔不久,孺子学校初三(3)班的孩子们便来到晓春学校回访。充满活力的孺子初三(3)班全体同学在班主任蓓蓓及几位任课老师的带领下,走进宏志班,共同交流分享,才艺展现。

宏志班的孩子们早就听他们的老班说过,因此暗暗使劲,精心准备了一些才艺节目。

一朝花开傍柳/寻香误觅亭侯/纵饮朝霞半日晖/风雨着不透/一任宫长骁瘦/台高冰泪难流/锦书送罢蓦回首/无余岁可偷……

宏志班一曲《知否知否》唱出柔情悠长,唱出浪漫情怀。而孺子学校初三(3)班的孩子也拿出自己的绝活,带来了一些精彩节目。虽说时光变迁、青春易逝,但少年心意总相通,孩子们很快便消除隔阂,打成一片,乐作一团。

他山之石,可以攻玉。在接下来的交流环节,孺子学校的英语老师介绍了学习英语的“诀窍”:敢说敢做,多读多练。相信自己我能行,我就行。背单词,用英标记,下狠心,跟吃烧鸡样,一块一块来,化整为零。听英文歌曲,读给自己听，多去表达自己的想法，去交流，不要害怕自己犯错误。听说读写再加上“思”，学好英语，拥抱世界，做全球通！

语文老师分享道，兴趣是最好的老师，生活处处有语文，不只有当下的难题与阻碍，还有触动心魂的文学魅力……文言文学习重在积累，重在学习效率的把握，不过多内耗；作文除了敏锐观察，还要利用微时段多阅读借鉴。

数学老师说，数学学习重在主动学习，基础题要过关，每学期做本奥数书，钻研竞赛题获得快感。学数学的最高境界就是下课十分钟钻几道难题。数学是基础，理化是支柱，如果你能成功做到，就可以仰天长啸。不能忽视错题本，细节决定成败。

物理老师说，课堂跟上老师节奏，并且要善于逻辑猜想。爱因斯坦说过：“想象力比知识更重要，知识是有限的，想象力是无限的，是社会进步的源泉。”刷题不要机械，重在思考。就是蒙也不能瞎蒙，要抓住提供的信息。

化学老师也分享了学习化学的“秘诀”：及时梳理各章内容，理清脉络，例如还原反应中有铁生成的反应条件都是高温，学会归纳。并且注意细节，化学科中很多东西容易混淆，所以重要的是细心……

政史老师说，上课不要“埋地雷”，合理用脑，文理交叉，运用联想，知识系统串连成画面或者编成故事。

生地老师说，读图、懂图、背图。巧用形象记忆法，譬如广东省一大象，黑龙江一天鹅等，这样就容易多了。

各科教师不同的教学风格，让同学们的学习生活妙趣横生；班级互帮互助，共同登上开往梦想的火车，给了宏志班孩子很大的启发。而孺子学校孩子们热情澎湃，个个自带光芒，更是让宏志班的孩子羡慕不已。

孺子初三(3)班语文课代表吴欣怡在交流时说，语文是万科之源。在2019年中考里，有一篇文章很长，这说明什么呢？中考的阅读量在逐年增加，我们也要提高自己的阅读量，练就一目十行的本领，观察自然，感受生活，把真情实感投入到文章中去。

数学课代表毛远达分享说，上课认真听讲，基础题必须过关，然后面对难题，要思考成功永远不会属于遇到难题就退缩的人，上课以听讲为主，而不是以记啊记的为主，要先听懂才可能会做别的题，懂得举一反三，触类旁通……

宏志班的孩子知道自己最大的差距在底子太差，但经过两年多的学习，已经迎头赶上。宋文彬、丁志浩、徐静雯、于晓丹等孩子也分享了自己的学习心得。其他孩子则认真听着，把他们认为重要的方法记录下来。

有年少的血气方刚，更有对家的思念。南山脚下到底是我陪着你们还是你们陪伴着我，无须追问。少年心事当拿云，我们一天天奔跑，一天天接近梦想。或许最初羞于表达，到今天我们有足够的勇气，这就是希望！

在讨论环节，陈小庆还特别介绍了一篇文章：《你凭什么上北大》。这是一位叫贺舒婷的北大才女写的，曾金荣亲自给孩子推荐分享。这真是一个扎心的问题，凭什么呢？凭我的努力，我的执着，我的坚定，还有我的勇气。那个女生在高一玩了一年，准备将自己的一生荒废下去。她的班主任一句话直戳她的内心，你不想超越是因为你不敢，都是因为你的懦弱。我真的是懦弱吗？我究竟敢不敢呢？我试一下吧，管他成功与否，在接下来的一个月中简直是戏剧般的演绎，在重大的期中考试里……

在理解到志向的远大和努力的重要后，孩子们真正懂得了“Nothing is impossible（没有什么是不可能的）”的道理，孩子们非常震撼：山里的孩子城里的孩子一样，都有一颗易感的心。

一起共享晓春的午餐，一起走在美丽的校园，呼吸南山脚下的新鲜空气，描绘壮美的未来蓝图。

下午，两个班举行团队活动和诗词“飞花令”游戏。“飞花令”本来是古时候文人雅士聚会的一种行酒游戏，通常以诗词内容为主，有时也可以用曲，主要考验大家的文学功底，尤其是诗、词、曲的掌握程度。河北卫视《中华好诗词》栏目在全国首先采用改良的“飞花令”形式对决，一般出现在决赛环节，形式与后来采用改良“飞花令”的央视《中国诗词大会》基本相同，选手在规定时间内说出含有规定关键字的诗句即可。

踏上诗词之旅，走进华彩世界，领略它留给我们丰厚的精神财富。孺子初三（3）班和晓春宏志班各派出代表队，先后以“花”“月”为令，同场竞技，居然不分伯仲。这给了宏志班孩子非常大的鼓舞。外面寒雨潇潇，却止不住孩子们的热情似火。

相聚虽然短暂，临别时孩子们竟然都有些依依不舍，各自签名留念，见证青春无界限。孺子师生走了之后，宏志班里，热情仍在持续，孩子们纷纷发表着自己的感言：

徐静雯感慨地说：今天大概是我初中三年收获最多的一天，真的绝不亚于任何一次大型演讲。出人意料的是，他们并不是我们印象中的书呆子，戴着一副厚厚的眼镜，而是异常的活跃。给我印象最深的是金凯同学，他非常热情并且善于调节气氛，学习成绩也很优异，他分享的英语学习经验让我收获良多，首先要对英语感兴趣，并且一定要多听、说、读、写。再者便是皮业文同学，他初一初二时称霸全校，多次夺得全校第一，他的学习方法是善于总结错题，多做创意题，巩固思维。当然他长得也很清秀，可谓是才貌双全。他们给咱们最大的印象就是会学也会玩，他们会许多才艺，朗诵、唱歌、吉他、古筝、钢琴、笛子……据说他们班的小才女熊欣欣的钢琴已经练到了十级……

于晓丹说，从他们的分享中我也借鉴了一点，我的英语词汇量与听力方面稍有欠缺，所以我每天早读的时候就可以多记一些单词，以及它们的用法和不同词性的变化，然后我还可以多阅读、多写。我还可以多练习阅读题，尤其是那种七选五的类题，不仅考单词的掌握程度，对我们的逻辑思维能力也有很高的要求。

熊曦玲说，这几次化学，我老是得不了 90 多分，其实当我回过头来再看这些题目时，觉得很简单，我可以不失这些分的，那么这是什么原因呢？我觉得肯定是对知识点掌握不熟，或是当时没有放平心态去做，所以平常上课要仔细听讲，把老师补充的知识与提醒我们注意的牢牢记住，试卷上的选择题多是考那些概念，它往往会追究到一个字眼上的错误，这就需要我们特别细心。

一次简短的学习交流，对于宏志班的孩子来说，意义非凡。它不仅让孩子们学到了一些必要的学习技巧，还在相对优秀的孺子学校的同年级同学身上，学会了重新审视自己，正视未来。

28 宅家当自强

初中生涯最后一个寒假，一年一度相亲相爱，热热闹闹的大年关，就这样卡在2020年停摆。我们近在咫尺又恍若天涯，三千平方公里剑邑大地，只能隔屏传递问候，传递内心信念，因为我们拥有共同的名字叫宏志班。

在这个特别的春节中，日日夜夜，无数基层干部守在道路出口，守住每个村庄，守住城市街头；无数医护战士们奋斗在前方，用肉身为我们筑起生命防线，连同做志愿者的普通百姓。

谁没有父母儿女，谁又不是父母的儿女？疫情降临唤醒我们的，是拼尽全力的挣扎，是生离死别的痛楚，是所有义无反顾的担当！

"灾难的唯一意义，就是灾难。"同学们，让我们在灾难面前保持警醒，保持理性与冷静。从河东到河西，从城市到乡村，从大街到小巷，用镇静与智识铸就防疫的城墙。

丰城，我爱丰城，不只维护这座城市的荣光，连同拯救这座城市的灾难。一百五十万儿女共同的家园，我们共同捍卫，众志成城。

同学们，即使不能走在前方，也要安静宅在后方，祝福与被祝福，鼓励与被鼓励，坚持最好姿态。宅是防御，是战斗，保护自己，保护亲人；宅下来，问候父亲母亲，问候爷爷奶奶，问候窗外一切，蓝天与白云，问候那些舍小家为大家的人；宅更是警醒，静下来与自己做朋友，对未来多一份深沉思索。少年智则国智，少年强则国强！

只愿从此，雨在雨里，花在陌上，鸟在林间，剑邑大地依旧是剑邑大地。待到春暖花开，驱散晦暗。南山相聚，我们携手并肩，一起努力学习。

同学们拿起笔来，让这段抗疫记忆，化作青青动力书写更美未来！

——陈小庆《支教日记》

南山，爱之摇篮。不知不觉间，当初哭泣的男孩长成英俊少年，两小无猜的时光也进入倒计时。

初中阶段最后一个寒假即将到来。

期末考试的最后一天下午，陈小庆要去省城参加“两会”，担心没有时间送孩子们回家，她在家长群里留言，希望家长亲自来或者派人来接孩子回家，把孩子的行李尤其是衣被鞋袜带回家去洗晒。并交给家长几个任务：监督孩子完成家庭作业，在成绩单上签字，监督孩子坚持绑沙袋跑步准备体育考试。

由于临近中考，各科均已进入全面复习备考阶段，陈小庆也给孩子们提出了寒假复习备考的要求：一是正确认识假期备考的特点和任务，弄清复习的主次关系，不要做无用功；二是调节好学习状态，从心理、身体、生活三个方面来调节好学习状态，通过自我暗示的方法，给自己一个放松的学习心态，生活上一定要注意饮食的规律，日常学习中注意身体素质，时刻关注身体的健康状况；三是订好“四步计划”，即自主复习计划、自主纠错反思计划、自主调节放松计划、自主练习提升计划；四是落实“四件事情”，即每天给自己规划重点复习内容、每天看看错题集、每天练习错的基础题、每周至少保证做几套练习真题训练；五是做到“四步结合”，即基础知识回顾与能力提升相结合、复习与练习相结合、练习与反思相结合、复习与心态相结合。

安排完这些，陈小庆才安心赴省城参会，并开启手机遥控指导学习模式。

进入全面复习备考阶段，孩子们也不敢马虎。这些曾经的懵懂少年，经过两年半的宏志班学习，经过学校和老师尤其是他们的老班陈小庆的教育帮助，已经逐渐成长起来，他们已经从苦难中走了出来，正在朝着自己规划的人生蓝图，自信而坚定地走着。

但是，好景不长。一场突如其来的新冠肺炎疫情彻底打乱了人们的节奏。2020 年 1 月 31 日，丰城市启动一级应急响应机制，封村、封路、封城，城乡大地失去了往年春节的喧嚣，变得死一般的寂静。

这对于陈小庆来说，是艰难的开始。眼看首届宏志班中考在即，陈小庆很着急，曾金荣更着急。他几乎每天都要给陈小庆打电话，询问宏志班上网课的情况，了解孩子们的学习状态。宏志班的孩子非同于普通班的孩子，很多家庭没有大人在身边,上网课、做作业完全靠自觉。

为了应对这种特殊的授课方式,陈小庆苦思冥想,终于想出了一个办法。她结合自己多年来的带班经验,经过跟所有的任课老师沟通,对每周、每天的功课表进行了微调,明确每个课时的学习任务和课业任务,做到突出重点、抓住难点、补齐短板、全面均衡。她每天早上把当天的学习计划发到群里,要求孩子们照着这个计划表执行,并叮嘱班组长随时跟踪监督。

她在家长群中发出呼吁:"家有学生,请您随时关注班级群中动态。"想了想,觉得很多家长疲于奔命,可能无法及时了解群里动态,倒是孩子们会更关注些,便继续以班主任的口吻告诉孩子们:"因为班主任也在关注也在传递,发布情况时,要汇报的及时汇报,要接龙的及时接龙,有问题的及时反馈,不要让老班一遍遍地呼你,一遍遍地找你。"她期待着家长、孩子和学校密切配合,共度时艰,共战疫情。

起初几天上网课时,孩子们觉得新鲜,还能坚持每天上线点名听课做作业。上语文课时,陈小庆寸步不离,一边看书读文章,一边监督孩子们读课文。上其他课时,她也要求任课老师尽量不要离线。这样,在刚开始上网课的一段时间,大家表现得都比较自觉。偶尔遇到某个孩子没有上线听课,小组长就会及时向陈小庆报告,陈小庆则跟学生家长联系,或者跟乡镇扶贫干部联系,孩子们却也不敢马虎。

时间一长,问题便暴露出来了:有的睡懒觉起不来,有的端着碗上课,有的开着电视听课,有的作业马虎了事。更严重者,甚至不上线或不做作业,尽管班组长不时督促,但是收效甚微。

有一天,数学老师在群里说:昨天下午三点半到五点是数学课,昨天到现在还有15人未提交,这种学习状态真令人担忧。上物理课的时候,物理老师问:上物理课的同学为什么这么少?

而孩子们也表现出对这种现状的忧虑。

有的孩子说:由于疫情严重,大家都在家里线上学习,但是大家是否会和在学校一样对待学习呢?家里有手机有电脑有 Wi-Fi,加上没有老师监督,大多数人都会控制不住自己吧?

有的孩子说:我是一名初三的学生,面临即将到来的中考,十分紧张。又加上延期开学,也很担心。幸好可以线上学习,我也是松了一口气。但是我并没有像在学校那样，而是放松了。

有的孩子说：我感觉自己是一个坏学生，明知中考在即，却不知趁现在努力，而是在浪费时间，虽说上课时会去上课，作业也会去完成，可是为什么别人有多余的时间可以去复习呢？我认真想，别人争分夺秒，而自己却在内耗，但是同时，我总有一种不知道如何形容的感觉，在我周边，想改却又……可能是因为懒吧。

有的孩子说：我为我们的表现感到不安，也对老师们的辛苦付出非常感动。线上学习本来是帮我们弥补延期开学的漏洞，没想到却成为我们玩手机的借口。老师转职为直播，也不容易啊。我们就不能放下手中的小说、游戏，来听老师讲课吗？还有昨天我也在群里看到英语老师、数学老师发的图片，她们不都是为我们的学习吗？让我们放下手中的小说和游戏，认认真真听她们讲课，行吗？

任课老师和班组长几乎每天都要向陈小庆报告情况，陈小庆一边在群里再三强调，一边跟家长和扶贫干部联系。她还把线上学习的情况如实汇报给了曾金荣。

“必须想办法把孩子控制好，要是这一届出不了成绩，我们没办法交代的。一定要控制好！”曾金荣情绪急躁，隔着电话都能感受到他的火药味。

“我知道啊，我也一直在想办法，一直在做工作。可是，就是有几个孩子不听话，我也是鞭长莫及！”陈小庆诉苦道，“我找了他们家长，找了扶贫干部，我还能怎么办？我又不会开车，要是会开车的话，我现在就到他们家里去！”

“是哪几个孩子？”曾金荣问。

“陈湘云、谢乐嘉、揭文鹏这几个人比较突出。还有……”陈小庆又点了几个偶尔不上线听课的孩子。

“我们明天去他们家看看，你安排好明天的课。叫周舟也一起去！”

第二天一大早，曾金荣就开着车来接上陈小庆，又接了周舟，三位校长同时驱车赶赴泉港。

“我好像听你说过，谢乐嘉的成绩不是蛮好的吗？怎么又变成这样了？”一上车，曾金荣就毫不客气地责备起来。

“他的成绩是不错。但是贪玩，自觉性不够强，一旦没人在身边时刻提醒，马上就管不住自己了。"陈小庆解释说。周舟也帮腔道："这个孩子的确很聪明，各科成绩都不错，但是很贪玩，自觉性较差，在班上属于比较调皮的。"

曾金荣虎着脸，把车子开得飞快。"小庆，我告诉你，我们拼了三年，大家也期待了三年，就是等这一刻。无论如何不能因为疫情，影响了宏志班的成绩，如果班上考不到7A（全市中考前200名），那就是宏志班的失败，我们就无颜面对徐总，无颜面对全市的父老乡亲，也没有办法兑现教育扶贫的承诺！"

责任重于泰山。作为晓春学校的校长，曾金荣的压力更大，这一点陈小庆非常清楚。而作为宏志班的班主任，她自己也承担着巨大的压力，她想得更多的，并不是如何向社会交代，而是如何向孩子的家庭负责。因此，她的内心比曾金荣更着急。"我都快被逼疯了！"她委屈地说，"如果没有这场疫情，我完全可以掌控局面，但是疫情来得太突然，这些孩子又太特殊，我没有三头六臂，真的有点招架不住。"

"你早该想到。"曾金荣不满地说，"对这种不自觉的孩子，你早该想到要怎么安排他们，还用等到现在临时抱佛脚？"

"曾校长，你是不知道情况！"陈小庆觉得很无奈。周舟解释说："小庆早就想到了。在放寒假前，小庆去省里开'两会'时，就已经叮嘱镇里的扶贫干部，让他们找一户条件相对较好的家庭，寒假时把谢乐嘉托管到他家里，为的就是让谢乐嘉抓紧寒假的时间好好看书做作业，备战最后的冲刺阶段。'两会'之后，我们俩到谢乐嘉家去家访，扶贫干部说，这户托管的家庭对谢乐嘉非常关心，还专门杀了一只鸭给他吃，每天还会提醒他看书做作业。小庆真的是为每一个孩子都付出了心血，你莫这样说她。"

曾金荣这才不说话。经过层层关卡，层层扫码查验，三人总算顺利到达。镇里的扶贫办主任熊逸阳正在村口等，迎上他们，寒暄从简，直接奔向谢乐嘉家。

这哪里是家啊！家里杂乱不堪，稍不留神便踩上鸡屎。一位老人半躺在摇椅上，歪着个头，嘴里含混不清在说些什么。曾金荣是第一次到这家，看到这种情况时，心里一阵痛楚，皱起了眉头。

熊逸阳跟老人打了声招呼，向曾金荣介绍说："谢乐嘉的父亲很早就去世了，母亲改嫁后，家里只剩下谢乐嘉和年迈的爷爷奶奶，是村里的建档立卡贫困户。村里为了照顾他家，专门给老人设立了一个公益性岗位，让他负责打扫村里的卫生，每个月也可以赚到几百块钱工资，多少可以补贴一下家用。不幸的是，有一次老人被一辆路过的农用车撞上。当时的情况你简直无法想象，老人的脑壳被削去半边，脑髓都流了出来。村里人连忙把他送到医院救治，还协助找到农用车司机，理赔了一点钱。老人命是保住了，但已经无法干活，每天只能这样躺着，无法动弹。你看……"她掀开老人头上的遮布，右脑果然缺了半边，一层薄薄的头皮下脑髓还在动荡。

曾金荣没想到老人的境遇这么可怜，唏嘘不已，当场掏出钱包，拿出一千块钱交给老人，让他安心养病。老人眼睛里挤出几滴眼泪，想要推辞，谢乐嘉眼明手快，赶忙接下，塞进老人手里。

陈小庆拍了拍谢乐嘉的肩膀，说道："今天曾校长亲自来看你，来检查你的作业，快去把作业本拿出来，让老师看看。"谢乐嘉犹疑半晌，回房间去拿出作业本，陈小庆翻开一看，一个字也没写。她当着老人的面问道："为什么不做作业？"

谢乐嘉低头不语。一旁的奶奶走过来，拉着陈小庆的手："老师啊，这孩子真是不像话，回到家里什么事也不做，作业也不写，就知道吃饭睡觉，叫也叫不动，真是拿他没办法。你们赶快开学，把他带到学校里去吧！"老人一边说着，一边抹着眼泪。

闻讯赶过来看热闹的一个女孩对陈小庆说："老师，乐嘉在家很不像话，我们每天都上网课，我让他一定要按时上课、做作业，可是他根本听不进去。我看啊，他今年中考准完蛋！"女孩是谢乐嘉的堂姐，她说话的时候谢乐嘉一直瞪着她，朝她使眼色，她也瞪了谢乐嘉一眼。

陈小庆看着谢乐嘉，批评道："你怎么到现在还是这个样子？我上次来家访的时候就跟你说了，你现在已经是小男子汉了，是男子汉就要有担当，要给家里做点事，你怎么还是这么任性不懂事？"

见谢乐嘉不说话，曾金荣忍不住劝说道："谢乐嘉，我听你老师说你很聪明，成绩也很好。可是，你现在不上课不做作业，这样下去怎么能跟得上？怎么面对即将到来的中考？"

谢乐嘉继续低头不语。陈小庆叮嘱道："现在课程安排得很紧，要是漏掉课不上,作业也不做的话,真的会跟不上。万一考不好,你这初中三年不是白白浪费了吗?"谢乐嘉总算点了点头,看样子是听进去了。

从谢乐嘉家出来,熊逸阳又带着三人去揭文鹏家。曾金荣向熊逸阳询问揭文鹏家的情况,熊逸阳介绍说,这是一个典型的因病致贫家庭。早年,一家人的条件还比较好,后来,因为揭文鹏的父亲得了癌症,用去了家里所有的积蓄,还是没能治愈他的病,只好回家休养,靠着政府的救助买一些基本药物维持病情,也是建档立卡贫困户。去年,在陈小庆的协调下,给揭文鹏争取到了上级的"春蕾计划"助学金。

陈小庆补充说,揭文鹏刚到宏志班的时候基础很差,又特别贪玩,好不容易经过几年的宏志班教育,成绩有了点起色,但是疫情期间也是不做作业不上线,电话遥控没效果。熊逸阳插话说,她和挂点帮扶的干部也经常到揭文鹏家来检查督促,每次来时都看到他拿着手机在玩游戏。曾金荣听得直摇头。

到了揭文鹏家,家里的情况和谢乐嘉家差不了多少。揭父坐在椅子上,头上戴着一顶帽子,身体瘦弱得不成样子。见到陈小庆一行,揭父有些意外,挣扎着要起来,熊逸阳连忙劝住,说明来意。揭文鹏正在房间玩游戏,听到动静出来,连忙把手机藏到身后。

陈小庆问道:"今天又没上课?"见他低着头,便让他拿出作业本来,同样是只字未写。陈小庆朝曾金荣和周舟无奈地苦笑一下。曾金荣耐心地说:"揭文鹏,你这样下去,是不是打算放弃中考了?"

揭母忙赔着笑说:"其实文鹏蛮听话的,从来不到外面乱跑。几位领导放心,我一定会让他按时听课写作业的。"揭父有气无力地对妻子说:"你就莫惯着他了。我是管不了他,要是管得了,非要打断他的脚不可。哎哟,还不如死了算了!"

曾金荣听得心里很难受,掏出钱包,一看钱不多,便全部掏出来交给揭父:"大哥,我身上就这点钱,你不要嫌少,拿着买点营养品吧。孩子在家,你们家长也要多费心,好好督促他。马上中考了,要是再不用功,就来不及了!"

"谢谢你们!"揭父双手颤抖,感激涕零,"我会督促他,会督促他。"

从揭文鹏家出来,与熊逸阳告别后,曾金荣一边开车,一边说道:“小庆啊,再跟你这样出来,不用一个礼拜,我也要变成贫困户了。”陈小庆和周舟都被逗笑。曾金荣又对陈小庆说,“你莫怪我逼得你这么紧,我的压力不比你小。不过,要不是亲自来一趟,我还不知道宏志班这些孩子的情况有这么复杂。先前的话说得有点重,你不要放在心上。”

“我哪里有精力去计较这些?成天应付这些孩子,头早就大了。等下到了陈湘云家,你保准也会头大。”

“我已经身无分文了。”曾金荣指了指自己的口袋,“你们谁身上有钱?借我一些。”

“钱倒不一定要给。说实话,各方面援助她家的钱倒也不少,有扶贫款,有低保金,有社会各方面的捐助,一家人的生活应该不成什么问题。关键是怎么做好她的工作,这孩子太特殊了。”

“怎么个特殊法?”曾金荣此前也知道陈湘云家的情况,因为没有到过,了解得还不是很具体。

陈小庆想了想,说:“这孩子人的确蛮聪明,学习也蛮用功,但是由于家庭情况非常复杂,性格有点怪异。好的时候看不出,跟普通女孩子没有两样。一旦回到她自己的生活环境,情况就彻底变了,变得非常固执、偏激、自闭甚至自暴自弃。我跟乡里的扶贫干部经常打电话沟通,还给乡里的书记打过电话,探讨她的问题。可能是家庭环境的影响在她心里根深蒂固,一时难以扭转过来。”

曾金荣神色冷峻:“哪怕再难,我们也要把她扭转过来。一家人的前途和命运,都掌握在她一个人的身上,不能再这样下去了!”

到了同田,同扶贫干部小江一起到陈湘云家。

陈湘云家早已搬出过去的那个破煤窑,搬进了由政府帮助建造的新房子。新房子外表看上去干净整洁,周围还做了些绿化,装了路灯,看上去和普通农家没什么两样。

小江推开大门,和陈小庆等三人进屋时,一个面色还算清秀的女人正站在房屋中间,见到小江和陈小庆时,脸上露出了一点笑容。曾金荣朝她笑笑,她突然变得惊恐万状,指着曾金荣说:“你……骗子……骗子来了,快把他抓起来!骗子……”她一会儿躲到陈小庆身后,一会儿躲到小江身后,指着曾金荣不停地胡言乱语。

“陌生人来了，她都这样。”小江苦笑着说，又安慰女人道，“不怕，我们是来看望湘云的。”周舟顺势把手里拎着的牛奶和水果放到桌上。女人见了牛奶和水果，稍稍安静，回头看看曾金荣，又叫了几声骗子，然后冲进房间，“砰”的一声把房门关上，嘴里仍然大叫大骂不止。

小江推开另一个房间，三个孩子一起钻在被窝里。房间里发出一阵难闻的恶臭，几只便盆和木桶随意摆放在房间里，是孩子们拉屎撒尿用的，恶臭就是从那里面发出来的。曾金荣不由得抬手掩住鼻子，退到房间门口。

小江叫了一声：“陈湘云！快起来，你老师和校长看你来了！”

从被窝的不同角度探出三个脑袋，一个是陈湘云，另两个是她的弟弟和妹妹。

“湘云，这都中午了，怎么还没起床？”陈小庆说道。

陈湘云这才坐起来，连忙穿衣下床，头发乱蓬蓬地站在陈小庆面前。

“是不是没上网课，也没做作业？”陈小庆又问。

“我……我在教弟弟妹妹做作业。”陈湘云小声回答。

陈小庆看了一眼床上，年幼的男孩女孩瞪着好奇的眼睛看着大家。

“老师是怎么说的？”陈小庆对房间的异味不以为然，看着陈湘云，“每天要按时上课，按时做完作业。你怎么能睡到这么晚呢？你的作业本呢？”

陈湘云四周看了看，终于从被子里面找出几本折得乱七八糟的作业本。陈小庆和周舟接过来，翻开来一看，几乎都是空白。“你把老师的话都当成耳边风了！”陈小庆生气地说，周舟也生气地说：“怎么什么作业都没做？”

小江严肃地说：“陈湘云，我们也叮嘱过你，每天要按时上网课做作业，你怎么这么不听话？”

陈湘云苦着脸说：“我……我每天要教弟弟妹妹写作业，还要帮他们洗衣服做饭，我没时间。”床上的弟弟妹妹嚷嚷着说：“我要吃饭，我饿了。”

曾金荣看着眼前这一幕直摇头，他走到陈湘云面前，耐着性子说：“我们经常说，你们是宏志班，要有志气，要自觉，要好好读书，将来摆脱家庭的贫困状态。你自己要有起码的学习态度，至少要及时听课，及时把作业做完，遇到不懂不会的就及时向老师请教啊！像你这样又不上课又不做作业怎么行？马上就面临中考，再这样下去，真的很麻烦很危险。你难道希望看到你的家庭情况一直这样下去吗?”

曾金荣的语气很重,把陈湘云说得低下了头。陈小庆安慰道:“湘云,不上课不做作业是不对的。我们很关心你,全社会都很关心你,曾校长也亲自来看望你,就是希望你能够抓住这段时间,好好巩固学习成绩,千万不要因为疫情影响把学业荒废了。知道吗?”

“我知道了。”陈湘云点了点头。

从陈湘云家出来,曾金荣一直双眉紧锁,脸色很难看。陈小庆说:“曾校长,你看到了吧?这种残缺家庭的孩子,没有良好的家庭氛围,家长不管不问,孩子放任自流,只要一离开老师的视线,就还原到以前的状态。”

“说明你还没有培养出他们的学习自觉嘛。”曾金荣没好气地说。

周舟知道陈小庆心力交瘁,委婉说道:“其实这些年小庆在宏志班的孩子身上花费了很多心血,比任何一个老师吃的苦都多得多。这些孩子真的很特殊,并不是说用校训校规就能够改变的,能做到现在这样,小庆已经非常不容易了。今天我们看的只是个别情况,大多数孩子还是表现比较好的,上课、做作业都很认真。”

曾金荣何尝不知道,这几年,为了宏志班的孩子,陈小庆早起晚睡,每天都和孩子们在一起,想方设法鼓励孩子们学习,激发他们的进取精神,无微不至地关心爱护他们。只是眼下面临中考,而首届宏志班能不能出成绩,能不能交出一份圆满答卷,从市委、市政府,到徐良喜、徐智敏,再到这些孩子的家庭乃至关心支持宏志班的社会爱心人士都在关注着。作为一校之长,他也是压力山大。他缓和了口气说:“小庆,我没有怪你的意思,我也是心里着急,你不要往心里去。但是,线上学习千万不能放松,一旦放松,想捡起来都来不及了。你还要多辛苦一下,给我盯紧点!”

“我已经盯得很紧了!”陈小庆愁眉苦脸地说,“能想的办法我都想到了,别人没有想到的我也想到了,就差分身术了。要是有孙悟空的本事,我就变出五十个分身来,去盯着每一个孩子。现在我真的没有更好的办法!”

“没有办法也要给我想出办法!”曾金荣的语气十分强硬,“宏志班成功不成功,就看这最关键的时刻。”

“好吧好吧,就是不吃饭不睡觉,我也要把这些孩子扭转过来。”陈小庆赌气地说。

周舟插话道："曾校长，你不要再逼小庆了，她真的很努力了。从开'两会'到现在，又是家访，又是线上学习，她一天都没休息过。你也要理解她。"

"好好好，理解理解，不逼不逼！"曾金荣笑着说。大约是觉得车里气氛太沉闷，他又故作轻松地说："小庆，怎么我每次说你，你都不会生气啊？是不是被我骂得皮变厚了？"

"我哪里敢生气？"陈小庆说，"如果宏志班中考考得不好，你顶多挨几句领导的骂就是，又不会拿你怎么样，你还是当你的校长。但我不一样，我每天和这些孩子生活在一起，了解每一位孩子的家庭情况。孩子们和他们的家长都很信任我，基本上是把希望寄托在我的身上。如果有一个孩子考得不好，就会让一个家庭失去脱贫的希望，如果大家都考得不好，就有几十个家庭失去脱贫的希望。那么，几十个家庭就只能继续在社会底层挣扎，无法实现真正的脱贫。如果是这样，我们宏志班当初创办的意义又在哪里？所以，我也有压力，我的压力来自这些孩子的家庭，或者说来自我的内心。"

"还是你想得深想得远！"曾金荣感叹道，"辛苦事小，脱贫事大。这几十个家庭能不能彻底砍掉穷根，就看这些孩子了。小庆，真的辛苦你了，疫情期间如果宏志班还有什么别的需要，你尽管找我，只要是为了宏志班的孩子，我责无旁贷。"

次日一早，陈小庆上线发出当天的线上学习计划。这时熊少雄突然冒出来：

"老班这么早？"

"为了你们这帮熊孩子，老班没有睡觉，还挨曾校长的骂。"

"老班辛苦了！曾校长为什么骂你？是因为我们不听话吗？"

"是因为我这个老班不称职。"

"为什么呀？"

"因为老班说的话你们不听，不好好上课、做作业！"

"那还是因为我们不听话嘛。老班放心，谁不听话我找他们。"

"这话贴心，老班爱听。"

"老班的孩子，哪个敢不听话？"

“有点恭维的意思。不过老班也爱听。——对了,你怎么也这么早?”

“我刚刚跑步回来。张文宏说,抗击疫情最有效的药物是人体自身的免疫力。”

“还知道张文宏啊？知道钟南山院士是怎么说的吗?”

“知道啊。他说,锻炼就像吃饭一样,是生活的一部分,一定要坚持运动,这样才能享有好的生活质量。”

“不错。学习不能放松,锻炼也不能放松。这样吧,你把你的感想和经验写出来,跟同学们分享一下。”

“遵命!”

熊少雄宅家期间不忘锻炼,这令陈小庆很感动,也很受启发:体育锻炼不仅能增强体质提高免疫力,也能影响人的性格,由内向沉默变得豁达开朗。

很快熊少雄便在群中分享了自己坚持体育锻炼的经验和体会,号召同学们利用课余时间动起来,在空旷无人的山林、田野进行有氧锻炼。

很快,吴天罡、蔡魏勇、陈文仲、吴迎康等人也加入了体育锻炼和分享体会的行列。甚至丁志浩、宋文彬、胡晓峰等平时埋头学习不好运动的孩子也纷纷响应,提出了自己对体育锻炼的看法,并且发来照片证明自己在身体力行。而女生们自然不甘示弱,也纷纷晒出自己锻炼的照片。谢乐嘉、揭文鹏、陈湘云等不大上网课、不大做作业的孩子也变得活跃起来。

群里气氛活跃,学习的热情自然也很快提高。加上陈小庆推出的每日学习计划及时更新,孩子们很快找到了目标,仿佛又回到了温暖友爱的大家庭,回到了他们的“宏志妈妈”身边,他们不再对上网课感到枯燥、寂寞和无聊。

这种情形一直坚持到复课。

29 厉兵秣马

2020,爱我,加油!

想想咱们一起走过的风风雨雨,想想咱们一起熬过的朝朝暮暮。没有一滴汗会是白流的,没有一份坚持是无意义的,青春需要拼,爱拼才会赢。南山时光终于跑到最后的冲刺阶段,愈到最后愈要自律。2020,爱我,加油!!!

——陈小庆《支教日记》

经过两个多月的线上教学,陈小庆早已心力交瘁。接到可以复课的通知时,陈小庆第一个回到晓春学校,看到孩子们陆续走进校园,她激动得快哭了。

“老班,我回来了!”“老班,我想死你了!”“我们终于可以一起冲刺了!”……

孩子们抱着陈小庆,笑着,哭着,跳着,闹着,任思念的泪水横飞,任激动的情绪蔓延。

来不及放下行李,来不及洗去尘土,孩子们跟着陈小庆,来到了关闭几个月的教室,打开窗户,拂去灰尘,正襟危坐,聆听着陈小庆熟悉的嘶哑的声音。

“同学们,等这一天我们等得太久了,我们已经没有时间等了!”陈小庆看着每一位孩子,慈母般的深情再一次在心中荡漾。两个多月的线上学习,陈小庆耗费了太多心血,孩子们也使出了吃奶的力气。尽管这样,陈小庆心里还是没有底,她不知道在即将到来的中考中,孩子们会交出一份怎样的答卷,而三年宏志班的成功与否,将毕其功于一役。因此,来不及叙说别离之情,陈小庆已经把目光投向了三个月之后的中考。“我记得,你们刚来学校时我对你们说过,三年蛰伏,我们要成为山里的特种兵。现在,是我们这支特种兵利刃出鞘的时候了!”

孩子们个个全神贯注。虽然这几年他们听了太多老班的说教,但此刻,他们渴望这种说教,也需要这种说教。

“虽然我们的目标是中考,但是,我们的敌人并不是课本,不是晦涩的公式和枯燥的单词,而是我们自己,我们要夺取中考的胜利,首先必须战胜自己。所以,”陈小庆再一次巡视着教室里每一个孩子,“从今天开始,你们就要把自己当成敌人,用你们的聪明才智和坚韧不拔的意志,去战胜自己身上的懒惰、颓丧、散漫、自卑以及一切有可能影响你们的弱点。你们能做到吗?”

“能!”孩子们发出整齐的吼声。

“很好!”陈小庆赞许地点点头,“经过两个多月的线上学习,我们初步完成了第一轮和第二轮的复习,即将进入第三轮复习。我希望,在学实第一轮、第二轮的基础上,耐住性子,沉下心来,多做试卷,多做题目,把第三轮做实来。”

“老班,我们全听你的!”吴天罡现在说话已经很高调了。不过,经过这几年的学校生活,他的确已经有了非常大的变化。

“是啊,我们相信老班,老班说什么我们一定全听。”谢乐嘉说得也非常高调。

其他同学也郑重地点着头。

“很好!”陈小庆高兴地说,“接下来,就看你们这支特种兵的表现了。大家先去寝室放下行李,稍作休息,今晚我们就要进行复课后的第一次语文模考,看看大家这段时间线上学习的情况。接下来,其他课目也要先进行一轮模考,大家放心,你们每次模考,老班都会请任课老师进行阅卷,大家可以结合试卷的内容,进行有重点的复习。”

尽管孩子们有点意外,但还是很高兴地接受了陈小庆的安排,一个个变得神情轻松起来。陈小庆诡秘地笑了笑,对熊少雄说:“少雄,门卫室有一位大叔,你去把他请到教室里来。”

熊少雄快速跑了出去。“谁啊?”“怎么刚复课就来学校了?”孩子你看着我，我看着你，纷纷揣测着不知又是谁的家长来学校了。

不一会儿，熊少雄领着一位四十几岁的中年人来到教室门口。陈小庆朝他笑笑，示意他在门口等着，又让熊少雄端了一个凳子到走廊上。然后，她笑着说："辛苦了少雄，你是班长，又是你带过来的，就请你带个头吧。"

"干什么啊老班？"熊少雄不解地问。

"理发啊！"陈小庆笑着说，"你看你的头发长的，都可以扎辫子了。"

"好！"熊少雄摸了摸头发，痛快地走出教室，坐在中年理发师傅面前。

陈小庆对孩子说："宅家两个多月，估计很多同学都没有理发吧？没有理发的今天统统理掉，男生都剪板寸头，当然理光头老班也不反对。女生的刘海不能遮着眼睛，后面不能及肩，减少一些打理头发的时间，就是节省出一些复习的时间，懂了吗？"

男生们兴高采烈地答应着，女生们的反应却大相径庭，有的乐于接受，有的却愁眉苦脸。陈小庆说："理完发的先回寝室，没理的在这里等。理发的钱不用你们出，老班请客。"

很快，熊少雄理完发进来，果然精神焕发，丁志浩一声不响地走了出去，其他男生见状也纷纷跟了出去。男生剪完之后，袁敏首先坐到了理发师傅面前，剪了个很短的发型。接着又有几位女生也修剪了一下。

轮到黄媛媛时，她竟然哭了。陈小庆问道："哭什么？是不是心疼了？"

"嗯。"黄媛媛点点头。

陈小庆说："你看你的刘海，都遮住眼睛了，你怎么看黑板？"

黄媛媛便让师傅剪掉了一些刘海。

陈小庆又说："你后面的头发这么长，洗头时不容易干吧？打理这些头发得花多少时间啊！你看老班，头发一直这么短，不是也没影响我给你们上课吗？"

黄媛媛终于同意把后面的头发剪掉了。

理完发，孩子们各自回到寝室，去安顿自己的生活。陈小庆回到办公室，把所有任课老师叫来，个别老师还没有到校，陈小庆亲自打去电话，询问情况，要求尽快返校。

接下来的第三轮复习紧张而枯燥，即使孩子们卧薪尝胆，砥砺奋进，任课老师们已经有点承受不了这种高强度的复习方法。有的老师委婉提出，这种模考方法好是好，但是考得多了孩子们是不是会产生疲倦心理？有的老师则直接提出，每周出卷阅卷，时间完全不够用，还要不要顾家了？还有的出完卷后丢给值日班长，扬长而去，照常过自己的周末生活。

陈小庆明白，任课老师已经产生了厌战情绪，无法适应她的节奏。作为一名有着丰富经验的毕业班班主任，陈小庆心里非常清楚，这些年轻的带着浓厚生活情调的老师们，还没有完全进入到自己的状态当中。她一方面要求孩子们认真按照任课老师提供的试卷进行模考练习，另一方面，把模考试卷收集起来，交给任课老师并监督他们阅卷。有的任课老师周末回家，她便把试卷一一送到任课老师家里，请他们无论如何完成阅卷任务后，把试卷带回学校，给孩子们讲解。

眼看天气逐渐炎热，一些老师因为学校条件艰苦，每天晚上都要开车回城。而许多孩子因为压力大，晚上蚊叮虫咬，出现晚上睡眠不足、白天注意力不集中的现象。陈小庆很是焦虑。她找到曾金荣，提出想借用他的校长办公室。

“用我的办公室干吗?”曾金荣有些不解，“你有你的办公室，老师们也有自己的办公室，为什么还要用我的办公室?”

“老师们的办公室不是还没有装空调吗?”陈小庆笑着说，“你的办公室条件好，我暂时借用一下。你放心好了，除了桌子椅子，其他的东西我们一下也不会动你的。”

“不是动不动的问题。你用我的办公室，总要有个合适的理由吧?”

“我的理由就是，你的办公室空间大、条件好，我想借用过来，把班上任课老师全都集中在这里办公，方便孩子们来这里请教。”

“你早说嘛。既然是这样，那我必须支持。”曾金荣痛快地答应了。

办公室解决了，陈小庆把所有任课老师集中起来，给大家打气鼓劲。她提出，中考是检验宏志班三年来的综合成绩，无论哪一科成绩跟不上，都有可能拖全班的后腿。这就是著名的“木桶理论”，木桶里能装多少水，并不取决于最长的那块木板，而取决于最短的那块，因此不论是哪位任课老师，都要有危机意识，绷紧这根弦。很多老师都是支教老师，在晓春时间只有一年，她希望一年的支教生涯能够在支教老师的生命中成为难忘的记忆。

“老班，您太伟大了！”下课时，熊少雄走到陈小庆身边，搭着她的肩膀，开心地说，“我们不用每个办公室去找老师了，只要找到一个办公室，就可以问到所有课程的问题，真是太方便了。”

其实这也是陈小庆想要的结果，让学生方便地找到老师，然后同时解决每门课程的疑难问题。但是，这样的情形仅限于白天上班时间，到下班或午休时，有的年轻老师仍然找不到，要么是回城去了，要么躲到自己的办公室休息去了。“你要告诉同学们，不懂就问，不懂就问，要主动找到老师，缠着老师，把你们的疑问彻底问清，千万不要似懂非懂，留下后遗症。知道了吗？”

熊少雄的成绩已经达到中游偏上，这个帅气阳光的小男孩，不仅班上工作配合得好，而且情商特别高，一看陈小庆的脸色，就知道她的用意，已经成为陈小庆的得力助手。“我懂了老班，”他笑着说，“主动找老师，尽量让老师都留下来陪我们，对吧？”

“你真是我的贴心小棉袄。”陈小庆笑了。

话语虽然轻松，但陈小庆的心情并不轻松。还有个别老师心不在焉，一到中午或晚上，就找不到人。她知道，同事们已经很辛苦了，不可能每个人都跟她一样忘我投入。再者其他人都是任课老师，完成自己的上课或阅卷任务后可以回去，也可以留在办公室。回去是权利，留下是爱心。陈小庆此刻最需要的是爱心。带宏志班不能走寻常路，没有特殊手段，带不好这支山里的特种兵。

“帅哥美女们下了课不要走了。”下班后，同事们各自收拾自己的桌子，准备走人。陈小庆连忙把大家劝住，“外面多热啊！我已经通知食堂阿姨把饭送到这里来，一边吹空调一边吃饭，多惬意啊。对不对啊？”

“陈姐，你太挖空心思了吧？连我们午休的时间也要剥夺啊？”年轻漂亮的物理老师花花抱怨道，“我中午还要回宿舍午休呢。要是睡眠不好，好容易憔悴的哦。”

“我的美丽的花花，不会影响你美容养颜的啦。”陈小庆赔笑道，“我已经把隔壁曾校长办公室的床铺整理出来了，被子被褥全都是新的，我已经替你们铺好了，你们几个美女可以到那边休息。还有，我已经订好了水果，每天及时供应，多吃水果可美容，不亦乐乎？”

“陈姐，您真是太贴心了！”花花们转愠为喜，“我可真是服了你啊。”

“只要方便孩子来请教，多花一些时间陪孩子，和孩子们打成一片，你们就是想吃我身上的肉，我也愿意。”陈小庆笑着说。

“你的肉就不吃了。”彪哥笑道，“不过冲着你的这份心，我们舍命陪君子，保证随叫随到。”

任课老师被陈小庆的真诚感动了。

不时有学生前来请教问题，而每位老师也是不厌其烦，耐心讲解。一时间，办公室往来学生川流不息，成为南山脚下一道亮丽的景观，令其他班级的老师们羡慕不已。

解决了老师的问题，陈小庆又把注意力放在了孩子们身上。天气炎热睡眠不好不说，由于模考任务重，几乎每天都在不停地做试卷，很多孩子已经出现严重的睡眠不足和营养不良现象。陈小庆非常焦虑。她又找到曾金荣，请求把他的宿舍钥匙交出来，让孩子们休息。同时又找到另外几位校领导办公室，凡是有空调条件的办公室她都想方设法沟通，尽量说服他们支持配合。这样，除了几个不习惯空调环境的孩子仍旧住在寝室之外，大部分孩子晚上都带着自己的竹席，搬到空调房间去睡。画面看起来让人心疼，这个无比漫长的初三，乾坤未定，剩下的一个月依然要漂亮地坚持下去！

休息不成问题，营养却还是个大问题。有些孩子因为压力大，出现了焦虑情绪，吃不下饭。陈小庆从网上买来形式各异的碗具，发放给学生。同时，自己掏钱买来一些猪肉，请食堂的阿姨每餐煮成肉片汤，免费提供给孩子们。范启明的父亲听说孩子们学习压力大，与陈小庆沟通希望能为孩子们做点什么。陈小庆便建议，买一些水果送到学校来，既可补充孩子们需要的营养，也算是给孩子们精神鼓励。一人送水果毕竟杯水车薪，陈小庆便自己买来水果，亲自保管调剂，让孩子们每天换着花样吃。其他家长了解到这些情况后，也纷纷给孩子们送来各种水果。孩子们受到鼓舞，焦虑的情绪缓解了很多。

初三的孩子进入青春期，有自己的心事，如何面对青春期的萌动，如何“喜欢对的人”，主题班会上陈小庆多次引导过，“喜欢”对了人，只要看自己是不是越来越阳光，浑身有使不完的力量，想要成为更完美的自己，学习成绩越来越噌噌向上。“爱”让人伟大,爱上某人的优点,吸引我们自己想要变得更好。她甚至举出自己的故事,讲述名家事例,告诉学生:可以暗暗喜欢,可以大大方方地喜欢,并且学习人家,超越自我,成为自带光芒的人。因此班上的学习氛围浓厚,男生女生一起讨论问题,大家都在为共同的目标拼搏。

家庭的后援不可忽视,家长群里,她让家长发语音鼓励打气;任课老师按照以往惯例,更要与孩子们在一起,释疑解难。尽管陈小庆绞尽脑汁把老师们留了下来,但一到晚上,大部分任课老师还是没有心思留在学校,哪怕时间再晚也要坚持回城。陈小庆无法勉强,只得独自留下来,陪伴这些不知疲倦的孩子。从模考到阅卷,到解疑释惑,到洗刷睡觉,直到每一个孩子都睡下,每晚都要忙碌到十二点,身心俱疲的陈小庆才回到办公室,和衣睡下。次日一早,又要带操,又要带孩子们早读,有时还要根据每一科的短板,从城里邀请水平较高的名师来学校指导孩子们补齐短板。她的情绪也变得更加焦虑。

看着孩子们正在安静地看书学习,陈小庆忽然觉得沉沉的头有点晕。她撑着桌子镇静了一会儿,晕眩没有了,头却剧烈地疼痛起来。她走出教室,独自走到操场上,回想着复课以来自己所经历的艰辛,不由得泪流满面。“为什么?为什么会是这样?”她一边绕着跑道快速疾走,一边不停地问自己。“我已经够努力了,为什么还要这样折磨自己?我不可以跟其他老师一样,下了课就回家去,洗个澡好好睡一觉吗?我不可以抽出时间去陪陪家人,去陪陪老妈吗?”她记不清自己多少天没有回家没有好好休息了。

操场上空无一人,一弯新月早已落到了山的那一边,天空中只留下繁星浩瀚,银汉迢迢。陈小庆越想越难受,头越来越重,踉踉跄跄倒下去,倒在草坪上。一幕幕蒙太奇镜头在眼前回放交织,渐渐地模糊,回想着宏志班三年来的种种不易,她觉得自己什么都想起来,又什么也不清晰。

不知过了多久,一阵寒意,她从地上坐起来,发了一阵呆,又站起来,眺望着星空下朦胧的南山,以及南山脚下村口上寂寞独耀的路灯。那里是徐良喜的老家。她的思绪又回到了徐良喜苦心孤诣创办晓春学校和宏志班的情形,又回到了这些来自社会底层的贫困家庭的孩子。她的心里再次变得沉重起来。

“老班。”一个柔弱的声音在身后响起，陈小庆心里一颤。尽管声音微弱，但她还是听出了这是郭慧中的声音，还不等她回头，郭慧中已经从身后抱住了她的腰。“妈妈！”郭慧中哽咽着说。陈小庆仰望天空，不忍回头。这一声呼喊，把她的心都喊碎了。

“老班！”又是几个女生的声音在身后呼喊，然后她们一起抱着陈小庆。陈小庆控制不住自己的情绪，再次泪流满面。

“老班，您怎么了？”袁敏哽咽着说，“是不是我们惹您难过了？”

“如果我做得不对，您给我指出来，我一定努力改正，我一定不会再惹您生气。但是，请您不要这样，我们好害怕。”陈湘云带着哭腔说。

这时，又有脚步声向这边走来。接着，便是一个男生的声音：“找到老班了吗？”是熊少雄的声音。

袁敏朝着黑影处叫道：“熊少雄，不要找了，老班在这里。”

七八个黑影跑过来，原来是熊少雄带着丁志浩、宋文彬、谢乐嘉他们找过来了。

“老班，您怎么一个人在这里啊？”熊少雄担心地问。

陈小庆赶忙擦掉眼泪，转过身来，强笑着说：“你们怎么都出来了？”

袁敏小声说：“我们下自习了，去办公室没看到您，四周都找了一遍都没找到您，有点担心，所以四处寻找。”

“傻孩子，老班又不是孩子，还会走丢啊？”陈小庆笑中带泪。

谢乐嘉说：“老班，您现在是我们的主心骨，您可不能有事。要是您有什么事，我们班就全完蛋了。”

丁志浩推了一下谢乐嘉：“瞎说什么呢？老班怎么会有事？老班这是在沉思。老班太忙太累了需要静静。对吧老班？”

陈小庆扑哧一笑：“是的，老班需要静静。”

“既然老班也找到了，我们就都回去抓紧休息吧。”熊少雄毕竟是首席班长，临阵不乱，招呼着大家回去。他走到陈小庆身旁，说，“老班，下次不要一个人在这里了，要是没看到您，我们真的心里不踏实。”

陈小庆非常感激这帮孩子。她一一拍着每个孩子的肩膀，说：“孩子们，老班不会有事的，再苦再难，老班都会陪着你们，不会离开你们的。不过，刚才老班一直在想，徐伯伯又是建学校，又是办宏志班，让我们能够在这么好的环境下学习生活。因此，我们既要好好学习，对得起徐伯伯的一片爱心，又要学会自强自立。老班不可能一直陪着你们，你们终究会长大，会有自己的人生，你们必须学会面对各种考验。你们记住，如果自己不努力，没有人替你们坚强。”

吴天罡笑着说：“等我们长大了，有钱了，就把老班接过去，继续做我们的老师。你们说好不好？”

“好是好，就是……”谢乐嘉挠着后脑勺，“就是老班管得太严了，到时还叫我们每天模考怎么办？”

众人一阵哄笑。陈小庆抑郁的心情已然得到缓解，她说道：“你请我去我也不去，每天模考我比你们还累。——还愣在这儿干什么？都回去休息吧。”

在孩子们的簇拥下，陈小庆回到教室。其他孩子见陈小庆回来，竟然一起站立，齐声说道：“老班辛苦了！”陈小庆笑道：“为了迎接最后的冲刺，再辛苦也值得。不过我还想问一下，今天复习的内容还有谁没有完全过关？”

“我还有一个化学公式没有完全理解。”“我物理还有一个问题没搞明白。”“有时候好像都懂，但考起来老是记不起来。”……孩子们提出各种问题。

陈小庆笑道：“我早就告诉过你们，要缠着任课老师要缠着任课老师，有什么问题当天就要消化解决，千万不能过夜。你们把这些问题都用笔记下来，明天记得去找老师们问清。”

复课已经三周多，正值五一小长假，陈小庆决定给孩子们放个假，让筋疲力尽且又充满焦虑的孩子们稍稍休整一下。不过，考虑到现在处于备战冲刺阶段，她还是担心有些家长没在家的孩子会放任自流产生松懈情绪，因此要求必须由家长亲自接回家。家长没在家或者不来接的，则全部留校。而在留校期间，其他老师都回家去了，只有她放心不下孩子们，决定留下来陪他们。

除了被家长接回的33个孩子，还有17个孩子没能回家。巨大的迎考压力，加上看到同学们一个个被家长接回，剩下的这17个孩子更是焦躁万分，任凭陈小庆如何安抚，他们始终无法安静下来，一个个在校园里走来走去。

陈小庆看在眼里急在心上。她自己也已有近一个月没回家，不说家人的不理解，不说朋友们的牵挂，就是她自己长时间关在这个单调的环境里，也快要逼疯了。一早起来的时候，她面对着空荡荡的校园，已经独自痛哭了一场。她很想找个口子释放一下，可是谁又能理解她的苦衷，谁又愿意当她的垃圾桶呢？哭过之后，她给曾金荣打去电话。

"曾校长，为什么没有一个人愿意留下来陪我？"刚一开口，她的眼泪又情不自禁流了下来。

"怎么了小庆？"曾金荣听到她的哭声，以为学校出了什么事，担心地问道。

"宏志班又不是我一个人的，为什么大家都走了，只留下我一个人？"陈小庆心里的委屈很想有一个突破口。

"原来是这样。"曾金荣笑了，"小庆啊，你莫哭。你也可以回家啊，不是放假了吗？我知道这段时间你很辛苦，你也回家休息几天，调整一下吧。"

"我又没有车，不像你们想来就来想走就走。再说，还有一些孩子没有回去，我也放心不下他们，他们也快疯掉了。"

"他们……你为什么不让他们都回家？孩子们也不容易，应该让他们回到家里，好好休整一下。"

"你不知道。他们回去了谁管？好不容易进入迎考状态，要是一旦松懈下来，再想进入状态又要几天时间。时间对于他们来说就是分数，我不想功亏一篑。"

"你考虑得也对。这样吧，我让食堂做几个好菜，给孩子们改善一下伙食吧。"

"食堂也放假了。"

说到这里，陈小庆又是一阵心酸，再次哽咽起来。曾金荣安慰道："小庆，不要哭嘛。你的心情我非常理解，也非常敬佩你的敬业精神。既然这样，那你就再辛苦一下，再吃两个多月的苦，你就可以解放了。"

"好吧，我自己想办法。"

向曾金荣发泄了一通，觉得心里也没有那么堵了，陈小庆收拾心情，往宏志班教室走去。一路上看到班上的几个孩子，正没精打采地在操场上闲逛着。

“谢乐嘉,你们在这里干什么?”她叫住孩子们。

孩子们见到陈小庆,像遇到救星一样,马上围到她身边。谢乐嘉诉苦道:“老班,快想想办法救救我们吧,我们不能回家,连校门也不能出,真的快疯了。”其他孩子也眼巴巴地看着她。

“熊少雄他们呢?他们在干什么?”陈小庆见熊少雄、丁志浩、于晓丹他们不在。

“哦,有些人在教室,有些人在寝室,我也不知道他们在干什么。”谢乐嘉说,“估计也在发疯。”

陈小庆摇摇头。这些听话又可怜的孩子,就是因为听了她的话才老老实实地留在学校,自己的苦可以找人倾诉,他们心里的苦又如何排解?必须让他们找到发泄的渠道,否则绷得太紧很容易崩溃。“这样,你们快去把大家都叫过来,就到这里来。”她眉头一皱,计上心来。

“老班,是不是要带我们出去玩?”谢乐嘉兴奋地说,“去哪里玩?”

“肯定不是让你们坐在教室里,快去叫他们过来,全都叫来。”

“好嘞!”孩子们分头向教室和寝室快速冲去。不一会儿,17 个孩子全都来到陈小庆面前,疲惫的眼神里充满期待。

“老班!”“老班!”“老班!”孩子们兴奋地叫着。熊少雄清点了人数,问道:“老班,全都到齐了,我们去干什么?”

“老班,我们干脆去桥东吧,去馆子里撮一顿。”谢乐嘉出了个主意,“当然,是老班请客,因为我们都没钱,请不起。”

陈小庆笑了笑,说:“桥东就免了。我今天带大家去洗澡,去河里游泳,怎么样?”

“好啊!”孩子们一听,全乐了。“只要离开学校,去哪里都行。”

谢俊伟站在队伍最后,目光呆滞地看着陈小庆。几天前早上跑操的时候,他和一个其他班的女生站在操场一侧的荫林道上有说有笑,十分亲昵。陈小庆招手把他叫来,没想到他的情绪突变,对着陈小庆吼道:“叫什么叫?我又不是在谈恋爱,跟女生说说话都要管!”

陈小庆先是愣了一下,接着便平静地说道:“我是你的班主任,当然要管啊。你看大家都在跑操,你却一个人躲在这里。”

“我不想跑。每天跑跑跑,人都要烦死了。”谢俊伟的态度十分强硬,目光咄咄逼人。

陈小庆知道,长时间的高强度复习,让所有的孩子都变得非常压抑,但这绝不是不守纪律、违反规定的借口。“我理解。”她耐心说道,“我们已经熬了三年了,还剩下两个多月的时间。你知道这是什么时候吗?是冲刺的最后关头!只要再咬咬牙挺过这两个月,我们所有的付出都会得到期望的回报。要是现在松懈下来,你觉得值得吗?”

谢俊伟不再争辩,默默跑去追上了队伍。

陈小庆看着谢俊伟双眉紧锁,担心他还在为几天前的态度感到自责,便走过去,拍拍他的肩膀,笑道:“俊伟,放松点,今天大家都不看书,一起出去放松一下。”

“我知道了老班。”谢俊伟总算舒展开了眉头,“我们去哪里游泳?”

“廖家桥。”去廖家的路上有一条河,河水清澈,环境幽雅,很适合游泳。陈小庆也是临时起意,想想天气炎热,让还有些清凉的河水浇灭一下孩子们内心的焦虑,也是一件不错的事。不管孩子们有什么情绪,让他们对着河水去发泄吧。

“我们女生也去吗?”郭慧中问道。

“当然,一起去!”陈小庆笑道,“河道很宽,要是你们害羞的话,可以男生在一边,女生在一边。”

“管他男生女生,只要是游泳就行,哪里有那么多顾忌?”袁敏爽快地说。

谢乐嘉还在纠缠着中午吃什么:“老班,今天食堂也关门了,我们吃什么?”

陈小庆早已想好了主意,轻松地说:“吃什么都可以,方便面、面包、饼干都可以,老班这个还是请得起的。”

“老班万岁!”孩子们发自内心地欢呼道。

孩子们兴高采烈地跟着陈小庆出了校门,沿着曲折的山路,很快来到廖家桥。果然河水清澈见底,孩子们一到河边,便要脱衣服下水。

“等一下。”陈小庆叫住跃跃欲试的孩子们,“防溺水的方法大家都记住了吗?”

“记住了!”

“好,注意安全。河水还有点凉,下水之前先适应一下,不要马上跳进水里，防止抽筋！”

丁志浩推了一下眼镜：“老班，您不跟我们一起下去吗？”

“老班是旱鸭子，就坐在岸上看着你们。”

“原来老班是旱鸭子！”谢乐嘉笑道，“不用担心，我从小生长在赣江边，有什么事我可以罩着老班。Let’s go！”

“我真的不去了。”陈小庆微微笑着，看着孩子们一个个下到河里。

不用动员，甚至不用煽动，孩子一下水，年轻的野性一下子被河水激发出来，迅速打起了水仗。不一会儿，男生和女生便混战在一起。快乐和尖叫，河水和天空，稚气未脱的孩子们发泄着郁结在内心的情绪。所有的压力，所有的焦虑，所有的思念和惆怅，随着河水的流淌排泄一空。

坐在岸上的陈小庆却开始为接下来的午饭犯愁。她左思右想，打通了一位家长的电话：“黄大哥，能不能请你帮个忙，给我的学生们煮点面条？”

“要得要得，我正好有空。要煮多少？”黄大哥在电话里爽快答应着。

“17 个学生，你看着煮吧。”

“好好好，我多煮点，多放点肉和蛋。煮好了我就送过来，让孩子们吃个饱。”

“谢谢黄大哥，我会算钱给你的。”陈小庆非常感激热心的黄大哥。

黄大哥是桥东镇人，家里离学校不是太远，平时以放鸭为生。他的儿子黄秋鸣，因为耳朵不大好，加上有点说不清话，从小就自卑自闭，在陈小庆的悉心教导下，性格变得自信开朗起来。

解决了午饭问题，陈小庆悬在心里的一块石头总算落了地。看着孩子们开心自在地打着水仗，她也开心地笑了。

30 倚南窗以寄傲

狗尾草的秋天到了，田野上一枝枝狗尾草在风中摇曳，似乎永远低垂着头，收敛心事。如果清晨你愿意俯下身子，踏上沾着晨露的草地，那么它一点也不吝啬它的美感，任你尽情欣赏。凝神间，鹁鸪鸟不知停在哪棵树上长一声短一声"咕咕"地叫着，林中别的不知名鸟儿也彼此相和，园里两株紫薇遥相呼应，花朵也在风中摇曳。拾荒老人每天池畔边穿梭忙碌。日子不知疲倦，周而复始。

灌浆后的稻穗逐渐饱满起来，绿染上了黄，过不了多久，稻香就格外浓郁。只是少了弯腰的身影，少了臣服的子民，割禾机裹携起风尘，以现代文明的姿态宣告季节的速裁。脚下的土地可能更多适合庄稼站立，人们总是一方面迷恋田园，一方面又逃离田园。

秋色就是从一枝枝狗尾草开始的。譬如南山，站在校门口与它对峙，中间隔着河塘，尽可以向精神深处望去，目光毫无遮蔽：天地云水，静止的画面下是隐匿的生长力量，与你身后的活泼少年形成巨大的对比。

——陈小庆《支教日记》

窗外是宁静的南山田园风光，窗内是骊歌唱起的毕业季。孩子们没日没夜不知疲倦地学习复习，让陈小庆感动不已。

偏偏不巧的是，母亲这几天经常犯头晕，弟弟在电话里大发雷霆："你还要不要这个家了？一到学校就忘乎所以，连妈妈的死活都不顾了！"

复课至今，已经一个多月没回家。好不容易疫情相对缓和，弟弟弟媳着急外出打工，也没有心思在家里待着。陈小庆无言以对，只能默默流泪。事实上，这段时间因为着急上火，她已经好几天发不出声来。

“又发生什么事了?”曾金荣见她情绪不佳,以为是班上又出现了意外情况。

陈小庆哑着嗓子,简单把母亲的事说了,曾金荣关心地说:“人命关天!这种情况千万不可马虎,你赶紧回去陪老人到医院检查一下,班上的事我会让其他老师盯着。另外,你自己也看下医生,老是说不出话来怎么行?”陈小庆担心母亲身体,到班上跟孩子们交代了一下,又跟几位任课老师交代了几句,这才匆匆赶回去。

回到家时,弟弟正在劝说母亲到医院检查,母亲却还在犹豫,看到陈小庆进门,母亲竟然一下把她抱住。“要是你再不回来,就见不到我了!”母亲居然像个孩子似的失声痛哭起来。这一刻,陈小庆突然产生了一种错觉,觉得母亲身体并没有什么毛病,不过是因为思念她,这才导致身体不适。但是她很快醒悟过来,母亲一直血压偏高,稍不留神便有可能发生意外。她陪着哭了一阵,问弟弟:“你给妈妈量过血压没有?”

弟弟正在发急,没好气地说:“不去医院怎么量啊?”陈小庆便和弟弟一起劝,好不容易把母亲说服,把她送到医院。

经过一系列烦琐的检查,原来母亲是脑动脉血管轻微破裂导致头晕,建议马上住院手术治疗。陈小庆吓了一跳,没想到情况这么严重,又担心母亲年纪太大身体吃不消,颇感为难。弟弟虽然着急,此时却也不敢擅作主张,姐弟二人面面相觑。最犯难的还是陈小庆,一头是生病的母亲,一头是迎考的孩子,两头都不能马虎,两头都要兼顾,怎么办?

“妈,舅,还犹豫什么?我们还是听医生的吧!”一旁的儿子果断地说。儿子大学毕业,已经在律师事务所当上了一名律师,遇事颇有见地。

陈小庆和弟弟不再犹豫,马上同意儿子的建议,并一起去劝说母亲。好在母亲一向听陈小庆的话,也同意手术。

手术的空隙,陈小庆又去看医生,开了些消炎润喉的药,算是对付自己的失声症状。手术非常成功,陈小庆总算放下心来,向弟弟弟媳说明宏志班的情况,请他们费心照顾,自己一大早便赶往学校。

孩子们正在上早读,见陈小庆进来,自觉放下手里的书本和作业本,静静地看着她。

“对不起,老班家里有点事,耽误了几天时间。”她怀着歉意说。

“老班,我们都听说了,您的母亲病情那么严重,您还赶回来陪我们,谢谢您!”熊少雄像个稳重的“家长”,神情非常凝重。

“是啊老班,您可以在家多休息几天,多陪陪您的母亲,我们知道怎么做的。”徐静雯站起来,关心地说。

“老班,我们知道怎么做。”“老班,我们已经长大了。”“老班,您也要注意身体!”“老班,我们会考好的!”……

孩子们七嘴八舌的安慰,令陈小庆感慨不已。眼前这群曾经的苦难少年,经过三年的磨砺,已经成长已经懂事了。她一挥手,动情地说:

“老班谢谢你们的关心!但是,老班觉得现在更应该出现在你们身边,和你们在一起!你们是学生,学生就是因为学习而生存;你们是初三,初三就是为挑战而生存。时不我待,老班要看着你们一个个走向考场,走出一条更加宽广的路!”

孩子们报以热烈的掌声。

尽管宏志班的孩子在晓春学校同年级几个班中,已经表现出很大的优势,各科平均成绩均已超过其他班级,有的科目平均成绩甚至超过其他班级十几分。但中考面对的是全市所有的初三学生,要想在数万名初三学生当中脱颖而出并非易事。而且陈小庆的目标并不仅是考了多少7A,而是有多少孩子能够真正站立起来,有多少孩子的家庭能够摘掉贫困户的标签,扬眉吐气走在别人面前。

“孩子们,填报志愿将是影响你们今后人生道路非常重要的转折点。”面对着50张稚气未脱的脸,陈小庆无比动情地说,“老班知道,你们已经规划好自己的人生蓝图,想好了要怎样填报自己的中考志愿。不过,老班还是希望你们把人生规划和家庭实际结合起来。我们既要有自己的远大理想,同时也要有担当精神,勇敢地承担起自己的家庭责任。老班的意思是,如果家庭条件无法支撑你们读高中、读大学的,建议你们还是填报定向师范。几年以后,你们就可以和老班一样,当一名光荣的人民教师了!”

孩子们头一次遇到如此重大的人生选择,眼睛里露出迷茫之色。陈小庆笑道:“并不是要你们现在就填。你们还有选择的机会,因为可以同时填两项志愿,你们可以同时填高中或师范,到时候还可以根据自己的分数做第二次选择。这期间,你们还可以多跟家里人商量,听听家里人的意见。”

孩子们交头接耳,但却没有人敢站起来说话。陈小庆知道现在还不是做出决定的时候,要给他们一些时间,去思考,去商量,去做出选择。她笑着说:“我们暂时不急。在你们做出选择之前,老班给你们讲一个故事吧。”

很多年前,有一个和你们一样大的女孩。女孩的成绩在班里也非常好,而且特别喜欢画画,画的画还在全县得过奖。但是,因为家里穷,下面还有两个弟弟,一个在读五年级,一个在读三年级。靠着几亩薄田就连吃饭都成问题,更别说供三个孩子读书。眼看女孩马上要考高中,女孩的父母每天晚上关在房间里唉声叹气。

“怎么办啊?几个孩子都想读书,可是我们实在没钱供他们读了。”女孩的母亲愁眉苦脸地说。

“要是晓得怎么办,就不用这么为难了。”女孩的父亲说,“要么,我们把家里那头牛卖掉吧,好歹可以应一下急。”

“那怎么行呢?卖了牛,拿什么耕田耕地?”

“那你说怎么办吧?总不能卖老屋吧,那可是祖上留下来的基业。”

“要不然,让妮妮莫读了。”母亲小心翼翼地说,“她已经读完初中,认识这么多字,也算对得起她了。让她帮着我们在家里做点事,省得花那么多钱去读高中。今后帮她找个好一点的人家嫁了,也不算亏待她。”

房间里传出了一阵重重的咳嗽。那是父亲的声音,因为长年劳作,父亲的身体落下疾病,又没钱医治,平时烦了累了就抽一些劣质的香烟。“不行不行。”父亲一边咳一边说,“妮妮成绩那么好,再说还会画画,不读书太可惜了。”

“那怎么办?让老二莫读了?”

“老二成绩也还可以,还是让他读吧。”

“那老三呢?老三就是晓得玩,一点也不用功读书。”

“老三年纪小,长大一点肯定会用功读书的。”

“这样也不行,那样也不行,你说到底该怎么办嘛!”母亲有点急了。

“还是先忍着吧,”父亲沉吟着说,“先问邻居们借点钱,实在借不到再想办法。”

两人在房间里辗转反侧，商量了半夜，还是没有结果。巧的是，父母的对话都被女孩听到了，她把自己关在房间里哭了一夜，第二天吃早饭的时候，对父母说："爹，娘，我不想读高中了。"

"为什么？"父母同时瞪大了眼睛。

"不为什么，就是不想读书。"女孩眼睛里含着泪，"不过，还有半个学期我就初中毕业了，能不能让我一边帮你们干活，一边把这半年书读完？"

父亲把碗往桌上一推，厉声喝道："不行，你要去读，而且一定要考上高中，给我争口气！"

女孩咬着牙，坚决地说："我就是不想读，让弟弟们去读吧，他们不懂的我还可以教。"

母亲也放下碗，抱着女孩哭了。

不管父母如何劝说，女孩就是不肯去学校，每天放学后就一言不发跟着父母到田里干活。父母虽然心疼，却也拿她没有办法。

中考马上到了。女孩的班主任老师来到女孩家，找到女孩的父母说："妮妮这孩子到底怎么了？每天作业也不做，放了学就往家里跑，这样怎么行？"

父亲面无表情地说："她反正不想读了，做什么作业？"

"什么？"班主任很意外，"她在我班上的成绩最好，为什么不让她读？"

父亲在一旁抽烟。母亲说："老师啊，也不是我们不让她读，实在是我们家里供不起。你看看，家里都这个样子了，哪里还有钱供她读书？"

班主任生气地说："没钱没钱，谁家有钱？难道省一点孩子读书的钱也省不出？妮妮是班上最优秀的学生，每次都考第一，这么好的成绩你们就舍得让她放弃？"见父母都不说话，他大声说，"如果你们供不起，我来供她，一定要让她读下去！"

父母对望一眼，又沉默了。

班主任又说："还有一个办法，妮妮成绩这么好，也可以考师范。读师范就不用花什么钱了，毕业了马上就可以当老师，只要三年的时间。你们就算是砸锅卖铁也要让她去读。"

"可是,她考得上师范吗?"母亲问道。

"当然考得上! 只要你们同意让她去读!"

父母这才眼睛放光,变得轻松起来。

之后,女孩如愿以偿考取了师范,毕业后被分配在乡下小学教书。因为成绩优秀,什么课都能教,语文、数学、美术、物理课都上,一周要上30节课。后来,她又凭着自己的水平,考到了中学老师,还被评为高级教师。再后来又考进了城,成了一名名师……

陈小庆动情的讲述,令孩子们听得津津有味。当她讲完之后,教室里爆发出雷鸣般的掌声。

"老班,这个女孩就是你吧?"细心的徐静雯问道。坐在一旁的吴天罡马上大声说:"这还用问,一听就知道是老班了!"

陈小庆微微一笑,说道:"古话说,事在人为。并不是因为学历高才有出息,而要看你是否努力,是否能把一件事做好,做到极致!"她看着目光炯炯的孩子们,深情地说,"很多孩子的家庭,就如同当年的老班,面对中考的抉择,有多个选项。老班认为,只要抱定远大的理想,选择什么职业并不重要,重要的是你能为家庭分担什么,能为社会做点什么。所以,你们必须结合家庭实际,做出自己的选择。"

孩子们都沉默了。面对人生重大的选择,他们的确需要明白人引导。

陈小庆深知这一点。她笑着说:"老班也不是让你们现在做出选择,你们可以自己考虑,也可以听一下家里人的意见。不过,在做出选择之前,希望能跟老班说一声,在这里说也行,私底下来找我也行。"

在陈小庆苦口婆心的开导下,宏志班绝大部分孩子都同时填报了定向师范和高中两个志愿。首届宏志班的孩子来自丰城的四面八方,每个家庭都有自己的难言苦楚,离异、车祸、智障、精神病、孤儿、弃养、吸毒、病残、单亲……可谓建档立卡户、低保户、特殊困难户集结班。对于他们的前途与命运,最关切的人,便是陈小庆。看到他们能够接受或者选择定向师范,陈小庆很是欣慰,自己的努力总算没有白费。时过境迁,当孩子们长大成人,回想起当初的选择时,陈小庆最大的愿望便是,孩子们不要因为这个选择责怪她。

如果感同身受，如果时光倒流，首先看见深夜潸然泪下的便是陈小庆自己。

深夜，弟弟打电话来说，母亲从昏迷中醒来的第一句话便是叫你的名字。“看到你没在身边，妈妈坐立不安，情绪非常激动，你就不能回来陪一下妈妈吗?”弟弟的责问让陈小庆非常难过，独自在黑暗的夜里流泪不止。她承认自己不是一个称职的女儿，也不是一个称职的妻子和母亲，但这个时候，孩子们的前途和命运完全占据了大脑，她已经无暇顾及其他。

“对不起，妈妈！对不起，我的亲人们!”她默默痛哭了一通，这才收拾心情，全神贯注地回到宏志班上来。中考进入倒计时，宏志班的教学团队已倾尽洪荒之力，孩子们也正蓄势待发，他们正一点点减少阴影面积，一天天刻苦拼搏，朝着自己的理想发奋努力。天道酬勤，无论将来怎样，我们竭尽全力，终将无怨无悔。

相对来说，现在宏志班的孩子比三年前，已经褪去了刚入学时的莽撞冲动，多了一份成熟和稳重。在这三年里，孩子们经历过种种快乐，也经历过种种失败，但他们一起攻克难关，攻克层层关卡，最终品尝成功的果实。他们体会了友谊的珍贵，更加理解宽容。他们确定了自己敬佩追逐的人，所以会在寒夜里挑灯苦读，努力追随他的脚步。

随着中考日益临近，宏志班每一名孩子都变成了拼命三郎，生活每日都是三点一线，沉浸在“题海”中不能自拔。努力提分是永恒不变的真理。虽然谈“中考”色变，但孩子们仍然拼命苦读，不愿给自己留下遗憾。

青春易逝，年华易老。懵懵懂懂的年纪，羞涩、任性、狂妄但又勤奋努力，不甘平凡。在宏志妈妈陈小庆的带领下，这群山里孩子正用自己的纸笔，书写出属于他们的绚丽篇章。

眼看孩子们一个个忘我复习，陈小庆非常心疼，除了每隔三天安排送一次水果之外，每天的肉片汤断不可少——请原谅这种俗气的做法，这是陈小庆能为孩子们提供的最好的营养——她告诉孩子们:“自己不够强大很容易被人看不起。请你们记住，我们不是永远的贫困，不是永远的五类，不是永远的悲哀，改变家庭的命运，就看你们自己!”

临中考还有三天，陈小庆决定给孩子们反向减压。凌晨四点半集合，她叫醒沉睡的孩子们，在操场上集合完毕，大声说：“孩子们，今天我们不看书，不做题目，不复习，出去玩一趟怎么样？”

“太好了！”

本来还睡眼惺忪的孩子们，听说不要上课，都兴奋起来：“老班，我们去哪里？去做什么？”

“老班带你们来一趟毕业马拉松，去桥东，去丰城。”

“太疯狂了！老班，你太伟大了！”“老班，我们爱死你了！”孩子们兴奋得又笑又跳。一个孩子叫道：“老班，我们一路上吃什么呀？”

陈小庆仰望星空，微微一笑：“最好的在前方、在脚下。我们既要仰望星空，又要脚踏实地。准备吃苦吧，小伙伴！”

“我们不怕吃苦！”孩子们兴奋得直叫。

陈小庆的脚这几天又肿又痛，走路时很吃力。袁敏劝道：“老班，要么您就别去吧？我们有其他几个老师带着，不会有事的。”陈小庆笑道：“你们都走了，我还留在这里做什么？出发吧孩子们！”

天空一片漆黑，星星不停地向孩子们眨眼。孩子们兴致勃勃地走出校园，走在漆黑的山路上。有几个孩子被落在后面，陈小庆大声叫道：“看看，你们被梦想甩多远了，奔跑吧，梦想就在前方！”这几个孩子马上追了上来。

一路歌声一路欢笑，走到桥东集镇时，天色开始放亮，早起的人们好奇地望着这群比他们更早的孩子：“陈老师，这么早带着孩子去干什么啊？”“我们赶早集来了！”陈小庆笑着回答。

“都说桥东的炒粉很好吃，城里人也经常赶早到这里来吃呢。”陈小庆把孩子们带到路边的炒粉摊旁，“今天的早餐就是炒粉、汤粉和拌粉，大家放开肚皮吃！”

“太幸福了！”孩子们纷纷找来塑料凳子，围坐在小桌边，大声招呼着老板。

吃过早餐后，正好有一班公交车刚刚到达，陈小庆让大家快速上车。公交司机认识陈小庆，跟她打声招呼，胡乱下车吃了个早点，便载着孩子们直奔丰城。

到了丰城之后，陈小庆又带着孩子们步行走到丰水湖公园，来到状元楼前，一一讲解桥两旁的功名石刻，让孩子们对着状元楼，许下自己的心愿。

身体上的压力释放之后,心理上的压力也需要释放。陈小庆早有准备,在中考前两天,让孩子们写一封信。这也是陈小庆长期担任班主任积累下来的经验,越是临考前,越不能紧张。她走到讲台上,让孩子们放下书本。

“同学们,”她胸有成竹地说,“中考的烽火已经点燃,前进的号角已经吹响,我们已经做好了所有的战前准备,随时准备开赴中考前线。不过,今天晚上我们不看书,什么也不做,老班只要求你们安下心来,好好写两封信,一封是写给我们的大 BOSS 徐良喜伯伯,表达对他的感激之情。另一封嘛,你们也知道,就是写给老班我了。俗话说当家三年狗都嫌,这三年老班对你们要求很苛刻、很严厉,老班先请你们原谅。你们可以回忆,可以指点或者是指责,可以给老班提一些意见建议,反正就是结合这三年来的宏志班学习,写一封给老班的信。大家说好不好?”

“要写,必须写!”一些孩子已经在准备纸和笔了。

陈小庆留恋地看着一张张如饥似渴的小脸,突然有点感伤。三年的宏志班生活,竟然要以这种方式结束,一切都来得太快、太突然了,她甚至还没有想好要怎样告别。看着孩子们低头疾书,她悄悄地退出了教室,独自徘徊在灯火阑珊的操场上。此刻,她忍不住回忆宏志班报到时门口热闹的景象,还有保安大哥温情的问候。想到眼前一个个光脚丫签完名字转身就跑的男娃子,她真的开始想念这班毕业宝宝了。他们会给你递上包子,会给你倒好热茶,会带罗汉果,还有悄悄放上的卡片……晚上从寝室回来,会说“老师您路上小心”。说是她带着孩子们,其实一路也享受孩子们的呵护。

正一个人黯然伤神,熊少雄敲开了办公室的门。“老班,我们都写好了,总共 100 封,一封也没少。”

“蛮快的哈。”陈小庆接过厚厚的信件:“好的,老班全都收下,等下会仔细看的。少雄,你回去告诉大家,想看书就看书,想复习就复习,想休息就回寝室休息。但是都不要太晚了。”

“知道了老班。”

熊少雄走了之后,陈小庆把写给她的信和写给徐良喜的信全部分开叠好,一边看着,一边回想着每一个孩子的表情神态,心里五味杂陈。孩子们长大了,再也不是那个懵懂少年了,他们马上要面临中考,去掀开人生新的一页了。想到这里,陈小庆对着信纸,热泪纵横。忘记老班那么 LOW 的普通话,“不要迷信老师”。那个属于我的秘密,总有一天你们会明白缺点怎么变成优势利用起来的……所有的遗憾就让它留白吧,课堂本身就是遗憾的艺术。

一千多个日日夜夜过去,到了最后的晚自习陪伴。陈小庆发动全体任课老师和所有孩子,剪彩带,扎竹叶冠,鲜花彩球,高悬的粽子,还有微表情管理,连同白日超燃课堂,一封封书笺……骊歌轻起的时候,校园里杜英花正盛开,南山脚下,他们用自己的方式,向过去告别,向爱致敬。

陈小庆面对着孩子们,深情地说道:“孩子们,我们明天就要走进考场,去掀开你们人生新的一页了。将来的你们无论贫穷还是富贵,无论艰难还是通达,无论逆境还是顺境……请铭记所有关爱,铭记南山,铭记晓春——你们的精神原乡,将这份爱传递下去!”

她的眼睛已经湿润,“《诗经·木瓜》是教给你们唱的第一首歌:‘投我以木瓜,报之以琼琚。匪报也,永以为好也!投我以木桃,报我以琼瑶。匪报也,永以为好也!投我以木李,报之以琼玖。匪报也,永以为好也!’这是老班给你们上的最后的班会课,让我们再唱《诗经·木瓜》,总有一天你们会明白……”

“倚南窗以寄傲,审容膝之易安。”三月杜鹃,四月裂帛,六月莲灿,七月杜英。首届宏志班终于来到了尾声部,尽管结果是漫长的等待。再见,亲爱的小孩!再见,我们的《南山南》……

31 扬眉剑出鞘

最后一次适应性检测，提一提他们桌上的试卷袋，沉甸甸的……这是一班幸运的孩子，也是一班肯努力的孩子，纵然命运赐予他们原生家庭种种复杂因素，但在教育精准扶贫的背景下，在徐总及社会各界爱心力量的支助下，他们终于走到了最后中考的冲刺跑道。回忆起来，三年当中，无数剧情现实版演绎，南山晓春，不仅仅是一所学校，还是一种文化，更是一座爱的地标。

——陈小庆《支教日记》

2020年度中考大幕终于开启。

为了应对中考，让所有的孩子都能在自己的视线之下，陈小庆制订了周密的蹲点计划：自己负责九中考场，这里有宋文彬、丁志浩等几位尖子学生，也是最能出成绩的考点。丰中考场和二中考场分别安排一名副校长蹲点带考。全部带考领导和学生一起住在宿舍，目的是及时掌握孩子们的动态和情绪变化，以便第一时间跟进做工作。

与此同时，陈小庆又建了一个微信工作群，及时将孩子的动态发布到群里，由陈小庆统一调度、统一指挥。她在群里要求，所有带考领导必须克服一切困难，中考三天必须老老实实待在学校，使每一名孩子都要在自己的视线之内，直到中考结束。曾金荣非常支持陈小庆的"战术"，指出，陈小庆是全市乃至全省有名的金牌班主任，有极其丰富的带班经验，大家要克服一切困难，做好吃苦准备，争取一炮蹿红。其他校领导不敢马虎，对陈小庆言听计从。

还没进入考点，被分在二中考点的徐静雯、邱毅和肖智琴就叫苦不迭。

当时学生和家长中流传一句话:“九中是美国,丰中是中国,二中是非洲”,这是针对考点的住宿条件而言。九中自不必说,新建的重点中学,硬件设施一流;丰中是老牌名校,学生宿舍也有空调;二中的宿舍不仅没有空调,而且设施陈旧,条件相对较差。这个时候不能责怪孩子太挑剔,正当七月,最是酷暑难当,而孩子们不过十五六岁,心智未全,对环境的适应性和忍耐性较差。如果不能确保舒适的休息环境,不仅会影响他们的情绪稳定,更会影响他们考试时的正常发挥。

陈小庆听到李校长反映的这个问题,非常重视。怎么办?孩子的家都在乡下,不可能住到家里去,附近也没有合适的宾馆酒店,孩子也承担不起。苦思冥想之下,陈小庆想到了一个两全的办法。她先是向曾金荣求援,毕竟曾金荣当过多年校长,丰城地面熟人脉广,请他务必想办法解决这三个孩子中考期间的住宿问题。曾金荣果然爽快答应了。接着,陈小庆又想到了下一步,万一曾金荣那里想不到办法,就把孩子安排到自己家里住,请一位好友当三天的“爱心司机”,负责接送孩子早出晚归。好在半个小时后曾金荣打来电话,说二中有一位当老师的同学,正好有一套房子空着,答应借给三个孩子暂住三天。徐静雯没有手表,不好掌握时间,陈小庆又马不停蹄跑到钟表店,给她买了一块漂亮的手表。一切迎刃而解。

接着,陈小庆在微信群里进行远程调度。让蹲点带考校长统一时间去看考场,同步拍照片发到群里。看完考场后,大家统一时间吃饭,然后带回宿舍,调整呼吸,保持心静,排空一切杂念,千万不要太兴奋,更不能刺激学生,引起他们的情绪变化。在宿舍时,安排第二天考试课目的任课老师到宿舍,对复习课程进行必要的梳理,提出重点、难点和注意事项。然后按照平常的作息时间洗刷睡觉,蹲点带考校长要检查就寝情况,并把这些情况反馈给陈小庆。

安排完考试前最后一晚的工作之后,陈小庆还是没有闲着,她开始给自己蹲点带考的九中考点的学生做战前动员:“同学们,你们紧张吗?”

“不紧张!”范启明大声回答。

陈小庆看看范启明,笑着说:“不紧张是假的。”又问宋文彬,“文彬,你紧张吗?”

“有点小紧张。”宋文彬如实说道。

“我比你们还紧张。”陈小庆刚一开始，孩子们就哄笑起来。接着她话音一转，说道：“紧张有什么用？老班告诉你们，别人比我们更紧张。”

丁志浩推了一下眼镜，问道：“老班，你说我们能考好吗？”

“当然能！”陈小庆大声说，“不光能考好，我们的考点一定能成为全丰城最牛的考场！你丁志浩是什么角？博士！宋文彬是什么角？数学天才！胡晓峰什么角？范启明什么角？你们都是牛人，他们哪个能跟你们比？哪个敢跟你们比？”

孩子们果然精神大振。

“不过，哪怕再牛也不能骄傲。”陈小庆说道，“战略上要藐视敌人，战术上要重视敌人。我们既要有举重若轻的自信，有在万军之中取上将首级的气度；又要有举轻若重的谨慎，有张飞穿针的细腻。会做的要多看几遍，谨防粗枝大叶；把握不准的更要多看几遍，认真领会题意，把握性就更大了。明天第一场考语文，第二场是英语，老班经常讲，面对语文试卷的时候，你不仅仅是你，你还要设想你就是苏东坡，是辛弃疾，是那个躲起来一个月出卷子的考官。换位思考一下，你会更多一份自信，你不是被动者，你是扫荡所有障碍的战士。所以明天的考试，老班希望来一个开门红，也算是给老班一个面子，好不好？”

孩子们笑着点点头。

正说着，曾金荣带着英语老师进来了。这也是陈小庆事先刻意安排的，一是体现校领导的关怀和重视，二是给孩子们加油鼓劲。孩子们连忙起身，兴奋地向曾金荣和英语老师问好。曾金荣照例给大家说了一些加油鼓劲的话，英语老师又讲了一些考试的注意事项，孩子们的信心更足了。

第二天，陈小庆把孩子们送进考场之后，马上进入微信群，查看其他考点的情况。几位蹲点带考校长也分别把本考点的情况拍了照片发到群里，陈小庆仔细看着每一个孩子的神态和表情，见无异常，便也放心下来。她在群里叮嘱，从首场考试结束以后，一定要告诉监督孩子们，千万不要讨论考试情况，要马上清零，把情绪稳定下来，以良好的状态迎接下一场考试。

第一天的考试顺利结束，从照片上孩子的表情来看，陈小庆还是发现了一些端倪，孩子们的表情镇定中带着微笑，这是对刚刚过去的考试课目的认可。她觉得很满意，但还是叮嘱带考校长不要让孩子们去讨论。次日考试的是物理和化学,为了增强孩子们考试的自信,陈小庆先跟化学老师打了电话,请她帮忙买好一些奶茶,来学校的时候给孩子们一人一瓶,并要说是自己特地买的。化学老师一到宿舍,孩子们一人领到一瓶奶茶,果然欢呼雀跃,对化学老师讲的重点难点和注意事项听得都十分认真。由于班上的化学成绩不太稳定,她还从孺子学校请来以前搭班教化学的同事,来到宿舍给孩子们做考前提示。

物理老师回了宜春,不能及时来宿舍给孩子们提示,陈小庆对此也早有安排。物理老师是一位年轻的美女,人长得漂亮,声音也甜,平时不管是陈小庆还是孩子们,都亲切地称她为“花花老师”。陈小庆打电话告诉她说,孩子们都在想美丽的花花老师了,说花花老师怎么不来看我们啊?花花老师果然很受感动,说宏志班的孩子就是不一样,真的是好懂事好可爱。陈小庆便告诉她,现在是关键时期,尽管人不能到场,也要想办法关心一下孩子,又告诉她可以用视频的方式跟孩子们见面,给孩子们加油鼓劲。

联系完花花老师,陈小庆又开始做孩子们的工作:“孩子们,明天就要考物理了,可是花花老师不能来,我们要怎么办?”

“那就跟她视频一下吧。”范启明提了个建议,其他孩子也点头表示赞同。

真是聪明的孩子。陈小庆在心里感叹了一声,又问道:“既然大家这么想花花老师,那我们每个人写一句话,赞美一下她,或者表达一下此刻的心情,等下拿给她看。大家说好不好?”

“好!”孩子们都毫不吝啬自己对花花老师的好感,马上拿起纸笔写起来。

写完之后,陈小庆接通花花老师的微信,让每个孩子对着视频,把自己写的话大声读出来。花花老师开心得花枝乱颤,不停地说谢谢,不停地表达对孩子们的喜爱和夸赞,并诚恳地向大家道歉,鼓励孩子们用心考试,临阵不乱,希望大家考出好成绩。

三天的考试很快结束,在陈小庆的调度下,宏志班的孩子们都得以正常甚至超常发挥。

考完之后,陈小庆告诉孩子们,回家之后,千万不可暴饮暴食,也不要跑到外面去玩,耐心等待成绩发榜。在此期间,尽量多陪陪家里人,帮家里人做做家务，做做农活，保持平常的心态。而她自己，还顾不上休息，就和曾金荣一起，拖着疲惫的身体，下乡进行新一轮的宏志班招生去了。

接下来的等待可谓是度日如年。

这一天，陈小庆到人民医院看望过学校门卫徐叔，刚走出医院时，就接到宋文彬的电话："老班，告诉您一个消息。"

"什么消息？"陈小庆愣了一下，不知发生了什么事，心里有点不安。

"我……我考了714分！"宋文彬在电话里激动地说。

"是吗？是真的吗？"陈小庆有点不相信自己的耳朵。这几天下乡忙得晕头转向，她还来不及了解中考成绩，没想到宋文彬自己查到了。"太好了！"她激动地说，按照平时的成绩排名情况，宋文彬必进7A无疑！这么说，宏志班进入7A的目标达到了！

她突然觉得脚下一软，差点坐在地上，但还是咬咬牙，不让自己倒下。可是，喜悦的眼泪已经肆无忌惮地流了下来。

接着，丁志浩、吴天罡、熊少雄、范启明……孩子们陆续把成绩报了上来，大多数孩子的成绩都超过了600分，比预期的成绩还要好。"太好了！好样的，你们都是好样的！"她对着电话，一遍又一遍地说。回想着这段时间以来的所有辛苦，所有艰难，所有付出，所有委屈和误解，她的心里五味杂陈。

陈小庆想了想，觉得不踏实，连忙打通教导主任的电话，让她核实一下成绩。教导主任此刻正在网上查分，查到的分数和孩子们报来的分数没有误差。"不对吧，应该不止宋文彬一个人上7A，应该还有几个，丁志浩、范启明他们都很有希望。你再查查。"陈小庆有点不死心。

教导主任突然大叫道："不对不对，我们的体育分还没有加，要是加上体育分，肯定还不止这个数。我来算算啊……还有丁志浩、徐静雯、于晓丹、郭慧中，五个！陈姐，我们有五个上7A了！"

陈小庆一听，再也抑制不住内心的激动，失声痛哭起来。

泪眼蒙眬中，她几乎分辨不清南北东西，但继续低着头疾走着。她打通她的闺蜜、孺子学校老师熊淑芳的电话。

"淑芳……"刚一开口，就哽咽得再也说不出话来。

“小庆,发生什么事了?”熊淑芳紧张地问,“别哭,别紧张,你在哪里,我马上开车过来!”

“我们班……我们班有五个上7A了!”

陈小庆终于把话说完。熊淑芳听了,也很是惊讶,笑道:“这是好事,你哭得那么凶干什么?真是吓死我了。”

“你不知道我有多难,我真的好难啊!”陈小庆继续哭诉着。熊淑芳一边安慰,一边开车赶来,陪着陈小庆又哭又笑。

成绩全部出来,宏志班参加中考50人,5人进入7A,600分以上高达21人,其余除一人外全部在500分以上!这就是说,首届宏志班的成绩远远超出了所有人的意料,成为全市中考的一匹黑马,在全市教育界引起巨大轰动!

紧接着,招生录取分数线也出来了:全班居然有36人达到或超过定向师范录取分数线,有46人达到丰中录取分数线,剩下4人也达到九中录取分数线。全班50个孩子,全都可以进入定向师范或重点高中!苔花如米小,也学牡丹开。了不起啊孩子们!了不起啊宏志班!陈小庆在心里对孩子们说,三年前,我告诉你们,你们将会是蛰伏在南山脚下的一支特种兵,关键时刻敢于亮剑,出奇制胜。现在,你们果然用非凡的水平证明了自己的实力,证明了宏志班的实力。你们是我最优秀的孩子!

由于一些孩子的中考成绩出人意料的好,竟然有一大半填报了定向师范的孩子和家长开始转变态度,要求放弃定向师范,去读重点高中。对此,陈小庆再次忧虑起来,跟几个朋友提起此事。朋友劝道:“都已经毕业了,你已经完成教学使命了,为什么还要操这份心?难道你操心得还嫌不够吗?”

陈小庆忧心忡忡地说:“不是我嫌操的心不够,实在是他们的家庭承担不起读高中的沉重负担。他们本来就是贫困家庭,靠一点低保金维持生计,哪里负担得起读高中、今后读大学的费用?”

“道理你跟他们说清楚,做决定是他们自己的事。自己决定的事就要自己负责,关你什么事?”

“他们哪里负得了这个责?初中三年是我每天紧盯着,要是没有人盯着,他们的情绪变化了怎么办?退步了怎么办?我以前一个学生,就是因为不听我的劝,放弃定向师范改读高中,最后家里供养不起,成绩又一直下降,结果疯掉了。你说,这样的事谁负责?不行,我一定要去做这些人的工作,这样的情况决不允许在这些孩子身上重演!”

“小庆啊小庆,你真是操心的命。你去劝吧,唉!”

她请来好友帮她开车,头一个来到郭慧中家。

郭慧中的变化,不仅让一家人激动不已,也震动全村,大家没想到,一个无父无母无爷爷无奶奶的孤儿,竟然会有这等出息,纷纷来到郭家,向叔爷爷表示祝贺。陈小庆赶到时,正碰到几位村民拎着鸡蛋、牛奶之类的礼品来道喜,听说陈小庆便是改变郭慧中命运的那位恩师,便一起围了上来,左一句恩人右一句恩人地赞美。有的还表示要把自己家的孩子送到陈小庆名下去读书。寒暄了一阵,邻居知道陈小庆上门有事,便知趣地走了。

郭慧中一直坐在陈小庆的身旁,拉着陈小庆的手不肯松开。陈小庆见邻居都走了,便问:“慧中,为什么要更改志愿?读师范不是很好吗?”

“我……”郭慧中有点不知所措,看看在门口送人的叔爷爷,“他们都叫我读高中。”

叔爷爷正好进门,大声说:“当然要读高中。我们家慧中这么优秀,成绩这么好,将来肯定会有大出息。要是去读了师范,一辈子到乡下教书,能有什么出息?”

“爷爷,您听我说。”陈小庆说,“慧中的确很优秀,但是当老师也不一定没出息啊!再说,女孩子变化大,要是读三年高中,成绩退步了怎么办?”

“不会不会,我们家慧中不会退步的。”叔爷爷非常自信。

“就算成绩不会退步,可是读高中要花不少钱,今后读大学花的钱更多……”陈小庆努力劝说。

“活人还能被尿憋死?”叔爷爷已经有点不耐烦了,“没有钱不会想办法去赚啊?陈校长,我是不会同意让慧中去读师范的,你就别劝了。”

陈小庆有些无语。郭慧中的情况她非常清楚,性格内向自卑,很少与人沟通,经过三年的宏志班生活,虽然已经有所改变,但内心的孤独却一直存在。如果换了高中环境,要是没有人在身边主动给她指点提醒,在竞争激烈的学习氛围下,很容易退步。一旦退步的话,以她的性格便会更加自卑自闭,形成恶性循环。那样……陈小庆不敢往下想了。

又坐了一会儿,叔奶奶已经从外面买了菜回来,准备进厨房张罗。陈小庆知道多劝无益,便起身告辞,任凭叔爷爷热情款留,陈小庆也不肯留下吃饭,因为她还要赶到另一个孩子家里去。郭慧中拉着她的手,一直送到村口。陈小庆再一次劝道:“慧中,老班现在还是建议你不要改变志愿,最好去读定向师范。”郭慧中泪水涟涟,只是低头哭泣。后来,郭慧中还是坚持去了丰中,这是后话。

从郭慧中家出来,陈小庆来到李子坤家。

李子坤的父亲小时候掉到水塘里,受了惊吓,一直有个惊癫的毛病,将近六十岁时家里人在路上捡了个疯子,权作他的妻室。两人却也争气,竟然生下一个男孩,这个男孩就是李子坤。好在李子坤心智健全,在宏志班三年,成绩进步不小,中考也考了600多分。中考之前,陈小庆曾经劝他同时填报定向师范和高中两个志愿,为此李子坤还跟陈小庆发了一通火,说只想读高中。在陈小庆的劝说下,李子坤好不容易填下了定向师范的志愿。他也是要求改变志愿,改读高中的孩子之一。

面对傻爹和疯娘的家庭,陈小庆最希望的就是李子坤能够进入定向师范学习,早点毕业后出来工作,赡养老父老母,没想到李子坤坚持要读高中。陈小庆决定,再登门做一次他的工作。

“子坤,请你好好想想,你拿什么去读高中?”陈小庆直言不讳。

“我不读师范,我就是要读高中!”李子坤歇斯底里地说,“将来我还要考大学,赚到好多钱,把爸爸妈妈的病治好!”

李子坤的父亲此刻似乎清醒着,笑着对陈小庆说:“陈校长,我知道你,你帮了子坤好大的忙。但是,我就这么一个儿子,我也想他去读高中。我活不了几年,不能牵连子坤。”他的疯妻一直在身边傻笑着。

其实,在正常的家庭背景下,以李子坤的成绩,读高中,考大学,然后找一份体面的工作完全不成问题。只是眼前家贫如洗,一个身体孱弱的父亲、一个疯疯癫癫的母亲,哪里有实力去支撑接下来的沉重经济压力?陈小庆知道,李子坤的家通常都是由他的叔叔支撑着,甚至开家长会,也是叔叔去。叔叔对于这个家、对于李子坤的爱,丝毫不亚于他的父亲。她知道跟李子坤无法交谈下去,李父清醒时舐犊情深,却也无可厚非,但对于这件牵涉到一家人生计的大事,她觉得有必要跟他叔叔谈一下。

陈小庆找到李子坤叔叔,耐心劝道:“李大哥,你一定要做通子坤的工作。你知道的，子坤性格比较内向，打不开口，交际上是一个问题。而且，读高中是一个非常大的负担，将来读大学的负担就更大。我知道这几年一直是你在帮着操持这个家，这么大的负担你说怎么承担？相反，如果读定向师范，五年之内有政策性优惠，不用花什么钱，毕业后马上就可以上班，可以有稳定的工作，不仅可以减轻你的负担，也可以帮助这个家庭早日摆脱贫困，过上富裕日子啊！咱们老百姓，不就是图的这个吗？”

李子坤的叔叔马上痛快地说：“陈校长你不用多说了，我知道你是出于一片好心，否则也不会这么大热天跑来跟我说这些。你说的我全都懂，这几年要不是你，子坤这小子早就废了，哪里还有今天？成绩稍微有点进步，就听不进老师的话了，这还了得？你放心，我去劝我大哥，去劝子坤，一定要让他听你的话去读师范，早点出来帮帮家里，不要老是吃政府的救济，永远抬不起头！”

在陈小庆和家人的一致劝说下，李子坤最终还是选择了定向师范，这多少让陈小庆感到了些许安慰。之后连续三天，陈小庆一直奔波于各地，找孩子，找家长，找亲戚朋友，说得口干舌燥头昏眼花，好不容易劝说这些想改变志愿的孩子答应去读定向师范。饶是如此，仍然有 13 人放弃了读师范而选择读高中。

至此，首届宏志班 50 人参加中考，共有 23 人被录取至定向师范，23 人进入丰城中学，4 人进入丰城九中。这也是整个丰城市初三年级中成绩最好的一个班。陈小庆在南山脚下卧薪尝胆三年，终于把这帮苦难的孩子锻造成为真正的山林特种兵！

虽然为一些孩子修改志愿的事劳碌奔波，但毕竟选择权在孩子和家长手上。既已尘埃落定，陈小庆却也奈何不得。好在所有的孩子都有了一个好的归宿，或是好的开始，陈小庆还是颇感欣慰。何其有幸，我遇见你们；何其有幸，你遇见他们！朝朝频顾惜，夜夜不能忘。挥挥手三年真的好快，再见永远的宏志班，你们实现了中考的梦想，从此踏上新的征程，而我也必须继续走我的路。

32 记得绿萝衣

教室里人去楼空，只有自己孤零零的身影。她独自走在空荡荡的操场上，甚至忘记了头顶烈日炎炎，脚下炙热如烤。她太渴望有一个安安静静的暑假了。那时候试卷课本，啥都不管；那时候是非成败，任由它去；那时候啊葡萄美酒，饮尽往事，干杯碰！那时候，躲进小楼成一统，和老朋友，牌在手、炸弹飞。或者和同事们码一溜长城，和与不和无所谓；或者回到乡间像个健忘的老婆婆，每日里斗地主、砸金花，指尖摞摞塞子冷响，豁牙的嘴哟笑成狗窦也无须顾忌……

那样的日子还有多远？让长脚的风吹，任多嘴的鸟叫，柳叶塘边我只管抛石打水漂。或者兴致来时，在堆满谷子的老房子里弹曲不成调的歌。窗台爬满张望聆听的小孩啊，你永远不要长大；白发苍苍的老人，请停下你忙碌的脚步；那个病痛折磨的身影啊，更不要悲伤，莫要叹息……你看屋后的桂竹林年年添新绿，门前的池塘岁岁生春草，南山的杜鹃花藏在林中要多招摇有多招摇。

我要登上玉华之巅仰望蓝天白云，我要立于落雨树下享受沁凉如雾，圣母殿上焚一炷经香，含秀湖畔掬一捧湖水啊，我要赤脚行走在大地的胸膛，深情偎依进七月的怀抱……

那些辗转难眠的午休，那些孤单穿行的街道黄昏，还有那窗前的页页时光啊，请你们把我遗忘。那些稚气的脸蛋青春的身姿，我会统统叠作书笺，化作暗夜闪烁的亮光，从此桃李安静悄然归……

那些被辜负的春光啊，请许我，七月，站在季节的村口上一一将你收藏！

——陈小庆《支教日记》

毕业的日子到了,离别的日子到了。

8月18日,陆续有孩子来到学校领取毕业证和录取通知书。令陈小庆没有想到的是,居然有将近四十位家长也不辞辛劳陪着孩子来了学校。这一天不通公交,据说很多路远的家长都是转车到桥东集镇后走路过来的,稍近一点的家长则骑着摩托车载着孩子一道前来。这一幕,不能不令陈小庆感动。

由于事先安排的只是今天来学校领毕业证和录取通知书,并没有安排与家长见面,加之学校也没有安排更多的老师来校接待,面对突如其来的家长大军,陈小庆有点应接不暇,只好临时安排熊少雄、宋文彬、袁敏等孩子帮忙接待。

“爷爷您好!”“奶奶,您怎么也亲自来了?”“大叔大婶,这么远还陪着孩子来?”“大哥,孩子考得不错,祝贺你啊!”……

都是熟悉的面孔,都曾经在家访时促膝谈过心,都有过多次的电话交谈,都是微信群里的好友。陈小庆见到他们格外亲切,一一打着招呼。

而这些纯朴善良的家长,为了向陈小庆当面道谢,竟然不约而同地赶来,齐聚在南山脚下,晓春校园。

熊少雄的姑奶奶来了,是她的儿子——熊少雄的堂叔骑着摩托车搭载而来的。姑奶奶拉着陈小庆的手,感激涕零:“陈校长啊,你叫我怎么感谢你啊?少雄这孩子要不是你,他就……他就……我替我死去的老哥谢谢你,也替他一家人谢谢你,他一家总算有一个有出息的后人了……”

陈湘云的外公来了,是转车到桥东后步行过来的。他一见到陈小庆就说:“陈校长,都怪我老糊涂,以前总是对你态度蛮横,你一定不要见怪啊!我一家人做梦都想不到,湘云能够考进师范,再读几年就可以当老师了。我都不晓得要怎样感谢你,我……我真想打一挂爆竹,从这里一直打到你家里去。”

钱小玲的奶奶来了。她拎了一篮鸡蛋,硬要塞到陈小庆的手里,被陈小庆婉言谢绝。奶奶抹着眼泪说:“老师啊,叫我怎么谢你哟!小玲这孩子,要不是你四处帮她找郎中,她哪里有今天?我晓得这孩子,自尊心强得要命,如果没有治好,说不定就……就……唉!老师啊,这几个鸡蛋请你无论如何要收下,我也好向我那短命的儿子儿媳交代!”

也有拎着挂面来的，也有拎着山茶油来的，也有拎着刚挖出来的花生来的……甚至还有一位大哥，居然赶着一群鸭子来到学校，强烈要求陈小庆收下。“我赶了二十多里地，花了三四个小时，总不能再让我把这些鸭子赶回去吧？那真是赶到晚上也到不了家，肯定全都跑掉了。”

他是陈文仲的父亲。他说：“哎哟陈校长啊，你不晓得，文仲在这里三年，我一次都不敢来，因为家里条件差，孩子成绩又差，我怕丢人呐！没想到文仲这次考得这么好，还考上了师范，我在村里腰杆子都直了，才敢来看您呐。真是对不起你，要是换了任何老师他都考不取。”陈小庆很是感动，请门卫徐叔帮忙收下这群鸭子，然后请家长们认购，把卖鸭的钱再交还给陈大哥。

吴天罡的养父母也来了。前不久电视台来采访宏志班，吴天罡自信地说：“我之所以放弃师范改读高中，就是想读大学，去读金融专业，将来还要当大老板、大金融家，要像徐良喜伯伯一样去帮助那些需要帮助的人。”节目播出之后，吴天罡成为新闻人物，成为青少年学子的励志楷模，也成为养父养母的骄傲。养父吴坚诚恳地说：“陈校长，之前我们太疼爱孩子，不理解您的教育方式，有很多做得不好的地方，请你一定要包涵。”陈小庆笑道：“吴大哥，天罡这孩子很争气，值得你们为他付出这么多。”

养母激动地拉着陈小庆的手说：“陈校长，我一直听天罡说南山南山的，说他们是南山脚下的特种兵。南山真有这么神奇吗？你带我们这些家长去感受一下怎么样？也算是替孩子们还个愿。你说好不好？”

对于这个不情之请，陈小庆颇觉为难。倘若爬南山，这么多老人怎么爬？总不能把他们晾在这里吧？再说，自己只是晓春学校的一员，是一名老师，晓春学校所有的一切，都是大 BOSS 徐良喜的功德，自己不敢居功。真正值得感谢的人是徐总，就让大家感谢徐总吧。她突然灵感一现，请家长们稍等片刻，然后找到门卫徐叔——他是徐良喜的族叔，被请来看护大门，看护进出的师生——说：“徐叔，这些家长和孩子想去参观一下徐总的老屋，瞻仰一下徐晓春先生的遗像，您可不可以帮忙开一下家里的门？”

“要得要得，有的有的。”徐叔非常高兴，“总算遇到了一些懂感恩的人。小庆啊，你做得好，做得对啊！徐总付出这么多，要不是你在这里，这所学校真的不晓得会变成什么样子。你能够想到带家长们到徐总老屋里看看，我真的是替徐总、也替我大哥感到高兴!”说罢一边抹着眼泪一边快速去家里拿钥匙开门。

众家长听说要去参观徐良喜老屋,也十分高兴,个个神情肃穆,跟在陈小庆身后,不敢高声言语。

这是一幢始建于清代晚期的老宅,徐良喜便是出生在这里。陈小庆带着家长和学生们绕村参观,进入老屋时,徐叔高兴地在门前燃放起鞭炮,仪式氛围更浓。由于人太多,堂屋站不下,有人便站到了天井边上。堂屋的神龛上,悬挂着徐良喜生父徐晓春先生遗像,神龛前面是一张八仙桌。

陈小庆站在八仙桌一侧,向家长们简要介绍了徐良喜的成长经历,然后深情地说:“亲爱的家长们,亲爱的孩子们,三年南山三年宏志,我们从全市各个地方汇聚在这里,为了追逐你们共同的理想。将来的你们无论贫穷还是富贵,无论艰难还是通达,无论逆境还是顺境……请铭记所有关爱,铭记南山,铭记晓春——你们的精神原乡。将爱传递!我们在这里一切,都是因为徐总,我们要感恩徐总,感谢他为我们所付出的一切。同时,我们也要感谢赋予徐总生命的徐晓春先生,没有徐晓春先生就没有徐总,就没有晓春学校,就没有宏志班,也就没有孩子们的今天。今天,我们来到这里,无以言谢,让我们向徐晓春先生鞠躬致谢。”

众人整理衣服,随陈小庆面对着徐晓春先生的遗像,徐叔站到八仙桌的另一侧,高声唱道:“一鞠躬,感谢徐晓春先生!”众人整齐地鞠躬。徐叔又唱道:“二鞠躬,感谢徐总的爱心!”众人又是鞠躬。徐叔再次唱道:“三鞠躬,感谢晓春学校!”……

三次鞠躬,家长们都流下了感激的眼泪。再见南山,请接受孩子们最真挚的敬礼!请接受家长们最诚挚的谢意!

教室里人去楼空,只有陈小庆孤零零的身影。她拿出一沓稿纸,那是孩子们中考之前写给她的信。每每睡不着,她就会拿出来,细细阅读,细细回味,50 个孩子,1000 多个日日夜夜,此刻都定格在她的脑海里,镌刻在她的心里。早操晨跑经常迟到的邓骥、高婉婷,令人头痛的谢乐嘉、吴天罡,笑傲群芳的宋文彬、胡晓峰,爱钻研的邱毅、丁志浩,贴心的于晓丹、熊曦玲,听话懂事的钱小玲、徐静雯,安静的陈湘云、黄媛媛,彼此不服气的范启明和傅志坚，高大能干的熊少雄、谢俊伟，笑傲汉马的蔡魏勇、吴迎康，驰骋球场的陈文仲、揭文鹏，还有瘦弱的郭慧中、热情的袁敏、勤劳的罗盼盼、爱笑的周海媚、听不清话的蔡泽锴、一脸痘痘的黄瑜桥……

孩子们毕业走了，他们再也不是不谙世事的少年了，他们的人生即将开启新的篇章。陈小庆眺望南山，耳畔不停地传来孩子们充满稚气的声音。

“老班，我觉得这南山满满的仙气，你看那雾，每天起来都可以看到。”

“因为有你们这班小神仙啊。”

“南风不用蒲葵扇，纱帽闲眠对水鸥。哪种意象让你感受季节特征，从而领会诗人的闲适？”

“当然是蒲葵扇。”年代愈远，见过电风扇的他们是无法领略旧时光里的风物，而葆有自然的好奇心则是天生的。

“盼望着，盼望着，东风来了……西风一阵紧似一阵……冬天到了，凛冽的北风刮在脸上……春夏秋冬季，东南西北风。”

“哎呀，老班我懂了，南风夏日来，为什么我从前没有想到季节与方向之间是这样对应的呢？”

天道轮回，万物相应。看着他们惊诧的神情，你会觉得世界由此深远。

发现地上绿萝，正是陈小庆对办公桌上的绿萝极度失望时。

“老师，送盆绿萝给你……”打开门，是于晓丹的笑脸，紧接着，罗盼盼进来了，徐静雯进来了，好多女孩子都进来了，小小的宿舍成了女生们的精神原乡。“老班，往后想你了怎么办？”“念声阿弥陀佛么么哒，我会感应到的。”

她给它喝过奶，也将生鸡蛋喂它，但总不见它的振作。它让她的耐心发挥到了极限，还蔫不啦叽地蹲在阳台一角，仿佛房间里的主人，厌倦了咳嗽君缠绵纠缠，厌倦了弥漫的药味，却又无法甩脱。而那个细雨的清晨，杜英紫色果实寂寂滚落地上，不远处偶尔几片红叶躺着，画面竟然还是秋日之静美。命运曾经将它们聚在一棵树上枝头，又被时光分开，只能对望凝视，最后被懵懂少年扫走。倒是这一丛新绿格外打眼，简直是无声地招摇魅惑，陈小庆半信半疑，想起王世贞的绿萝诗：“一夜点苍山，入君读书舍。芊眠白云色，而亲在其下。”原来一直盯着绿萝，却忽略脚下这厚实的土地……

可爱的宏志班,可爱的小鬼头小丫头。南山脚下秀水湖畔,油菜花地甘蔗林里,母亲桥头桃花树下……那些偷偷跑出校园的光阴,那些威吓你们午休躲猫猫的时刻,那些跑道上挥汗的课间,那些悲愤压抑中热血铿锵的誓言,还有自编自演的元旦 party 节目……我们怎能忘记?

地上绿萝叶子泛着碧光,在这无人照拂的草丛间卓尔不群。飞奔上楼,端起阳台的小花,像放飞一只小鸟。陈小庆把它放回到地上的绿萝身边,连同隐秘的期待。